不期而至

Unexpectedly Falling

鲜橙 著

作家出版社

"阮真真，你没有退路，从一开始就没有退路。"
他拥着她，低声说道。

目　录

第一章　不期

阮真真的疑心起自一个突如其来的电话，那是一家高档女装店打过来的，店员的口气亲热又熟稔，令人一时有些发蒙。"许姐，店里最近新上了一批冬装，有时间过来看看吧，您可是有阵子没来了。"

　　她午睡初醒，挂掉电话缓了一会儿才觉出不对劲，转过头怔怔地看向仍握在掌中的手机，那是一部已被淘汰的旧手机，号码是许攸宁的。

　　阮真真躺在床上，望着天花板出神，脑中一片空白。自从那场车祸之后，她时常陷入这样虚空的状态，大脑于一瞬间停止运转，思绪就像是被什么紧紧束住，定格在那里，既不能前进，也没法丢弃。

　　周末的时候，鬼使神差地，阮真真去了那家女装店。

　　她随便挑了件最便宜的打折衣服，结账时报了许攸宁的手机号，站在一旁静静地等候收银小姐把号码敲进电脑。待会员页面刷出来，她一眼瞥过去，清晰地看到会员姓名栏里写的是"许南秋"。

　　"这人不是我。"阮真真说。

　　收银小姐看看她，把手机号重新输入一遍，跳出来的却还是同一个页面。"没有输错呀。"

　　旁边一个导购好奇地凑过来，看了看电脑里的名字，再抬眼看向阮真真，诧异道："这位许小姐我有印象，黑黑的长直发，人长得高高瘦瘦的。是不是号码搞错了？"

"可这手机号就是我的。"阮真真把手机示意给她们看，"那你帮我查查这个号之前都买过什么衣服？"

记录一查还真有，最近的一次消费是在五一假期，这位"许南秋"买了件连衣裙，价格不菲。阮真真努力回忆那一天都发生过什么事情，记忆里却几乎是一片空白。凡是和许攸宁沾边的，很多事她都已经想不起来，甚至包括许攸宁的模样。

苏雯说，这叫创伤后应激障碍。

苏雯是个半红不紫的作家，也是阮真真硕果仅存的好友之一，号称最擅长写推理悬疑小说，可写出来的却几乎都是赚人眼泪的狗血虐恋。

阮真真把苏雯约出来吃饭，和她讲服装店的奇事。苏雯一面听，一面吸溜着烫嘴的米线，直等把满满一大盆米线都捞光了，这才抬起头来，问道："哦，然后呢？"

阮真真把手机掏出来，隔着桌子递过去给她看。"我在许攸宁的微信联系人里搜了一下，真有个同名不同姓的，叫沈南秋，标注是'同学'。"

"然后呢？"苏雯还是那三个字。

阮真真挑高了眉毛，不知道是诧异于好友的态度，还是诧异这件事本身。"沈南秋买衣服，为什么会员名字留成许南秋？联系方式还是许攸宁的手机号码？这不是很怪异吗？"

苏雯神色平淡，声音一如既往地波澜不惊。"再然后呢？你就算把事情都搞清楚又能怎么样？许攸宁已经死了。"

阮真真一时愣住，过了好一会儿，才喃喃道："是啊，许攸宁已经死了。"

是啊，许攸宁已经死了。

一个多月前，他开车在外环路上出事，车失控撞上路边的隔离石礅，斜飞出去后，在马路上一连翻了几个滚，各种零件散落一地，紧接着车又起火，到最后烧得只剩下了一副车架子。

阮真真听到消息赶到现场时，许攸宁还在车里。远远看过去，只见一团黑乎乎的人形物体缩在驾驶椅上，面目全非。

也是从那一天起，她就有点想不起来许攸宁的模样了。

在这之前，他们夫妻恩爱，堪称模范。两人自少年相识，数年恋爱长跑后步入婚姻殿堂，婚后也相亲相爱，生活幸福美满，仿若蜜里调油。

可现在，这份令人称颂的完美爱情却突然有了瑕疵，就像是白纸上多了个黑点，不大，偏明晃晃地挂在那里。不擦吧，碍眼；擦吧，又怕把这一份"爱情"擦出个大窟窿，最终无法收场。

吃过了饭，苏雯去前台结账，阮真真跟在她身后，没头没脑地来了这么一句："我还是想搞清楚这到底是怎么回事。"

苏雯回过头看她，忍不住叹了口气，问道："你官司的事怎么样了？"

阮真真低着头，用脚尖搓地砖缝隙里的污渍，漫不经心地回答："还那样呗，他们说多少就是多少好了，反正一样都是还不起。"

苏雯听了一时无语。

许攸宁给阮真真留下的不仅仅是一份值得缅怀的爱情，还有突然砸过来的上千万元的债务。作为许攸宁的合法配偶，已经有几家债权人陆续把阮真真告上了法庭，要求她偿还许攸宁所欠下的债务。

婚后，阮真真从没为生计劳过神，所以也无从得知身为南洲银行信贷管理部主任的许攸宁为什么会欠下这样巨额的债务。

许攸宁死亡之前，大家都说阮真真是个命好之人。她出身小康家庭，父慈母爱，自小就在蜜罐里长大，没受过什么委屈。认识许攸宁之后，他又把她护得严严实实，风雨不侵，凡事都没叫她操过心。

阮真真原本也以为自己能这么"傻白甜"一辈子的。

两人结过账往外走，苏雯又随口问她："你房子能尽快出手吗？"

阮真真仍低垂着头，扯了扯嘴角："债权人申请了财产保全，法院已经把房子冻结了。"

苏雯恨铁不成钢，气咻咻地说道："刚一闹这事就叫你赶紧想办法，你偏不听！不是我说你，阮真真，你这辈子吃亏就吃在'万事不上心'！两口子过日子，你就是再信任许攸宁，也该对家里的财务情况有个了解吧？哪有像你这样万事不问的？这下可好，他死了倒是干净，却留了一屁股债给你，难道这他妈就是爱情？滚蛋吧！如果爱情是这样的，老娘愿意一辈子都做单身狗！"

她前面骂得挺有气势，可到后面一说出"单身狗"来，却把阮真真给逗乐了，笑道："单身狗就单身狗吧，又不是多光荣的事。"

苏雯转过头瞪她，片刻后自己却先泄了气。"房子要被收了，你就搬过来跟我一起住吧。"

"不用。"阮真真摆手，"还早着呢，怎么也得等官司都利索了再说，最后要真没地方住，我还能回老家啃老，我爹妈一直想要我回去，不愿意我一个人在外面漂着。"

话虽如此，可事情不到万不得已，这么大个人了，没谁愿意再回家去惹老父老母焦心。

苏雯默然，忽又想起另外一件事来，忍不住问道："许攸宁的账本还没找到？"

阮真真摇头："没有。"

钱财这种东西有来必然有往，借来的钱不可能平白无故失踪。车祸后，阮真真也曾耳闻许攸宁生前有参与私人借贷，可说来奇怪，他竟是没留下一丝痕迹。家中没有也就罢了，她前去他单位里整理遗物时，竟然也没见到一星半点的相关资料。

许攸宁留下的，仿佛只剩下了掌握在几个债权人手里的借据欠条，而从他手里出去的钱，都莫名其妙地消失了。最奇怪的是，许攸宁的好哥们儿尤刚信誓旦旦地说他曾经见过许攸宁的账本，而这个账本，阮真真却一直都没找到。

"会不会是放在车里被烧掉了？"苏雯问。

阮真真缓缓摇头，沉吟道："大家都这么说，可我总觉得这件事好像有点不对。前阵子我去许攸宁单位，发现他的办公室好像已经被人清理过一遍了。"

"被清理过了？"苏雯不觉皱眉，"你确定？谁会平白无故地去动一个死人的东西？很犯忌讳啊。"

阮真真点了点头，想了想，又补充道："不只是账本，他身上那串钥匙也一直找不到。"

许攸宁随身携带的钥匙在车祸中遗失，这事苏雯知道，闻言不觉奇道："一直都没找到吗？"

"没找到，现场、家里、单位都没有。"阮真真回答。

"那这事就真有点奇怪了，钥匙莫名其妙地丢了，办公室又好像被人清理过。"苏雯歪着头，百思不得其解，"都只是凑巧吗？"

阮真真眼中有片刻的迷茫，她轻声道："不知道。"

说话间，两人已经走到了商场门口，大门被推开，冷风裹挟着雪片子扑面而来，把人周身的热气一下子都冲散了，寒意顿时彻骨。阮真真下意识地裹紧了身上的大衣，抬眼望去，触目所及之处已是白茫茫一片，不知何时开始飘落的大雪遮盖住了原本的一切。

今年的第一场大雪，竟就这样到来了。

周三那天，法院叫阮真真过去进行庭前调解。她乘坐地铁过去，赶到滨海区法院时，原告张广强以及另一名和阮真真一同被列为被告的刘伟都已经到了。那两人正坐在一起说着话，看她过来，态度都还算不错，甚至还向她打了个招呼："过来了。"

阮真真微笑着点了点头，不知怎的，只觉得世事荒唐。

法官示意双方好好谈一谈，尽量庭外和解，比如原告少追究点，被告呢，也尽能力偿还欠款，这样一来对大家都有好处。原告先表明态度认同和解，五百万本金加五十万的利息可以减免一些，只要阮真真偿还五百万的本金即可。

五百万……阮真真现在连五万块都拿不出来，又哪里去找五百万？

"我没钱还。"她答得干脆，一切都实话实说，"许攸宁借钱的事我不知道，借来的钱去了哪里我也不知道，现在他人死了，我更是什么都不知道了。"

原告顿时就急了："你是他老婆，你还能不知道钱去哪了？"

"可我就是不知道。"阮真真道。

事情谈到这个份儿上已算崩了，只能等着开庭。

三方人马不欢而散，阮真真背着包出来，到法院门口的时候，一直走在她前面的原告张广强突然停下来，回过身来指着她，愤然说道:"这钱你藏不住,早晚都得吐出来。"

阮真真抬脸平静地看着对方。

张广强指了指一旁的刘伟,又道:"老刘那两千万一分不少地还给了许攸宁,许攸宁从中私自扣下了五百万,只给了我一千五百万,这些都有证据,已经提交法院,谁也抵赖不了。"

他所说的,阮真真早已从案卷里有所了解。简单来说,这就是一个三方借贷:原告张广强通过许攸宁借了两千万给第三方刘伟,刘伟把钱还回来时,许攸宁中间一经手却私自扣下了五百万,张广强最初只当是刘伟没有还全,等一打官司才知道,人家早还清了全款。

阮真真淡淡一笑:"我知道。"

"你知道就好!"张广强气呼呼撂下这么一句,转身便走。

此刻已近正午,天色却阴沉得厉害,仿佛又要下雪。

阮真真步行去地铁站,路上突然接到苏雯的电话:"我给你找了个律师,手机号码在微信上发给你,你赶紧联系人家一下。"

寒风凛冽,她一连打了两个喷嚏,齉着鼻子,瓮声瓮气地抱怨:"你真是白操心,我现在哪还有钱请什么律师啊。"

"哦,这一个不要钱。"苏雯说道。

不要钱的律师?阮真真这辈子还没见到过。

她最初也想聘请律师,可许攸宁刚死,大笔债务就紧随而至,她手上除了几万块的家用,再也摸不到别的钱,哪里还有财力请什么律师!再加上她已有破罐子破摔的心思,索性就自己扛着脑袋上了。

苏雯通过微信发了一串手机号码和名字来,阮真真看了两眼,只应付地回了一句"谢了"。不想没多一会儿,却有一个陌生号码打到她手机上,她记性不错,扫了一眼就发现这正是刚才苏雯发给她的那个手机号。

阮真真犹豫着接通电话,与之客气地寒暄:"您好,高律师是吧?我刚刚看到苏雯的消息,正想着联系您呢,只是人一直在地铁里,不太方便打电话。"

电话里传来一个很好听的男声,先是轻轻地"哦"了一声,又淡淡道:"这样啊。"

阮真真没顾上细辨他声音中的情绪,继续说道:"那您先忙着,等回头我有什么问题了,再联系您。"

国人口中的"回头""改天"不过都是客套话,基本等同于没有下文,这其实已是一种委婉的拒绝,对方却像没听出来,仍不急不缓地说道:"苏雯把你的事情简单和我说了,电话里谈事不方便,还是见面聊一下比较好。你要在哪个地铁站下车?我现在正好也在外面,过去接你。"

看似很平和的语气,却透着一股子莫名的强势。阮真真噎了一下,简直有点"盛情难却",她是个不懂如何拒绝他人的软和人,抬头看了看不远处的地铁站,妥协道:"别麻烦您了,还是我直接坐地铁过去找您吧。"

"也好。"对方倒没客气,答道,"我在滨海区法院这边,你直接过来吧。"

她才刚刚出了滨海区法院,走出来没多远!阮真真愣了下,下意识地转头四下去看,却没发现什么可疑人物。天气寒冷,又是个阴沉天,路人大都行色匆匆,还真没有在大街上闲溜达的人。

男人得不到她的回应,又"喂"了一声,问:"听到了吗?"

"哦,哦,刚才信号不好。"阮真真忙解释,抬手瞅了一眼腕表,默算了一下时间，"那劳驾您先在那边等我一下，我大概十五分钟后到吧。"

"好。"他答得简洁。

"一会儿见。"阮真真挂掉他的电话，立刻给苏雯拨了过去，劈头就问："这个高峻到底是怎么回事？他是从哪里冒出来的？"

"他是咱们高中的师兄，以前校友会的时候见过一面。今天我才突然想起他来，就试着给他打了个电话，没想到人家答应得挺好。你赶紧联系一下吧，张嘴三分利，不吃亏。"苏雯说道。

阮真真顶着风，仍不紧不慢地往地铁口走着，口中说道："他刚刚给我打电话了。"

苏雯没什么意外的样子："他主动联系你了？那不更好？"

"可我哪有钱付律师费……"阮真真话才说一半就被苏雯打断，"他管你要钱了吗？"

两人面还都没见，自然不好提钱的事，可真的坐下来聊案子，就是人家不提，她也不好装傻充愣。"他不要，不代表我就真可以不给，这是人家的工作，谋生饭碗。"

"行啦，先别管钱不钱的。你跟他见一面，就算看在都是校友的分上，咨询一些法律问题也是应当。再说了，他还——"苏雯话说一半突然打了个磕巴，才又继续说下去，"他还欠我个人情呢，帮你点忙又怎么了？"

"他是欠你人情，不是欠我人情。"

"我的就是你的，这份人情我转给你了，放心用吧。怎么，你还要跟我掰扯清楚？"苏雯反问。

阮真真被她堵得无话可说，只得应道："好吧，我先跟他见见再说。"

马上就要到约定时间，她挂掉电话，转过身站在地铁出口处左右看了看，这才又沿着来时的路慢慢往回走。大概走出去有四五十米，一辆外地牌照的黑色车缓缓贴着路边慢下来，车窗落下去，一个戴眼镜的男人从驾驶座上探出身来，问她道："阮真真？"

　　她低身歪头看了两眼，面上显露出些迟疑："高律师？"

　　男人点头，招呼道："上来，这里不让停车。"

　　阮真真拉开车门，匆匆坐上副驾驶位。"真是给您添麻烦了。"

　　她口里客气着，自觉地系安全带，转身的时候趁机瞥了旁边的男人一眼。他很瘦，这是她对他的第一印象，几乎可以用"形销骨立"来形容，原本就有些浓烈的眉眼更显深刻，凌厉得仿佛真如刀刻一般，处处露着锋芒。

　　阮真真看得暗暗心惊，一时竟忘记了下面的客套话。

　　"前阵子生了场大病，险些丢了性命。"高峻像是猜到了她的心思，漫不经心地解释了一句。他把车开上主路，转头看了阮真真一眼："我来这边出差，下午还有点事情，我们先找个地方吃饭，边吃边聊，可以吧？"

　　虽用的是问句，可没有半点询问的意思。

　　"……啊，可以。"阮真真迟了半拍才反应过来，连忙应下来。

　　高峻又道："你的事情我听苏雯简单说了两句，有些情况还要向你确认一下。"

　　阮真真这一次却没立刻接口，沉默半晌，才道："不瞒您说，我没打算请律师。"

　　"为什么？"他问。

　　她神色坦然，答道："因为没钱。再说了，欠债还钱天经地义，证据都在那里摆着，这种官司请律师也打不赢，干吗还花那个冤枉钱。"

高峻沉默片刻，忽地嗤笑出声："有点道理。"

阮真真也跟着扯了扯嘴角，突然问道："高律师，听苏雯说您是校友，不知道您是哪一届的？"

高峻答道："比你高两届。"

"难怪不熟。"阮真真笑笑，又闲聊般地问道，"那您在哪个律师事务所呢？平时接的什么官司最多？"

高峻很敏锐地察觉到了什么，薄唇微微勾起，答道："我在北陵维景律师事务所，平时接的离婚官司最多，这次是受委托人的委托，过来南洲调查些事情。"他说着似笑非笑地瞥她一眼，又问："怎样？满意了吗？还要不要看一下我的律师执照？"

阮真真被他点破心思，面上多少有些尴尬，讪讪一笑，闭上了嘴。

他把车开到了一家餐厅外面，下车的时候，突然回过身来，说道："我和许攸宁是同班同学。"

阮真真刚刚迈下车来，闻言不觉一愣，转过头隔着车身看向这个挺拔瘦削的男人。

"我们曾住过一个寝室，关系还算不错。你没必要怀疑我的动机，坦率地讲，你现在身无分文，负债累累，没什么好叫人骗的。"他停了停，又继续说下去，"还有，虽然许攸宁借款的事证据确凿，但是这官司也并非没有可打之处。"

阮真真闻言不觉苦笑，道："债务并非虚构，我也不能证明这些借款没有用于夫妻共同生活。人家说了，夫妻共同生活并不限定于夫妻日常家庭生活，他做投资、做买卖赔赚的钱，也要算我的。这些，您应该比我更懂。"

高峻抿紧了唇，半晌没说话，到最后也只是淡淡一笑，道："你对许攸宁倒也真是信任。"

这句话，阮真真都不知道从多少人嘴里听到过了，她自嘲一笑，选择了闭口不言。

这会儿正赶上饭点，餐厅里人满为患，暖风开得又足，一道门像是隔开了冬夏两个季节。刚一进门，高峻的眼镜就被热气熏花了，他只得摘下来拿在了手里，向着迎过来的服务员说道："两位，谢谢。"

服务员领着两人直走到角落才找到空位，高峻帮阮真真拉开座椅，照顾她先坐下后，自己才脱掉大衣坐到对面。"你这个案子，如果不给钱，我还真不能接，事务所不是我一个人开的，凡事都要讲究个规矩。我能做的就是私底下帮你看看资料，给些建议，可好？"

阮真真愣了下，点头道："好。"

这家餐厅就是普通的家常菜馆子，菜品都配着图片贴在了正冲大门的那面墙上，明码标价，一目了然。高峻抬眼远远扫了一眼，问过阮真真意见，随意点了两个清淡小菜，最后给自己要了碗粥，主动解释："我刚做过手术，肠胃不大好，只能喝点稀粥。"

阮真真这才突然明白他为什么这样瘦削，忙应和道："最近天气冷，肠胃不好更应该注意饮食。"

高峻点点头，淡淡问她："起诉你的债权人有几个？金额是多少？"

"三个。"阮真真回答，"两家企业，一家个人，借款加起来是一千四百万。"

高峻不觉皱眉："还有个人？"

"有啊。"阮真真点头，"许攸宁生前的好兄弟，手上有他一张一百万的借款欠条。"

"可这行径不像是好兄弟能做出来的。"高峻不经意地笑了笑，又问，"他叫什么？"

"尤刚。"她回答。

尤刚是许攸宁朋友圈里唯一跟他有借贷关系的人，也是信誓旦旦说许攸宁有账本的人。他说自己有一次去办公室找许攸宁，亲眼见到过一个黑皮的账本，里面还有一张别人写给许攸宁的上千万元的借据。也因为这个，他把自己全部积蓄拿给了许攸宁去放贷，想着趁机跟着沾点光，不想却落得个鸡飞蛋打。

许攸宁头七过后，他把欠条拿到阮真真面前，苦着张脸说道："嫂子，这个时候管你要账实在不该，可我真没别的办法，这钱是我全部家当，我要拿不回去，我媳妇儿就要跟我离婚。"

这是阮真真第一次知道许攸宁竟然在外面欠了大笔债务。

婚后许攸宁掌管家中财权，万事不叫她操心，阮真真一直以为他理财有道，直到他死后，自己才发现原来各个账户几乎都是空的，家中所有资产，除却一套刚刚还完贷款的房子，就只剩下她给许攸宁办丧事收到的几万块份子钱。

阮真真没钱还债，尤刚就把她告上了法庭。

第一次见面，她不想和高峻谈得过深，只简单地聊了聊正在打的官司。眼看着时间差不多了，便主动说道："您下午还有事情，我就不多占用您的时间了，咱们回头再联系。"

高峻没有异议，只应了一个"好"字。

两人从店内出来，阮真真拒绝了高峻相送。临分别时，她不知怎的心血来潮，突然又问他道："哎？对了，您认识沈南秋吗？"

15

高峻眉峰微微一挑："沈南秋？"

"嗯，沈南秋。"阮真真点了点头，"办完丧事后，我在礼金单上看到了这个名字，就在同学那一栏里，给的数目还不小，可之前都没听许攸宁说起过，丧礼上也没见到，正好您跟许攸宁也是同学，不知道认识不认识这个人。"

高峻盯着她看，意味不明地扯了下唇角，道："没什么印象。我是高二下学期才转学去一中的，待了一年多就走了，除了和许攸宁同寝室熟悉一些，班里其他的人差不多都快忘光了。"

"这样啊……"阮真真自言自语，不由自主地流露出些许失望。

高峻看了她一眼，又道："你想打听这个人吗？我可以帮你问一问别人。"

"不！"阮真真连忙摆手拒绝，"还是不要了，我就是随口问一句。"

高峻淡淡一笑，没有再坚持，只道："这阵子我都会在南洲，你有事可以打我电话。"

"好，以后免不了要给您添麻烦。"阮真真干巴巴地笑了笑，目送高峻驾车离开，自己又在原地站了一会儿，这才快步往地铁站走。

她没回家，转道去了苏雯那里。

苏雯还是刚起床的那身打扮，开门后就急慌慌地窜回到电脑前，目不转睛地盯着屏幕，双手敲得键盘噼里啪啦作响，口中叫道："我正在写一个关键桥段，男主马上就要死掉了，你先别搭理我，自己随意！"

阮真真无语又无奈，看了她一眼，脱下外套径直走进厨房。

冰箱里被塞得乱糟糟的，她清理了半天才把各种食材分门别类地放好，然后拿了蔫巴巴的胡萝卜和土豆出来，又取出一根不知什么时候买的腊肠，都放到了案板上，切丁的切丁，切片的切片。

米桶就在柜子里，除了大米，她还抓了两把杂粮，洗净一起丢进电饭煲，又把之前切好的食材都先爆炒一下，通通倒进锅内，打算做一锅焖饭。

锅里冒出香气的时候，苏雯正好结束写作，闻着味儿就过来了，叫道："嘿！真香！"

阮真真正倚着餐桌发呆，闻言抬头看她，问："这个高峻到底是什么来路？"

"你们见面了？聊得怎么样？"苏雯反问她。

阮真真想了想，回答："不知道为什么，我总感觉那个人有点奇怪。"

"奇怪？"苏雯终于把放在电饭煲上的注意力收了回来，转回身看她，"怎么个奇怪法？"

阮真真一时答不上来，心里就是感觉哪里不大对劲。她抿唇思量了一下，又问苏雯："你怎么突然想起这么个人？和他很熟吗？以前怎么没听你说起过啊？"

"哦，不算熟。他在北陵工作，平时打交道很少，自然就没和你说过。"苏雯答道。

"他是来南洲办案子的？"阮真真又问。

苏雯耸耸肩，回答："那我就不知道了。"

阮真真不觉皱眉，自言自语："这事倒有点巧，他一直在北陵做律师，你一打电话找他帮忙，恰好他人就在南洲。"

苏雯抬眼看看她，忍不住笑起来，道："阮真真啊阮真真，叫我说你什么好啊。这会儿你又知道防人了？你和许攸宁过日子的时候要是也有这份心思，也不会落到今天这个地步。行了，别多心了，他们律师又不分地域管辖权，北陵的律师跑南洲来打官司怎么了？北京的律师还全国各地跑呢！怎么，疑心我和别人串通起来骗你啊？"

阮真真这才察觉到自己言语有失，高峻是苏雯介绍给自己的，如果她怀疑高峻，就等于在怀疑苏雯。她不好意思地笑了笑，忙解释道："我没那个意思。"

"知道你没有，所以不和你计较！"苏雯冲她翻了个白眼，听见旁边的电饭煲发出好了的提示音，赶紧上前去揭锅盖。浓香随着热气扑鼻而来，她不由得欢呼："啊！宝贝你真是贤妻良母！爱死你了！"

阮真真无可奈何地摇头，拿出碗来递给好友，犹豫了一下，又道："我向高峻打听沈南秋了。"

"啊？"苏雯迟了一拍才反应过来，忍不住感叹，"哎哟，你还真不肯罢休啊？"

阮真真没理会她语气里的讥诮，继续说道："高峻说不认识沈南秋。"

苏雯捧着热气腾腾的饭碗，回过身来就势靠在了料理台前："多正常啊，高峻只是许攸宁的高中同学，毕业这么多年也没在一块儿混，不知道哪来一女同学，哪就那么凑巧，偏他正好认识？"

阮真真默了默，有些后悔地低声道："早知道就该私底下先打听一下，别直接问高峻了。"

苏雯听得直咋舌，用筷子虚虚点着她的额头，简直恨铁不成钢。"你们女人啊，该较真的不较真，不该较真的却瞎较真，相信一个人的时候就跟睁眼瞎一样，吃亏了，就又瞅着谁都可疑。

唉，真不知道是该夸你还是骂你！"

阮真真反唇相讥："说得你好像不是女人一样。"

苏雯冷哼一声，回怼道："起码不是你这种傻女人。"

阮真真笑笑，没再接声。她倒不觉得自己傻，她只是太信任许攸宁。这种信任自少年时建立，带有强大的惯性，十数年里从未改变，直至遭遇这次巨大变故，人被撞得头破血流之后，这才幡然醒悟。

过了两天，高峻再一次主动联系了她，电话里开门见山地说道："沈南秋我找人打听了，和许攸宁是大学同系师兄妹，研究生毕业后进入南洲银行工作。就在三年前，她突然跳槽去了一家私人信贷公司。"

阮真真没想到高峻会对这事如此上心，一时有些反应不过来，讷讷道："哦，这样啊。"

"她手机号码和许攸宁的很像，只有中间两位数不同。"高峻停了停，才又问她，"你是不是怀疑她和许攸宁有特殊关系？"

阮真真的确怀疑许攸宁与沈南秋有着别样的关系，可这份怀疑是如此阴暗、扭曲甚至不可告人。除了苏雯，这心思她再没敢向第二个人提过，可不想只是随口问了高峻一句，他竟然会去调查沈南秋，并一针见血地戳破了这事。

世人眼中，许攸宁视她如珍如宝，可他却瞒着她欠下了巨额债务，而她为许攸宁的死痛不欲生，却因为一个莫名其妙的电话，无故怀疑起了丈夫的忠诚。

他们完美的婚姻，令人羡慕的爱情，已然快成为一个笑话般的存在。

阮真真手握着电话，说不上来心里到底是什么感觉，有诧异，有惊讶，更多的却还是恼羞成怒。她的声音不由自主地变冷、发硬："你在说什么？我不明白你的意思。"

电话那头沉默下来，过了一会儿，才又听得高峻说道："你有时间吗？我们见面聊一下吧。"

"有什么好聊的？"她冷声问他。

"聊案子，聊许攸宁借来的大笔款项都去了哪里。"高峻说道，等了片刻没得到她的回应，便又径直问了下去，"难道你从来没有怀疑过许攸宁借来的钱可能都掌控在某个人的手里？比如……"

他没再说下去，可言下之意，已是如此明显。

比如那个沈南秋！哪怕不是她，还有可能是什么沈南春、南夏、南冬……总之，有这么一个人暗中掌控着许攸宁的全部财产，又在他突然离世之后偷走了账本，抹除掉自己的一切痕迹，销声匿迹。

有这么一个人，不论是男是女，和许攸宁又是什么关系？那个人深得许攸宁信任，甚至远超于她这个妻子。

阮真真昨夜里睡得晚，起床没多一会儿，手机铃声便响起了。她正刷着牙，匆匆漱了漱口就接了电话，嘴角上还残存着牙膏泡沫。她就那样呆呆地站着，望着洗手间镜子里狼狈的自己，半天没有出声。

"阮真真？"电话里又传出高峻的声音。

她突然惊醒过来，冷静地用拇指慢慢地擦去嘴角的牙膏沫，沉声道："我们见面说吧。"

她约高峻见面，出门后特意先找了个公共电话，按照事先查到的北陵维景律师事务所的联系方式打过去，询问到所里确实有个名叫高峻的律师，且高律师眼下去外地出差了，不在所里。

阮真真想了想，又问："听闻高律师前不久做了手术，不知身体可已康复？"

接线小姐似乎对这突如其来的慰问有些意外，迟疑了一下，这才答她道："谢谢您的关心，高律师已经康复。"

阮真真挂了电话，放心之余又觉自己可笑，这般疑神疑鬼，仿若惊弓之鸟。

见面地点约在一个茶楼，她过去的时候时间尚早，又等片刻，高峻这才到了。他还穿着上次见面时的黑色羊绒大衣，里面一件浅灰色的高领毛衣，显得人年轻不少，只不过依旧很瘦，偌大的一副骨架子撑着衣服，看上去瘦骨嶙峋，一副大病初愈的模样。

这种情形还要出来工作，真是人生各有艰难。阮真真心里十分过意不去，决定不论钱多钱少她总要想法付他一些酬劳，总不能白白占用人家的时间和精力。她向他招手示意，他看到了，略略点了下头，不紧不慢地走了过来，招呼道："等很久了吧？"

阮真真明明到了有一会儿工夫了，闻言却摇头道："我也刚到。"

两人都无意寒暄，谈话很快就步入正题。

高峻说道："现在有两种可能：一是那些借款人知道许攸宁死了，于是都不约而同地昧起良心不肯还钱；二是许攸宁还有个不为人知的合伙人，掌控了许攸宁所有的资金往来，而这人藏匿了。"

阮真真想了想，说道："我曾经问过几个跟他有来往的人，几乎所有的人都说他没有合伙人。他们对许攸宁的评价是'独'，独来独往，不混圈子。不过他信用极好，好多时候都是在中间给人担保，很少自己用钱。"

高峻听得缓缓点头："他为人一向如此，看似随和，却极难与人交心。"

这话叫阮真真深感意外，忍不住多看了他一眼，不想他也正抬眼看她，似是猜到她的心思，微微笑道："不用怀疑，我也未能成为例外。"

他如此坦诚，令阮真真哑然失笑。

高峻看了看她，又道："依你所说，许攸宁是没有合伙人了？"

"不。"阮真真毫不犹豫地否定了他的判断，"恰恰相反，我更倾向于第二种可能，因为许攸宁的账本不见了。"

"账本不见了？在哪里丢的？"他问。

"不确定，只是听尤刚说在单位见到过许攸宁手上有个黑皮账本，他说还曾经见到过一张大额借据，足有上千万之多。"

高峻闻言扯了扯唇角："账本或许真有，借据却未必。许攸宁那样小心谨慎的人，怎么会随意叫人看到借据这种东西？更别说还叫他看清金额。要么是尤刚撒谎，要么就是许攸宁故意骗他。"

阮真真抿唇思量，没有说话。

高峻等了她片刻，才又道："说回刚才，不论是哪种可能，事情根源都在许攸宁，一切还要从他身上查起，查他所有账户的记录，他扣下的钱，都去了哪里？谁的账户？"

阮真真道："我有查过他的银行流水，从前年开始就有很多笔大额转账，进出极为频繁，根本就没法查，我也没权利去查对方账户。"

高峻有些意外，奇道："一个认识的人都没有？"

阮真真摇头："没有，都不认识。"

"通讯录里也找不到线索吗？有没有来往比较频繁的号码？"他又追问。

"他的手机在车祸中被烧毁了，内容无法恢复。现在的电话卡是我重新做的，只能在移动营业厅查到一些通话记录，那些可疑号码打过去，要么是空号，要么就不肯接，仅有几个可以打通，还都说和许攸宁没什么钱财来往。"阮真真回答。

他仍不死心，继续问道："其他痕迹呢？"

"都没有。许攸宁出事之后，我设法登录了他的微信，那里面倒是还有些联系人，可都没有聊天记录。他什么也没留下。"

高峻抬眼默默看她，眼神有些复杂："他一直都有删聊天记录的习惯吗？"

"不知道啊。"阮真真自嘲，"我这样的贤妻，平日哪里会去翻丈夫的手机。"

她看到高峻轻轻扯了下唇角，不知是表示同情，还是嘲笑。

他想了想，说道："每个人的交际范围有限，不是生活中认识的，就是工作中认识的，再就是娱乐爱好……总之，纯粹的陌生人很少，不管转几道弯，多多少少都能有些联系。许攸宁在南洲银行专门负责信贷业务，手中客户资源一定不少。如果我是他，自己私底下也做这方面生意，恐怕少不了要利用掌握的客户信息以公谋私。"

阮真真立刻明白了他的暗示，沉吟片刻，才说道："我回去再翻一翻他的东西，看看有没有什么线索。不过，他很少把工作带回家里来，希望不大。"

"试试吧，死马当活马医。"高峻安慰她。

阮真真迟疑了一下，又问："那眼下的这几个案子怎么办？"

高峻似乎才想起这事来，道："哦，你把几个案子的资料都发给我，我先仔细研究一下。"

这些东西阮真真一直都随身携带，闻言从手提袋里掏出来递给高峻。高峻粗略翻了翻，将材料都放进自己的公文包内。"等过两天我给你回复，至于法院那里，能拖就拖吧。"

阮真真抿了抿唇，欲言又止。

高峻瞥她一眼，问："还有什么事？"

阮真真说道："我想问一下你的收费标准，咨询费用怎么个算法？"

高峻诧异地挑了挑眉梢，停下了手上的动作，反问她道："怎么，你要给我钱吗？"

"要给的。"她回答，口气坚定。

他打量着她，将身体重新倚靠进座椅里，不紧不慢地说道："可我听苏雯说你现在经济上很紧张，许攸宁几乎没有给你留下什么钱。"

"可以去掉'几乎'两个字。"阮真真笑了笑，坦诚道，"准确地说，许攸宁没有给我留下任何钱，虽然这话说出去谁也不信。"

高峻也忍不住笑起来，又问："那你拿什么钱给我？"

她认真地看着他："现在没钱给，不代表以后也没钱给，给不了多，起码可以给少。我很感激你的同情和帮助，但并不想利用这些。"话说到后面，她还是忍不住有些难堪，垂了眼帘，轻声说道，"权当给我留些自尊和脸面吧。"

高峻停住了笑，默默看她两眼，这才说道："好，我正常收费。这样吧，我先回去看一下几个案子的具体情况，回来再告诉你收费标准，可好？"

阮真真点头应道："好。"

"我晚上要回北陵处理一些工作，大概过几天才能回来，这期间你有什么问题随时可以电话联系我。"高峻说着，不等阮真真答复便已站起身来，犹豫了一下，这才又说道："至于沈南秋那里，建议你控制情绪，不要轻举妄动。"

阮真真有些不解，随即就反应了过来，应道："我明白，别说只是臆测之事，就是有真凭实据，这种事情闹出来也不光彩。"

高峻可能是没想到她会这样理智，看向她的目光又多了几分深意，脸上却是淡淡一笑："你能这样想最好。"

两人就此分手，阮真真送他出门，目送他的车离开后才转过身慢吞吞地往家走。

现在住的房子是她和许攸宁两人婚前凑钱买的小三居，上半年才刚刚还清贷款。阮真真本以为自己这辈子都要和许攸宁在这里厮混下去了，不料许攸宁竟会突然离世，而这房子过不多久也要成为他人财产。事到如今，对于许攸宁，悲伤过后，她心里竟生出一丝怨恨。

阮真真胡乱给自己做了点午饭，吃过后就进了书房。许攸宁的遗物她已整理过多遍，这一次因为高峻的提醒，检查得格外仔细，可惜依旧一无所获。

她忍不住心烦气躁，头部也开始隐隐作痛。许攸宁是个极为谨慎周密之人，几乎从不把与工作相关的东西带回家里来，若想从他的日常生活中寻找蛛丝马迹，怕是要再去他的办公室才行。

阮真真打电话与苏雯商量此事，苏雯想了想，问她："许攸宁的办公室还空着吗？"

"应该还空着，"阮真真回答，"许攸宁还有一些私人物品存放在那里。"

苏雯说道："那就好办多了，我们干脆直接过去，找个借口再把他的办公室翻一遍。"

"翻也只能翻许攸宁的私人物品。我上次去找账本，旁边一直有人跟着我，几个存放工作资料的柜子都只是打开看了一眼，不可以翻动。"许攸宁是信贷管理部主任，办公室里许多资料都涉及商业秘密，自然不能随人翻看。

"这样啊。"苏雯沉吟片刻道，"如果想办法把那人支走，你是不是就有机会去翻那些工作文件了？"

"是。"阮真真回答。

苏雯不由得笑了："这简单，到时候我配合你。"

第二天一早，阮真真便去了许攸宁生前工作的南洲银行，接待她的是办公室刘主任，听闻阮真真要再进许攸宁的办公室，便客气问道："要不要我叫人来帮忙？"

"不用，我自己来就行。"阮真真忙摆手道，"其实也没多少东西，没用的文件单据就直接绞碎了，不必再往家里折腾。"

刘主任领她到许攸宁的办公室外，拿出备用钥匙来一边开门锁一边说道："许太太啊，行里办公室使用挺紧张的，等你把许主任的东西都收拾利索，这间办公室我们就要分配给别人使用了。"

"好的，没问题。"阮真真好脾气地应道。

说话间，对面办公室走出一个留着寸头的年轻男人，抬头看到阮真真，面上明显一愣，待反应过来，忙上前和她打招呼，口气十分热络："嫂子，您怎么过来啦？"

这人阮真真以前就认识，名叫陆洋，是许攸宁手下一个小经理，经常跟着许攸宁跑前跑后，有时候许攸宁出去应酬喝了酒，都是这人开车送他回家。许攸宁出事之后，也是他第一个赶到车祸现场，辨认出车上的死者就是许攸宁，电话通知了阮真真。

阮真真微笑着向他点头："过来收拾一下许攸宁的东西。"

"那我来帮忙吧？"陆洋赶紧说道。

阮真真看一眼旁边的刘主任，客气地拒绝道："不用，你忙去吧，这里有刘主任呢。"

刘主任也道："陆洋你去忙。"

陆洋这才讪讪走了，到楼梯口时却又停住了脚步，转身看过来。

阮真真正要推门进屋，似是有所感应，也转头看向陆洋离开的方向，与他目光正好碰了个正着，她心念微转，扯起嘴角向他笑了笑，点头示意。

陆洋僵硬地回了一个微笑，转身匆匆离开。

刘主任已经在前面进入办公室，指着靠墙的一排文件柜，介绍道："最里面两个柜子存放的是许主任的私人物品，外面的这些都是行里的文件资料，非工作人员不可翻动。"

阮真真上次来的时候，就已经有人这样交代过，她闻言点了点头："我知道的。"

她说完，刘主任却没有离开的意思，就站在一旁陪着。阮真真也没多说什么，径直走到许攸宁的办公桌前，坐下来不紧不慢地整理起抽屉里的物品，时不时地还要拿起手机来发一发消息。

不一会儿，旁边刘主任的手机突然响了起来。他接通听了两句，从沙发上站起身来，看了看阮真真，神色颇有些犹豫："外面有人找我，我得出去一下。要不，你自己先收拾着？我再找个人过来陪着你。"

阮真真向他涩然一笑，道："还是别找人过来了，也不怕您笑话，许攸宁出了这样的事，我真是不愿意再见熟人。"

俗话讲"好事不出门，坏事传千里"，当今网络社会，但凡有个风吹草动全世界都能知道，许攸宁欠下巨额债务一事早就被传得沸沸扬扬，成了众人茶余饭后的谈资，作为无辜受累的家属会有这种想法一点也不奇怪。

她这样一说，那刘主任都忍不住心生同情，道："行，那你自己慢慢收拾着，我下去看一眼就回来。"

他说完匆匆离开，只留了阮真真一个人在屋里。

这是难得的机会，阮真真轻手轻脚地走到门后，侧耳听着那脚步声远去，忙轻轻反锁了房门，紧张却不慌乱地去开墙边的那几组文件柜。这些柜子她在上一次来时曾经都打开过一遍，只是身边有工作人员陪着，又称是与工作相关的文件，就没有允许她翻看。

她这一次目的明确，很快就找到了存放客户资料的那间柜子。把几个大文件夹都翻了一遍，也顾不上细看，只看到身份证复印件就赶紧用手机拍下来。在拍到其中一张时，她突然愣了一下，下意识地把那份文件拿了起来，朝向窗口光亮的方向，定定地打量身份证上的照片。

那是一个很年轻的男人，五官看起来莫名地熟悉，好像在哪里见过一般。

身份证上的照片大多呆板僵硬，再经过复印更会走形失真，叫人难以辨认。可即便这样，阮真真还是认出了照片上的人。她又看了看身份证上的名字，看到此人名字里的"良"字，心中更确定了几分。

她又赶紧往前翻，去拍前面的企业营业执照及其他文件，正忙活着，不想外面突然响起了敲门声。紧接着，不等她有所回应，来人已试图去转动门把手。门被反锁，把手自然扭转不动。那人又试了一试，再次去敲门，同时叫道："嫂子？你还在里面吗？"

阮真真听出来，那是陆洋的声音。

她不动声色地把文件夹放了回去，轻轻把柜门重新关好，这才从衣兜里掏出一小瓶喷雾剂来，向着自己面部喷了一下。那是已经稀释了很多倍的辣椒水，威力却依旧强大，只这样一下，她的眼睛顿感刺痛难忍，眼泪瞬间就涌了出来。

"嫂子？嫂子？您怎么把门锁了？"外面的敲门声又大了几分，陆洋显然确定她还在里面。

阮真真抽了几张纸巾擦着眼泪，含混地应了一声："请等一下！"

她摁下手机快捷拨号键，不急不忙地往门口走，站在门后甚至还犹豫了一下，这才拧开锁拉开了房门，红着眼睛小心地看着外面的陆洋，哑声问："怎么了？有事吗？"

走廊里已不止陆洋一个人，其他办公室的人听到动静也都出来探看情况。

阮真真故意显出些窘迫来，飞快地用纸巾抹着脸颊上的泪水，道："我没事，刚才收拾东西不小心把眼睛眯了。"

众人目光顿时都往她脸上投来，见她果然是眼红鼻肿的，便都认定她一定是刚刚哭过。至于原因，却绝不是什么眯眼。这会儿工夫，那位刘主任已从外面回来，瞧见这情形不觉诧异，奇道："怎么了？出什么事了？"

阮真真没有回答，只自己转身进了办公室。

那些看热闹的人见刘主任回来，立刻都散了，唯有陆洋站在门口犹豫了一下，跟在刘主任身后进来，口中解释道："刚刚我回来，听着这边还有动静，就想过来和嫂子打个招呼，不想却发现门被锁了。"

刘主任愣了愣，诧异道："怎么可能锁门啊？许太太一直在呢。"

陆洋不说话，只看向阮真真。

"是我把门从里面锁上了。"阮真真嗓音还有些嘶哑，眼泪虽已擦净，泪痕却还清晰可见，更别说那红红的眼眶也骗不了人。她苦涩一笑，垂了眼帘，轻声说道："刚才收拾攸宁的遗物，看到了之前一些信件，有点控制不住情绪，生怕被人进来看见笑话，这才把门从里面锁上了。"

说着说着，眼泪就又流了下来，她赶紧伸手去擦，却不想越擦越多，到后面索性用双手捂住了眼睛，失声痛哭道："我命怎么就这么苦啊，这都是些什么事啊，怎么就叫我赶上了呢？"

她这样一哭，屋里的刘主任和陆洋一时都露出些尴尬之色，愣愣站在那里，不知该如何劝慰。阮真真本就有伤心事，再加上辣椒水威力骇人，那眼泪足足又流了七八分钟，这才勉强止住了。

"惹你们两位笑话了。"她从手提袋里掏出湿巾来擦脸，又道，"算了，这些东西我也不想再收拾。刘主任，劳驾您帮忙找个人，把东西都给我装起来送回家去吧。"

阮真真起身告辞，出了大楼又沿着路边往前走了一段，这才找到一辆小红车，径直拉开车门坐了进去。

苏雯正焦急等待，见她回来，忙问道："还顺利吗？怎么这么快就打出信号？我再拖那姓刘的个把小时都不成问题。哎哟，你看看你这眼睛啊，用不用去医院处理一下？"

阮真真眼睛红肿得厉害，看上去很是吓人。她闻言却只是摇头，微微抿唇沉默不语，似是在思考着什么。

"到底怎么了？说话啊！"苏雯不耐烦地催她。

阮真真从衣兜里掏出手机，把刚才拍下的身份证复印件照片找出来给她看。苏雯正要准备开车，匆忙晃了眼，问道："这谁啊？"

阮真真没说话，只把手机递了过去。

苏雯停下手边的事，仔细看了看，又往前翻了几张，奇道："这是个企业法人啊，从许攸宁这办贷款的？"

"这人我认识。"阮真真突然说道。

苏雯不解地看向她："嗯？你认识？"

"算是认识吧，上次许攸宁住院，这个人在医院里守了好几天。"阮真真秀眉微蹙，目光放空，努力回忆着那时的情况，"寸步不离地守着，我当时还奇怪来着，多问了许攸宁一句，许攸宁说是自己一个好兄弟。"

那些记忆像是被线牵着，一点点地从她脑海深处扯出来。许攸宁说这人是自己的好兄弟，却不肯细说他的身份。她当时还玩笑着问是不是他们家的私生子，两人乍一看还真有那么几分相似。

许攸宁笑得有些尴尬，低声训斥她不许胡说。她也觉得开这样的玩笑不妥当，还特意向他道了歉。后来见那人寸步不离地守着许攸宁，又笑问许攸宁是否欠人巨款，就看这人寸步不离的样子，不像是好兄弟前来陪伴病人，倒像是怕他逃债跑路。

一句无心的玩笑话，不承想却是一语成谶。

许攸宁是什么反应来着？阮真真闭上了眼睛，竭力地回想着。他没接她这个玩笑，只向她淡淡笑了笑。而她当时还全心全意地信任着自己的丈夫，丝毫没有察觉到他的异样。

她怎么就能那么傻呢？

苏雯把车开上路，抽空转头瞥她一眼，又问："就许攸宁送医院抢救那次？"

阮真真应道："对。"

就在车祸前的半个月，许攸宁曾经因为突发低血糖晕厥，被救护车送进医院抢救，足足两天才脱离生命危险。

当时事发突然，毫无预兆。他之前从未有过低血糖的病史，医生一时找不到发病原因，只能先往他体内输入葡萄糖液。说来也奇怪，液体输下去只能短暂维持血糖水平，液体一停，血糖值就立刻又降下去，医生没办法，只能不停地给他输葡萄糖液，就这样一直持续了两天，他的血糖才算稳住。

"对了，后来查出病因没有？"苏雯又忍不住问道。

阮真真缓缓摇头，许攸宁在医院里住了整整一周，把身体各项都检查了一个遍，最后也没有查出什么问题来。

她沉默了一会儿，突然没头没脑地说道："苏雯，你说有没有一种可能，许攸宁出车祸并不只是意外？我那天见了事故鉴定报告，车没有问题，现场却没有任何刹车痕迹，这太不符合常理。"

苏雯听得一愣："怎么讲？"

阮真真把头靠向椅背，怔怔地望着车外萧索的街道，轻声道："他会不会是突然犯了低血糖，开着车就昏死过去了……"

苏雯沉吟半响，最后说道："也不是没有可能，因为突然昏迷，方向这才失控，不经刹车，直直撞向了隔离礅。"

若是这种情况，现场为什么没有许攸宁的刹车痕迹就能解释通了。

"哎呀，现在再追究这个没有意义，不管怎么说人都已经死了。别想了，还是说官司的事吧！"苏雯扫了她一眼，又问，"这人你确定没认错？"

"没有。"阮真真十分肯定，又补充道，"这人名字里有个'良'字，当时听许攸宁叫他良子来着。"

32

"他是向银行贷款的，没日没夜地守着许攸宁干吗？巴结人也没有这种巴结法啊！"苏雯十分不解。

这也是阮真真想不明白的地方。

车直接开到了阮真真家楼下。她把手机里的照片都打印出来，和苏雯一起对照着许攸宁的银行流水单，一个姓名一个姓名地查找核对，直忙到太阳过了头顶，竟也没找到一个相符的名字。

"这条道怕是不通。"苏雯道。

阮真真眉头微皱，低头看着那张身份证复印件，自言自语道："总觉得这个名字有些印象，像是在哪里见过一样。"

苏雯探过身瞅了一眼，见她手里拿的复印件正是那个跑去医院守着许攸宁的良子的，说道："也有可能是你的大脑在骗人。这些人里，你只认识这一个，对他的印象也最深，这种认知给你一种引导，大脑会自发地替你构造一些相应的记忆，叫你觉得自己一定还从别的地方见过他的信息。"

阮真真抬眼看向她："什么意思？"

苏雯嘿嘿一笑，答道："就是你压根没在别处见过，觉得有印象只是一种臆想。"

"不，不是的。"阮真真很认真地摇头，"我绝对是在哪里见过他的信息，我记性一直很好。"她说着，忽地起身又去开旁边书桌的抽屉，从中拿出几个厚厚的文件袋来，打开了最下面的一个仔细翻找。过了一会儿，突然捏着一张纸叫道："在这呢！"

苏雯忙凑过去看，见她手里拿的是一份借款协议：许攸宁向南洲市某经贸公司借款八百万元，分别转往七个账户，其中一个收款人账户姓名正是"夏新良"，和那张身份证复印件上的名字一模一样。

阮真真抬眼看苏雯，眼睛亮晶晶的："高峻猜得果然没错，许攸宁利用职务之便做生意，把款子放给了银行的客户。"

她立刻给高峻打电话，声音里有难抑的兴奋："高律师，我找到了！"

高峻略显低沉的声音传了过来，不疾不徐地问道："你找到什么了？"

"许攸宁借来的钱打给了谁！"阮真真向着苏雯伸手，示意她把与"夏新良"相关的资料都递给自己，一边翻看着，一边和高峻说道，"许攸宁从华朝经贸公司借款八百万，其中有一百五十万是打到一个叫'夏新良'的账户里，而这个人正是许攸宁银行的贷款客户，他是一个企业法人，从南洲银行贷款……呃……"

"贷款多少？"高峻追问。

阮真真手上的资料已经翻到了头，她不由得情绪低落："不知道贷款多少。"

"不知道也没关系。"高峻宽慰她，"我这边的事还没处理完，不能过去南洲。这样吧，你既然找到了一个认识的收款人，就先自己去找找他，看看他肯不肯承认收款这事。"

"好。"阮真真应道。

高峻似是笑了笑，提醒她道："建议你找人的时候先不要暴露身份，否则怕是见不到他。"

阮真真点头道："我明白。"

夏新良身份证上的住址虽然在外省，他的企业却开设在南洲市开发区，阮真真向苏雯借了车，第二天上午便按照地址找了过去。车出了外环一直往东，眼瞅着都快出了开发区，这才看到了印着"鑫旺制造有限公司"字样的牌子。

明明是正午时分，厂子却是大门紧闭，前后远近都看不到什么人影，再配上道边光秃秃的小树，入目尽是萧条。

阮真真下了车，踩着积雪上前叫门，过了足足有三五分钟，里面才有人高声问道："干什么的啊？"

隔着高高的大铁门，阮真真也只能扯着嗓子喊道："我找人。"

"找谁啊？"里面的人又问。

阮真真回答："夏总，我找夏总。"

大铁门依旧紧闭，只在门板中央拉开了一个小门洞，一张中年男人略显精明的瘦脸从中露出来，他狐疑地打量着阮真真，眼中满是戒备："你谁啊？找他干什么？"

阮真真眨了眨眼睛，面不改色地说道："哦，有人托我给夏总捎了点礼品，您看看怎么能联系上他？"

"什么东西？"男人又问。

"哎哟，这我可不知道。"阮真真指了指不远处自己的车，睁着眼睛说瞎话，"箱子还在我车上，里面具体是什么我也不清楚，就说东西挺贵重，是给夏总的谢礼。"

男人探出头来瞅了瞅路边的车："那你搬过来撂下吧。"

阮真真笑了笑："大哥，不是不信任您，只是这事我不能这么办。朋友嘱咐我务必亲自把东西交到夏总手上，我就这么给您撂这了，不好和朋友交代啊。"

男人没好气地说道："你要不放心，那就把东西再带回去！"说完，抬手就要去关那小门洞。

阮真真忙伸手拦下了，赔笑道："大哥，您别恼啊。"

男人冷眼看她，又问："那你想怎么着？"

阮真真借着那个小门洞飞快地往里瞄了一眼，偌大的厂区里看不到一个人影，"夏总他不在里面吗？"她试探着问道。

"他不在。"男人冷声答道，面上的戒备更添了几分。

"那他什么时候回来？"

"不知道！"

阮真真想了想，这才说道："您看这样，大哥，我把东西给您撂下，您呢，给夏总打个电话，叫我跟他说两句话，咱们也算有个交接，行吧？毕竟我是受人之托嘛。"

男人想了想，许是觉得阮真真说得也有道理，便点了点头，道："行吧，你把东西拿过来，我给夏总打电话。"

阮真真讨好地笑了笑，转身去车里拿那根本不存在的"礼品"。

车是苏雯的，车里存的杂物不少，可一时还真找不到一件能糊弄人的礼品来。阮真真匆匆翻了翻，终于在后座找到了一个还没拆封的快递箱子，个头不小，掂起来却是很轻。

她急忙给苏雯打电话，问："你车里还没拆的那个快递箱子里是什么？"

"没拆的快递？我能买什么啊，零食？"苏雯自己也记不清楚，又猜，"要不就是化妆品。"

阮真真透过后车窗看过去，那男人已经把厂子铁门拉开了一道缝隙，探出头来往车这边探看着。她顾不上再多问，一面撕扯着箱子上的快递单子，一面和苏雯说道："不是要紧东西就先给我用了！"

"给你吧！"苏雯大大咧咧地应道。

阮真真怕男人起疑，赶紧抱着箱子下了车，走过去把怀里的箱子直接塞进了男人怀里，笑道："麻烦您给夏总打个电话说一声吧！"

箱子的分量似乎也令那男人有些意外，他下意识地掂了一下，这才一手抱着，一手掏出手机来拨打电话。

阮真真很自然地凑了过去："我帮您拿着箱子。"

联系方式是从通讯录里翻找到的，带有号码的页面几乎转瞬即逝，她也就瞥到了一眼，只能强行记下那个画面，随即垂目凝神，竭力在脑海里重现那张图片，然后再一一去辨认那串数字。

这样一来，男人开头和夏新良说了什么都没能入她耳朵，直到男人把手机递到她面前，粗声道："来，你跟夏总说话。"

她这才回过神，反应却还有些迟钝，愣愣地把手机接过来，下意识地"喂"了一声。不想电话那端却是没有回应，阮真真以为是信号不好，又"喂喂"了两声，热络道："夏总吗？您好！"

手机里还是一片静默，又过片刻，突然响起了通话断掉的"嘀嘀"声。

"断掉了……"她把手机屏幕拿给守门的男人看，迟疑着问道："是不是信号不好？"

男人把手机接了过去，正犹豫着要不要再拨一遍，电话却自己响了起来，他赶紧接听，不只声音客气，连面上都不由自主地露出了逢迎之色。"夏总啊？对对，好的好的。"

他又把电话递给了阮真真："夏总要和你说话。"

阮真真自己心里有鬼，手机接过去刻意拿捏着嗓音，娇滴滴地笑道："您好，夏总。是这样的，张总叫我送点东西给您，我就给您拿到厂子来了。既然您不在，那就先放到门卫大哥这里？"

"哪个张总？"夏新良问道，他的声音听着似是有些古怪，像是正感冒着，嗓音嘶哑，鼻音也有些重。

阮真真不过是随口胡诌，哪里有什么张总，她干笑两声，应付道："哪个张总您还能不知道呀！您就别逗我一个跑腿的了。好啦，东西我送到了，您有时间过来取一下吧。我呢，也算完成任务，就不打扰您啦。"

她说完就挂掉了电话，把手机还给看门的男人，谢了两句便离开了。夏新良的手机号码她还记在心里，生怕忘记了，不等进车就先记在了手机上。紧接着，苏雯的电话就又打了进来。

"刚才怎么回事？电话怎么突然断了？"苏雯问。

阮真真一面发动车，一面透过后视镜观察着厂子门口，见那男人已经进去，这才松了口气，回答她道："没事，刚才糊弄人呢。"

苏雯没问她糊弄谁，只又问道："找到夏新良了吗？"

"没有找到人，但是找到了手机号。"阮真真答道。

能找到联系方式已算收获，苏雯笑道："也可以了，没有白去。有了手机号再想找到他，法子就多了。"

阮真真却是还有别的想法，闻言道："不只是拿到了手机号，我还放了颗诱饵在他厂子里。"

"怎么讲？"苏雯疑惑，可还不等阮真真回答，她自己却先想到了，忍不住叫道，"我去！你不会是把我那快递放那儿了吧？怎么说的？就说是送给夏新良的？"

阮真真也忍不住笑了："你买的什么？回头我赔给你。"

"那是一箱子卫生巾！"苏雯差点笑岔了气，"我买了就忘了，刚才查网购记录才想起来。阮真真，你真是太坏了！"

"怎么是我太坏？我又不知道那是什么！"阮真真也哭笑不得，又有些懊悔，"完了，这回梁子一定是结下了。"

苏雯倒是不觉如何，笑道："快拉倒吧，不管你送他什么，你们也做不成好朋友。我现在只怀疑你这招儿行吗？他能不能上当？"

"不知道，先试一试吧。我觉得直接打电话找他，他不一定会露面的。"世情冷暖，自许攸宁出事之后，很多人都已避她如洪水猛兽，更别说夏新良这种可能与许攸宁有账务往来的人。

"我打算在这附近蹲几天，看看能不能逮到这人。不行的话，咱们再想别的办法。"阮真真又道。

她开着车往市区的方向走了一段，寻到一个小便利店买了些饼干和水，便又将车开了回去，在离鑫旺制造厂大门不远的地方找了个隐蔽角落，把车一停，开始蹲守那个夏新良。

阮真真想着只要夏新良人在南洲，应该就会回来取那箱子"礼品"，最起码，也会叫人给他送过去。到时候她只要顺藤摸瓜，没准就能见到他。

抱着这种想法，她早出晚归蹲守了两天，不想却是没有一点收获。偌大的一间工厂，仿佛只有那个看门的男人在，他偶尔会出来买些蔬菜吃食，但进出只骑着辆电动车，也没见阮真真委托给他的那个快递箱子。

高峻再打电话来的时候，阮真真人还在车里猫着，正准备收工去吃晚饭。天气越发寒冷，为避免被人发现车里还有人，她连暖风都不敢用，虽然身上穿着厚厚的羽绒服，可从里到外还是被冻得透透的，一声"喂"带着颤音，不知道拐了多少道弯才说出口来。

高峻很敏锐地察觉出异样："你怎么了？"

"没事，冻的。"阮真真回答，停了停，又解释道，"我在开发区这边蹲守夏新良呢。"

高峻沉默了一下，说道："我刚到南洲，你也别在那守着了，先回来吧，我们见面说。"

他约定的见面地点又是一家饭店，倒是很合阮真真的心意，进门便招呼服务员先给她煮一碗姜汤过来。高峻气色比上次见面时又好了一些，可依旧是清瘦。他抬眼看她，眉目间锋芒毕现："你在那蹲守了一天？"

阮真真伸出两根手指来比画了一下："两天。"

他微挑眉梢，瞟一眼窗外的残雪，轻轻地扯了扯唇角，嘲道："竟没冻死你，也是难得。"

"嗯？"阮真真愣了愣，才反应过来他在和自己说笑，一时颇有些不适应，略显尴尬地笑了笑，岔开话题问道，"什么时候到的？怎么感觉每次和你见面都是在吃饭？"

高峻刚把菜单递还给服务员，闻言淡淡瞥她一眼，不紧不慢地答道："因为吃饭时见面说话可以算作朋友闲聊，不计入工作时间，这样你就能少付给我一些酬劳。"

听他提到酬劳，阮真真不由得抿了抿唇，犹豫了一下，才又问他道："你怎么收费？定下了吗？"

高峻似笑非笑地看她，问："一定要给吗？"

"要给的。"她郑重回答。

"好吧。"他点头道，"应诉案件是要算时间收费的，我现在的收费标准是一个小时三千块。不过呢，你和别人不一样，也不需要我出庭，那就只收你个咨询费用，时薪算一千吧，可以吗？但这事不能叫所里知道，我们私下里联系。"

阮真真微微抿唇，默默核算这一场官司打下来自己需要支付给他多少钱。

他像是一眼就看透了她的心思，轻轻嗤笑一声："这回知道我为什么要把见面都放在吃饭时间了吧？律师的时间都很值钱的。"

说话间，服务员已经把阮真真的姜汤先送了上来。她捧起碗来一口口地慢慢喝着，直到出了一身薄汗，这才感觉自己真正暖和过来。她不觉松了口气，正要放下汤碗说话，一抬眼却正正地撞进了高峻的眼中。

他在打量她，目光专注而深沉，像是藏了很多的东西，复杂至极。

阮真真愣了一下，下意识地抬了抬眉毛，问："怎么了？"

"你是一个很惜命惜身的人。"高峻的话没头没尾，叫人有些摸不着头脑，他看出了她的疑惑，淡淡一笑，"他们都说许攸宁的死给你的打击很大，我看却不尽然。"

阮真真垂头，默默看了看空荡荡的汤碗，又抬头看他，问："是吗？那我该怎么表现才能符合你的预期？"

高峻一时语塞。

"那换句话问，是否只有自暴自弃、状若疯癫才能表现出我的悲痛欲绝？"她又问。

她这样反应，显然是已经生气的表现。

高峻向她笑了笑，解释道："你误会了，我没有别的意思。其实，我挺喜欢你这样的性格，感情用事谁都会，倒是能用理智控制住情感的人不多。这样挺好，人总要先保住了自己，才能去做更多的事情。"

阮真真垂眼，僵硬地扯了下唇角："多谢夸奖。"

场面顿时有些冷，阮真真没有再交谈的欲望，而高峻又好像不知道该怎么继续话题。气氛正尴尬着，她放在桌面上的手机突然响了起来，这声音打破了静寂，叫高峻忍不住轻轻地吁了口气，仿佛如释重负。

阮真真扫了他一眼，这才去接听手机。

电话是许攸宁的同事陆洋打过来的，说是许攸宁单位里的遗物他已经收拾好了，想给她送到家里来。阮真真愣了一下才想起还有这回事来，她犹豫了一下，还是没好意思把高峻晾在这里直接走人，便和陆洋说道："我现在有事在外面，许攸宁的东西先放在单位，回头我自己去拿吧。"

许是听到了"许攸宁"三个字，高峻立刻被吸引了注意力，往阮真真脸上看了过来。

阮真真没留意他的反应，还在与电话那端的陆洋客套着。"真的不用麻烦，家里没人，我也不知道什么时候回去，你不用给我送过去了。"

她又谢了几句，这才挂掉电话，一抬眼见高峻正看着自己，自然而然地解释道："许攸宁单位的同事。"

高峻点点头，又问："许攸宁的遗物还在单位？"

"一些无关紧要的杂物，我上次去翻他的办公室，就是借口整理这些物品，当时从银行客户资料里翻到了夏新良，着急出来，就没顾上拿那些。"阮真真答道。

高峻顺势接过话题，问她道："你去夏新良的工厂找人了？具体情况怎么样？"

因为陆洋这通电话打岔，阮真真一时忘记了之前的不快。"从早到晚蹲了两天，连个人影都没能看到，电话也不肯接。"她有点失望，想了想，又道，"我觉得夏新良可能跑掉了，没在南洲。"

"理由？"高峻问她。

阮真真思量着，一边整理着思绪，一边慢慢答道："首先，工厂已经是一个完全停工的状态，偌大的一个厂区，只有一个看门的男人在。我也向附近的便利店打听了一下，最近两年实业不景气，很多工厂都停工了。"

正说着话，服务员送了饭菜过来，阮真真停下说了一半的话，下意识地伸手帮忙接着碗碟，向服务员客气地道了谢，这才又接着刚才的话说下去："其次，看门人对到访者非常警惕，见到你就先问你是做什么的，要找谁，又有什么事情。可等你问他事情，他却什么也不肯说。"

高峻听到这里不由得笑了笑，插言道："这是看门人的职责，他不过是在尽本分。难道什么都不问就要把陌生人放进去？还是说不管来人是谁，问些什么，他都要知无不言，言无不尽？"

"嗯？"阮真真一愣。

高峻扯了扯唇角："接着往下说吧。"

"好吧，就算看门人只是恪尽职守。第二点理由不成立，是我想太多。那么还有第三点，也是最重要的一点。"

"什么？"

"我假借别人名头给夏新良放下了一箱贵重'礼品'，这都两天了，他既没亲自来取，也没叫人来拿，甚至都没叫那看门人给他送过去。而我以前曾经和这夏新良打过一点交道，他是个对钱财看得非常重，很贪小便宜的人。"

"你和夏新良打过交道？"高峻抬眼看她，目光微闪。

恰好服务员又过来上菜，阮真真光顾着搭手帮忙，没能注意到高峻的目光，只答道："有次许攸宁生病住院，他在医院守了好几天，每次都是我去买饭买水，他竟一次都没主动去买过东西。事情虽小，却极能看出一个人的脾性，这和钱多钱少没关系。"

高峻听得缓缓点头，又道："不过，你没看到不代表他没出现，也许你不在的时候，东西已经被他拿走了。"

阮真真看了看他，笑道："我早出晚归，如果这还守不到人，也只能怪我运气太差。"

高峻闻言也不由得笑了。他端起碗来，一勺一勺慢慢地吃着米粥，随口问她："你到底送了什么'礼品'给他？"

阮真真狡猾地笑了笑："这是个秘密，不能说。"

高峻微怔，随即又莞尔道："好吧。"

他放下粥碗，抬头看向阮真真，沉声道："总结一下你起早贪黑蹲守两天的成果：工厂已经停工，看门人对来访者极为戒备，夏新良一直没有露面，哪怕你特意放下了'诱饵'，他都没有上钩。由此推断，夏新良应该在躲着什么人，极可能不在南洲。"

"是的，我认为他不在南洲。"阮真真应和。

"也有可能是他识穿了你的'奸计'，所以才没有上钩。"高峻又补充道。

阮真真想了想，不由得点头："不排除有这种可能，毕竟他和我通电话了，也许听出了我的声音。"

高峻眉梢微动，似乎对这个信息很是感兴趣。"你刚才不是说他不肯接你电话吗？"

"是刚找过去时看门人打的，我接过来说了两句，而且还故意拿捏了声音，不知道他有没有听出来。"阮真真答道。

"他都和你说了什么？"高峻又问。

"没说什么，就问我东西是谁叫我送过去的。我怕他认出我的声音来，没敢多说，匆匆说了两句就挂掉了。"

高峻似乎对这个夏新良很感兴趣，又问道："他对你很熟悉吗？"

"算不上熟，就是在医院里待过几天，聊过几句。"阮真真回答，她笑笑，又道，"其实也可能只是我做贼心虚，他可能早就不记得我是谁了。"

高峻抿唇不语，似在思量着什么。过了片刻，忽又问她道："许攸宁之前还住过院吗？因为什么？"

阮真真答道："许攸宁闹过一次低血糖昏厥，当时挺危险的，幸亏发现得及时。"

"这样啊。"高峻若有所思地点了点头，又感叹道，"我记得他上学的时候身体挺好的。"

许攸宁上学时候身体不只是挺好，他还是有名的运动健将。

阮真真和他认识就是在学校的运动会上，他参加万米长跑，超了第二名整整一圈，轰动了半个体育场。阮真真当时正在场外做活动热身，她那会儿刚升高一，被班里体委强逼着去跑女子五千米，心里满满都是怨气。听广播里宣布男子万米冠军已经产生，忍不住转过头和身边的苏雯吐槽："这可真是头牲口！"

正好有个男生带着一身的热气从旁边走过，闻言回头看她，问："谁是牲口啊？"

她随口回答："就刚刚跑第一的那个呗，一万米三十三分钟，他怎么不去读体校！"

男生沉默片刻，说道："家里不让他去读体校。"

阮真真怔了怔，转过身去认真看那男生，好奇地问道："你认识他啊？"

男生点头，龇牙向她笑了笑："哦，算认识吧。"

后来她才知道，他哪里是认识，他根本就是许攸宁！

记忆里，许攸宁还是当年的少年模样，身体颀长结实，留着一头半长不短的青年头，看着斯斯文文的。可咧嘴一笑时，左侧那颗虎牙就会完全暴露，透出几分孩子气来。

更多的，她就记不起来了，再想下去，少年清秀的面庞突然间就变成了那张被烧焦了的黑乎乎的脸，五官扭曲着挤在一起，像是在号叫，又像是在哭泣，看不出半点原本的模样……

阮真真微微垂了眼，强迫自己把心神从记忆中剥离，答高峻道："也是挺突然的，不知道什么原因闹了起来。"她抬眼，又看向他，"对了，几个官司的资料你都看过了吧？有什么想法吗？"

她话题转换得极为生硬，分明是不想再提许攸宁。

高峻没有再继续之前的话题，而是随着她换到了官司上，淡淡道："都已经看过了，也有一些想法想和你聊一下。同时，我还发现了一个很有趣的问题，正想和你说。"

"什么问题？"

高峻看了她两眼，才又问道："许攸宁是不是有两张身份证？"

阮真真被他问得一愣："两张身份证？"

看到她这个反应，高峻就知道她一定是不知道了。他诧异地挑了挑眉，放下手中的筷子，从一旁的公文包中取了一沓资料出来，把其中的两张抽出递给阮真真。"这是从两个案子里抽出来的，你看看有什么不同。"

两张都是许攸宁的身份证复印件，应该是当初借款时留给债权人的。阮真真认真地看着这两张纸，一个字一个字地对照着，最后终于发现了不同的地方。

"两张身份证的有效期不一样？"她轻声问道，语带迟疑。

"不错，有一张是今年才办的。"高峻点头，笑了笑，继续说道，"按理说，一个人有两张身份证也不是多奇怪。身份证丢了，自然要去补办一张新的，等新身份证下来了，却发现旧的又找到了，这样的事情有很多。"

阮真真仍低着头打量那两张复印件，抿唇不语。

高峻没再继续说下去，而是问她道："你发现真正奇怪的地方在哪里了吗？"

阮真真唇角抽动两下，露出一个有些勉强的微笑："照片是一样的，两张身份证办理的时间间隔了将近五年，而证件照上的发型、表情甚至衣服，却都是一模一样。"

这绝对不是简单的巧合，也不可能存在这样的巧合。

高峻似是有些意外，看向她的目光里难掩诧异，说道："苏雯一直说你这个人性格懒散、粗枝大叶，我看她说得不对。相反，你是一个观察敏锐、心思细腻的人。"

阮真真想向他笑一下，可唇角却似被加了无形的禁锢，无论她怎样努力都翘不起来。

"观察敏锐""心思细腻"这样美好的词语用在她的身上，是何等地讽刺！她爱了十几年的人，那个同床共枕、爱重情深的丈夫，在他死了之后，她才一点点地发现他的陌生。他亏空了家中全部的财产，他欠下了千万巨债，他有一个关系暧昧的大学学妹，他甚至故意办理了两张一模一样的身份证……她所爱的、所盲目信任的那个人，到底是个什么样的人？在背着她的那一面，又究竟有着一张什么样的面孔？

她想笑一笑，唇角一弯，眼泪却唰地落了下来。

第二章　夜袭

"什么？许攸宁有两张身份证？"苏雯奇道。

"是的，两张一模一样的身份证。"阮真真仰起头，用冰袋冷敷仍有些肿胀的眼睛。晚饭的时候，她突然情绪失控，当着高峻的面就哭了出来，这叫她感到既尴尬又难堪，饭后都没顾上和他讨论案子，胡乱找了个借口就离开了。

她没回家，直接来了苏雯这里。

"许攸宁丢过身份证吗？"苏雯又问，话说出口才觉出自己说了废话，阮真真一定是不知道的，否则也不会是眼下这个反应。

"他的吃穿用行一直都是我在打理，我每日替他整理钱包，把无用的票据拿出来，再补足零用的现金，钱包里有什么我都一清二楚，却从来没见到过两张身份证。"

阮真真轻声嗤笑，像哭又像是在笑，"我一直以为自己对他很了解，到现在才知道我了解的只是他想叫我看到的而已。"她的声音突然哽住，半晌之后，才能继续说下去，"你说，他怎么能这么对我呢？"

苏雯无法回答这个问题。沉默半晌，伸出手去轻拍阮真真肩膀，安慰道："现在再想那些有什么用？既然过去了就该都放下，专心解决眼前的问题。"

"我恨他。"阮真真轻声说道。

以前有多爱，现在就有多恨。

苏雯不愿意看到她陷入对许攸宁的怨恨中去，劝道："冷静一下，想一想他这第二张身份证哪里去了，是在车祸里一起烧毁了，还是在别处？"

"没有烧毁。"阮真真慢慢恢复了理智，声音也一点点地冷下来，"车祸时他的钱包被甩出车外，没有遭到毁损，里面只有一张身份证。"

苏雯不禁有些担忧："许攸宁的身份证你还没去办理注销吧？那这样的话第二张也能正常使用。这东西落到有心人手里可不大好。"

阮真真把眼上的冰袋拿开，怔怔地望着屋顶出神，慢慢说道："两种可能：一种就是他放在办公室里，跟着账本一起被人拿走了；另一种，这张身份证压根就没在他这，而是一直在某个人手里。"

"那怎么办？"苏雯神色越发凝重，思量片刻，又道，"要是许攸宁真的还有一个合伙人，拿着这张身份证可是能做出很多事来！"

其实按照规定，公民死亡后一个月内就应该由亲属持相关资料向户口登记机关申报死亡登记，注销户口的。许攸宁已死去近两个月，阮真真却还没有去注销他的户籍。

她似乎有一种感觉，只要许攸宁的身份证还在，他的人就还活着。只是这份心思不好对他人表露，即便是对着苏雯。

"身份证先不能注销，否则不仅我自己办事麻烦，恐怕还会惊动对方。"阮真真沉默片刻，又道，"他要是真拿着身份证去做事倒也好了，起码有迹可循，不像现在这样，双眼一抹黑，都不知道要去哪里找这个人。"

苏雯认同地点了点头，又问她道："你有怀疑的人吗？"

阮真真没有立刻回答，半晌之后，轻声说道："陆洋。"

"陆洋?"苏雯皱眉,仔细回忆着,"个不高,留寸头的那个同事?怎么会怀疑到他身上?"

"那天早上是许攸宁锁的房门,他一定是随身带了钥匙的。可车祸现场没有找到钥匙,办公室里也没有,那么,这一串钥匙哪去了?就算没有像钱包一样甩出车外,也不会被烧得无影无踪吧?而陆洋,他是第一个到达事故现场的熟人……"

"有这种可能。"苏雯顺着阮真真的思路分析下去,"他还是许攸宁的同事,可以自由地进出南洲银行办公区。对了,你说他的办公室就在许攸宁办公室对面,是吗?"

"是的。"阮真真回答。

苏雯音调不自觉地拔高,透出些难抑的兴奋:"那就更方便了!我们捋一下啊!陆洋在事故现场藏起了许攸宁的钥匙,然后偷偷溜进许攸宁办公室,赶在你去整理遗物之前清理了他的遗物,拿走了黑皮账本和身份证!他就是许攸宁的那个合伙人!"

阮真真也有同样的猜测,可心里又隐约觉得有哪里不对劲。"看以前陆洋和许攸宁的相处方式,一点也不像是合伙人的样子。"

"怎么讲?"苏雯问道。

阮真真沉吟着,挑选着合适的词语:"他俩年纪差了不少,看陆洋以前那个劲头,与其说像许攸宁的合伙人,不如说更像他的小伙计。"

苏雯听阮真真这样一说,把许攸宁和陆洋两个人放在一起暗暗比较了一番,也不由得点头。"的确不像是能搭伙做买卖的人,不过……"她停了停,又道,"跑腿小伙计未必就没有大心眼。"

阮真真沉默片刻,忽又说道:"还有一人,也有可能。"

"谁?"苏雯问她。

"沈南秋。"阮真真不由自主哼笑一声,"直觉告诉我,她和许攸宁关系匪浅。"

苏雯有点不知道说什么好,默默看了她两眼,却不由得也笑了。"其实直觉也是一种理由,尤其是女人的直觉,只是这种理由往往都埋藏得极深,有时候甚至是深藏在你的潜意识里。我也觉得沈南秋值得怀疑。"

这一回轮到阮真真惊讶了,她抬眼看向苏雯:"你的根据呢?"

苏雯笑笑,不紧不慢地说道:"沈南秋和许攸宁既是同门师兄妹又是同事,必然认识,此为其一;沈南秋从南洲银行跳槽去了一家贷款公司,而许攸宁也从事私人借贷生意,两人有合作的可能性,此为其二;而其三嘛……"她说到这里却停了下来,只看着阮真真不语。

阮真真与她十数年交情,最是了解她的,见状不由得嘲弄地勾了勾唇角:"都这个时候了,还有什么话是需要顾忌的?"

苏雯叹一口气,才又继续说下去:"其三,许攸宁把你瞒得这样密不透风,可见他的买卖里必然掺杂着男女之事,绝不能叫你知晓一星半点。否则,不至于如此隐瞒。"

隐瞒和欺骗往往同生共长,如影随形。

既有隐瞒,又怎会没有欺骗?阮真真呵呵冷笑两声,把头仰倒在沙发靠背上,半晌后感叹道:"真是可笑啊。"

苏雯就坐在一旁的沙发扶手上,伸手摸了摸她的头以作安慰,过了一会儿,才又问她道:"有什么打算?"

阮真真沉默片刻,怔怔问道:"这事能报警吗?"

苏雯闻言不觉失笑:"你报警说什么?说有人藏了许攸宁的身份证,昧下了他借的钱?证据呢?你有证据吗?空口无凭的事,警察叔叔就凭着你几句话能做什么？是能去抓人啊，还是去搜家？真真，这又不是刑事案件，公安局那么多大案要案还忙不过来，谁有空管你这个！"

阮真真自然也懂得这些，咬牙道："没证据，那我就去找证据！我就不信了，就真的找不到半点破绽！"

自许攸宁出事后，她一直都是半死不活浑浑噩噩的样子，现突然露出狠劲来，倒叫苏雯刮目相看，不由得问道："你自己去查？"

"没错，我自己去查！只要是狐狸，总会露出尾巴来！"阮真真转头看了一眼座钟，见时间已经不早，不顾苏雯的挽留，起身准备告辞。临出门时，她又与苏雯商量道："你的车最近若是不用，就再借我几天。"

苏雯是个死宅，买车就是一时冲动，闻言立刻从茶几上抓了钥匙给她丢过去，"开走，开走，路上小心点。哎？几点了？要不别走了，在我这睡吧，都这么晚了。"

"不了，我得回去。"阮真真挥手向她告别，从楼下开了苏雯的小红车回家。

天上不知何时又下起了雨夹雪，路面上早已结了一层薄薄的冰，每辆车都开得小心翼翼。阮真真虽然考下驾照已有几年，开车的机会却很少，遇着这样的路况，不免更是紧张，几乎是一点点往回挪。等车开进自家小区，已快凌晨一点。

许攸宁租用的车位还没到期，自从他出事之后就一直空着。阮真真把车在车位上停好，裹紧了大衣从车里出来，拎着皮包一路小跑到电梯口，乘电梯直上到自家所在的二十六楼。

那是两梯四户的格局，出电梯门是一段走廊，拐过去越过一个消防通道才是阮真真家门口。脚步声震亮了走廊里的灯，借着这昏暗的光，她从皮包里掏出钥匙来开门。

扭动钥匙的时候她就察觉到了不对，钥匙只转动了半圈就听到了锁扣被打开所发出的特有的"咔哒"声，而她明明记得早上离开时自己是锁了门的，钥匙需要转动一圈半，下面的方形锁头先缩回去后，才能听到这个声音。

阮真真屏住呼吸，轻轻地去拉房门，才刚刚拉开一条缝，下一秒就又变了主意，大力把门合上了。钥匙还留在锁眼里没有拔出，她一手紧紧抵住房门，另一只手去转动钥匙，飞快地把门重新反锁，连钥匙也顾不上拔出，转身便向外跑。

电梯还停留在二十六楼，她冲进去先摁下一楼按钮，随后狂摁电梯闭门键，待电梯闭门下行之后，这才略略镇定了些。稍一犹豫，又摁下了那个黄色的求救按钮。

那是连接着小区监控室，可以用来报告电梯故障的按钮，很快，操控板上的喇叭就传出了保安的声音："喂喂？发生了什么事？"

阮真真急忙呼救："救命，我家里进去歹徒了！"

保安本来声音还带着几分散漫，一听她这话，立刻重视起来："你别害怕，我们马上派人过去！"

阮真真怎么可能不害怕？她这两天接连去开发区蹲守夏新良，一走便是一整天，因此早上出门时都会特意把房门多锁一道，而现在那道锁却消失了。唯一的解释就是有人在她之前进到了屋里。

电梯很快到达一楼，她半点时间不敢耽搁，疾步冲出楼外，顺着小区内的主干道往保安室跑，直到迎面看见两个保安手执电筒跑过来，这才稍稍安心，脚下一滑，人顿时就坐倒在了地上。

"是你摁的报警铃？"保安紧走几步上前来扶阮真真，"家里进人了？"

阮真真一身冷汗，后怕得厉害，强撑着站起身来，嘴唇不受控制地哆嗦着，连话都说不出，只一个劲儿地点着头。

"什么样的人？"保安又问。

阮真真又赶紧摇头。

两名保安对视一眼，问阮真真道："你住在 B 栋二单元，对吧？哪一户？"

"二六零一室。"阮真真情绪稍稍平稳了些，终于能说出话来，抖着说道，"我今天有事出去，刚刚回到家，一开门发现家里进去人了。"

两名保安一时都有些拿不定主意，相互看了看，其中一个说："要不，先报警？"

另一个说道："等警察到了，人早就跑了。"

两个人犹豫了片刻，终于达成共识，决定先陪阮真真上去看看。他们示意阮真真往回去，边走边问："你看清楚是什么人没有？"

"没有，我一开门便发觉有人进过我家，就赶紧退出来了。"阮真真答道。

"人还在吗？"那保安又问。

阮真真愣了一下，摇头道："不知道。"

"不知道？"保安一脸诧异，"你没见到人，也不知道那人还在不在家里，怎么就知道你家进去人了呢？你回来的时候，门开着吗？"

"门是关着的，但是没有锁。"阮真真解释，怕他们不明白，又补充道，"我早上出门的时候，是把门锁了一道的。"

两名保安一左一右地护住她，一同走向B栋二单元，这个单元未设门厅，穿过一段窄窄的走廊，两部并排的电梯正冲着单元门，左侧一部停在一楼，右侧那部则停在了四楼。

"你刚才就是坐这部电梯下来的？"保安指着左侧的电梯问阮真真。

她闻言点头："是这部。"

三人进入电梯，直接坐到了二十六楼。

阮真真的那串钥匙还插在房门上，一切都还是她刚刚逃离时的模样。两名保安示意阮真真靠后，手中握紧保安棍，小心翼翼上前拧动钥匙，打开了房门。

屋内一片黑暗，借着走廊内的灯光看进去，只能模糊地看个大概，既无可疑人影也听不到什么动静。当中一个保安探手进去摁亮了灯，明亮的灯光顿时驱走了黑暗，充满了整个客厅。

没有任何异常状况，两名保安明显都松了口气。两人结伴把几个房间都察看了一遍，甚至连橱柜都打开瞧了，依旧没有发现什么人。

"是不是你记错了？早上走的时候没锁那一道吧？"保安问阮真真。

阮真真也有些愣怔，一时都忍不住怀疑真是自己的记忆出现了偏差。

另一名保安也说道："进单元门前我看了一眼，整个防火梯的声控灯都灭着，可见刚才没人走楼梯。两部电梯只有一部停在一楼，是你自己坐下来的，并没有人追着你下楼。可见就算真有人进来过，也应该早就离开了，不会是刚才跑的。"

阮真真抿着嘴不说话，她深知自己不可能记错，却又没有什么证据来反驳保安的话。毕竟，她只是感觉到了危险的气息，并未亲眼看到可疑的人。

保安看看她，又建议道："你不如检查一下，看看家里有没有丢什么值钱东西。"

家里没有什么值钱的东西可丢，只有她这些年存下的一些首饰还放在梳妆台上。她过去翻看了一下首饰盒，东西都还在，甚至都没有被人翻动过的痕迹。

"没丢什么。"她说道。

事到如今，两名保安虽没说什么，可看那神色，几乎已经认定是阮真真谎报险情，虚惊一场。两人对望一眼，当中年纪稍大些的站了出来，对阮真真说道："既然这样，你就早点休息吧，锁好房门，有事随时打电话，我们会立刻赶过来。"

阮真真没理由多留人家，只能一边道谢一边往外送人。到门口时，那名保安又好心问道："你一个人住吗？不行就打电话给亲戚朋友，叫个人过来陪你。"

都这么晚了，哪里好意思再打电话惊扰别人。她只是苦笑摇头："不用了，我把门反锁就没事了。"

保安示意她先关门，确定她上锁之后，这才离开。

各个房间的灯都还亮着，阮真真想着去关，手都碰到开关了却又停下了。她把门一道道反锁，最后把自己关进卧室里，睁着眼睛熬到了天亮，非但没有丝毫睡意，反而开始头痛起来。

临近中午的时候，高峻给她打了电话过来，听她说话鼻音浓重，略带嘲讽地问道："又去开发区蹲夏新良去了？"

"没，在家呢。"阮真真回答。

高峻道："不找夏新良了？"

"要找，不过要换个法子。"

"什么法子？"他又问。

阮真真想了想，答道："还不知道。"

高峻听到这个答案忍不住笑了起来："这两天天气不好，我胃病又犯了，你在南洲待的时间长，有没有好的粥铺推荐一个？"

阮真真也忍不住惊讶："必须喝粥？能换别的吗？"

"能。"高峻回答，停了停，又补充道，"如果有条件，把其他食物打成糊状物也是可以吃的。"

只能吃流质食品，足可见他的胃病严重到了何种地步。可即便这样，却依旧要出差异地，奔波劳苦。阮真真感叹之余，不免为自己的懒惰怯懦感到羞愧，她咬牙从床上爬起来，对高峻说道："我知道一个喝粥的好地方，又便宜又美味，你这会儿在哪呢？我带你过去。"

高峻说出自己所住的酒店地址，不想竟然离阮真真家不远，走路也不过十来分钟。阮真真扫了一眼窗外，见路面上还有不少积雪，便说道："我车技不好，这天气根本不敢开车，不如走过去找你。你也别开车了，咱们坐地铁过去吧。"

高峻似是有些意外，应她道："好吧。"

阮真真胡乱洗了一把脸，把自己裹严实后出了门。步行到高峻所在的酒店时，他已经等在了大堂里。身上仍穿着第一次见面时的那件黑色大衣，里面却是西装严整，像是刚刚从外面回来。

"给你打电话之前，刚刚送走了一个客户。"他主动解释道。

阮真真没太在意，转身带着他往外走，随口问道："是离婚官司吗？"

60

高峻似是没听清她的话，下意识地"嗯"了一声后，这才反应过来，答她道："是离婚官司。"

阮真真没有再问下去，领着他往不远处的地铁站走。路滑难行，两人走得都有些小心，直到走进地铁站入口，才齐齐松了口气。

高峻跺了跺脚上的残雪，抬眼看阮真真，问："去哪？"

"工业学院。"她回答。

高峻微微挑眉，又问："你工作的地方？"

这一回轮到阮真真意外，她转回头看他，奇道："你怎么知道？"

"哦，苏雯告诉我的。"高峻淡淡答道。

"我在学院图书馆工作。"她一面说着，一面去帮他买地铁票，"前阵子请了长期病假，已经很久不去上班了。"

高峻默默点头，没说什么。

工作日的中午，地铁里人不算太多，两人上车后都找到了座位，隔着过道分别坐下。阮真真百无聊赖，掏出手机来给苏雯发信息："昨晚上我家里好像进去贼了。"

苏雯应是未能及时看到消息，久久没有回复，直到阮真真和高峻下地铁时，才突然打了电话过来，劈头就问她："怎么回事？你家进去什么贼了？你人没事吧？"

当着高峻的面，阮真真不方便和她说太多："不大清楚是什么人，我没事，具体情况等回头见面再细说吧。"她含糊说了两句便挂掉了电话，转头看向身侧的高峻，笑着问道："走这么远，你身体没关系吧？"

高峻道："还不至于那么娇弱。"

出了地铁口往西走不远就是几大校区的聚集地，工业学院在偏南的位置，顺着一条小街拐过去，就是校区后侧的饮食街。这时候正是学生们出来觅食的时间，来来往往的几乎都是少男少女，阮真真领着高峻一路走进去，顿时吸引了不少路人的目光。

阮真真最开始没注意，待察觉到了，顺着几个小姑娘的视线打量了一眼身侧的高峻，这才发觉他其实长得很好看。虽然瘦削，身姿却高大挺拔，就像一副行走的衣服架子，加之眉目又浓密刚毅，走在这以学生为主的小街上，颇为打眼。

"看什么？"他突然问她。

她自然不好告诉他实话，心思一转，不答反问："你胃病怎么会这么严重？"

高峻扯了下唇角，淡淡一笑，没有回答，只抬眼看向前面不远处，指着一家人进人出很是热闹的店铺，问她："是那里吗？"

她看出他不愿意继续这个话题，便立刻打住了，顺着他的话答道："没错，就是那里。走吧，今天我请客，你随便吃。"

他赞了她一句"豪爽"，进了门才发现这是家自助式的粥铺，十元钱买只碗，一长排十几桶不同的粥摆在那里，随便你自己挑，续几碗都可以。如果两人只是喝粥的话，二十元足可以管饱了。

高峻轻声嗤笑，自言自语道："难怪如此大方。"

阮真真装作没有听见，只塞了只碗在他手里，介绍道："芹菜猪肝粥稍稍有点腥，八宝粥过甜，其他的品种都没问题。建议你每次少盛一些，这样可以多尝几种。"

店里人满为患，她拿着碗找了半天才占到两个相对的空位。他端着大半碗金黄色的小米南瓜粥，一路小心翼翼地找过来，勉强把自己高大的身躯挤进狭小的座位里。抬头看她碗还空着，问道："你呢？不去盛吗？"

"这就去。"她先脱了大衣放到椅子上，又嘱咐他道，"你帮我看着点。"然后端着碗离开。没过一会儿，不止端了一碗蔬菜粥回来，还拿了一碟软软的鸡蛋饼和小咸菜："试试这个，如果能吃就吃点，总喝粥会饿吧？"

高峻略略点了点头表示感谢，目光在她脸上打了个转，问道："看你状态很不好，怎么，昨夜里没休息好吗？"

昨夜里岂止是没休息好？根本是整夜没睡。阮真真勉强笑笑，正要含混过去，就听得他又说道："用不着撒谎，你脸色在这里摆着，骗不了人。怎么了？又出了什么事？"

阮真真垂眼，用勺子慢慢搅动着碗里的稀粥，抿唇不语。

高峻没有催她，不紧不慢地喝着粥。片刻之后，才听她说道："真没什么事，就是昨天晚上想得有点多，失眠了。"

他又看她两眼，低低地"哦"了一声，没有再问下去。两人相对而坐，一时都没话说，只一勺一勺地认真地喝着粥。高峻先喝完了自己那大半碗，放下勺子抽出纸巾来擦了擦嘴。

阮真真瞥了他一眼："不再去尝点别的吗？"

"不用了。"他从座位上站起身来，"你慢用，我出去透透气，在外面等你。"

说完，便先出去了。

阮真真看出他像是有些不耐烦，哪好真叫他在外面久等，匆匆几口吃了那张鸡蛋饼，又喝尽了碗底的粥，扫一眼时间，见时针已经过了一点，忙放下碗筷追了出去。

高峻正站在街道边打着电话，另一只手上夹了支刚刚点燃的烟，听到脚步声回头扫了一眼，见到是她似有些意外，向她举了下手示意她等待，转过头又低声说了两句，便挂断了电话，回身问她道："这么快就吃饱了？"

"嗯，早饭吃得晚，也不大饿。"她随口撒着谎，小心地观察他的脸色，"真是不好意思啊，这么大老远带你过来，就喝那么半碗粥，不合口味吗？"

他闻言淡淡一笑，随手把手上的烟掐灭丢进旁边的垃圾桶里。"是我该说抱歉，为着喝半碗粥折腾你跑这么大老远。"他往旁侧歪了下头，示意她往前走，"回去吧。"

两人沿着来时的路回去，再到高峻所住的酒店前，天色又阴沉了下来，虽才不过三四点钟的光景，眼瞅着竟像是要天黑了一般。高峻没进酒店，又往前抬了抬下巴，淡淡说道："走吧，我先送你回去。"

"不用，不用。"阮真真连忙摆手，"不用耽误你的时间，这么近，我自己走回去就行了。"

高峻一时没有说话，默默看了她两眼，忽然问道："昨天晚上你家里进去人了，是吗？"

阮真真愣了一下："你怎么知道的？"

他面色微沉，没回答她的问题。过了一会儿，才忽又说道："阮真真，我不只是一名律师，而你也不只是我的客户。你和我说话不用掐着时间，生怕多说一句我就要你钱。"

说完，便转身继续往前走，等都没等她。

阮真真落在后面，想要追上去解释一下，又不知自己能说什么。她的确只把他当作了一名律师，也谨守着客户的本分，说到底，她跟他就是很生分，而且觉得理应如此。

他忽地停下了步子，转回身等她。她见状赶紧跟了上去，犹豫了一下，小心叫道："高律师？"

"别叫我高律师！"他忽然冷喝，情绪罕见地显露出起伏波澜，"我不只是一名律师，我还是许攸宁生前的好友，你也不只是我的客户，你还是我……"话到一半却戛然而止，似是硬生生地拗了个弯，这才又继续下去，"你还是我好友的遗孀。阮真真，我来找你，是想帮你，不是来拉你这个客户的。"

阮真真怔怔地站在那儿，有些意外，更有些震惊。他释放出来的感情太突然，又太强硬，竟叫她一时不知该如何回应。

而他的情绪却似已经平稳下来，见她这般傻愣愣的模样，竟还轻轻地嗤笑了一声，无奈地摇了摇头道："算了，当我什么也没说。走吧，我送你回去，看你安全进家也就放心了。"说完，又率先往前走了去。

阮真真的家离他所住的酒店不算远，步行也不过十多分钟。进入小区后，他也没有回去的意思，一直送她到单元门口。

"你回去吧。"阮真真停住脚步向他道谢，"天都黑了，一会儿可能还要下雪。"

高峻讥诮地扯了下唇角："送你上楼吧，放心，我不进你家门。"

阮真真有点不大理解他这怒气从何而来，连说话都突然阴阳怪气起来，可事到如今也没有与他争执的必要。她好脾气地笑笑，甚至替他拉开了单元门，示意他先行。

两人一前一后地进了电梯，径直上到二十六楼，阮真真先出的电梯门，一面低头从皮包里往外拿钥匙，一面往前走，嘴上与他客气道："进来喝杯茶吧，都到家门口了，哪能不进去坐坐？"

走廊拐过去才能看到她家门口，阮真真只顾着低头掏钥匙，心思也在身后的高峻身上，因此并未能在第一时间看到那个站在她家门外的蒙面男人，直到有黑影向她撞过来，这才悚然惊觉。

"小心！"高峻急喝，一手拽住她的手臂，猛地把她拉到自己身后，同时抬脚往那黑影身上踹了过去。

他动作已是极快，不想那黑影反应更快，侧身避过他这一脚，手中挥着利刃就往他身上砍了过来。高峻身后还护着阮真真，一时避无可避，无奈之下只能抬臂去挡。

阮真真被他严严实实地掩在身后，看不到前面的情形，却清楚地听到了利刃刺穿衣物进入皮肉的声音，还有身前那声发自胸腔深处的闷哼。

下一秒，蒙面人便被高峻踹飞，身体重重撞向走廊墙壁，手中的刀"叮当"掉在地上。直到此刻，阮真真才从僵滞中惊醒过来，本能地发出惊恐的尖叫，嘴里喊出来的却是："来人啊！着火啦！"

尖叫呼喊没有杀伤力，却有相当的威慑作用，蒙面人抓了刀从地上爬起后，并未再继续攻击他们，而是仓皇转身往消防梯内跑去。

高峻捂着胳膊想追过去，却被阮真真一把拉住了。"不要追！他手里有刀！"她急声叫道。他犹豫了一下，放弃了追赶的念头，只回过身来看她，脸上颇有些无语，问她道："你喊什么着火？喊着火就有用吗？"

哪怕她喊的是着火，走廊里依旧是静悄悄的，没有人出来看上一眼，不知道邻居是都没在家，还是不肯出门。

"网上说遇到歹徒不要喊救命，要喊着火的。"她讪讪解释，忽又想起他受了伤，赶紧去察看他的胳膊，"你怎么样？伤到哪里了？"

"没事，只是皮肉伤。"他不在意地摇头，低头看了看她，"幸亏刚才坚持送你上来。"

若不是他坚持送她上来，刚才直面那个蒙面人的就只有她自己，会落个什么结果简直可想而知。阮真真后怕得厉害，连声音都有些不受控制地颤抖："你伤得严重吗？我送你去医院吧？"

比起她的惊慌难抑，高峻镇定得令人意外，他随意地用手捂住伤口，说道："不碍事。"

他的胳膊还在往下滴血，红艳艳地绽放在乳白色的地砖上。她只看了几眼，慌得比之前更厉害，连拿钥匙的手都抖了起来，颤声道："我先进去拿绷带给你止血。"

高峻一把拉住了她，向她淡淡一笑，道："先报警吧，不过，我不认为报警能帮上什么忙。"

警察来得很快，不过却如高峻所说，警察也没能帮上什么忙。阮真真家的房门锁具完好，屋内也没留下什么痕迹，高峻虽直面歹徒并与其搏斗了一番，却没能看清他的模样。那人蒙面戴帽，显然有备而来，就连逃走都选择了没有监控的防火通道，几乎没留下任何破绽。

两名警察简单询问几句，见高峻身上还有伤，便叫他们先去医院处理伤口，等回来再去派出所做笔录。阮真真赶紧开车送高峻去医院处理伤口。她本就车技不佳，再加上天黑路滑，心里又记挂着高峻的伤情，人一直绷得紧紧的，仿佛稍一刺激就能原地跳起来。

高峻看了，忍不住调侃她道："你这哪里像是开车？开坦克都没你这么紧张。"

"嗯？"她愣愣转过头看他，"怎么了？"

高峻微笑着摇头，忽又面色大变，忙伸了手过去抢她的方向盘，急声道："小心！"

车猛地向右晃头，几乎是紧擦着一辆电动车的车尾过去，若不是高峻带了一把方向盘，恐怕就要正正撞上那辆横穿马路的电动车。阮真真只感觉头皮一麻，汗毛瞬间都吓得竖了起来，她本能地去猛踩刹车，却忘记了地面湿滑，脚一踩下去，车顿时就要失控。

"松开刹车！"高峻低喝，手仍紧紧握住她的方向盘，替她掌控着方向，勉强控制住车，又冷声吩咐道，"慢慢刹车，靠边停下来。"

车最终贴着路边停了下来，阮真真惊出了一身的冷汗，人尚在怔怔失神，高峻下车从另一侧绕了过来，拉开她这边的车门，沉声道："我来开车。"

她愣了下，慌忙从车里下来，一不小心踩到冰面，脚底一滑，人顿时就往地上坐了下去。高峻反应倒是迅速，伸手一把抄住她的胳膊，不料非但没扶住她，自己也被带得失去了平衡，同她一起滑了下去……结果，不仅阮真真摔了个实打实的屁股蹲，高峻也单膝落地，重重地跪倒在她身前。

两个人脸对着脸，你看看我，我看看你，一时竟都愣住了。还是高峻先反应过来，扶着车站起身，又伸过手来拉她，询问道："没事吧？"

除了屁股摔麻了有些钝痛，倒也没有别的感觉。阮真真忙摇了摇头，晕头转向地绕过车，换到副驾驶那侧去坐。待高峻也坐进车里，她看到他手臂上被鲜血浸透了的绷带，这才反应过来，赶紧提醒道："你胳膊有伤。"

"嗯，有伤，所以我不想再受伤了。"他应道，神色如常。

阮真真既尴尬又愧疚，嗫嚅半晌，方才低声说道："对不起。"

高峻扯了下唇角，淡淡说道："你先休息一下吧，一会儿就到医院了。"

仿佛受伤的不是自己，而是她一般。

阮真真依言闭上了眼睛，慢慢地深呼吸着，想尽快平复自己狂跳的心率。

医院不一会儿就到了，可急诊处却是人头攒动，一眼看去仿若闹市。阮真真有点傻眼，找了导诊护士询问，才知道近来流感爆发，医院里不论白天晚上，早已是人满为患。

高峻的伤口还在出血，护士只打开绷带看了一眼，面无表情地说道："排号去吧。"

阮真真都不知道该说什么了，倒是高峻笑了笑，安慰她道："说明我这伤不严重，算是好事。"

阮真真取了号码，陪着高峻站在一处人少的角落里等，眼看着快到十点，这才轮到高峻。她不敢看那血淋淋的场面，只能站在门口等，大约过了二十分钟高峻才出来，"走吧，没事了。"

两人走出医院，阮真真觉得自己都没脸和高峻说话，低头站在车旁，脚尖涂搓了半天地上的残雪，这才咬牙说出一句"对不起"。

高峻闻言有些意外，看她两眼，这才应道："哦，没关系，先去派出所做笔录吧。"

阮真真点点头，见他又要去开车，忙赶到了他前面，"你胳膊有伤不方便，还是我来开车吧。"说完生怕他不信任自己，赶紧又保证道，"放心，这回我一定会很小心。"

他还是径直拉开车门坐进了驾驶座："皮肉伤不碍事，还是我来开吧，正好也有些事要问你，你专心回答我的问题就行。"

阮真真抬头看了他一眼，瞧他神色坚毅，便没有再坚持，乖乖地坐去了副驾驶位。车缓缓开上主路，高峻一面开着车，一面漫不经心地问她道："昨晚你家里进去人了？"

她犹豫了一下，点头道："是。"

"知道是什么人吗？"

阮真真缓缓摇头："不清楚，家里没有被翻找过的痕迹，也没丢什么贵重东西，但我确定，一定是进去人了。"

"为什么这么确定？"他瞥了她一眼，眉头微皱。

"原本房门是锁住的，等我回去的时候，门只是被带上了，我发现这一点后没敢进门，赶紧又锁了房门，跑去找小区保安。"她回答，"等再带人回去的时候，家里却什么人也没有。不过，我敢肯定，我之前开门的时候，他人一定还在屋里。"

"凭直觉？"

"是的，直觉。"她点头，心头却忽然一亮，不由得叫道，"不，不仅仅是直觉！"

高峻诧异："嗯？"

"屋里好像有光！很淡很淡，不是灯光，也不是窗外照进来的光，而是其他的光源，比如昏暗的手电筒……"

许攸宁死后，她曾无数次一人深夜回家，打开屋门独自面对漆黑冰冷的房间，她早已熟悉了那份黑暗，所以昨天晚上，在推开屋门后她才敏锐地察觉到了里面光线有异。

房间里有光，不知道从哪里散出来的模糊的冰冷的光。

车里的暖风开得很足，阮真真回想起昨晚的情景，依旧感到阵阵发冷。

高峻面色凝重起来，又问她道："并没丢什么东西，对吧？"

她点了点头："起码我没发现丢什么东西。"

高峻似乎在思考着什么，沉吟片刻，又问道："你带着保安回去的时候，门是锁上的吗？"

阮真真回想了一下，确定道："是锁上的。"

高峻闻言淡淡一笑，道："要么就是你记错了，早上离开的时候并没有锁门。要么，那个被你锁在家里的人，绝对不是普通小偷。"

"为什么？"阮真真问，心思一时想到了别处，又问道，"你的意思是说昨天的小偷和今天的歹徒是同一个人？普通小偷不会两次上门？"

高峻答道："不，我只是说昨天的事，至于为什么，你自己想。"

阮真真并不笨，之前因为慌乱，脑子几乎都转不动，现在冷静下来，前后一联系便也立刻想通了："因为我带着保安回去的时候，门是锁上的。如果是普通小偷，就算被我锁在家里，只会想着怎么赶紧开门逃走，不会有心思再回头锁门浪费时间。"

"不错。"高峻赞许地点头，"如果真的有人在屋内，绝对不是普通小偷。"

"今天这个也不会是普通的小偷。我们进楼时，没有电梯停在二十六楼，可见他不是刚刚上楼，却不见他拿出任何开锁的工具。"阮真真抿了抿唇道，"今天这人和昨天那个很可能是同一个人，他有我家的钥匙！"

高峻闻言转头瞥她一眼，想了想，问道："你有怀疑对象？"

阮真真犹豫了一下，沉声答道："陆洋。"

"什么人？"高峻又问。

"许攸宁生前的下属，关系走得比较近。"阮真真答道。

她昨天晚上刚刚和苏雯怀疑过此人，认为他最有可能持有许攸宁的那串钥匙，不想回家就遇到了那样的事情。既然不是普通小偷造访，那必然就是别有目的的熟人，陆洋嫌疑最大。

而且，他昨天还给她打过电话，知道她晚上没有在家，很有可能乘虚而入。

高峻默默听完阮真真的解释，剑眉微敛，一时没有说话。过了一会儿，却是问道："许攸宁出事，为什么警方第一个通知的人会是陆洋？难道不都是先通知家属的吗？"

这个问题把阮真真问住了。许攸宁出事后，她接到陆洋电话赶到现场时，陆洋人就已经在那里。随后，南洲银行的一位副行长以及那位办公室的刘主任也匆匆赶到了。

"我不知道。"阮真真怔怔摇头，"我从来没有考虑过这个问题，我以为是警察先通知了许攸宁的工作单位。"

"不排除有这个可能。不过，好像有哪里不大对劲。"高峻微微皱眉，轻声说道，"按照常理，车祸后应该会有路人施救报警。"

"许攸宁出事的地方位置比较偏僻，路人发现时车已经失火，没法施救，只拨打了报警电话。"阮真真解释道。

高峻又问："报的是什么警？火警、交警还是110？"

"都有吧。"阮真真努力回忆着，那天她得到许攸宁出事的消息，赶过去看到那幅场景，整个人都是木愣的。现在回想起来，除了一些场景记忆格外深刻，大部分记忆都是模糊的。

"我记不清了。"她面色有些苍白，闭目想了想，才又说道，"我过去的时候，火已经灭了，他还在车里。地面上好像有水，应该是有消防车在。"

这样的回忆对阮真真来说显然是一种痛苦的折磨。

高峻靠着路边停下车，转过身默默看了看她，说道："这些不重要，重要的是警察应该先确定事故死者身份，然后再通知家属。

你说你到的时候，许攸宁都还在车里呢，警察又是怎么确定他身份的？"

阮真真也在慢慢冷静下来，开始理智地分析这件事情。"许攸宁的钱包被甩出了车外，里面有他的身份证。不过，好像在警方确定许攸宁身份之前，陆洋就已经到了，辨认出车里的人是许攸宁，在第一时间通知了我。"

"对！就是这里不合理。你们过去得太快了，尤其是陆洋。你想想，你接到他电话赶过去时，许攸宁都还在车里没有被移出来，那么陆洋呢？他到底是什么时候赶到的？又是谁通知了他？"

阮真真默然不语，神色凝重，这真的是一直都被她忽略了的问题。

她把手肘撑在膝盖上，双手托住头，努力回忆着："出事那天是工作日，他们说许攸宁是在见客户回来的路上发生的车祸。"

"见的什么客户？他自己一个人去的？"高峻追问。

阮真真摇头："不知道，我也没有问。"

"除非陆洋跟许攸宁同行，或者事发时凑巧就在附近，否则他不可能到得那么及时。"高峻分析着，他看向阮真真，又问，"能查到许攸宁那天拜访的客户是谁吗？问一问当时许攸宁身边还没有其他人。"

阮真真心中忽地一动："可以查通讯记录！"

她把自己大皮包的东西一股脑都掏了出来，从当中的一个文件袋中找出之前打印的许攸宁的通话记录，直接翻到了最后一页，仔细地看着。高峻也倾身凑过去看，指着一个带有标记的记录问道："这是谁打的电话？尤刚？许攸宁的那个好友？"

那是通话记录的最后一行，前端有阮真真标注的两个小字——尤刚。

"是尤刚。"阮真真闻言点头，又解释道，"前阵子我查与许攸宁有联系的可疑人物，把其中认识的号码都标注了出来，一一打电话核实身份来着。"

她之前曾经和高峻提过尤刚，高峻听到并不觉陌生，伸手把电话单子从她手上拿了过去，又看两眼，奇道："这个电话是尤刚主叫的，不到一分钟就挂了。"

单子上显示的通话记录只有短短的三十多秒。

他疑惑地去看阮真真，又问："尤刚打这个电话做什么，你知道吗？"

阮真真茫然摇头，尤刚是许攸宁的好哥们儿，两人通话一直挺频繁的。许攸宁出车祸后，尤刚还曾经感叹世事无常：上午他还和许攸宁通过电话，不想却突然出了这种祸事。

"看时间，这通电话应该就在车祸前不久。"高峻又道。

阮真真抿了抿唇，拿出手机来给尤刚拨打电话，为了方便高峻听清楚，有意打开了电话免提。高峻默默看她，并未阻止。时间已近十一点，电话响了半晌之后才被人接起，尤刚有意压低的声音从听筒内传了出来："喂？"

"尤刚，是我，阮真真。"她刚说完，就听得电话中隐约有女声在一旁抱怨："这么晚了还给人打电话，有病吧？你问问她到底什么时候还钱？外人的钱也就算了，连好朋友的钱都坑，这什么人品啊？活该她死老公，报应！"

这话太难听，阮真真竭力控制，可手还是有些不受控制地哆嗦起来。高峻见她这样，试图把手机拿过去，却被她抬手挡下了。她抬脸向他僵硬地笑了笑，摇了摇头。

又听得尤刚低喝道："快闭嘴吧你！"

随后，关门声响起，电话里终于清静了下来，尤刚的声音再次传出："嫂子，刚刚信号不好，听不大清你说什么，怎么了？有什么事吗？"

阮真真答道："是有点事，我问你，许攸宁出事那天上午，你给他打过电话，是吧？"

尤刚应该是被她问得有点蒙，迟了片刻才应道："是，是啊，打过。"

阮真真抬头和高峻交换了一个眼神，这才又继续问道："你打电话给他有什么事吗？都说了些什么？"

"能说些什么啊，我找许哥说还钱的事。"尤刚没好气地回答，随即又放软语调，向阮真真道歉，"嫂子，刚才是我媳妇不会说话，你别和她计较，她也是心里着急，这才口不择言。我们不比你们能挣，那一百万不光是我们自己的积蓄，还有我老丈人的养老钱。"

阮真真试图解释："尤刚，我如果有钱，一定会先还你。"

"什么叫如果有钱？嫂子啊，你糊弄别人可以，你不能连我都糊弄啊，这样做真的不地道。"尤刚急道。

阮真真张了张嘴，还要再解释，手机已被高峻拿了过去。"喂，你好。"他从容镇定地和尤刚打着招呼，自我介绍身份，"我是南洲市公安局刑警支队周亮，目前正在调查一个案件，有几个关于许攸宁的问题需要向你核实一下。"

电话里一下子哑了声，好一会儿尤刚才反应过来，结结巴巴地应道："哦，行行，您说。"

高峻声音严肃，问道："许攸宁出事那天上午，你给他打过一个电话，是吗？"

"是，是。"尤刚的态度与之前截然不同，变得紧张又恭敬，

"打过一个电话。"

"和许攸宁都说了些什么？"高峻又问。

尤刚答道："真没说什么，我就是要账来着，他欠我很多钱，本来说好了那几天就给我，可一直拖。"

高峻薄唇微抿，略作思量，又问："许攸宁怎么答复你的？"

"他能怎么答复我啊，继续拖呗。周警官，我真是被他给坑苦了，我媳妇儿天天跟我闹，要不回来钱就跟我离婚！"

"尤刚！"高峻打断了他的诉苦，"你们的通话时间只有几十秒，他给了你什么答复，能叫你这么快就挂断了电话？"

尤刚答道："他说过两天就把钱给我。"

"你当时就信了吗？"高峻又问。

"我当然不肯信啊，可他当时开着车呢，说身边还有人在，不方便和我细说，然后就把电话给挂了。"

此言一出，高峻与阮真真齐齐抬头看向对方，眼中都有震惊闪过。

"他身边有什么人？"阮真真急声问道。

不料她这样一出声，反倒惊醒了尤刚，他顿时警觉起来，非但没有回答她的问话，还反问她道："嫂子，你这会儿在哪呢？"

阮真真也意识到了自己的失误，赶紧噤声，求救地看向高峻。他向她压了下手，示意她沉住气，自己则严肃地说道："尤刚，不要转移话题，你现在要做的是老实回答我的问题。"

"警官，您贵姓啊？"尤刚妻子的声音突然插了进来，"您报一下您的警号，我们也好核实一下您的身份。"

"我叫周亮，警号0021385。"高峻声音沉稳，表现镇定，瞎话张口就来，"你们随时可以拨打市局电话核实我的身份。"

76

他这样淡定从容，倒叫对方迟疑起来。尤刚把手机从妻子手中夺过去，赶紧小心解释道："周警官您千万别误会，我老婆没别的意思，她人就这样，您别和她一般见识。"

高峻没时间听他磨叨，只冷声打断了他的话，问道："尤刚，许攸宁有没有说当时身边的人是谁？"

"没有，他没说。"尤刚答道。

高峻微微皱眉，又追问道："那是男是女呢？"

"不知道，许攸宁就说了一句身边有人在，我没问，他也没告诉我到底是谁，是男是女。"

"许攸宁当时有跟身边的人说话吗？"高峻又问。

"没有，什么声音也没有，根本没听到什么人声，所以我一直觉得他是在糊弄我。"尤刚答道，犹豫了一下，又问，"周警官，您调查这些做什么？许攸宁是犯了什么案子吗？"

"这不是你该打听的事。"高峻冷声呵斥，说完挂断了电话。他又抬眼看向阮真真，叮嘱道："尤刚今天估计不会再给你打电话，如果他明天打过来，他问什么你都说不知道。"

"什么意思？"阮真真一时不解。

高峻轻勾唇角，露出一丝狡黠："他们夫妻估计明天真的要向公安局核实我的身份，到时候查无此人，一定会再来打电话问你。到时候你就咬定自己不知情，也被我骗了。"

阮真真惊愕地睁大了眼："所以，你刚才报的身份是假的？"

"嗯，假的。"他不以为意，重新发动了车，似笑非笑地瞥她一眼，"我叫什么名字，你不知道吗？"

"那姓名警号都是假的？公安局根本没有周亮这个人？"她不敢置信地问道。

高峻勾了勾唇角，轻笑着问她道："怎么？难道连你也相信了？"

他刚才那些话张口就来，又说得那样理直气壮，她真的差点都要相信他就是警察了。阮真真怔怔看他片刻，忍不住轻声感叹："你装得太像，不去做演员真是可惜了。"

高峻不动声色，淡淡说道："谢谢夸奖。"

阮真真没再说什么，只重新把思绪放到尤刚说出的那个令人震惊的信息上去，他说和许攸宁通话的时候车里还有旁人在，那这个人到底是谁？

"会是陆洋吗？"她忍不住问高峻道。

如果陆洋没跟许攸宁在一起，为什么最早到达现场的人会是他？

高峻一时没有回答，默默思量了片刻，答道："不能确定。首先，尤刚有没有说实话我们不能确定；其次，即便尤刚说的是实话，而许攸宁当时有没有向尤刚说实话呢？如果这一点无法确定，就是一件死无对证的事情。"说到这里他停了下来，默了默，才又说道，"一会儿做笔录的时候，最好不要和警察说这些。"

"为什么？"阮真真不解，如果许攸宁出事前车里真的有人，如果那个人真的是陆洋，那么许攸宁丢失的那串钥匙几乎可以确定就是被陆洋所得，陆洋就将成为今天这事的最大嫌疑人。

像是看透了她的疑惑，高峻淡淡一笑，说道："今天这些都只是你我的推测，没有任何证据。尤刚的话不能作为证据，说出去的话，除了向尤刚暴露我之外没有任何用处。你别忘了，我是一名律师，假扮警察可是知法犯法。"

阮真真迟疑着，问道："那能向警方说出怀疑对象吗？"

高峻没有立刻回答，思量了片刻，才道："你可以这样和警方说，你觉得今天逃走的那个人很像陆洋。从'果'寻'因'，可能比从'因'推'果'更简单易行。"

"向警察撒谎吗？"阮真真有些心虚，她自小安分守己，还从未做过这样的事情，"可我今天并没有看清那个歹徒什么模样。"

她和那个歹徒甚至连照面都没有打一个，只才看到一个黑影扑过来，下一刻自己就被高峻拉到身后护住了。他身材高大，又穿了厚厚的大衣，足以把她护得密密实实，叫她站在那里，眼前只有他宽阔而坚实的后背。

"不算撒谎。"他向她笑了笑，"这只是话术，你的怀疑对象不就是陆洋吗？"

阮真真觉得他的话似有哪里不对，可是一时又说不上来到底是哪里的问题，愣愣地坐了片刻，说道："好吧，我听你的。"

高峻重新开车上路，送阮真真前往派出所做笔录。车刚到派出所外，恰巧有个客户给高峻打来电话，在电话里不知都讲了些什么，絮絮叨叨个没完。高峻无奈，瞥了阮真真一眼，嘴上应付着，用手指示意她自己先进去。

阮真真点点头，独自下车，进了派出所去做笔录。等一切都办完，警方给了立案回执，已是半夜一点多。阮真真前夜里就一宿没睡，今天再这样折腾半夜，又惊又怕，待出了派出所的大门，只觉得腿都有些发飘了。

高峻人站在车外，竟然还在与客户讲电话，他扫了她一眼，匆匆结束通话，道："上车，我送你回去。"

阮真真看了看他受伤的胳膊，摇了摇头："不用，还是我来开吧，先把你放在酒店，我再回去。"

"你要跟我一起住酒店吗？"他问道。

她一怔，还没反应过来，他向着车里偏了偏头，"快点吧，再磨叽天都亮了。"

阮真真乖乖爬上了车，口中低声嘟囔道："有点太对不起你。"

高峻似是没有听到，径直坐进了车里。

派出所离阮真真家倒是不远，可天黑路滑，即便道路空旷，高峻也不敢开快车，只能压着速度慢慢往前走。车里一片安静，暖气一烘，阮真真脑袋更显昏沉，头不由自主地往头枕上靠。

"坚持一下，先别睡。"高峻突然说道。

阮真真被他的声音吓了一跳，立刻清醒了几分，连忙挣扎着坐直身体，替自己辩解道："我不困。"

高峻闻言轻声嗤笑，没去揭穿她，只道："不困最好。"

他受伤的左臂垂在身侧，左手指尖轻搭在方向盘上，基本不怎么活动，全靠了一只右手把握方向盘。阮真真默默看了一会儿，最终移开了视线。

车开到她家楼下，他依旧是要送她上楼，这一次阮真真没拒绝，到了家门口甚至还主动邀请他进门。"进来休息一下，吃点东西再走吧。"

两个人从中午折腾到现在，都只是喝了大半碗粥。她都饿得饥肠辘辘，更别说有着胃病的他了。

高峻眉梢微挑，似是有些意外，犹豫了一下，跟着她进了门。方方正正的小三居，客厅和主卧都在南侧，北侧则是客房和一间小小的书房。各间房门都打开着，屋内十分干净整洁。他默默打量着这个房子，突然意识到好像有哪里不大对劲，很快，他就察觉到了问题所在，整栋房子里都看不到一张男主人的照片，就连书架上摆的都是阮真真的单人照。

阮真真似乎看出他的疑惑，犹豫了一下，解释道："家里人怕我睹物思人，把他的照片都收走了。"

"哦，这样啊。"高峻回过神来，略显生硬地转移话题，"有面条吗？那个也可以，煮软点就行了。"

阮真真笑笑，叫他先在客厅里休息，自己则脱下大衣进了厨房。双开门的冰箱，打开了才发现里面空空荡荡，除了两棵青菜和几枚鸡蛋几乎再没别的东西。她犹豫了半天，拿了青菜和两枚鸡蛋出来，又在橱柜里翻找了半天，这才找出一包龙须面。

脑袋比之前更昏沉了。她洗菜时特意把水龙头掰到冷水挡，用手沾了冰凉的水去拍额头，这才感觉人稍稍精神了一点。

翠绿的菜心切成细碎的菜末，鸡蛋也提前在碗里打散，等锅里的龙须面煮得软烂，面汤都滚沸起来，她小心地把蛋液浇进去，撒上青菜关火。

"汤面煮好了，过来吃吧。"她向着客厅里说了一句，却半天得不到回应，走出去一看，见高峻仰卧在沙发上，眉头微皱，双目紧闭，竟不知什么时候睡着了。

他应该比她更累吧。

阮真真站在那里默默看了片刻，走过去想要叫醒他，不料人才刚刚走到他的身前，他却倏地睁开了眼睛，眸光冷漠，凌厉如刀，直直地看向她。她被吓了一跳，伸出去准备拍他肩头的手一时定格在了半空中。

高峻飞快地垂了下眼帘，再抬眼的时候，眸中的厉色已经消失，只剩下困乏和疲惫。他懒洋洋地躺在那没动地方，只哑声问她："饭好了？"

阮真真愣了一下，这才反应过来，站直身体往后退了两步，答道："嗯，起来吧，先去吃点东西，如果不介意，吃完就在客房睡一会儿。"

"好。"高峻从沙发上站起身来，提步往餐厅走，很随意地说道，"还真有点累，不想再往酒店折腾，就在你家多叨扰一会儿吧。"

他在餐桌旁坐下了才发现自己大衣还没有脱，又站起来单手脱下了大衣递给阮真真，毫不客气地要求道："麻烦把胳膊上的血迹处理一下，大衣我只带了这一件，明天恐怕还要穿着出门。"

被刀锋刺穿的可不止大衣，还有里面的西装和衬衣，他左臂半个衣袖几乎都被血浸透了。她心惊肉跳地看了看他，小心地问："里面的衣服也换下来吧，我找许攸宁的——"

"不用。"他打断她的话，缓和了一下语气，又继续说道，"只处理一下大衣就够了。"

阮真真掩饰住尴尬，低头翻看着大衣，又不禁有些为难，抬眼看了看他，道："这种衣服只能干洗，沾水就坏了，而且，就是洗干净了也没法再穿，袖子上都破了。"

他闻言抬头看她，忽地咧嘴笑了笑："你不觉得自己说话很矛盾吗？"

"嗯？"她诧异挑眉。

高峻用手中筷子点了点她怀抱里的大衣，道："袖子破了，怎么都是没法再穿，还怕什么沾水？"

她站在那里，脑子还有点转不过这个弯来。

他又扯了下唇角："先洗吧，明天应下急，就算出去买新的也要穿着旧的去，总不能带着血迹出去吓人。"

"好吧。"她点了下头，抱着衣服去了卫生间。

这样的大衣没法丢进洗衣机里洗，她用盆接了水，小心地把沾染了血迹的地方浸湿了，用细软的毛刷一点点地往下刷洗血迹。黑色的大衣，血迹沾染上去并不明显，她仔细地翻遍了大衣内外，生怕遗漏一点地方。

她刷得很小心，可等处理完毕，大衣还是被折腾得面目全非。

阮真真有点泄气，把大衣往盆子里一扔，掏出手机来搜这件大衣，可待看到代购的价格更觉无力。这还只是一件大衣的价格，而他身上的衬衣和西装也是同样坏了的，参照大衣的价格，以她现在的资产，倾家荡产都赔不起。

她开始只是无奈苦笑，笑着笑着眼泪却突然流了下来，到最后竟然控制不住情绪，慢慢在洗手台前蹲了下来，把头埋在手臂间闷声痛哭。

她到底是怎么才混到了这样的地步啊！

高峻在外敲了敲门，轻声叫她："阮真真？"

"哦，我没事，你稍等一下，大衣这就洗好了。"她仓皇应答，慌手慌脚地抹擦眼泪，又站起身来打开水龙头洗了把脸。瞧着面上看不出什么异样了，这才拿着大衣出去。

他默默打量她两眼，问道："面条你还吃不吃？"

"哦，一会儿吃。"她回答，有意避开他的视线，把湿淋淋的大衣挂在了衣架上，转身往客房走，"我先帮你收拾一下床铺，你能早点休息。"

高峻没说什么，在她身后跟了过去，抱着手臂倚靠在门口默默地看着她忙碌。床铺收拾得很整洁，不像是有人使用的模样，可她还是把床单被子都撤了下来，又从柜子里掏出全新的铺上去。

"不用这么麻烦。"他说道，"天都快亮了，我和衣眯一会儿就行。"

阮真真动作顿了顿，却没有停下来，直到把床铺都重新铺好，这才转身往外走。"能睡一会儿是一会儿，你早点休息吧，我也去吃点东西。"她从他身边过去，犹豫了一下，又转回身问他，"你明天和客户约的几点？"

他诧异扬眉："有事？"

"我明天一早起来就去给你买衣服，来得及吗？"她问。

"不用。"他摇头，"我早上去酒店换备用的衣服就行了。"

"大衣不是没有备用的吗？"她又问。

他认真想了想，答道："大衣可以脱下来挂在手臂上。"

阮真真轻轻点头，没再说什么，反手给他带上房门，只身进了厨房。锅里的龙须面早已经泡烂了，她打着炉火热了一下，也没端去餐桌，就站在那里扒拉了几口充饥。吃完洗净碗筷，又去客厅支熨衣架，把高峻的大衣仔细熨干，这才松了口气。

时钟已经指向四点，即便是深冬，再有两个多小时天也该亮了。阮真真把大衣挂在了门口醒目处，自己这才回房间去休息。她定了六点的闹钟，本想着早点起来给高峻去买些早餐回来，可人一躺下去昏昏沉沉地睡死了过去，连闹钟声音都没听到。

也不知到了什么时候，她被敲门声吵醒，听高峻正在外面敲着门叫她，阮真真急忙爬起身来，不想脚一触地，就像是踩进了松软的棉花包里，整个人顿时失去平衡，直直往前栽去，"扑通"一声重重砸到了地上。

这声响极大，显然门外的高峻也听到了，立刻扬声问道："怎么了？出什么事了？阮真真，过来开门！再不开我就踹门了。"

阮真真本就头昏脑涨，再被摔这么一下，人更是发蒙，刚想要回应高峻，一声"不要"还未出口，房门已是"嘭"的一声被他从外面踹开了。他站在门口，一眼看到傻愣愣地趴在地上的她，不由得眉头紧皱，问道："怎么了？"

"没事，就是起得太猛了，有点头晕。"阮真真回答。

她的鼻音比昨天更重几分，嗓子也嘶哑得厉害，使尽全身的力气才挣扎着爬起来，不等站直双腿就又开始打摆子。高峻赶紧几步过来扶住了她，垂眼扫了扫她红通通的面庞，问道："你发烧了？"

"可能有点。"阮真真感到头晕目眩，浑身疼痛难忍。

高峻闻言，抬手过来触她额头，不料她却慌张地向后退了一步，偏头避过他的手。

"你最好还是离我远一点，我可能是感冒了，别再传染给你。"她挣开他的搀扶，脚底虚浮地往旁侧走了两步，将身体倚靠到衣柜上，这才又抬眼看他，歉意道，"本来还想出去给你买点早餐，眼下看来是做不到了，你自己出去吃点吧，大衣在门口衣架上，先凑合着穿半天。"

他垂下了手，沉默看她，过了片刻才问她道："你呢？不用去医院吗？"

"没什么事，就是伤风感冒，家里有备用药，我一会儿自己找来吃，再睡一觉就没事了。"她哑声回答，像是怕他不信，又补充道，"你昨天也看到了，医院里都是得流感的，能不去还是不要去了。"

"那好，你自己小心，我先走了，有事打电话。"他说完，又看她两眼，转身离开。

阮真真仍倚靠着柜门站着，直等着外面传来关门声，这才顺着柜门缓缓地坐倒在地上。她头很晕，简直快要天旋地转，缓了好一会儿才能勉强爬起，摸到放在床头的手机，向苏雯打电话求救。

苏雯很快赶到，进门见她这般模样吓了一大跳，二话不说扯起她就要去医院，又忍不住骂她道："阮真真你作死噢？这个样子了还在家耗着，高峻呢？他昨夜不是在你家住的吗？人呢？怎么都没管你？"

阮真真脑子昏沉沉的，什么话都听不进去，不论苏雯说什么，嘴里只知道含糊："没事，没事。"

苏雯匆匆带她去医院，又是挂号又是排队，折腾到中午才挂上点滴。大半瓶子液体输进体内，阮真真体温慢慢降下来，头脑总算恢复了正常运转。忽地想起苏雯说过的话，问她道："你怎么知道高峻昨夜是在我家住的？"

苏雯似是没听清她的话："啊？怎么了？"

"你别跟我装傻充愣，我问你怎么知道昨天晚上高峻住在我家里了？"阮真真又问。

苏雯眼瞧着糊弄不过去，只能老实承认："他告诉我的。"

阮真真闻言不由得皱眉："他告诉你这个？他为什么要告诉你这个？"

苏雯瞧她不快，连忙解释道："昨天中午你不是说家里进去人了吗？高峻给我打电话问这事，我就告诉他了，后来他给我发信息说他已在你家住下，叫我不用再担心你。"

阮真真想了起来，昨天中午她从粥铺里出来时，高峻正站在路边打电话，放下电话之后脸色就不大好，不但坚持要送她回家，还非要把她送到楼上。

原来那个时候，他是在和苏雯打电话。

她眉头皱得更紧，看了看苏雯，问道："苏雯，你和我说实话，这个高峻到底是怎么回事？他可不像是许攸宁的普通同学。"

苏雯僵了一僵，瞪大了眼睛，反驳道："怎么就不像了？"

阮真真冷笑，直言说道："少装傻，你心里比我有数。这人到底是个什么来头？他为什么而来？你给我说清楚了，别人糊弄我也就算了，要是连你也骗我，就别怪我不认你这个朋友。"

苏雯见她真是要恼，嘿嘿笑了两声，讨好道："别恼别恼，其实也没什么来头，他也没瞒你什么，是真心想来帮你忙的。"

阮真真没接话，只又冷笑了两声。

苏雯看她两眼，犹豫了一下，突然说道："他喜欢过你。"

阮真真刚又要冷笑，待明白过来这句话的意思，不由得一愣："什么？你说什么？"

"不是我说什么，是高峻说的，他说他喜欢过你。"苏雯撇了下嘴角，也不知道要表达什么情绪，她向着阮真真笑笑，"说起来挺狗血的，我编故事都不敢这么编。"

阮真真不说话，只是诧异地看着苏雯。

苏雯却是面露好奇，问她道："你对这个人真的一点印象都没有了？高中时候他有点胖，戴一副黑框眼镜，人很沉默，跟谁都不怎么说话。"

阮真真摇了摇头："没印象。"

"理解，你那个时候眼里除了许攸宁，估计也看不到别人了。"苏雯取笑了一句，抬头瞄一眼挂钩上的液体，这才继续说下去，"高峻高中暗恋过你，不过你算是他兄弟的女朋友，不好横刀夺爱，当然也有可能是想夺也夺不过去。这些年他一直暗中关注你和许攸宁的消息，许攸宁出事后，他就想来找你，不巧恰好生了场大病，就一直拖到了现在。"

这个答案太出人意料，阮真真沉默下来，半天不知道该说什么。苏雯看她这般反应，忍不住用手肘撞了撞她，问："嘿，有什么想法没？"

阮真真转过头看她，又忍不住皱了皱眉头："你之前说他欠你人情？"

"是他不让我说实话，怕见面尴尬，也怕你不肯接受他的帮助。他说了，这么多年过去，他对你其实早没有什么想法了，就是不忍心看你眼下这样，想伸手帮帮你。"苏雯叹一口气，"他既不想趁火打劫，也不想乘虚而入。"

"他告诉你的？"阮真真又问。

"嗯，微信里聊过一些，电话里也说过。"苏雯点头，说着把手机掏出来给阮真真看，强调道，"这是我们的聊天内容，我可是从来都没有出卖过你。"

阮真真没和她客气，拿过手机来翻看她和高峻的微信聊天记录。记录并不多，开始于一个多月以前，是高峻加的苏雯，寒暄几句后就是打听阮真真的情况。苏雯的回答都很简单，倒是真没透露阮真真什么信息给他。

"那，你看，他开头还想从我这里套话来着。"苏雯指着当中的一处记录给她看，"就我发给你他联系方式的那天，他正好来南洲出差，给我打了个电话问你的情况，说想帮帮你。"

阮真真不觉扬眉，目露不解。

苏雯笑笑："他那天在法院看到你了，没敢上去和你打招呼，就给我打了个电话。我这才知道他是个律师，把你联系方式给了他。"

难怪那天他电话会来得那么巧！现在想来他定然是从法院出来就跟上了她，也亲眼看到她装模作样地接他的电话，又假装刚刚从地铁站出来的蠢态。阮真真面色有些沉，说道："这事一开始你就不该瞒着我。"

苏雯嘿嘿干笑两声，问道："怎么了？发生什么事了？"

阮真真摇摇头："没什么。"

"既然没什么，那你就继续装不知道呗！"苏雯大大咧咧地说道，瞥她一眼，又道，"有这么个专业人士帮你，你省大事了。别什么事都这么较真，他既然不肯挑明，你就也装糊涂，就先当老同学处着。"

阮真真说道："昨晚上他送我回家，在家门口和一个蒙面的歹徒撞了个正着，为了保护我，他胳膊挨了歹徒一刀。"

苏雯还不知道这事，闻言吸了口凉气，惊道："还有这事？"

阮真真点头，心情复杂："幸好只是皮肉伤，在医院里缝了针，又去派出所做了笔录，等折腾完都半夜了，他不放心我一个人在家，就找了个理由，称自己很累，在我那住下了。"

"嘿！看不出来，这人还真行。这年头，但凡遇到什么危险，男人跑得比你都快，敢给你挡刀的实在太稀有了，你要珍惜。"苏雯赞道。

阮真真自然也是知道这点，所以才更觉这笔人情债太沉重，纵是高峻因为少年时的那份情感不求回报，可她又如何能心安理得享用他这份付出。她思量不语，忽又听得苏雯问道："哎？还没顾上问你呢，到底怎么回事？怎么接连两天家里进贼？"

阮真真迟疑了一下，沉声说道："我怀疑是陆洋。"

"对！他最有可能有你家门的钥匙！"苏雯惊声道。

她一时声音颇大，引得旁边的病人都齐齐看了过来。苏雯赶紧捂住了嘴，向着别人连连点头致歉，好一会儿才顾上和阮真真说话。她压低了声音问她道："确定是陆洋吗？"

阮真真想了想，又摇了摇头："不确定，可两次门锁都没有遭到破坏，屋里也没丢贵重物品，对方不是为财而来。"

"进你家的人和清理许攸宁办公室的，应该是同一个人。"苏雯判断道。

阮真真也是这般认为，轻轻地点了点头，沉吟道："他在找什么东西，办公室里没能找到，这才找到了家里来。"

苏雯侧头思量，奇道："难道许攸宁的账本和身份证他也没有得到？"

阮真真正欲回答，兜里手机却突然响了，她掏出来看了一眼，眉头微皱："是尤刚。"

昨天晚上，高峻就预料到尤刚夫妇今天必会打电话过来询问假警察一事，阮真真因此并不觉意外，略一思量，就把电话接了起来："喂？"

尤刚劈头就问："嫂子，你什么意思啊？"

阮真真故意装傻，反问他道："什么什么意思？怎么了？"

尤刚口气不善，显然积着怒火，"你还装什么装啊？阮真真，我以前还真没看出你是这种人！你说你问我什么我是没告诉你啊，还是有意瞒着你了？你弄一假警察来糊弄我有意思吗？"

"假警察？什么假警察？"阮真真又问，故意停了停，似是才反应过来一般，惊讶道，"你说周亮周警官？"

"还周警官呢！我今儿去公安局刑警队问去了，人家那压根就没这号人物！"尤刚怒道。

高峻早就嘱咐阮真真装傻就行，可阮真真心中一动，忽然临时改变了策略，故意问道："你真去问了？确定他是假冒警察？"

尤刚嘿嘿冷笑，纠正她道："不是假冒，而是压根就没这个人。我说阮真真，你撒谎骗人前怎么也不知道做一做功课呢？你好歹找一个……"

"尤刚！"阮真真喝断他的话，沉声道，"我没有骗你，我自己也上当了。昨天晚上我家里进贼，我报了警，110的人走了之后，那个周亮才来的，说他是滨海分局的警察，除了问我进贼的事，还问了一些有关许攸宁的事情。"

她说得太真，顿时把尤刚糊弄住了，他迟疑着，问："真的？你也不知道那人是假警察？"

"我骗你干什么？"阮真真佯装气恼，又惶惶问道，"如果这人是假警察，他怎么知道我家进贼的事情？尤刚，你不知道，昨天我家里进去贼了，却没偷什么值钱东西走，我瞧着，像是在找什么东西一样。"

"找什么东西？"尤刚似是也跟着紧张起来。

"对，就像是在找什么。"阮真真语露慌乱，停了停，突然问道，"尤刚，你说许攸宁是不是还瞒着我什么事？"

电话那端有一刹那的死寂，片刻之后，才听得尤刚勉强笑道："嫂子，你又胡乱想什么呢？许哥能瞒你什么事啊？"

"我也不清楚，就是有这种感觉，不然，又从哪冒出来个假警察？"阮真真怔怔说道。

手机里一直没声音，过了一会儿，尤刚直接挂断了电话。

苏雯一直贴在旁边听两人对话，见此情形不由得抬头看了阮真真一眼，轻声说道："尤刚一定还知道什么别的事情……"

阮真真也感觉尤刚像是隐瞒了什么事情，她沉默良久，自言自语道："许攸宁还瞒了我什么事？"

"哎呀！"苏雯又是一声惊呼，"你输液都滴没了！"

原来两人只顾着说话，连袋子里的液体什么时候没的都不知道。苏雯赶紧起身去叫护士，又等了好一会儿，才有护士过来给阮真真起针，又交代道："回去多喝水多休息。"

苏雯都替阮真真一一应下了，扶着她往外走："你也别回家了，直接去我那住几天吧。"

"不回家？难道要把家留给那些人随便翻吗？"阮真真冷笑，把摁在手背上的棉签丢进了走廊的垃圾桶里，"我偏要回去，看看他们到底想要找些什么东西，看看他们到底敢不敢杀人。"

她甩开苏雯的搀扶，大步往前走，纵是裹着肥大的羽绒服，背影依旧瘦弱。苏雯叹一口气，从后面小跑几步追上了她："你怎么就这么倔呢？"

阮真真冷着脸继续往前，丝毫没有变通的意思。

苏雯瞧着说不服她，只得自己妥协道："那我跟你一起回去住，给你做个伴，这样总行吧？"

阮真真停下来，转过身认真看她："如果对方真要上门，就算多你一个，又管什么用？苏雯，你不用担心我，事到如今，我也没有什么好怕的了。放心，我心里有数。"

苏雯无奈，想了想，又建议道："还是把门锁都换了吧，这样还安心点。"

阮真真也不想好友太过担心自己，闻言点头，痛快应道："好。"

两人从医院出来，直接找了锁匠回家，把防盗门的锁芯换掉了。苏雯这才觉得放心了些，各个房间都检查一遍，又进了厨房准备给阮真真做晚饭，等打开冰箱一看，却是忍不住叫道："你这冰箱都快比你钱包干净了！阮真真，你整天喝水活着啊？"

冰箱里仅有的几棵青菜，昨天晚上阮真真给高峻煮汤面的时候用掉了，现在就只剩下几枚鸡蛋还孤零零地待在保鲜盒里。

阮真真一天多没吃东西，之前发高烧还不觉得如何，现在温度下去了，才觉出疲惫和饥饿来。她半躺在沙发上，连张嘴的力气都快没有了，任由苏雯在厨房里大呼小叫。

苏雯从厨房里出来，气咻咻地瞪她，问："说吧，想吃什么？"

阮真真虚弱地笑了笑："就你那手艺，你能给我做什么啊？快别费劲了，叫外卖吧。"

叫外卖这事苏雯可称得上是行家，她掏了手机出来，片刻工夫就把晚饭点好了。等餐的工夫，又想起高峻来，忍不住问道："高峻那里什么情况？这一天也没见着你们联系，你要不要给人家打个电话？"

阮真真垂目不语。

苏雯从后面绕过来，往沙发靠背上一倚，叫她："哎，少跟我装聋作哑，人家也没怎么着你，而且还帮了你大忙，你别这么矫情啊。"

阮真真张了张嘴，欲言又止。苏雯瞧她这般模样不由得乐了，往后仰了仰身体，盯着她："阮真真，你跟我还有什么话说不出口啊？"

她当然有话说不出口。借钱这事，即便眼前是自己高中同学，多年好友，也叫人无法开口。可她交际不广，身边称得上知己的只有苏雯一个，除了她，真不知道还能再向谁去借钱，又能不能借得到。

阮真真抿了抿唇，到了嘴边的话又吞了回去，只道："你回去吧，我和高峻之间的事，你别跟着瞎掺和。"

苏雯挑眉："瞎掺和，真的？"

"真的。"

"好啊，你随便作，我不管你。"苏雯像是有些恼了，拎了皮包就往外走。到门口时又停下来，回过身一本正经地和她说道："阮真真，我今天看你是个病人的分上，不和你计较，你自己静下心来想一想，等回头想明白了，别忘了跟我正式道歉。"

阮真真抬眼和她对视，看着看着，却忍不住"噗嗤"一声笑了出来。

苏雯又好气又好笑，扬手把皮包向她旁边虚虚砸了过去，恼怒骂道："小没良心的，你还敢笑。"

"吃了外卖再走，你点那么多，别浪费掉。"阮真真笑道。

苏雯甩了鞋子，又走回来，一屁股坐在她身边，冷着脸问道："说吧，你刚才欲言又止的，到底要跟我说什么？"

阮真真仰头叹一口气："你手头上有富余钱吗？先借我用一用吧，我把高峻的钱先还上，欠他人情也就算了，钱上就不要再欠。"

"你管高峻借钱了？"苏雯奇道。

阮真真摇头："不是借他钱，是他衣服都因为我被划破了，我想把衣服钱还给他。"

"哦，这样啊，那好说，你要多少？"苏雯不以为意，掏出手机来就要给阮真真转账，又埋怨她道，"就这点破事，你刚还跟我吭吭唧唧的，值当吗？"

阮真真笑笑："先借我五万吧。"

苏雯闻言愣了愣，怀疑自己听错了数字："多少？"

"五万。"阮真真重复道。

"先等等，我不是说没这五万块钱啊，我就好奇……"苏雯解释，"你这五万块钱都是要还高峻的衣服钱？"

阮真真苦笑着点头，把手机上存的图片找出来给她看："一件大衣就三万多，再算上里面的西装和衬衣，五万块已经是保守估计了。"

苏雯啧啧称奇，恨恨道："妈的，一个大老爷们也穿这么贵的衣服，这是有俩糟钱不知道怎么花了吧！"她虽这样说着，却仍是毫不犹豫地转了五万块钱给好友，又提醒道，"你给他算个折旧啊，不然就把旧的要回来，咱们回头找人修补修补，往二手交易网站上一挂没准还能再卖点钱呢。"

阮真真心里既感动又好笑，看苏雯两眼，正经说道："你有个心理准备，这些钱我还不知道什么时候能还上你呢。"

家里的钱都被许攸宁折腾空了，她身上还有几个债务官司，一旦官司判下来，她没钱还，恐怕连工资都要被执行，到时候仅给她留个基本的生活费，要想攒出钱来还苏雯，还不知道有多难。

苏雯白她一眼，没好气地说道："那能怎么办？你都张嘴了，我也不好意思说不借啊。行了，别废话了，赶紧给我写欠条吧！"

凭她们两人的关系，这个欠条不过是走个形式，阮真真却从沙发上站起身，去书房写了一张正正经经的欠条出来，递交给苏雯。"你收好。"

苏雯大大咧咧地把欠条往皮包里一塞，道："我不和你矫情，欠条这事是原则问题。但是这钱我先用不着，你不用着急，啥时候有了啥时候给我就行。"

正说着，门铃突然响了起来，苏雯示意阮真真坐下休息，自己则往门口走。"准是外卖送来了，今儿可够快的。"她一边说着，一边开了门，待瞧见外面来人却不由得一愣，"你是……"

门外男人也是微怔，但很快就反应过来，微笑问道："是苏雯吧？我是高峻。"

"啊！高峻？你好你好。"苏雯说着，赶紧让开了门，"快请进，刚还和真真说起你，可巧你就到了。你的模样跟读书时候比变了不少，我都有点不敢认。"

高峻笑笑："变帅了吧？"

"嗯，帅大发了，难怪人家说每个胖子都是潜力股。"苏雯笑着回应，半真半假地开着玩笑，"真后悔啊，当初错失良机，没能抄底。"

阮真真听见门口动静，已经从沙发上站起了身，她看高峻一眼，视线又往他手臂上瞟了瞟，问道："你的伤怎么样了？"

"哦，没什么事。"高峻淡淡说道。

说完这两句，两人都再无他话，不约而同地沉默了下来。

气氛顿显尴尬，苏雯看看阮真真，又去看高峻，眼珠转了一转，笑道："高峻你来得正好，我约了一个出版社的编辑，得过去和人家见一面。你要没事，就留下来帮我照看阮真真一会儿。"

她说着，不等阮真真有所表示，从沙发上提了皮包就往外走，又回头交代高峻："你记得看着她吃药，等一会儿提醒她测个体温。医生说了，如果再烧起来的话，就还得赶紧去医院。"

高峻点头应下："好。"

"哦，我还点了外卖，你晚上还没吃饭吧？要不嫌弃就在这凑合一顿吧，等回头约个时间，我做东，请你们吃大餐。"苏雯又道。

高峻只微微笑着，抿唇不语。

苏雯又向阮真真挥挥手，毫不留恋地开门出去了，屋里就剩下阮真真和高峻两个，几乎是一瞬间就静默了下来。阮真真觉得有些尴尬，示意高峻随便坐，没话找话地说道："你去见过客户了？"

高峻点了点头："见过了。"

她想了想，又道："下午的时候尤刚给我打过电话，他去公安局问过了，回来质问我假警察是怎么回事。"

高峻淡淡一笑："正常，你没露馅吧？"

"我就按照你教的说的，不过……"阮真真咬了一下唇，继续说道，"我又诈了他一下，发现他好像还知道一些别的事情。"

高峻剑眉微挑，顿时来了兴趣："什么事情？"

阮真真摇头道："具体还不知道，但一定是许攸宁瞒着我的事，不是这几个官司。"

高峻缓缓地点着头，又抬眼去看她，问道："你问派出所了吗？陆洋那边有没有什么消息？到底是不是他？"

"一直没消息，我也没顾上问。"阮真真答道。

话音未落，门铃又响，她起身去看，是苏雯点的外卖送到了。阮真真接了外卖进来，又问高峻道："你也没吃饭吧？先过来一起吃点东西，我们边吃边聊。"

高峻没和她客气，脱了大衣放在一边，跟着她一同进了餐厅。

由于阮真真发烧，苏雯点的都是清淡菜品，另外还有两盒熬得香软的米粥，倒是很合高峻胃口。阮真真不喜用快餐盒子，又去厨房取了碗筷，把东西都倒进了碗碟里，这才在他对面坐下了，道："吃吧。"

两人默默吃起来，快吃完时，高峻抬眼看了看她，突然问道："你说前天一开门感觉家里有人，没进门就往外跑了，是在电梯里联系到控制室向保安求救，跑出楼门没多久就迎面遇到了前来察看的保安，是吗？"

阮真真微愣，不知他为何问起这个，想了想，点头道："是，跑到主路上没多远就看到了保安。"

"确定他没坐电梯下去？"高峻又问。

"没有。"阮真真摇头，凝神回忆了一下，再次确定，"没有坐电梯。我和保安赶回来的时候，我乘坐的那部电梯还停在一楼，另外一部是在四楼。"

高峻说道："我刚才来之前，特意试了试，从防火梯跑下二十六楼，至少需要两分多钟，再算上他出门锁门的时间，没有三分钟到不了楼下。你不是很快就遇到保安了吗？没有看到任何可疑人物从楼内逃出？"

"没有看到。"阮真真对这一点十分肯定，又补充道，"而且，防火通道的声控灯都灭着，没有人从那里通过。"

高峻扯了扯唇角，露出一丝意味不明的微笑："那小偷哪里去了？总不能凭空飞了吧？"

阮真真抬眼看他，问道："你有想法？"

高峻点头："如果我没有猜错，他就是乘坐电梯逃走的。"

阮真真皱眉思索："你是说他乘坐到四楼，然后再跑下去的？"

高峻笑笑："我觉得我们没必要在这里乱猜，如果他是坐电梯下来的，电梯的摄像头一定会录下来，不如一起去物业监控中心，调出当时的监控视频来看一看。"

阮真真犹豫了一下，毅然从桌边站起身来，道："走！"

两人穿了大衣一起出门，进电梯的时候，阮真真扫了一眼高峻的大衣，看到他胳膊上显眼的破口，忍不住问道："明天有时间吗？我陪你去买件大衣吧。"

高峻低头瞥了一眼自己的衣袖，不以为意地说道："不用，我觉得这样倒是更显个性，走在路上回头率明显提高。"

阮真真笑容有些僵硬，坚持道："还是去买一件新的吧，穿这

98

件没法去见客户，还有里面的西装和衬衣，我一起买了赔给你。"

"你赔给我？"高峻问她。

"嗯，我赔给你。"她点点头，又坦诚说道，"害你受伤我就挺过意不去的了，不能叫你再损失钱财。我不是和你客套，是真心不想欠你太多。"

高峻看她两眼，忽地轻笑了一下，应道："好吧，那明天你陪我去买。"

说话间，电梯到了一楼，高峻扫一眼腕表，道："二十六秒，你们小区的电梯速度挺快的。"他说着，又抬眼看向阮真真，"你照着前天的情形，跑到你和保安遇到的地方，我们估算一下时间。"

"好。"阮真真应下，等电梯门一开，直接往外跑去。她一路冲出单元门，沿着楼前甬道拐入小区主干道，又往前冲了四五十米，这才停了下来，回头和跟在后面的高峻说道："差不多就是这吧。"

"才刚刚五十秒。"高峻说道。

阮真真所住的 B 栋位置比较靠前，离着大门口的保安室也近，保安听到她的求救急匆匆赶过来，差不多正是在这个地方和她迎面遇到。

高峻又回头去看来时的路："再走回去，也用不了两分钟。"

"时间还要再长一些，我见到保安后就坐到地上了，腿软得厉害，一时爬不起来，耽误了不少时间。"阮真真解释，默默估算了一下，又道，"但是三分钟的时候，差不多到了楼前了。"

"如果那人是从步行梯下来，应该会和你们撞个正着。"

阮真真认同他的推断："除非他也是坐电梯下来，然后赶在我带着保安回去之前，就先从另外一条道上溜走了。走！去查监控！"

监控中心就设在大门口的保安室内，阮真真家里连着两天闹贼，值班的保安都已经认识她了。听闻她要查前天晚上的电梯监控，很痛快地就把同一单元两个电梯的视频备份都找了出来，特意调到相近的时间点，同时放给他们两人看。

那天晚上，阮真真在苏雯家待到很晚才回来，加上路滑难行，到家已快半夜一点。那个时候，小区内基本上已没什么人往来，电梯视频里也久久看不到什么动静。

大概在一点过两分的时候，一号电梯的门打开，阮真真的身影出现在镜头下，她背着大皮包，面对着轿厢门站着，期间除了掏出手机来看过一眼，再没多余的动作。

电梯一路上行，在二十六楼停下，她以正常的步伐走出电梯，片刻工夫之后，却突然又从外冲进了电梯，慌张地摁着电梯按钮，不时地抬头看向电梯门外面。

阮真真向高峻解释："我开门的时候发现门没有锁，感觉到屋里有人，急忙又把门锁上，然后转身往外跑，之前乘坐的电梯正好还停在二十六楼，我就冲进去了，又怕有人从后面追过来，当时很害怕。"

"看另外一部电梯。"高峻沉声道。

另外一部电梯的监控录像也在同步播放着，就在阮真真乘坐的电梯落地，她慌慌张张冲出去之后不久，另外一道电梯门突然悄无声息地打开了。

"是二十六楼！"保安忍不住惊呼出声。

纵是只看视频录像，哪怕现在身旁有高峻和那名保安同在，看到那无声的影像，阮真真还是不由得头皮发紧，整个人都僵住了。

最先出现在镜头内的是一把黑色雨伞，有人打着一把黑伞疾步进入电梯，摁下了控制面板上最下面的一个按键。他一直站在那里没动，直到电梯门再次打开，露出外面的绿色塑胶地面来。

"是地下车库！"保安叫道。

不论是大堂还是其他楼层，电梯外的地面都是光滑的瓷砖，唯有地下车库那一层是绿色塑胶板，一眼就可辨出。那人从电梯内迈出，就在电梯门快要闭合时，他却忽又转身回来，从伞下探出胳膊去，用戴着手套的手指摁了一下电梯按钮，这才又匆匆离开了。

电梯空载上行，轿厢门再次打开时，外面的地面已经又成了光亮的瓷砖。

阮真真突然间明白过来，当时她带着保安赶回去时，为什么另一部电梯会显示停在四楼。那人先乘坐电梯直达地下车库，然后又故意摁下四楼按钮，叫电梯空载上去，造成原本就停在那里的假象。

整个过程不足三十秒，而这期间，那人一直立在伞下，除了遮不住的腿脚和最后探进电梯内的手臂，再没露出其他部位来。

他准备充分，镇定从容，并且心思缜密，狡猾奸诈。

保安都傻在了那里，半晌才恢复了正常，愕然道："原来前天晚上你家真进去人了啊！"

阮真真没理会保安，只转头去看高峻。

高峻问保安道："地库里另有出口可以出去吗？"

"有。除了每个单元电梯可以直达地库外，每栋楼侧面还有安全梯可以进出车库，一是为了防火要求，二是为了方便业主。"保安回答。

"那出小区的口呢？"高峻又问。

保安答道："小区的进出口都在地上，一共有三个，除了东门、南门可以进出车辆外，北面是个只能走人的小门，而且为节省人力，一直都关着。"

"可以查一查小区进出口的监控吗？"阮真真问道，"看看有没有打着黑伞进出的人。"

保安又去调小区东门与南门同时段的监控，一直往后看了十几分钟，都没看到有打着黑伞的人出去，甚至在那个时段根本没人进出小区。

"奇怪了，人哪去了？"保安也是疑惑不解，"难道就是这小区里的人，压根没有走？"

阮真真缓缓摇头，又问道："北门的监控呢？能不能看一下？"

保安愣了一下，面露为难之色："北门一直锁着呢，不可能从那出去。"

阮真真却知道北门的情形，闻言反驳道："北门那边就是铁栅栏，也不高，人是可以翻过去的。"

保安吭吭哧哧的，却仍不肯调出北门的监控。

高峻看他两眼，突然问道："北门那没监控，是吗？"

保安立刻显露出尴尬来，解释道："有监控，就是前一阵子坏掉了，还没来得及修好。而且就是监控没坏，恐怕也没多大用处。你想那贼从一进电梯就打着伞，很明显是为了躲摄像头，他就是真从北门跑的，也不会露出什么破绽来。"

他说的都是实情，电梯内离摄像头那么近都没能拍到他什么，外面那些摄像头更看不清了。

阮真真和高峻谢过了保安，从保安室出来一同往家走。阮真真皱着眉头思量着，自言自语道："这个人绝对不是第一次来这儿，他显然对这小区挺熟悉的，知道怎么躲避电梯里的摄像头，也知道地库除了单元门，还有其他出口可以出去。"

高峻默默点头，似是在思量着什么。

"就是陆洋！"阮真真再一次肯定自己的猜测。

高峻抬眼看她，问："理由呢？"

阮真真答道："以前许攸宁出去应酬喝多了的时候，经常是陆洋开车送他回来，他对小区的地库很熟悉，应该知道另有通道可以出去。而且，他手上最可能有钥匙。"

高峻歪头想了想，弯唇浅浅一笑："有道理。"

说话间，两人已到了单元门前，其实小区里每个单元门都装有门禁系统，但总有人嫌进出麻烦，经常用石块把门卡上，叫防盗门关不严实，开的时候也不用钥匙。阮真真看了不觉皱眉，上前用脚把卡在门缝处的石块踢开，不满地嘟囔道："真没素质，一点也不考虑别人的安全。"

高峻笑笑，道："这道门锁不锁意义不大，小区里那么多通道可以直达地库，而地库又有电梯能直接入户，单元门就是锁上也拦不住有心人。"

阮真真一愣，怔怔道："还真是这么回事。"

上电梯的时候，高峻突然停了下来，人站在电梯外，仿照着视频里的样子，探进手来去摁电梯按钮。阮真真虽然不解他的用意，却仍是帮他摁住了电梯开门键，安静地等待着。

他来来回回试了几次，这才进了电梯，抬眼见她好奇地看着自己，只笑了笑。

阮真真没多问什么，只乘坐了电梯上楼。开门进屋，许是里外温度变化太大，她不由自主地打了两个喷嚏。

高峻看她两眼，提醒道："你该去测体温了。"

"没事，发不发烧我能感觉出来。"阮真真虽这样说着，却也怕自己再烧起来，脱下大衣后赶紧走进书房取了体温计，随意往腋窝里一夹，出来又继续和高峻分析案情，"尤刚不是说他给许攸宁打电话的时候，许攸宁身边有人吗？你说会不会就是陆洋？如果是这样的话，一切都能解释得通了！"

如果许攸宁车里的人是陆洋，那么一切都就合理了。许攸宁出事后，陆洋第一个赶到现场，趁乱顺走了许攸宁的钥匙，然后瞅准了她这几天早出晚归，潜入她的家中翻找东西。

他来找什么呢？账本吗？

阮真真倚靠着门框，凝神思量着，眼前似有迷雾茫茫，随着她调查的深入反而越发浓重起来。如果车祸前陆洋就在许攸宁车内，那他又是什么时候，在哪里下的车呢？他为什么要半路下车？难道事先预料到许攸宁要出车祸吗？

"可以了。"高峻突然出声说道。

"嗯？"阮真真愣了一下，"什么？"

高峻抬手指了指她的腋下："我说你的体温计，时间已经够了，你可以拿出来了。"

她这才反应过来，忙把体温计取了出来，对着光源看了看温度，却忍不住低声咒骂了一句，真是怕什么来什么，体温竟然又升起来了，那水银柱眼看着就要过了三十九摄氏度。

高峻走上前来，从她手里把体温计拿过去看了看，转身便往门口走，伸手替她把衣架上的大衣取下来，道："走吧，去医院。"

"不用，再观察观察吧。"阮真真刚从医院回来没多久，一想起医院的情形就有些发怵。而且此刻天色已晚，再去医院还不知道要折腾到什么时候才能回来。"大概是这几天休息不好闹的，我先休息休息，看看情况再说。"

高峻站着不动，只拎着大衣看她。阮真真跟他僵持了一会儿，发现他完全没有妥协的意思，只得老老实实地过去接过大衣穿上，锁了门出来跟他去医院。

苏雯的车已经被开走，幸好高峻是开车过来的，车就停在了小区外面。两人一路走过去，待坐进车里的时候，阮真真就觉出发冷来了，开始还只是身体不受控制地发抖，到后面，连牙齿都打起战来，磕得嗒嗒作响。

"很冷？"高峻瞥她一眼，把车里的暖风调到最大，可车刚打着，发动机还没热过来，空调口吹出来的风都是冷的。

阮真真哆嗦着把大衣裹得更紧，口中说道："还行。"

高峻略一迟疑，把自己身上的大衣也脱了下来盖在她身上，又道："你把座椅调平，先躺一会儿吧。"

她的确感到头脑昏沉，便伸手去座椅边侧划拉调节按钮，可摸了半天也找不到，只得又哆哆嗦嗦地问他道："按钮在哪？怎么调？"

他已经把车开上了路，闻言微微一怔："侧面没有？"

"摸不到啊。"阮真真忍不住有些烦躁，索性放弃，"算了，就这样吧，不躺了。"

高峻却把车靠边停下了，松开身上的安全带，向她探过身来，一手撑住她身后的座椅靠背，另一只手伸出去摸副驾座椅的外侧："我来吧。"

纵使他身高臂长，这样探身过来，也几乎整个人都罩在了她的身前。阮真真先是一愣，随即就僵在了那里。两人离得太近，彼此呼吸都清晰可闻。他只顾着低头去摸索座椅侧面的按钮，似是丝毫没有注意到她的窘迫，半晌之后，才突然叫道："找到了！"

阮真真只觉得身后一空，身体不受控制地往后仰去，而高峻似乎也没准备，撑着靠背的手臂一时无处借力，人也跟着往下扑了过去，差一点就砸到了她的身上。

两个人面孔相对，大眼瞪小眼，你看着我，我看着你，一时都僵在了那里。还是高峻反应快一些，不动声色地坐回了原位，道："你躺一会儿吧，等到了医院我叫你。"

阮真真脑子虽然发晕，可心里并不糊涂，晓得这种情形说得越多越是尴尬，干脆也不多说，只闭上了眼，应道："好。"

车重新上路，他送她去医院，给她看病的那个大夫竟然还没下班，瞧她这么快回来也不觉奇怪，只面无表情地问道："又烧起来了？"

阮真真烧到现在，已经过了畏寒那个阶段，只是觉得脚下发飘，人都快站立不住，还是高峻替她答道："是，刚才在家里试温度快到三十九摄氏度，这会儿好像比刚才温度更高了。"

医生瞥阮真真一眼，直接给她开了一沓单子去做检查，等楼上楼下都跑了一遍，检查结果出来时，门诊上的医生已经下班，他们只能拿着单子去找住院部的值班医生。

值班医生看了看各项检查结果，又从电脑里调出来阮真真的病历："流感合并细菌感染，你这情况挺严重的，我给你换一下药，接着输液吧。"

这一回的液体可比白天时候多了许多，病房里又没有空床，阮真真只能坐在走廊里打点滴。液体里应该是加入了退热药，等体温慢慢降下去，她也清醒了不少，见高峻在一旁守着，十分过意不去，道："你回去休息吧，不用陪着我。"

高峻正低头看着手机，闻言抬头瞥她一眼，淡淡道："没事。"

阮真真抿了抿唇，没说什么，只单手从手提袋里把手机找了出来，刚划亮屏幕，就又听得高峻说道："别叫苏雯过来了，我之前已经给她发了消息，说你没事。"

阮真真不言，只转头去看他。

他说道："我理解你是不想麻烦我，也想和我保持距离，不过，大半夜的，叫苏雯一个女孩子跑夜路过来，你能放心吗？"

阮真真垂目，犹豫了片刻，把手机又放了回去。

高峻默默看着她，突然问她道："苏雯是不是和你说什么了？"

她不解，转头看他，下意识地挑眉："嗯？"

他轻轻地扯了扯唇角，盯着她，不紧不慢地说道："她有没有告诉过你，我高中的时候暗恋你……"

第三章　窃察

阮真真几乎是下意识地摇头，随即就又后悔，觉得自己这反应简直是蠢到了家，如果真的没有听过这个消息，正常情况应该是先愣上一愣，而不是立刻摇头否定。

果然，高峻看到她这反应，放肆地笑了起来。

阮真真不知该如何反应，恼也不是，怒也不是，呆愣愣地瞪他两眼，转过头去垂目不语，过了片刻，才忽地说道："很好笑吗？"

他似乎也觉出自己有些过分，探出身去，小心翼翼地看她一眼，问："生气了？"

阮真真轻轻嗤笑了一声："你不过跟我开个玩笑，我要是就此生气，不就太过小心眼了吗？"

高峻沉默下来，打量她一会儿，肯定道："你就是生气了。"

她转过头来，平静地盯着他："好吧，我承认，我就是生气了。然后呢？你要说对不起吗？"

她虽竭力保持着淡定，那气鼓鼓的脸颊却出卖了她。

他看了她两眼，又忍不住想笑，可唇角刚一翘起，就又赶紧扯平了，有意清了清嗓子："对不起，我向你道歉。"他沉吟着，似是在调整着自己的语言，"不过，我要向你解释一下，我真的没有恶意，也不觉得暗恋这件事情有什么见不得人，需要隐瞒的。年少时的暗恋，现在回想起来，已经没有了任何忐忑、彷徨和不甘，只剩下了美好怀念，和一些叫人回想起来都忍不住想要微笑的小尴尬。"

"这就是你不计回报地帮助我的原因吗？"她突然问道。

"是。"他坦然承认，想了想，又道，"你看，连我这个暗恋者都已经放下了，只把你当作一个老同学来对待，你一个被暗恋的，还有什么觉得不好意思的？为什么还要对我避之如虎？"

阮真真垂了垂眼帘，默默揣摩了一番他这话，自己也忍不住笑了，道："是我浅薄了。"

他看她两眼，叹道："不是你浅薄，而是作为成年人，我们都变得复杂了，所有的人际来往都要精心计算，给人多了，不甘心，拿人多了，又不放心。"

阮真真心有感触，不禁缓缓点头："谁不是这样呢？平白无故得来的好，总是叫人不踏实的。"她转头看高峻，仔细地打量着他凌厉的眉眼，却还是在记忆里找不出什么痕迹来。

他故意幽怨地叹了一口气，道："看来你对我毫无印象，真是叫人伤心啊。"

她忍不住笑了起来，又问："你高中时候真暗恋过我？什么时候的事？我怎么一点都不知道？"

"要让你知道了，还能叫暗恋吗？"他一本正经地反问。一面说着，一面站起身来，把支架上滴完的液体换过了一袋新的，又问她："你想不想知道我是怎么暗恋上你的？"

她还没有回答，他已是接着说道："不管你嘴上承认不承认，你心里一定想知道。"

听到他这话，她索性大大方方地点了点头，道："想知道。"

他重新在一旁坐下来，倚靠在座椅上，微微仰起了头，眼神飘向天花板，似乎在努力回忆着："大概是在高三上学期快结束时，学校里举行辩论赛，就在东边那间大礼堂，我们班进了最后

112

的决赛，我那天晚上正好没事，跟过去看热闹。当时人很多，过道里都站满了人，我站得比较靠近门口，就听有小女生在后面嘀嘀咕咕地抱怨。她说……"

高峻停下来，斜睨阮真真一眼，才又故意捏细了嗓音，学着小女生的腔调说下去："哎呀，前面这人真讨厌，长这么高，又这么宽，跟门扇一样，把我挡得什么都看不到啦！"

他目光放得很远，嘴角不由自主地扬起，仿佛透过时光，看到了那个年少时的她，口中轻声念道："我回过头去一时没见着人，又往下看了看，这才看到了一个长着圆团团脸的小女生，眼睛很大，瞳仁又黑又亮，水汪汪的，两侧脸颊通红，好像涂了厚厚的胭脂，仰着头，又委屈又恼恨地瞪着我……"

阮真真愣了愣，这才反应过来他学的那个小女生应该是她。

那一次辩论赛，她也记得。学校里举行跨年级辩论赛，许攸宁是参赛辩手。她刚刚和许攸宁捅破了那层窗户纸，应了邀去看他比赛，可偏偏那天又轮到她做值日，等她打扫完教室，拉着苏雯跑过去，大礼堂里早已是座无虚席，连过道都被人堵得严严实实。

前面的男生长得高高胖胖，山一样矗立在那，害她踮起脚来，也看不到台上的许攸宁。

她记得当时似乎抱怨了几句，却不记得前面的人是否有回过头来看她，长得又是什么模样。那时，她满眼里看的，满心里想的，不过只有一个许攸宁。

高峻转过头来打量她，好奇地问："你那时脸为什么那么红？"

阮真真笑了，解释："我脸上皮肤很薄，肤质也干，那时候又不懂护肤，冬天被风一飕就容易皲裂。许攸宁经常取笑我，说我脸红得像猴子屁股，还不能碰，手指头杵一杵都疼得嗷嗷叫。"

她忍不住缓缓摇头，低低地叹息："一晃都十几年过去了。"

彼时的少年少女，不知不觉中，已长成了现在的成年男女。两人一时都静默下来，谁都没有了再说下去的欲望。

第二天，高峻突然有事要回北陵，换了苏雯过来守着阮真真输液。待到第三天上，阮真真死活不肯叫苏雯再过来陪自己了，自己一个人坐着地铁来往于家和医院之间，遵医嘱老老实实地输够了七天液体，又拿了一大包口服药回去，这病才算暂时告一段落。

刚从医院出来，她就跑去派出所询问案情进展，罪犯还未有下落，负责案子的警务人员叫她先回家等着，有消息会第一时间通知她。阮真真一听这个不觉有些着急，忍不住叫道："你们去调查陆洋啊！他嫌疑最大！"

接待她的小警官姓黄，很年轻的模样，似乎刚刚上班没多久，见她这样激动赶紧出言安抚，又解释道："我们已经对陆洋进行过排查，他当天有充足的不在场证据。"

"就他手上可能有我家的钥匙，而且前一天，他就已经偷偷去过我家。小区监控里可以看得到。"阮真真急忙说道。

小黄警官无奈笑笑："视频我们已经看过了，没有任何证据可以证明那人就是陆洋。他不肯承认，我们也只能慢慢调查，不可能因为你的一个猜测，就去对一名守法公民进行搜查，这是违法的。"

阮真真沉默了下来，过了一会儿，才怔怔说道："所以，就算猜到是他也没办法？"

小黄警官想了想，回答道："得有证据，查案不能只靠猜测推理，请您理解我们，也尽量配合我们工作。"

阮真真突然就有点后悔，觉得自己做错了一件事。

她不该更换门锁，门锁一换，陆洋手中的钥匙成了废品，再没半点用途，他不会也不可能再去她家，证据也更不可能找到。她应该假装不知，在家中偷偷安装上摄像头，有意避出去，给那人创造再次登门入室的机会，看看他到底要找些什么！

阮真真越想越后悔，简直要后悔莫及。

她开车回家，半路上接到高峻电话，他先问过了她身体状况，又道："这几天最好不要一个人住，如果不能叫苏雯过去陪你，你就先暂时住她那里。万一有什么状况，也好有个人照应。"

苏雯和出版社签有合约，为了能按时交稿，最近一直日夜赶稿，她怎好意思再去打扰？阮真真拒绝了他的建议，道："不用，我身体已经没事了。再说，我们两个作息时间完全不搭，也住不到一起去。"

"好吧。"高峻似是有些无奈，默了默，才又问她，"夏新良那边有消息吗？"

阮真真愣了一下，这才反应过来他问的是谁，不由得说道："我以为你会先问陆洋。"

高峻便顺着她的话问道："陆洋怎样？可有什么消息？"

"警察说不是他，因为他有不在场的证据，可有不在场证据这事，我觉得并不可靠，谁知道是不是他造假了呢？"她心有不甘，想了想问道，"你说他会不会再来第三次？"

高峻反应非常敏锐，几乎是立刻就反问她道："你想做什么？"

阮真真沉默，没有回答。

高峻语气不觉有些凝重起来："阮真真，我建议你不要做蠢事。"

"高峻，"她突然叫他的名字，犹豫了一下才又问道，"你有没有觉得这件事有点不简单？好像处处都透着古怪。"

电话里静默了几秒钟，然后高峻平淡的声音才不疾不徐地传过来，"哪里不简单？"

她还没来得及回答，蓝牙耳机里突然传来"嘀嘀"的提示音，表示此刻另外有电话打了进来，阮真真随意地瞥了一眼放在车前的手机，待看到来电显示的姓名，却是不由得怔住。

"阮真真？"高峻听不到她的回应，忍不住出声唤她。

她这才反应过来，忙道："哦，有个电话打进来，我先挂了，回头再聊吧。"

阮真真深吸了口气，这才把下一个电话接了进来。她竭力保持着镇定，从容问道："喂？陆洋啊？有什么事吗？"

与她的淡定截然相反，陆洋的声音里却似透着难抑的紧张，"嫂子，您这会儿在哪呢？"他停了停，吞咽了一口唾液，才又说道，"我有点事，想过去和您说说。"

"什么事？"阮真真不动声色地问。

陆洋匆匆答道："电话里说不方便，咱们见面说吧。"

阮真真沉吟着，一时没有应下。她这份迟疑显然叫陆洋更加焦急，他连忙又补充道："嫂子，不去你家，你约个地方，我们在外边见面。有件事，咱们得当面才能说清楚。"

"你知道我家小区东街上的心悦茶楼吗？"阮真真问他，"我现在开车过去，我们在那里见面说吧。"

"好，我马上过去！"陆洋急忙应下，又赶紧追问，"你多久能到？"

阮真真的车已经拐到了小区的东街上，听到陆洋这样问，不觉心中一动，答道："我还得有一会儿工夫才能到，大概得……半个小时，你先过去吧，等我一下。"

陆洋闻言没说什么，只又催了阮真真一句，便挂断了电话。

心悦茶楼就在眼前，阮真真车却没有减速，径直从街面上开了过去，直到前一个街区才慢了下来，停在一家电子卖场外。她匆匆下车，进店直奔数码专柜，请导购帮忙选了一支适合偷录的录音笔，又问清楚了使用方法，这才出来。

她又开车往回走，等到心悦茶楼外时，陆洋的第二个电话就到了。

"嫂子，你到了没有？还得多久？"他又催问。

阮真真把录音笔打开放进手提袋内，沉声应道："这就到了。"

陆洋早已经等在店里，坐在最靠里的昏暗角落，穿着一身灰黑色的衣服，头上戴着顶棒球帽。若不是店主领阮真真过去，她恐怕都看不到他。

"不好意思啊，路上堵车，来晚了。"她很随意地把手提袋往桌子上一放，不慌不忙地在陆洋对面坐下来，抬眼看向他，"出什么事了？这么着急忙慌地找我。"

陆洋警觉地扫一眼来给阮真真倒水的服务员，没有立刻回答。

阮真真看出他的戒备，挥挥手示意服务员离开，沉静地看着陆洋。

陆洋回头看了看，确认服务员真的离开，这才又转向阮真真，下意识地往前探了探身子，压低声音问她道："嫂子，你家里前几天遭贼了，是吗？"

阮真真不露痕迹地往后避开些许，眼睛直盯着他，抿唇不语。

陆洋又看一眼四周，急切地解释："嫂子你误会我了，那真不是我，我哪能做这事啊，再说了，我也没有这个胆啊！"

他开门见山，阮真真索性也撕破了脸皮，故意发出一声嗤笑，做出不屑的模样，冷声反问道："不是你？不是你还能是谁？"

"是——"话刚开了个头，陆洋便又强行咽了回去。他咬了咬牙，几次欲言又止，到最后也只是说道，"是谁我也不知道，但我敢向你发誓，这事真不是我做的。那天晚上我一直在单位加班，警察都已经做过调查了。你不相信我，总该相信警察吧！"

阮真真闻言，面色稍稍缓和了些。

陆洋一直小心地观察着她，见状又试探着问道："这到底是怎么回事？嫂子你和我说说，好端端的，家里怎么会进去贼了？丢了什么要紧东西没有？"

阮真真瞥他一眼，目光从他放在桌面上的黑色棒球帽和口罩上一划而过，心里有了计策。她故意皱了皱眉头，露出些疑惑来："这就是最奇怪的地方。家里没丢什么贵重物品，只许攸宁的书房被人翻过了。"

"书房？少了什么吗？"陆洋又追问。

"也没看出少了什么来。"阮真真歪头想了想，又问他道，"你说他们到底在找什么？账本吗？"

陆洋微怔，眨了眨眼睛，反问她道："许哥真有账本？"

"有！是一个黑色封面的账本，挺厚的。他曾经带回家过，我扫过一眼，后来再找却找不到了。"阮真真一面说着，一面暗中观察陆洋的神色，"不瞒你说，我那天去你们单位，就是想找一找账本。你也知道，许攸宁借了那么多钱，我就想知道这些钱他又转手借给谁了，看看能不能追回来。"

"找到了吗？"陆洋又问。

他声音虽急，眼中却无追切之色，显然是已经知道答案。阮真真缓缓地摇了摇头："没找到，办公室里没有，家里也没有，你说那账本哪去了？总不能平白无故消失了吧？"

若账本真的存在，那自然是不会无故消失。陆洋似是也这般认为，眉头微微皱起，像是在竭力思索着什么。

"唉。"阮真真叹气，"要是账本没了，那许攸宁借来的那些钱可就真不知道往哪去了。"

陆洋抬眼看向她，迟疑着问道："嫂子，那几个官司怎么样了？许哥真欠了那么多钱？"

阮真真苦笑："对方证据齐全，已经把我给告了，这还能有假？"

"欠了多少？"陆洋又问。

阮真真看他一眼，还未回答，他就又连忙解释道："我就是问问，外面传得很邪乎，说都已经上亿了。"

"没那么多，几千万吧。"阮真真嘲弄一笑，停了停，又补充道，"所以说我也想找到许攸宁那账本，看看他把这么多钱到底折腾到哪里去了，哪怕能要回来十分之一呢，也够我半辈子花销了。"

"应该的，应该的。"陆洋连声应道。

阮真真犹豫了一下，又问道："对了，你当时赶到现场的时候，可有看到其他可疑人物吗？"

陆洋愣了一下，没有立刻回答，不自然地笑了笑，才道："什么可疑人物？"

阮真真不动声色，继续问道："当时你是第一个赶到现场的吧？"

陆洋十分警醒，眼珠子转了转，含混答道："这可不清楚了，当时那情形又急又乱的，只想着尽快灭火救人，哪里还顾得上留意其他的？还真不能确定我是第几个到的。"

"你是从谁那听到的消息？"阮真真又问。

陆洋似乎对这个问题早有准备，回答得很流利："说来也是赶巧，那天是从网上看到消息说东外环那边出了车祸，有人把现场图片贴到了南洲贴吧里。我当时正好在开发区办事，一看车像是许哥的，给他打电话又打不通，吓得就赶紧赶过去了。"

阮真真将信将疑，却没能在他的脸上看出什么破绽来。

陆洋似也在暗中观察着她，问道："对了，嫂子，你说到这个我才突然想起来，许哥那事故车怎么样了？"

他突然问起事故车，倒是有些出乎阮真真意料，她心中暗生警惕，面上却是故作无意地答道："还能怎么样？丢在交警队的事故车辆停车场里呢。都烧成那个样子了，拖回来也没什么用处。"

陆洋眼神微闪，又追问道："哪个停车场？北郊那个事故车辆存放场？"

"就是那里。"阮真真回答，故意问他，"怎么，你想要那车啊？"

"不是，不是。"陆洋连忙摆手否定，干笑道，"我要那车干吗啊，就是随口问问。"

阮真真叹一口气，说道："我说嘛，那车已经完全报废了，卖废铁恐怕人家都不收的，也就只能丢进废车场了。"

"可惜了。"陆洋随口敷衍，眼神飘忽不定，不知在琢磨着什么。

阮真真没有继续纠缠这个话题，看他两眼，忽又问道："哎？向你打听个人吧？沈南秋，你认识吧？"

"沈南秋？"陆洋毫不犹豫地摇头，神情看似茫然，"没听说过啊，这人是谁啊？"

阮真真笑笑，道："哦，是个朋友，既然你不认识，那就算了。"

陆洋像是无心追问，抬手看了看表，又转头往外瞥，口中解释道："嫂子，我还有事，得先走了。你自己多保重，有什么用得着我的，给我打电话。"他说着，也不等阮真真回应，自顾自地从桌上拿起口罩和帽子，都戴严实了，低着头匆匆离开。

阮真真默默坐在原处，半晌没动地方。她拿出手机想给苏雯打电话，临拨出前却又变了主意，改拨了高峻的电话。"你现在人在哪？北陵吗？"

高峻似乎愣了一下，这才应道："是。"

阮真真又问："什么时候来南洲？"

他先愣了一下，随即就问道："发生什么事了？"

阮真真道："我刚刚和陆洋见了一面，我向他打听了沈南秋，他说不认识。"

高峻闻言不由得笑了："怎么可能不认识？"

沈南秋三年前才从南洲银行离职，又和许攸宁关系匪浅，作为许攸宁小伙计的陆洋怎么可能不认识？阮真真的想法与高峻一般无二，嘲弄地笑了笑，道："越是瞒着，就越说明他们有关系。"

高峻又问："你为什么要见陆洋？只是为了打听沈南秋？"

阮真真如实答道："不，是他约的我，我猜他很可能会去停车场找许攸宁那辆事故车。"

"然后呢？"他又问。

她答道："我想去逮他。"

"胡闹！"他低声呵斥，语气很是有些严厉，控制了一下情绪，才又问她道，"你为什么猜陆洋会去找那辆车？"

"他特意问我车停放在哪里。"阮真真说出自己的分析，"他向我问许攸宁借款数额，可见还没有找到账本。而他手上有许攸宁那串钥匙，如果在办公室和家里都没能找见账本，只有再去许攸宁车里试试运气了。"

"车都烧成那样了，账本怎么可能还会留下来？"高峻道，"他要是去车里找账本，要么是傻，要么就是财迷心窍了。"

阮真真没有再和他争辩，只又问道："你什么时候来南洲？"

"刚刚出门，下午五点左右到。"他回答，顿了顿，又忍不住嘱咐她，"你老实待着，不要乱来。"

高峻比预定时间到得要早，四点刚过就到了。

阮真真已经等在了事故车辆停车场外，瞧见他的车远远过来，忙落下车窗向他招了招手，示意自己的位置。他没理会，把车径直开过去，停到了相隔颇远的地方，这才又打电话给她，道："过来。"

她赶紧拎着皮包从车里下来，斜穿过绿化带，一路小跑地过去，拉开他的车门钻入了后座，感叹："还是你这车好一点，不显眼。"

和苏雯那辆红色的两厢小车相比，他这辆普通的黑色轿车要显得低调得多，随便往路边一停，也不大会引起路人的注意。

高峻从前座转过身来看她，问："你就打算在这里蹲守陆洋？"

"我觉着他应该会在晚上摸黑过来，但是又怕他反其道而行之，大白天就明目张胆地过来找，干脆就早早过来等着了。"阮真真解释着，又从手提袋里掏出包小蛋糕来，问他，"你吃过午饭了吗？要不要吃点？"

他对她伸过来的手视而不见，只盯着她，又问："如果我赶不过来呢？你就自己在这里等他吗？"

她愣了下，收回了手，认真地说道："可你说了你五点到。"

"我要是五点到不了呢？"他又追问。

她看出来他这是有些恼，咧开嘴向他讨好地笑了笑："只要陆洋来这里，那就是别有目的，我只需要确定他来不来，又不会傻乎乎地再去跟踪他，没什么危险的。"

他闻言冷笑："那你还给我打电话做什么？"

这个问题倒是把阮真真一时问住了，如果真的没有危险，她自己一个人悄悄来就行了，何必再给他打电话呢？明明知道他不在南洲的……她回答不了他的问题，在他的注视下心虚地低下了头，默默啃起手里的蛋糕来。

他没再说什么，半晌之后，才低低地冷哼了一声，探手从她那里夺了蛋糕袋子过去，摸出一个蛋糕吃了起来。

她心中一松，又问他："要喝水吗？"说着，跟变戏法一样，竟又从她那看不出来多大的手提袋里掏了一个保温杯出来，伸手递给了他，"我还没喝过，你可以倒进杯盖里喝。"

高峻是真被她搞无语了，冷着脸接过水杯来，又把手里的蛋糕袋子还给她，问："许攸宁的车一直存在这里？"

"嗯。"她点头，继续啃手上的蛋糕。

他抬头从后视镜里瞥她一眼，又问："损坏得很厉害吗？怎么没拉走处理掉？"

阮真真动作顿了顿，淡淡说道："这里是交警队定点的地方，事故车辆都存这。那车已经撞报废了，又被火烧过，根本没法处理，何必再去浪费钱？"

高峻没再说什么。

冬日天短，才刚过五点，天色就突然暗了下来，周围停的车一辆辆开走，到最后就只剩下了零散的三五辆。阮真真抬眼看向前座的高峻，犹豫了一下，建议道："把空调关了吧，有点显眼。"

高峻依言灭掉了发动机，过了一会儿，才又问道："你就是这么蹲守了夏新良两天？"

"是。"她应道。

他轻轻地扯了下唇角，讥诮道："挺抗冻的啊。"

她也抬眼看过去，透过后视镜和他对视，问他："你冷了？"

外面天气严寒，车里暖风一停，单薄的车壳子很快便被冻透，车里温度直线下降，他身上只穿了大衣，人又瘦削，怎会不冷？他没说话，用一声不满的低哼代替了回答。

她看他两眼，突然古怪地笑了笑，伸手入怀摸索了一番，扯了一片巴掌大的热贴出来，伸手递向他："给，分你一片。"

他转头看过来，一时却没有接，眼中露出疑惑，"什么？"

她"啪"的一声把热贴拍到了他的肩上，低笑道："女性的抗冻法宝，你贴胸口上吧，立刻就不觉得冷了。"

他迟疑着把这热贴从肩头撕下来，犹豫了一下，这才拉开大衣，把热贴贴到了衬衣上。这东西果然管用，效果几乎立竿见影，他再裹紧大衣，立刻感到有融融暖意在胸口弥漫，很快就驱散了身上的寒意。

高峻转头斜她一眼，问："还有吗？"

她笑了笑，索性拉开羽绒服的拉链，从里侧又扯了两片下来递给他："我车里还有，一会儿过去拿就行。这东西发热时间有限，过了时间就不热了。"

他没和她客气，把两片热贴都贴到了自己身上，忍不住轻轻地吁了口气出来。"你先守着吧，我眯一会儿。"他放倒了驾驶座椅，裹紧大衣躺倒下来，又嘱咐她，"有情况叫我。"

"好。"阮真真应道。她转头看向车外，口中却又忍不住轻声问他道："从北陵开车过来要几个小时？"

他闭着眼，过了片刻，才淡淡答道："四个多小时。"

这样一路赶过来，难怪看起来会疲惫不堪。阮真真忍不住多看了他几眼，沉默下来，又转过头去，目不转睛地盯着停车场前的道路，关注着每一辆来往的车辆。

时间一点点过去，天色很快黑透，道边的路灯慢慢亮起来，虚弱无力地照着这郊外的寒夜。停车场的大铁门早已关闭了，仅留着旁侧一个供人进出的小门还开着。此处偏僻，过往的车辆都少，只偶尔有汽车的灯光从远处的道路上闪过，却都不曾拐到这边的路上来。

高峻是被冻醒的。

他做了一个噩梦，在梦里，人刚出了福利院，忽然身坠冰窟，寒意刺骨的河水从四面八方向他涌过来，劈头盖脸，堵得他无法呼吸。他打了个激灵，立刻就醒了过来，睁开眼，车里黑乎乎的一片，冷得像个冰窖，没有半点活气。

高峻怔了一下，这才反应过来自己身在何处，忙扭头往后看去，却发现后座上的阮真真已不知所终，后车门虚虚地掩着，甚至都没关严。

他心里一惊，立刻打开车门下了车。

外面不知何时起了浓雾，一切都被笼罩其中，连悬在头顶的路灯都晕成了模糊的一团，可视距离不足五米。

他面色凝重，默默站了会儿，回身从车里拿出一顶帽子戴上，拉低帽檐遮住眉眼，循着记忆往阮真真开过来的小红车那里找去。雾太重，直找到车近旁才看清楚情况：后座处的车门也是虚掩的，后座上有被翻出来的一大包热贴，却依旧不见阮真真的身影。

高峻忍不住低低地咒骂了一句，掏出手机来想要拨打电话，不等拨出却又停下。她悄无声息地离开，甚至连车门都不敢关严，显然是怕发出声响惊动他人，他的电话贸然打过去，一个不好，手机铃声恐怕就要将她暴露。

高峻脸色极为难看，他把手机调为静音，从衣袋里掏出一副手套戴上，站在车旁四下看了看，最终确定了方向，悄无声息地钻入了浓雾之中。

而阮真真那边，最初并未想着以身涉险，事情发展到这一步她始料未及。

她从高峻车上悄悄下来时，只是为了回自己车上拿些热贴。她身上用的那些都是中午时候贴上去的，八小时的发热时效，用到晚上就已不大热了。为了熬过这一宿，不论是她还是高峻，都需要更换新的热贴。

高峻应是真的累极了，竟就这样躺着沉沉睡去，她怕吵醒他，又想着自己去去就回，因此连车门都没关严。出来的时候，外面大雾初起，她走到自己车旁，刚钻进后座把热贴翻找出来，就发现了远处打过来的车灯。

这是入夜以来，唯一一辆拐到停车场前这条路上来的车辆。

阮真真立刻紧张起来，忙压低了身体，全神贯注地盯着那辆由远及近缓缓驶来的车。不料，车离着这边还有很大一段距离时突然停下，下一刻，车灯竟然灭掉了。

不知不觉中雾色已浓，车灯一灭，那辆车顿时就失去了踪影。

这里地处偏僻，虽叫事故车辆停车场，实际就是一个报废车辆存放点。白天来往的车辆都不多，更别说眼下这个时间点。

可即便这样，也无法确定那辆车就是陆洋的。

阮真真等了半晌，一直不见车灯重新亮起，她咬了咬牙，悄悄从车里爬下来，借着路边隔离带的遮掩，往车灯消失的地方摸了过去。她猜着如果真的是陆洋过来，估计是怕被停车场大门口的监控拍到，这才远远就停下了车，另找别的入口进入停车场。

她没想着冒险跟踪陆洋，就打算过去看一看，确定到底是不是陆洋的车。不料等她好容易走到近处，能模糊看到停在不远处的车时，事情却突然发生变故，浓雾中，突然有一辆车从那辆车后窜出，车灯全灭着，悄无声息地往这边开来。

大雾天走夜路，正常车都恨不能把所有车灯都打开，哪里会有不开大灯的？

阮真真悚然一惊，想也不想地蹲下身来藏身在灌木丛后，直等那车从面前开了过去，才敢探出头去看。车声渐渐远去，世界万物重又陷入静寂，之前的那辆轿车仍停在原处，随着雾色越来越浓，轮廓再一次模糊起来。

她犹豫了一下，再次壮起胆子，小心翼翼地往前走去，一直到能看清那辆轿车的全貌，这才停下。那是一辆珊瑚蓝的大众高尔夫，不用看车牌，她也能确定这就是陆洋的车。

理智提醒阮真真现在就应该转身离开，可刚才那辆突然窜出来的神秘车勾起了她强烈的好奇心，叫她又屏气凝神，蹑手蹑脚地绕到陆洋车后，从后面贴过去，透过后窗玻璃偷偷往内窥探。

不想驾驶座上竟然有人在！

她吓了一跳，正要往后退走，却忽地被人从后面一把揽入怀里，紧紧捂住了嘴。最初的瞬间，她整个大脑都是一片空白，三两秒过后才"轰"地一下炸开，顿时魂飞魄散。

阮真真本能地拼命挣扎，喉咙间支吾嘶吼，身后那人忙把她挟制得更紧，凑在她耳边低声说道："是我。"

那是高峻的声音。

她僵了下，心头一松，顿时觉得全身的力气都被抽走了，双腿一软，人就不受控制地往地上跪了过去。他忙用双臂从后面架住她，把她往后拖去，一直到隔离带的花木之后，这才低声嘲道："我还以为你有多大胆。"

刚才那个惊吓实在太大，直到现在，她的心脏还"怦怦怦"剧烈地跳动着，四肢也软弱无力，整个人像虚脱了一样。阮真真回头瞪高峻，压低了声音，恼火地说道："你差点吓死我！"

高峻扯了扯嘴角，没理会她的控诉，只问她道："是陆洋的车？"

"是，驾驶座上有人，好像就是陆洋。"她说完，顿了顿，又问他道，"你刚才看到那辆过去的车了吗？"

他点了点头，轻声道："是辆灰色的轿车。"

"是过路车，还是和陆洋一伙的？"

高峻没有回答，眼睛一直注视着陆洋的车，突然说道："情形不大对，你在这等着，我过去看看。"

他说完，不等阮真真反应，便俯身从隔离带后走出，慢慢往陆洋的车靠了过去。与阮真真之前一样，他先是在车后侧停了停，通过后车窗往内看了两眼，然后才慢慢往前摸去。

阮真真紧张得呼吸都快停下了，生怕高峻被车里的人发现，不想他在副驾驶那侧的车窗外默默看了一会儿之后，竟然慢慢站直了身体，快步从车头绕到另一侧，伸手拉开了驾驶座旁的车门，动也不动地注视着车内。

阮真真先是诧异，随即也觉察出不对劲来，忙从隔离带后绕出，向着高峻跑了过去。直到近前，高峻才被她的脚步声惊动，似是突然醒悟过来，忙回身去拦她，"别看。"

可她已经到了车旁，借着路灯落下的昏暗光线，清楚地看到了驾驶座上的陆洋。他就歪着头倚坐在那里，双臂无力地垂在身侧，身上脚下都有大片的血迹，甚至还有血从车门底缝处滴滴答答地落下来，在地面上飞快地冻成冰碴。

阮真真头皮一麻，猛地把脸埋进高峻怀中，这才强压下了冲到喉间的那声尖叫，人却是不受控制地抖了起来。

他站了一会儿，抬手安抚地拍了拍她的手臂，轻声道："你先走开点，不要看车里，没事。"

她也不敢再看，垂着眼从他怀中离开，往旁边一连退了几步，问他道："人还活着吗？要不要叫救护车？我们报警吧！"

他脱下一只手套，掏出手机调出电筒功能，弯下腰仔细观察着车里的陆洋，沉声说道："被人从后面扼住割喉，已经死透了，没必要再叫救护车。"说完，又退后几步，低头察看车外的路面，"路面上没有喷射血迹，是在车里被杀的。"

"在车里被杀的？"她惊道。

"嗯。"他又打量车内两眼，用戴着手套的那只手把车门重新关好，转身向她走了过来，伸手抓住她的手腕，大力拉着她往回走，"走吧，趁着雾大，赶紧离开这里。"

阮真真脚下踉跄着，急忙说道："我们得报警！"

高峻脚下丝毫不肯停顿，只拉扯着她快步往前走，沉声问："报警说什么？"

她愣了下，一时没有理解他的意思："什么说什么？"

高峻瞥了眼手机上的时间，不紧不慢地说道："现在是半夜两点钟，你在这前不着村后不着店的地方，遇到了一起凶杀案，死者还正好是你认识的人。你不觉得这一切都太凑巧了吗？警察会问你，你是怎么发现死者的？你为什么半夜来这里？是你约死者来这儿的吗？你约死者过来做什么？"

阮真真被问住了，愣愣地看着他，张口结舌："我、我可以和警察解释。"

"你解释什么？解释得清吗？他们会相信你的解释吗？"他句句反问，针针见血，弯唇淡淡一笑，又道，"你，还有我，我们两个会成为这场凶杀案的第一嫌疑人。"

"可人不是我们杀的！"她辩驳，情绪忍不住有些激动，"就在刚刚，还有其他车开过去了，你也看到了，是一辆灰色轿车，连车灯都没开，也许就是那辆车上的人杀死了陆洋！我们可以向警方提供线索，只要查一查十字路口的监控，也许就能找到那辆车！"

他终于松开了手，回过身来看她："阮真真，就现在的大雾，你觉得哪个路口的监控探头还能拍下一辆连车灯都没开的灰色车？"

阮真真答不上来。

他又道："而且，你觉得警方是更怀疑现场的你我，还是一辆查无踪迹，只存在于你我口中的神秘车？就算乐观些想，警方真的找到了那辆车，你我又能证明什么？你亲眼看到车上的人杀陆洋了吗？你甚至连车型都没看清楚。"

"可是你看到了啊！"她忙道。

高峻抬了抬眉毛，应道："是，我看到了，可我只看到它在这条路上开过去。反倒是你，趁我睡着的时候从我车里溜出来，不知所终。等我再找过来的时候，看到你鬼鬼祟祟地站在陆洋的车外，而车里的陆洋却被人割喉。"

他往前逼近了一步，似笑非笑地问她："阮真真，你跟我说实话，是不是你约了陆洋在这见面，趁着他毫无防备的时候，从后面袭击割断了他的喉咙？你怀疑他偷了你家的钥匙，怀疑他偷了许攸宁的账本，侵占巨款。你约他谈判不成，恼怒之下杀人泄愤，是不是这样？"

她听完他这番话傻住了，半张着嘴，好一会儿才能发出声音，颤声说道："警察不会冤枉好人。"

"警察最终不会冤枉你，可别人呢？陆洋的家人，你的同事，他们会怎么看你？这种事情一旦沾上，你讲得清楚吗？"他声音漠然，不露丝毫情绪。

阮真真瞪大了眼睛，惊愕地看着高峻，半晌说不出话来。

陆洋的死绝对不能说和她毫无关系，而她一旦把所有的事情都如实告诉警方，就不免要牵扯出许攸宁，牵扯出他的死亡，他的巨额债务，以及她现在的官司。不论是她还是许攸宁，都将跟着陆洋一起，再一次成为人们茶余饭后的谈资。

"许攸宁的死给你带来了什么，你都忘记了吗？'人言可畏'这个词你应该比我更有体会。"高峻似是看透她的疑虑，说的每句话都砸到了她的心上。

她僵在那里，就那么抬着眼，愣愣地看他。

他弯下腰来，凑近她，压低了声音："其实我们报不报警，都不影响警察办案。因为你和我的确什么都不知道，既然这样，何必要自找麻烦呢？"

阮真真低下了头，沉默不语。

高峻直起身向后退了一步，双手插在大衣口袋里，站在那默默打量着她。过了一会儿，淡淡说道："决定权在你，阮真真，如果你想报警，可以现在就拨110。"

　　手机就握在阮真真的手里，她却没有了报警的勇气。

　　高峻没有再多说什么，重新拉起了她的手，牵着她继续往前走去，径直回到他的车旁，把她塞进副驾驶座里，沉声吩咐："你先等我一下。"

　　阮真真心神还乱着，闻言只点了点头。

　　高峻深深看了她一眼，转身离开，约莫过了五六分钟才回来，直接上车发动了车。也如同之前那辆轿车一般，车灯全黑着，在浓雾之中顺着路边缓缓往前开去。

　　阮真真这才醒过神来，不由得低呼："我的车还停在那呢。"

　　高峻淡淡瞥她一眼："你的车开过来要经过门口的监控区域，车颜色又亮眼，有可能会被监控拍到，这会儿不能开走。"

　　她脑子还有些僵硬，闻言不解地看他。

　　高峻解释道："法医能够根据尸体推断出死亡的大概时间，这个时段离开的车都会成为警方重点怀疑对象。"

　　她总算明白过来，想了想，又问："那什么时候来开？"

　　"明天吧。"他回答，停了停，又补充道，"上午你再过来，打电话叫人来给你换一下临时车胎。"

　　"补车胎？"阮真真满头雾水，"补什么车胎？"

　　高峻从容答道："你下午的时候开车来这，本来是想看看许攸宁的钥匙有没有落在车里，结果刚到这就发现自己车胎被扎了。你心里烦躁，同时也觉得兆头不好，就没再去找什么钥匙，拦了辆路过的出租车直接走了。"

他神色自然，语速平缓，仿佛说真事一样，把阮真真都听愣了。她怔了一会儿，才又问道："你刚才去扎我车胎去了？你怕警方怀疑到我？"

高峻全神贯注地开着车，淡淡说道："你之前就和警方说过怀疑是陆洋偷了许攸宁的钥匙，中午的时候又和他通过电话，见过面。陆洋突然被杀，警方首先要排查他的人际关系，早晚要问到你这里来。"

阮真真沉默下来，没再说什么，但紧紧握在一起的手透露出她内心的紧张来。

高峻唇角微不可见地勾了勾："只是防患于未然，警方不见得就能查到你这辆车。但他们一定会问你中午和陆洋见面的情况，你不要主动提你来停车场的事，只说陆洋约你见面是想解除误会。"

阮真真点了点头，应道："好。"

车沿着道路边缓缓前行，直到进入市区街道，大雾这才稍稍淡了些。高峻打开了车灯，直接开到阮真真住的小区北侧，找了个偏僻地方把车停好，和阮真真一起下了车。

两个人往小区北门走，快到时，高峻突然停住了步子，弯腰从路边花坛里扒拉了两块鸡蛋大小的石块出来，拿在了手里。

阮真真满心诧异，忍不住问他："你要干什么？"

高峻掂了掂手里的石块，漫不经心地答道："以防万一，万一北门的监控探头已经修好了呢。"

阮真真愣了一下，待反应过来，不得不佩服他心思缜密。

幸好北门那边的监控探头仍然坏着，远远看过去就能一目了然。高峻扔了手里的石块，走上前观察了一下铁门栏杆顶端的尖刺，这才向阮真真招手："过来。"

他先把手套递给她，看着她戴好，然后脱下自己身上的大衣，反过来搭在了铁栏顶端，自己则背靠着铁门站定，弯腰屈膝，双手交叉着垫在腿上，转头和她说道："踩上来，我先帮你翻过去。"

阮真真依言上前，提脚之前却突然又停下了。

他还以为她是胆怯，抬头向她笑了笑，故意激道："怎么？不敢了？"

阮真真没说话，弯腰把两只脚上沾满泥雪的靴子脱下来，先行扔过了栅栏，这才光着脚踩到了他的手心上。

她的脚温暖而柔软，比他的手掌大不了多少，肉乎乎的，与纤细的身形极为不符。高峻略略一怔，抿唇用力把她往上一抬，直直把她举过了铁栏顶端，又交代道："直接踩大衣上，要是不敢往下跳，就先等一下，我跳过去接你下来。"

阮真真双手隔着大衣握住铁栏尖刺，脚就踩在两根尖刺之间的空隙里，瘦削的身体灵活地一转，人就翻到了铁栏的另一边。她没等着高峻跳过去接自己，回头看了一眼身后的高度，眼睛一闭径直跳了下去。

等高峻自己也轻松地跃过铁栏，阮真真已经坐在地上穿好了靴子。

他把大衣从铁栏上拿下来穿好，又仔细观察了一下环境，发现并无纰漏，这才拉着她快步往小区内走去。

"不要坐电梯了，直接爬上去吧。"他说。

小区的楼形不尽相同，阮真真所住的那栋，进单元门后便是走廊，并无门厅，所以只有电梯内才有摄像头，只要不坐电梯就可以避过监控。阮真真惯性地点头，跟在高峻身后进了防火梯，爬楼爬到一半的时候，突然想到了什么，问他："有必要这样吗？"

高峻停下身看她，反问："你觉得呢？"

到了这会儿，阮真真因为惊吓而慌乱的头脑总算慢慢冷静了下来，她抬眼看他，犹豫了一下，说道："我们本来什么都没有做，可这一番行径之后，反倒成了做贼心虚。"

他一时没说话，只站在那里静静看她，声控灯悄无声息地灭了，只有墙角的安全通道指示牌仍绿莹莹地亮着，映得两个人的面庞都有些模糊扭曲。"阮真真。"他轻轻开口，头顶的灯应声而亮，两人重新又沐浴在光明之下，她似乎清晰地看到他唇角边有嘲弄一闪而过。

"你就是现在去报警，也还来得及。"他淡淡说道，"你也并不能全心信任警察，不是吗？"

阮真真垂了眼，默默站了片刻，从他身旁挤过，又一步步地继续往上爬去。她家住在二十六楼，爬上去真不是轻松的事，阮真真中间歇了两次，这才到了家门口。

她开门进去，瘫坐在沙发上缓了半天才把气息喘匀。高峻状态明显要比她好很多，站在她身前低头看了看她，道："去休息吧，有事天亮了再说。"

时间已将近四点，离天亮也没有多久了。

阮真真点头，勉强撑起身来往卫生间去洗漱，出来时看到高峻仍坐在沙发上，便抬手指了指客房，与他说道："你也将就着歇一下，被褥都还是你上次用过的，没有换。"

他没有客气，淡淡应道："好。"

她也没再多事，径直去了卧室休息，可躺到床上，闭眼就是陆洋惨死的情景，哪里又能睡得着？她大睁着眼睛，直愣愣地看着黑乎乎的天花板，脑子里梳理着今天发生的一切。

　　准确地说，是昨天发生的一切。

　　警方确认潜入她家并刺伤高峻的人并不是陆洋，他有充足的不在场证明。陆洋电话约她见面，除了洗白自己，更多的是为了从她这里套话，他绝对是在寻找着什么东西，以前她一直认为是许攸宁的账本，而现在，她改变了想法。

　　正如高峻所说，车都烧成那样了，账本怎么可能还会留下来？所以陆洋去事故车存放点，寻找的绝不会是账本。

　　他到底要找什么东西呢？他的死亡是否与此有关？

　　不，也许陆洋的死另有缘故。昨天她见到他时，他又是帽子又是口罩的，还故意坐在隐蔽角落，小心谨慎，就像是有意在躲避跟踪一样。

　　阮真真越想越精神，睡意全无，索性爬起身来，从手提袋里掏出录音笔，轻手轻脚地去了书房。大概八九点钟的时候，客厅里有了动静，又过了一会儿，高峻许是发现了她人在书房，过来敲了敲门。

　　她摘下耳机，给他开了门，问："起来了？饿不饿？"

　　他愣了一下，才答道："还好。"

　　"厨房电饭煲里有米粥。"她说着便转身往书桌前走，"冰箱里还有一些小菜，你可以拿出来吃。"

　　她熟稔的口气令高峻有些意外。他在门口站了一站，没去厨房吃东西，却跟在她身后进了书房。她已在书桌前坐了下来，桌上的笔记本电脑打开着，页面暂停在一个音频文件上，键盘前摊着一个笔记本，上面写有缭乱的字。

"在听什么？"他问。

她回过头来看他一眼，回答："昨天我和陆洋的谈话录音。"

"你偷录下来了？"他略显意外，扫了眼她面前的笔记本，"我能看一下吗？"

她没说话，抬手把本子递给了他。

他看了两眼，像是颇感兴趣："记下来的都是可疑点？凭据是什么？"

阮真真说道："他语气有变化的地方，我都记了下来，再针对着他当时的谈话内容，来甄别他话的真假。"

他翻看着她的笔记，唇角微不可见地勾起："记的还挺多，这是……把你的思考过程都记下来了？"

这是她读书时养成的老习惯了，总是喜欢用笔记下自己的思考过程，仿佛思路一旦写出来就会变得顺畅许多，哪怕暂时找不到答案，后面再看的时候，也会更清晰明了。

"是。"她点头，"千头万绪总要有个着手点，下次再看的时候也不用再从头来。"

"但是也会限制你的思路，每次都把它圈在一个框子里。"他说道。

她愣了下："可能吧。"

他把笔记本递还给她："你继续。"

"你不吃饭？"她问。

"不饿。"他笑笑，"你接着做你的，不要被我打乱思路。"

她没再多说什么，回过身去操作电脑，却没有继续听那段音频，而是拔下耳机，开了外放从头听起。

这段录音，她已经翻来覆去地听了几遍，几个关键点都已经标记下来，再从头播放，不过是为了给高峻听。当录音播放到后半段，陆洋说他是从贴吧里看到车祸现场的图片才知道许攸宁出事时，高峻想也不想地判断道："他在撒谎。"

阮真真闻言摁下了暂停键，转头看他："理由？"

"回答得太快太流利，就像在背一个精心准备的答案，与他前面说话的风格不符。而且，他在说完这段话后，又沉默了一段，像是在等待你的反应。"他扯了下嘴角，问她，"他当时应该在暗中观察你的表情吧？"

她回忆着当时的情形，想到陆洋贼眉鼠眼的模样。"是，我们都在暗中打量对方，我想辨别这话是真是假，他想知道这话有没有把我骗住。"

"你认为这话是真是假？"高峻又问。

"不确定，我在网上搜过了，南洲贴吧里的确有好事者贴出了车祸现场的图片，图片上可以清楚地看到许攸宁的车牌号。如果陆洋及时看到，的确是可以认出来的。"

她一面说着，再次打开网页去搜贴吧的图片。电脑有些年头了，网速也有点慢，贴吧网页打开了半天都没有显示完整，反倒是右下角的广告先蹦了出来，占了大半个页面。

阮真真没在意，移动鼠标去关广告，不想却中了圈套，非但没有关掉广告，反而顺着链接点进了销售页面。"现在的广告太狡猾了，看起来像是关闭键，实际上却是链接，总要骗你点进去才行，我都上好几次当了。"

高峻没有理会她的抱怨，眼睛盯着电脑屏幕，突然问道："你家里有糖尿病患者？"

"嗯？"阮真真怔了一下，摇了摇头，"没有啊。"

高峻从她背后探过身去，指着页面上的售卖血糖仪的广告，仔细解释给她听："广告并不是随机蹦出来的，网络大数据会记录下你的一切上网痕迹，然后再针对你的记录向你推送不同的广告。你会看到血糖仪的广告，很大可能是你有搜索浏览过这方面的内容。"

阮真真略一思索："可能是许攸宁搜索过，他曾经闹过低血糖昏厥，有可能浏览过这方面的网页。"

"什么时候的事？"高峻问。

"大概车祸前半个月吧，就是夏新良去守着他的那次。"

阮真真默默关掉贴吧页面，重新打开网络浏览器，去点首页上默认的搜索引擎。令人意外的是，输入框下拉菜单那里除了她刚刚搜索过的有关车祸的几项内容，再没有其他的搜索记录。

这样干净，反而不太正常。

她转过身体，微微仰起头来看他，目光一时有些复杂。"许攸宁有自己的笔记本，是单位配给他的，这台电脑平时都是我在用，浏览器不应该没有任何搜索记录。最起码，在这之前，我就用它搜索过东西。"

他垂眼看她，面容淡漠无波："有人特意清除过搜索记录。"

她不由自主地咬了咬下唇，应道："是。"

他只看着她，没有说话。

她犹豫了一下，才又问道："可以恢复吗？"

高峻没有立刻回答，他直起身来，从衣袋里掏出手机，拨了一个电话出去，径直说道："是我，我问你，电脑浏览器上的搜索浏览记录被清除后，还可以再恢复吗？"

电话那端不知说了些什么，他听了几句，便示意阮真真让开地方，自己坐到了电脑前，又问道："需要下什么软件？"

他按照电话中的指挥，下了专门的软件，安装好后又遵照说明运行，不想却依旧无法恢复网页记录。他又和电话那端的人联系，简单说了一下情况，得到了大概的结论。

"搜索浏览记录应该是依靠某些软件删除的，所以，如果想要恢复，就需要使用特殊工具对硬盘进行处理，只依靠软件无法恢复。"他回身看阮真真，没有提出任何建议，只等着她自己的决定。

阮真真抿唇思量，过了片刻，突然问道："记录是什么时候被删除的，可以看出来吗？"

这个问题令高峻感到惊讶，可随即便理解了她的用意，不由得暗赞她的机敏。如果知道记录是什么时候被删除的，那么就能更合理地推测搜索者的目的。

他淡淡一笑，无奈摊手："我是个律师，对电脑的了解只限于基本操作。"

阮真真微微垂了眼帘，沉默着，不知在想些什么。

"真真？"高峻试探地叫她。

"啊？"阮真真猛地回过神，"怎么了？"

高峻看她两眼，又询问道："我叫朋友过来帮你查一下电脑？"

"哦，不用。"她几乎是想也不想地拒绝了他的提议，又向他僵硬地笑了笑，解释道，"很可能是许攸宁生病后自己查过这方面的内容，又怕我担心，这才把搜索记录都删除了。他做事一向细心。"

她说话已是前后矛盾，可高峻并未揭穿，只扯了扯嘴角，道："还是继续找一下事故现场的照片吧。"

阮真真没有留意他的神情，压下心中百般念头，心不在焉地去搜索贴吧的图片，果然搜到了车祸当天发的那个帖子，从里面几张现场图片里的确可以清晰地看到车辆牌照。

高峻把帖子仔细地从头翻到尾，突然问道："知道发帖的人是谁吗？"

这倒把阮真真问住了，这种贴吧里都是匿名发帖，想要在现实中找到发帖人是谁并不容易。她点开了楼主ID，发现楼主留下的痕迹少之又少。"像是一个小号。"

高峻默默想了想，道："想办法查一下这个楼主，看看能不能从他那里得到一些信息。"

"行。"阮真真虽应承了下来，却像没有太多热情。她目光在桌前的笔记本上扫过，似是突然又想起什么来，忙掏出手机去看时间，问他道："我们什么时候去事故车停车场取苏雯的车？"

时间已过十点，停车场又偏僻，等人再赶过去，怕是又要到中午了。

高峻也思量："现在就去吧，打个车，多给司机一些钱，叫他帮你把备胎换一下。"

阮真真一时怔住，她原本以为高峻会和她一起去，不想却是这样。她抬眼看他，见他面色淡漠从容，到了嘴边的话就又咽了回去，低头把桌上的笔记本收起，又去关电脑，随意地问他："你呢？有什么安排吗？"

高峻闻言看她，答道："有些业务要处理。"

阮真真没去辨别他话中的真假："那你就先去忙你的，回头我们再联系。"

"好。"高峻利落地应声，他起身往外走，阮真真送他到门口，又客气地说："先吃点东西再去吧，我做了早饭的。"

他淡淡而笑："吃了早饭，出门就该紧接着吃午饭了。算了吧，反正也不饿。你先去取车，自己小心一点，如果遇到警察询问，就按照昨天我们商量好的来说。不用紧张。"

阮真真点头，目送他离开，然后虚掩屋门，站在门后等了半晌，始终没听见电梯到达开门时发出的叮咚声，终于确定他没有乘坐电梯，仍是选择了走楼梯下楼。

她突然有一种冲动，想从后面跟过去，看看高峻到底会如何出小区。光天化日之下，他总不好再去翻北门的栅栏吧。而另外两个通道，不论是东门还是南门，都是有监控的，只要他走，便会留下痕迹。

阮真真忍下了，在门口默默站了站，回卧室简单收拾了一下，也穿好大衣出了门。她叫了一辆车，直接开去郊区的事故车停车场。自己借苏雯的那辆小红车还停在原处，左前轮的轮胎瘪瘪的，一点气都没有。

来之前的路上，她就跟开车的师傅商量过了，她加一些车费，师傅帮着她更换备胎。等待的过程中，她忍不住往另外一个方向看去，没有大雾的遮挡，几十米的距离看得清清楚楚。她看到了警方拉起的警戒线，也看到了还停在那里的陆洋的车。

"那边好像出事了。"司机师傅一边换着备胎，一边和她闲聊。

阮真真愣了一下，点头道："好像是。"

司机师傅忍不住探头巴望，显露惊讶："看阵势还不小，哎哟，这是出什么事了？"说着，师傅站起身来，大有要去一探究竟的意思。

阮真真怕他过去看热闹再惹出是非，心思一转，忙说道："师傅，这种热闹最好不要看，听人说会沾晦气的，尤其是这种偏僻地方，邪门事太多。"

她这样一说，师傅倒也消了好奇心，三下五除二给她换好了车胎，拍了拍手上的灰尘，赞同道："少看热闹不惹事。走吧，都回去。你这车回去后尽快找地方补胎啊，备胎用不住。"

阮真真应好，上了车离开，进入市区后先找了个修车的地方补胎，更换下备胎来，这才开车去苏雯那里。

苏雯正等着外卖，见她这个时候上门不禁有些奇怪，抱怨道："我还以为是送外卖的呢，害我白高兴一场。"

"再多点一份。"阮真真也不客气，换下鞋进屋，盘腿往沙发上一坐，默了默，说道，"陆洋死了。"

苏雯正抱着手机点外卖，闻言愣了片刻才反应过来，惊道："什么？"

"陆洋死了，就在昨天半夜里，在北郊那个事故车停车场外面，被人从后面割喉，死自己车里了。"阮真真说道。虽然她当时只是粗粗地扫了一眼，可那画面太惊悚，像是一下子就映入她的脑子里。现在说起来，都叫她忍不住打了一个冷战。

"你听谁说的？"苏雯又问。

阮真真抱着个抱枕，微微抬着头看她，轻声说道："我亲眼看到的。"

苏雯好一阵儿才从震惊中缓过神来，忙凑了过来，直接坐到阮真真对面的茶几上，严肃地问道："这到底是怎么回事？"

阮真真把昨夜里发生的事情大概讲了一遍，甚至连高峻带她一同翻越小区栅栏的事情都说了。她秀眉紧皱，迟疑一下，又道："我总觉得高峻这人有些奇怪。他好像……试图操控我。"

"操控你？他为什么要操控你？"苏雯满头雾水，疑惑不解，"这对他有什么好处？"

阮真真缓缓摇头："我也不知道，只是有这种感觉。"

苏雯似乎无法理解她这种感受，想了想，道："说实话，如果换作是我，遇到这种事情，也会先尽力把自己择出来的，更别说他还是个律师。谁没事愿意和警察打交道啊？又是这种杀人案，别的不说，就警察往你单位去一趟，调查个情况，同事们都不知道能传出什么谣言。"

她这样说，倒叫阮真真没法反驳。

苏雯又道："我是觉得他没有操控你的理由。就算对你要求苛刻了些，想来也应该是怕你惹到麻烦。"

"也许吧。"阮真真接受了这种解释，暂时放下了对高峻的几分不满。她看向苏雯，犹豫了一下，又道："还有一件事，我没敢和高峻说。"

"什么事？"苏雯问。

阮真真沉吟着，整理着自己的语言："我怀疑……许攸宁可能是自杀。"

车祸现场根本就没有刹车痕迹，这很不符合常理。人在开车时遇到紧急情况，即便是操作失误，也会本能地去踩刹车的。

阮真真之前从没想过许攸宁会自杀，以她对许攸宁的了解，哪怕他真的欠了巨债无法还清，他也不是一个会以死逃避的人。所以，她一直猜他可能是突然发病昏死过去，才导致没有刹车痕迹，却从不会想他是自杀。

"为什么会突然有这种想法？"苏雯知道阮真真是个很轴的

人，若无实在的证据，她不会突然改变自己的看法。

阮真真想了想，回答："他曾经在电脑上搜索过如何降低血糖之类的问题，并且删除了相应搜索记录。"

苏雯不觉蹙眉："就因为这个？"

"是。"阮真真点头，"我怀疑他事故前故意服用了降血糖的药物。"

"故意降低血糖产生昏厥？就跟他那次住院一样？"苏雯从未往这方面想过，似乎有些难以置信。

阮真真双手搓了把脸，深深地吸了口气："你也知道，许攸宁那次住院情况非常蹊跷，直到出院，病因都没有查出来，当时血糖就是一个劲地往下降，找不到任何原因。医生还曾经问过我们，许攸宁是不是误服了过量的降糖药物。可许攸宁之前血糖根本没有出现过问题，也从没吃过什么降糖药。"

苏雯也是个思维敏捷的人，很快就抓住了关键点："也要看他是什么时候搜索的，如果是他那次住院之后，那就没问题。"

突发怪病住院，回家后搜索一些相关的医学知识，这很正常。

"不确定是什么时候，但不会是在住院之后。如果是，他没有必要清除记录，而且还特意使用软件清除。"阮真真说道。

苏雯缓缓点头，蹙眉思索了一下，又道："这个好确定，据说除非是把硬盘物理毁坏，否则删掉的记录几乎都可以恢复。而且如果只是想知道记录是什么时候删的话，还可以查看电脑系统的注册表，应该会有相应的记录。"

"高峻也这样说，还说有朋友可以帮忙。"阮真真说道，停了停，又道，"我拒绝了。"

"为什么？"苏雯想也不想地问道。

阮真真其实是有些矛盾的，可面对挚友，她还是选择了坦白，"我有点害怕，害怕查出来的结果真的会和我想的一样。"

苏雯看着她，眼中不免露出些同情来："怕许攸宁真的是自杀？"

"是。"阮真真痛快地承认，"还有更现实的考虑，如果他真的是自杀，他们单位那几十万的补助金恐怕也不会给了。我倒还好说，反正怎么也是背一身债，有没这几十万都没什么用。可他家里不一样，他爸妈都住在乡下，还指着这点钱养老。"

许攸宁的车祸发生在拜访客户回来的路上，按规定属于因工死亡，是有几十万的工亡补助金的，可一旦证实许攸宁是自杀的话，这些钱就没有了。

阮真真忍不住自嘲："真挺矛盾的，想知道他到底是怎么死的，可又怕他真的是自杀。"

苏雯静静地看着她，不知道该说些什么。

阮真真向她笑笑，硬扯出来的笑容比哭还难看。她脸色苍白，眼睛里尽是红丝，整个人就像是一根被烧透了的木棍，瞧着坚硬结实，可实际上早就燃尽了所有，余下的只是灰烬，手指尖轻轻碰上一碰，就要灰飞烟灭。

她尴尬地垂了眼，喃喃自语："他怎么能这么对我呢？"

难道是真的被巨额债务逼得无路可走，从而选择一死了之吗？可如果这样，为什么连说都不肯跟她说上一声？难道他不知道现在早就没有了"人死债消"这回事，他所有的债务都会转移到她的身上吗？

她是他的妻子啊，他怎么可以这么对她？

苏雯叹了口气，伸手轻轻拍了拍阮真真的肩头，安慰道："也许只是你想太多了。"

说话间门铃又响，外卖送到了。苏雯取了外卖进来，在餐桌上摊开了，招呼阮真真过去。"过来一起凑合吃些吧，正好我点得多，再点新的还不知道什么时候送到呢。"

　　阮真真哪里还有胃口吃东西，索性站起身来要走："昨天一宿没睡，人都要崩溃了，不吃了，我回家补觉去。"她一边说着一边往门口走，穿大衣时又想起要紧事来："哦，对了，这几天你的车都是我在开，如果警察到你这来调查情况，你就实话实说。我今天中午过来，也只是和你说一声汽车扎胎了，继续借着开几天。"

　　苏雯愣了一下，神色有些郑重，走过来问她道："需不需要，呃……我配合你回答一些问题。如果有，咱们提前对好了，到时别露馅。"

　　听她这样说，阮真真心里有些发暖，笑着摇了摇头："不用，该是什么样就是什么样。我被牵扯进去就够麻烦的了，千万别再扯上你，你站得越远越好。"

　　"那行，如果真找来，我就说什么也不知道好了。"苏雯说着，又忍不住伸手捶了捶阮真真的肩膀，"振作点！天无绝人之路，这世上就没有什么解决不了的事！"

　　阮真真笑了笑，没说什么。

　　她直接回了家，连饭都没吃，倒床上闷头就睡，再睁眼时，外面天都黑透了。窗帘没拉，有灯光穿过阳台上的玻璃照进来，屋里的一切都清晰可见。阮真真躺在床上，怔怔地望着头顶的天花板，一时有些迷惘，不知今夕何夕。

　　高峻自从上午离开之后，就再没有联系她，警方也没找来，不知道是暂时没有查到她这里，还是已经把她列入了嫌疑人范围，正在暗中布控调查。

阮真真有点不明白，她是怎么一步步落到这个境地的。丧夫背债也就算了，现在竟然又搅进了一场凶杀案里。她就像是一只被装入玻璃迷宫里的没头苍蝇，处处碰壁时时挨撞，本想着挣扎求生，却莫名其妙地钻进了一条越来越窄的死胡同。

也许是安逸太久了吧，她记得自己以前不是这样蠢笨的。

阮真真叹了口气，咬牙从床上爬起来，摸着黑去厨房找吃的。电饭煲里还有早上剩下的米粥，她热了下，又从冰箱里拿了点咸菜出来，糊里糊涂竟也喂饱了肚子。等她再洗干净碗筷，外面的天不知什么时候就亮了。

上午的时候，她给高峻打了一个电话，道："给我一个你的账号，我把衣服钱先转给你。"

高峻似是愣了一下，这才反应过来："不用。"

"别客套了，这是应该的。你为救我都受了伤，不能再让你损失钱财。"阮真真坦诚说道。

高峻沉默片刻，问她道："你哪来的钱赔我衣服？"

她犹豫了一下，决定和他实话实说："向苏雯借的，五万块，够赔你的衣服了吗？"

高峻又沉默了好一会儿，这才答道："够了。不过这钱我不能要。你尽快还给苏雯吧。"

"可是……"阮真真还欲再说，却被高峻打断："没有什么可是。"他顿了顿，又不紧不慢地说下去，"我认为你欠苏雯的钱跟欠我的钱，没有什么本质区别。难道你借苏雯的钱就可以不还了？"

阮真真回答不上来，她没法厚着脸皮说借苏雯的钱就不用还了，可如果苏雯的钱也要还，那她这样拆东墙补西墙的行为就十分可笑了。

似是感觉到了她的尴尬，高峻主动岔开了话题："警方有联系你吗？"

"目前还没有。"她回答。

他想了想，道："应该还在排查，不用紧张，警方不会把你作为重点怀疑对象。"

"希望吧。"她说道。

对话突然陷入了沉默，她不想再多说什么，而他似乎也颇多顾忌。阮真真无声地笑了笑，道："没事了，你忙吧。"

"好，有事联系我。"他说道。

她没应，径直挂了电话。

到了下午，终于有两名警察上门来向她调查陆洋的事情。他们并没提及陆洋的死亡，只是问阮真真前天中午，也就是十二月二十六日，是不是曾经和陆洋见过面。

阮真真早有准备，闻言点头肯定道："是，我们见过面，就在小区东边的茶楼。"她说完，又疑惑地看向那位向她发问的年长警官，询问道，"陈警官，请问有什么问题吗？"

两位警官互相看了一眼，那位陈警官没有理会她的问题，又问道："你们因为什么事见面？都说了些什么？"

"是他约的我，因为我家前几天遭贼的事。"她简单地把自己家里遭贼的事情说了一下，没说什么假话，但是也没说太多真话，"我报案了，怀疑是陆洋干的，可警方说他有不在场证明。陆洋那天找我，就是解释这事。"

"还提到别的事情了吗？"陈警官又问。

"没有。"阮真真摇头，犹豫了一下，又补充道，"不过那天，

149

陆洋看起来有点不对劲。"

陈警官和同伴都不自觉地坐直了些，问她："怎么个不对劲法？"

"呃……"她努力地回忆着，揣度着用词，"他好像很紧张，好像……在躲什么人，离开的时候把自己捂得很严实，又是帽子又是口罩的。"

"你看到他要躲的人了吗？"陈警官又问。

阮真真答道："没有。"

陈警官还好，他同伴脸上却明显闪过了失望的神色。阮真真小心地看了看他们，又试探着问道："发生了什么事情吗？"

陈警官这一次没有回避问题，答道："陆洋前天夜里被人杀害了。"

他说这话的时候，眼睛一直注视着阮真真，似乎就在等着看她的反应。幸好阮真真早已经对着镜子练习过多遍，震惊和意外都表现得恰到好处。"啊！真的吗？"她惊问。

陈警官沉重地点了点头。

"被谁杀的？因为什么？"她又追问，问完随即露出后悔的神色，"对不起，我没别的意思。"

陈警官点了点头表示理解，率先站起身来准备告辞："案件目前还在侦破中，具体案情我们不方便透露。如果你想起了什么或者有什么新发现，请及时联系我们。"

"好。"阮真真忙应下，起身送两位警官出去，待送客回来关上房门，这才觉出紧张和后怕来，同时也松了口气。警方没有问她前天晚上的行踪，可见并未把她列为怀疑对象。

虽然这样，可她依旧极为谨慎，当天什么也没有做，只把借苏雯的那五万块钱又给她转了回去。苏雯很快就给她回了电话过来，劈头就问道："你什么意思啊？钱不用了？"

"我给高峻打过电话，他说不用我赔他衣服。"阮真真解释。

苏雯不屑地"切"了一声，又道："那你就真不还了啊？"

阮真真自己也有些矛盾，说道："你帮我还吧，看能不能要到高峻的账号，把钱打给他。"

苏雯忍不住嗤笑："他又不傻，我突然向他要账号，他就会给啊？再者说了，你们两个之间的事情，我再去掺和一把，更乱套。你还不如当面跟他说清楚，他要是真不要，你也别死乞白赖地给，太小家子气。"

阮真真认同她说的，第二天便给高峻打电话约见面，不料他人已离开了南洲。"所里有些事情需要处理，昨天走得有点急，没顾上和你说。"他解释着，又问，"怎么了？有事吗？"

阮真真压下了到嘴边的话，把话题转向别处，"警察来找过我了。"

高峻反应倒是平淡："都问你什么了？"

"就是问和陆洋见面的事，没有别的。"她回答，又补充道，"我觉得警方还没有怀疑到我身上。"

她说这话，叫高峻忍不住笑了起来："阮真真，你本来就没什么嫌疑，是你自己太紧张了。"

他笑声爽朗畅快，像是听到了极可笑的事情。

不知为何，阮真真突然有些反感，更觉得厌倦，沉默了一会儿，淡淡说道："可能吧，毕竟是第一次亲眼看到杀人现场。"说完，没等高峻有所反应，她就挂断了电话。

夜里不知什么时候突然又下起了雪，第二天阮真真起床时，小区花园里已经积了厚厚一层的雪。她披着被子站在窗前看外面翻飞的鹅毛大雪，忽然生出一种被整个世界抛弃的孤寂感。

不知不觉中，年关已近。

她穿戴严实出了门，直到天色黑透了才拎着大包小包地回来，一出电梯，却见高峻不知什么时候来了，正等在她家门外。他这次没穿大衣，而是一件黑色羽绒服，肩头上有星点的水渍，那是雪融化后留下的痕迹。

"出去了？"他问。

"是，去单位打了个转，顺便买了点东西。"她迟疑了一下，"你什么时候来的，怎么也没提前打个电话？"

他只笑了笑，没有回答。

阮真真提着东西站在那，问他："找我有事？"

"有点事。"高峻回答着，伸过手来想要帮她拿东西。

阮真真往旁侧避了下，没叫他帮忙，把东西都倒在一只手上，腾出另一只手来往外掏钥匙，若无其事地说道："那进屋说吧，正巧我也有事要找你。"

她开门进了屋，把买回来的东西都一股脑地堆在沙发一端，回过身看他："你随便坐，喝点什么？"

他也不客气，自顾自地脱下羽绒服，随意地在沙发另一端坐下。"白水就行。"

她先给他倒了一杯温开水来，待自己也坐下了，这才从包里掏出一个厚信封来，从茶几面上给他推过去，说道："我现在只能支付这些，衣服钱还有其他的费用，等我以后有了钱慢慢再付给你。"

他刚把水杯端起来，闻言愣了下，抬眼看她："你什么意思？"

阮真真垂了垂眼帘："我不想再追查任何事情了。"

"任何事情？"他又问，"哪些事情？"

她鼓起勇气，迎着他的注视看过去，镇定说道："关于许攸宁的案子，不管他到底为什么要借钱，借来的钱又都去了哪里，是赔掉了，还是被人藏起来了，我都不想再追究。我累了，也认命了，不想再折腾了。"

他看着她，好一会儿都没有说话，良久之后，才问道："也认了这一千多万的债务吗？"

她咬了咬牙，点头："认了。"

他一口水没喝，把水杯重新放回到茶几上，默默看她两眼，忽地嗤笑出声："阮真真，你知道一千四百万是多少钱吗？你有具体的概念吗？"

他向后倚靠过去，抬头四下里打量了一下："你这套房子大概九十来平吧？按照现在的市价折算，大概能值二百万，全抵出去后还差一千二百万。债权人还可以申请法院强制执行你的工资，只给你留下点生活必需费用。"

她苍白着脸，抿紧了唇沉默。

他又看向她，嘲弄地笑了笑，问道："你现在一个月能挣多少钱？有两万块吗？就算你不吃不喝，一年也才二十万。你自己算算，要还清一千二百万，需要还多少年？"

阮真真一直没说话，面色越来越苍白。

高峻对她的反应视而不见，又或者看到了，只是不在意，依旧轻松地说下去："在这期间，法院会限制你的高消费，你不能旅游、度假，出行不能坐飞机、高铁，不可以住星级以上的宾馆，不可以购买不动产……甚至，连你的子女也不能就读高收费的私立学校。哦，如果还会有男人敢娶你的话。"

"够了！"她忍不住低喝。

"够了吗？不，还远远不够。"他微笑着，慢慢向她倾身过来，薄唇间吐出的话语冷酷无情，"就连你父母死后留给你的遗产，都会被人拿走。你一直都瞒着他们官司的事情，对吧？可你能瞒他们多久？一辈子吗？当他们知道自己的宝贝女儿要还一辈子的债，要一个人孤苦终老，他们死都不能瞑目……"

"你说够了没有！"她终于崩溃了，不顾一切地向他扑过去，双手抓住他的衣领把他从沙发上揪起来，"你给我闭嘴！混蛋！你是混蛋！混蛋……"她咬牙切齿地骂他，可骂着骂着，突然泪流满面。

他看着她，脸上的冷硬慢慢地有了一丝裂缝，犹豫了一下抬起手来，不顾她的反抗，缓慢而又坚定地把她的头压入了自己怀里。她整个人都在抖，骨骼却僵硬得仿若钢铁铸就，丝毫不肯屈服，几乎是在竭尽全身的力气对抗着他的拥抱。

"阮真真，你没有退路，从一开始就没有退路。"他拥着她，低声说道。

这句话像带着魔力，令她一瞬间僵住，忘了对抗，忘了挣扎，半晌之后，突然脱力一般地颓软下来，趴伏在他的怀里痛哭失声。

她没有退路，许攸宁哪里有给她留下退路？

"我做错了什么？做错过什么？"她泣不成声，说出的语句都含混不清，"为什么要我承受这些？我相信爱情，有错吗？我信任自己的丈夫，难道也不对吗？他怎么可以这样对我？怎么可以这样对我？"

高峻有些动容，不知该如何回答。他没有出言相劝，直等她哭够了，慢慢收了声，这才轻轻地拍了拍她的后背，道："去洗把脸。"

阮真真情绪渐渐平稳，头脑冷静下来之后顿觉尴尬无比，忙从他怀里挣脱出来，转身去卫生间梳洗。镜子里的人狼狈得厉害，怎么洗都洗不去大哭过的痕迹。她在卫生间里待了好长一段时间，这才硬着头皮出来。

高峻仍坐在沙发上，正低着头看手机，听到动静抬头向她看过来，沉默地打量。

她装出十分镇定的模样，问他道："你今天找我什么事？"

"嗯？"他剑眉微挑，似是不解。

她提醒他道："刚才在门外，我问你怎么过来了，你说找我有点事。"

"是吗？"他表情越发无辜，"我这样说了吗？我怎么不记得？"

阮真真看着他，一时有些无语，不知道他是真的忘记，还是在那里故意装疯卖傻。她保持着好脾气，心平气和地说道："好吧，就当你没说过。那么我现在来问你，你怎么突然这个时候过来了？有事吗？"

高峻似乎早有准备，闻言笑了笑，答道："不是你昨天打电话约我见面吗？你约我，我就赶紧过来了啊。"

她昨天的确是打过电话给他，可他明明说了自己已经回了北陵处理工作，见面之事也就不了了之，也没说要他再开车回来啊！

阮真真被他堵得哑口无言，又不愿意再跟他胡搅蛮缠下去，索性认输。"好吧，你没事找我，是我有事找你。"她把茶几上的信封再次给他推过去，沉声说道，"这钱你先收下。"

他一时没说话，只抬眼看她。

她有些尴尬地笑了笑："只是一部分律师费用，衣服钱我以后慢慢还。"

高峻默默把信封捡了起来，打开封口瞥一眼里面，扯起唇角淡淡一笑："不少啊。"

她在他的语调里听出了几分讥讽之意，没敢应声。

他的目光从旁边的购物袋上划过，最后又落向她的面庞，盯着她，问道："阮真真，你现在手上还有多少钱？"她刚要开口回答，他却又打断她，"跟我说实话。"

实话是她手上已经几乎没钱了。

阮真真垂了垂眼，沉默了一下，答道："还有三千多。"

办理完许攸宁的后事，再加上其他一些杂七杂八的开销，她手上仅余不足两万。今天出门，她给双方老人购置冬装花去几千，又取了一万的现金给高峻，现在银行卡上仅剩三千多块。

"三千多……"他轻声重复，看一眼旁边的购物袋，忽然问道，"给老人买的衣服？"

她低头垂目，点了点头。

他又问："想回老家？"

她干巴巴地扯了扯嘴角，轻声回答："一月四号是许攸宁的生日，恒州的风俗，头三年要有生忌的。"

她其实不想回老家，她不知道该如何去面对双方老人，既不想去看许家父母的悲痛欲绝，也不想看自己爹妈的强颜欢笑，可一月四号是许攸宁的生忌，作为妻子，她不能缺席。

高峻也没有再说下去，他看着她，眼中闪过复杂的神色，似是怜悯，又像犹豫，不过那些情绪很快都又过去，最终只余下了些许淡漠。他也像她一般垂了眼帘，嘴里说出来的话却极为温和。

"既然这样，那就回去吧，在家多待几天，陪陪父母也好。"

他说着，把信封又给她推回去，"钱也先收起来，我不差你这些钱。不管你执意要付我钱是想维持自尊也好，还是和我撇清关系也罢，但也请你理解我一下，这样的钱，我拿不起来。"

他从沙发上站起，做出离开的姿态。"我中午结束工作，午饭都没顾上吃，开了近五个小时的车从北陵赶过来。如果你连一顿晚餐都不能给我提供，那么我只能出去觅食了。实话讲，我的胃现在已经感觉到有些疼痛。"

阮真真愣了愣，这才反应过来，急忙也站起身来，说道："你等一下，我马上给你去做些吃的。"

他闻言轻轻一哂："给我做什么吃的？青菜煮挂面，还是白粥配咸菜？"

她被他说得有些尴尬，讪讪一笑，反问他："那你想吃什么？"

"嗯……"高峻重新在沙发上坐下来，微仰着头，认真思量着，"我想吃海鲜小炒，想吃麻辣香锅，想吃烤串……"

他还未说完，她就忍不住笑了，"真做了这些，你也只能看我吃。"她拎起超市购物袋往厨房走去，又不忘回头交代他，"你可以先去客房休息一会儿，我做好饭叫你。"

高峻没去客房，只坐在客厅里等。他转过头去，隔着餐厅的玻璃门，默默地看厨房里忙碌的阮真真，看她洗过了手，动作麻利地倒出面粉揉成面团，又快速灵活地择菜洗菜，切菜调馅……她显然熟谙厨房之事，动起手来有条有理，忙而不乱。再联想到她之前给他熨烫服帖的大衣，想来她应该是个很称职的妻子。

不知为何，高峻突然不想继续看下去。他再一次起身从沙发上站起，一边穿着羽绒服，一边扬声和她说道："客户突然有事要见我，我得出去。"

她手上正包着小馄饨，拿着就从厨房里绕了出来，急切道："怎么又有事？有事也得吃饭啊。你再稍等一等，锅已经烧上水，再有个三两分钟就可以吃了。"

　　高峻淡淡说道："来不及了，客户在等。"

　　他说着，不顾她的挽留往外走去，人到门口时又停下来，没有回身，只道："有些事情躲不过去，只能面对。你先回家陪陪父母，也算给自己一个调整期，至于其他的事，元旦后我们再说。"

　　阮真真默了默，应他："好。"

第四章　风波

阮真真开始做回家乡的准备，收拾行囊，购买车票。

父亲接到电话，听闻她要回家，声音里透露出万分惊喜。"我和你妈妈昨天还商量这事呢，如果你元旦假期不想回来，我们就到南洲找你去，或者我们一家三口出去旅游。"

"还是我回家吧，想去旅游可以错过公共假期。"阮真真温声说道。

"行行行。"父亲一迭声地在电话里应着，"我也是这么跟你妈说的，是你妈非要赶着放假去凑热闹，到哪都是人挤人的。"

电话里就隐约传来母亲不服气的声音："哎，你这人，怎么又把锅往我头上扣？"

阮真真握着手机静静听着父母的斗嘴，不由自主地露出微笑，回家的心突然变得迫切起来，竟是片刻也不想多等。她跑去向苏雯告别，苏雯一脸嫌弃地看她，道："说好了陪我，却又改了主意，真是不守信用！"

阮真真自己失信在前，受她抱怨也只能嘿嘿赔笑。

苏雯翻了她一个朝天白眼，气过之后，又忍不住问她："身上的钱够不够？用不用我转给你些？"

"够了，够了！"她连忙回答。

高峻没要她那一万块钱，加之她又刚刚发了年底的绩效，虽然不是全额，可加起来手上也有了两万多块，回趟家足够了。

她第二天一早就登上了回家的高铁，经过几个小时的颠簸之后，终于到达了恒州，她和许攸宁共同的家乡。上一次回来时，她怀里好歹还抱着许攸宁的骨灰，而这一次，就真的只有她自己了。

虽说了不用来接站，可阮家父母还是早早地就等在了出站口外，阮真真在人群之后，一眼看到围栏外翘首以待的父母，做了一路的心理建设轰然坍塌，瞬间红了眼眶。

父亲接过她手中的行李箱，嘿嘿傻笑着，母亲却一把抱住了她，声音里带着压不住的哭腔："妈妈的小宝贝，想死妈妈了。"

也许天下父母都是这般，不管子女多大岁数，又长成何等高大强壮，在他们眼中心中，却始终是个长不大的孩子。

阮真真忍着泪，轻轻拍了拍母亲后背，玩笑道："我这不是回来了吗？注意点形象，老江同志，这么多人看着呢。"

阮父连忙在一旁小声应和："就是就是。"

阮母白了丈夫一眼，却舍不得放开女儿，仍紧紧挽着阮真真的手臂，道："走！我们回家。"

"回家。"阮真真应和，另一只手拉上父亲，一家三口相携而归。

第二天，阮真真去许家探望公婆，随身带去的除了她为两位老人新买的冬装，还有一万元的现金。却不想等她把钱拿出去，两位老人相互看了看，齐齐耷拉下眼皮，谁也没有接。

一直守在旁边的小姑子许欣宁突然发出了一声不屑的嗤笑，漫不经心地吹着指甲，不冷不热地说道："想我哥还活着的时候，可不是只给这么点钱的，果然是人走茶凉啊！"

阮真真有些怔了。

许欣宁的目光从眼角斜过来，似笑非笑地看她，又问："嫂子，你说是不是？"

阮真真看看许欣宁，又去打量公婆，沉默了好一会儿，反问许欣宁："你哥活着的时候，过年给多少钱？"

"两个整数，每年都是两万。"许欣宁回答。

阮真真低头看手上的信封，自嘲道："你要不说，我还真不知道你哥竟然瞒着我多给了你们家这么多钱呢。本来都是两人商量好了各家一万年礼，原来你家一直是两万啊。"

许欣宁僵了一下，立刻叫道："比你家多怎么了？那是理所应当，我哥比你挣得多！"

"你哥挣得比我再多也是夫妻共同财产，有我的一半。"阮真真心平气和地说道。

"你跟我讲法律啊？"许欣宁立刻坐直了身体，仿佛正等着阮真真把话说到这里，"讲法律好啊。我都咨询过朋友了，法律上规定，我哥的工亡补助金我爸妈得占大头，而且，我爸妈是我哥财产的第一顺序继承人，我哥留下的财产、房子，都得有他们的一份！"

许是情绪有些激动，哪怕许欣宁已极力遮掩，声音却仍带出了尖厉，她冷笑着看阮真真，眼中有鲜明的憎恨和厌恶。

阮真真看得心惊，不知自己为何会得到他们如此的对待。可正如高峻对她的评价，虽然她外表看似柔软娇弱，内心实则是个理性多过感性的人，哪怕此刻被许家人如此对待，阮真真也强自压下了心中的委屈和怨恨，首先考虑是不是她哪里做得不好，才会引许家人如此发难。

为了不要双方老人担心，她瞒下了许攸宁欠下巨额债务之事，许家人并不知道许攸宁留下的遗产根本资不抵债。从法律上讲，许家父母的确是有和她平等的继承权的。也是从法律上看，许攸宁身死，她和许攸宁的夫妻关系自然结束，因结婚而产生的姻亲关系也随之结束，她并没有赡养许攸宁父母的义务与责任。

163

他们跟她提分遗产，于情于理都无可厚非，是她被许攸宁的死、被那些紧随而至的巨额债务压得精疲力竭，忘记了考虑许家人的心情和想法。

可即便想得这样明白，胸腔里还是愤懑异常，似是巨石压在胸口，叫人喘不上气来。阮真真竭力控制着个人情绪，把每一次的呼吸都放平放缓，有意地加深着呼吸。

屋内一时静寂。

一直沉默的许母抬起头瞥了瞥她，又垂下眼去，慢慢说道："不是我们许家欺负你。但凡你有个一男半女，不管你以后给不给攸宁守着，我们都不能说分财产。可现在不是这个情况，你还年轻，早晚要再往前走一步，跟我们许家没了关系。"

阮真真竭力忍着泪意，可嗓音却不受控制地微微发颤，"许攸宁的工亡补助金还没有发下来，那个需要走程序……"她本能地低头，艰难地说下去，"至于其他财产，他非但没有留下，还瞒着我欠下了一千四百万巨额债务。出事后，三家债权人都把我告到法院，房子已经被冻结了。"

这些话似是炸弹，一句句丢出来把许家人立时都炸蒙了。半晌之后，才听到许欣宁异常尖厉的声音猛地响起："不可能！你撒谎！我哥怎么可能欠那么多钱？"

阮真真没有理会她，抬头看向许家父母："我怕你们担心，这才一直瞒着，你们要是不肯信，可以去南洲法院的网站上看，这几起诉讼官司在法院网站上都可以查到。他参与私人借贷，不仅把家里所有的存款都折腾没了，还欠下了巨额债务。"

许家人面面相觑，还是许欣宁先反应过来，盯向她，又追问道："我哥借这么多钱干吗？"

阮真真摇头："我不清楚。"

"你不清楚？"许欣宁显然不信，尖声问道，"他借了一千多万，你说你不清楚？"

阮真真解释："我们俩一直都是你哥管钱，他从没跟我说过这些事。我也一直很信任他，从来没想过他会欺骗我。"

"不可能！"许欣宁又叫道。

"不可能？"阮真真反问她，尽力克制着，不想让自己在此处落泪，"不可能什么？你哥不可能借下这么多钱？还是你哥不可能欺骗我？如果你怀疑的是前者，那么有官司为证；如果是后者，连过年给双方老人的年礼他都能骗我，还有什么不能骗的？"

许欣宁被她问得说不上话来。

"真真哪，"旁边沉默良久的许父终于开了口，他看着阮真真，显然比身边的妻子和女儿更为镇定一些，"自从你跟攸宁谈恋爱，我们许家就待你不薄，更别说攸宁一直都是把你捧在手心里，不看别的，就算看在攸宁的分上，你也不能欺负我们老两口啊。这做人，得讲点良心，对吧？"

阮真真声音抖得都快破碎，语不成调："还要怎么讲良心？"

"你说攸宁参与私人借贷，既然是借贷，那就得有借有贷，借了人家一千四百万，那都贷给谁了？能要回来多少？总不能都要不回来了吧？"姜果然还是老的辣，许父看问题一针见血。

"我不知道。"阮真真颤声答道，"他什么都没给我留下，钱没有，账本也没有，我不知道他借来的钱都去了哪里，最近也一直在调查这件事情。"

许父失望地看着她："真真，你说这话，谁能信哪？"

是的，没有人会信。外人不信，债主不信，就连许家人也不会相信，她是许攸宁的妻子，是他的爱人，是他捧在手心里呵护的人，她怎么会不知道他的钱都去了哪里？

可她就是不知道啊！逼死了她，她还是不知道啊！

阮真真低头，瞪大了眼，看到两颗水滴悄无声息地落到她的衣角上，瞬间浸入纹理，消失得无影无踪。

许母发出一声长长的叹息，悲伤地感慨："想不到啊，真真，你竟然是这样的人，你这样做，对得起攸宁吗？"

到头来，竟然是她对不起许攸宁？

阮真真整颗心一点点凉透，她垂眼沉默，直待眼中重新恢复干涸，这才抬起头来，直视着许家人："事实就是这样，你们要不信，也可以去法院起诉我。至于许攸宁的工亡补助金，放心，等社保部门给了他单位，他单位会叫我们一起过去领的，我自己领不走。"

她站起身来打算离开，又补充道："至于其他的，别说许攸宁没有遗产可继承，就算有，我也建议你们二老放弃。法律除了规定你们和我属于同一顺位继承人，法律还规定继承遗产就要承担债务。当然，我欢迎你们跟我分房子，这样也能帮我承担一部分债务。"

许家三口都直愣愣地看着她，没人说话。

阮真真往外走了两步，又突然折返，弯腰把桌上的那一万块钱拿起来揣入衣兜，转身出了许家大门。

恒州是三线小城，因赶上元旦假期，反倒热闹非凡，大街上、店铺里哪哪都是人，连走个路都要格外小心，以防擦蹭到旁人。

阮真真想放声大哭，又想仰天大笑，悲愤、怨恨、不甘……

种种情绪堆积在胸口，压得她几欲发狂，恨不能从哪抓过一把利刃来，剖开自己的胸膛，把内里藏有的委屈和愤懑都掏出来，晾给人看看。

她到底做错了什么要受到如此对待？

有答案吗？谁能给她一个答案？

她脑子里一团混乱，无头苍蝇一样在街上乱走，也不知道走了多久，又走了多远，直到皮包里的手机突然响起，才把她的神志勉强拉回来一些。

阮真真接起电话，听筒里传出高峻的声音。

"怎么样？这两天在老家休息得如何？"他语气随和，不疾不徐。

阮真真的手还有些不受控制地颤抖，嗓子像是被什么哽住了，半晌无法出声应答。

"阮真真？"他叫她的名字，似是察觉到什么，"能听到吗？怎么不说话？"

她用尽全身力气发声，僵硬地回应他："在外面，信号不好。"

"出什么事了？"他突然问道，"告诉我，出什么事了？"

阮真真久久没有回应，眼泪涌入眼眶，又被她强行压下去。"没事。"她平静回答，停了停，反问他道，"突然打电话给我，有事吗？"

高峻沉默片刻，答她："我在恒州一中。"

阮真真十分意外，以至于暂时都忘记了刚刚的愤懑。"你去一中做什么？"

高峻淡淡笑道："回忆青葱岁月。你有没有空？要不要过来和我一起？"

恒州一中是本地最好的中学，也是她和许攸宁他们的母校，凭借着出色的升学率在全省甚至全国都闻名遐迩。可高峻说的理由她根本不信，他不是本地人，不可能无缘无故跑来恒州，回忆什么青葱岁月。

阮真真几乎不假思索地答道："好，你在那等我。"

她在路边打了车，去城市南端的恒州一中，赶到时，时间已近正午，高峻正站在校门口等她，远远看她下车就扬起了手臂。她快步走过去，不及开口，高峻已转过身和门口的保安说道："就是她。"

阮真真有些愣怔，还没反应过来，高峻突然牵起她的手，拉着她快步往校园内走去。校门正对着一条笔直的林荫大道，待拐到教学楼前才算彻底脱离了保安视线。她立刻从他掌中抽回了手，状若随意地插入自己大衣口袋，问道："怎么回事？"

他似乎并不尴尬，也像她一般把手揣入衣兜，答道："保安不让进，就撒了个谎。"

"你怎么来这了？有事？"她又问。

他笑笑，道："我以为你会先问我刚才撒了什么谎。"

"既然你都说了是谎言，那就不重要。"阮真真说道。

高峻神色微讶，认真地多看了她两眼，仿佛又重新认识她一般。他意味不明地扯了扯嘴角，转过身继续慢慢往前溜达着，回答她最开始的问题。"我过来是看望我们当年的班主任，听同学说他病得很严重，正好这几天有空，就过来了。"

高峻和许攸宁同班，阮真真对他们的班主任还真有些印象。她回忆了一下，问道："那个白头发的瘦老头？"

高峻点点头："对，就是他。当时带我们的时候就已经快退

168

休，现在得了严重的帕金森症，靠吃药维持，不然都没法起床，偏偏神志还十分清楚，就是身体不受控制，很痛苦。"

阮真真闻言不觉唏嘘。

高峻转头瞥她一眼，似是犹豫了一下，才又继续说道："他还向我问起许攸宁来。"

阮真真步伐微微僵滞了一下，没有出声。

两个人各怀心事，一时皆无话，默默往前走了百十来米，不知不觉穿过了教学楼前的小花园。他似是有意寻找话题，抬手指向右侧的建筑，问她道："这栋楼是新盖的吧？不记得以前有啊。"

她转头看过去，那是一栋造型别致的小楼，外墙是深沉的酱红色，颜色还新鲜着，仿佛刚刚刷上去不久。阮真真凝神，细看了看，奇道："这不就是咱们那时的大礼堂吗？"

高峻微愣，又多看两眼，这才恍然大悟："可不是？刷了新漆，一眼竟认不出来了。"

他们毕业已有十多年，连阮真真看着各处都感似是而非，更别说比她还早两年离校的高峻。她叹道："我现在看着各处也都觉得陌生，得好好想一想才能记起些来，你记错也正常。"

高峻笑道："还以为只有我自己记性变差了。"

有这件事打岔，刚刚的沉闷气氛顿时消散许多，他抬头看向远处，又指着操场外侧的围墙给她看，说道："之前保安不让进，我本来都打算带你一起翻墙了，结果绕过去才发现自己都爬不上去了，真是不比当年。"

阮真真早已注意到他衣角、袖口上还残存着一点灰痕，想来就是刚才爬墙时蹭上的。她忍不住认真打量他，比起初见时的形销骨立，他此刻状态明显好了许多，虽还算不上健壮，但起码不会过分吸引人的注意。

感受到她的目光，他目不斜视，口中一本正经地问道："是不是很英俊？"

她被他问得愣了愣，不由得失笑。

这还是见面后她第一次露出笑容，他转过身静静看她，直把她看得都有些不自在了，这才开口问道："遇到了什么事情？"

这话问得没头没脑，她却听懂了。阮真真沉默，犹豫了片刻，最终还是微笑着答他："没事。"

他看她一眼，没再追问，转了另外一个话题："南洲警方有再联系你吗？"

阮真真摇头："没有。"

自从那次有两名警察登门向她了解情况，南洲警方再没找过她，不知他们是有了新的线索，还是她根本就不在他们怀疑的范围之内。

高峻像是松了一口气："那就好。"

两人继续前行，从食堂前走过，沿着宿舍旁的道路折向北来，不知不觉中便又转回到学校大门那条路上。高峻抬腕看了看时间，道："走吧，找个地方，我请你吃饭。"

刚刚那保安还尽职尽责地守在门口处，高峻偷偷抬眼看了看，不动声色地交代阮真真："挽住我的手臂。"

阮真真不解，问他："为什么？"

高峻压低声音，小声答道："因为进来之前，我跟他讲的是想带女朋友回学校，找到当初我们认识的地方，向她表白。"

阮真真有些无语，迟疑着，刚想抬手去挽他手臂，不想他却反手牵住了她的手，道："我拉你也一样。"

出大门时，保安的目光落在他二人相握的手上，露出了心知肚明的微笑，高峻也含笑向他点头示意，说了一声："多谢。"

阮真真不自在地低头，想尽快离开保安视线，谁知忙中出错，竟差点和对面的来人撞个正着，幸亏高峻手疾眼快，一把扯住她往旁侧拉去，急声道："小心！"

来人是个年轻女人，反应也快，闪身往另一边让了一让，口中已是不满地嘟囔道："看路啊！"

"对不起，对不起。"阮真真连声道歉，不想身边的高峻却是面色一沉，冷声回那人道，"你不是也没看路吗？"

阮真真惊了一跳，忙把责任往自己身上揽："是我的责任，快走吧。"

她尴尬地向那姑娘笑笑，赶紧拉了高峻匆匆往路边走，幸好那姑娘也没多做纠缠，只阴晴不定地盯着他们，直等阮真真都走出老远了，她还站在门口没有离开。阮真真心中隐生怪异之感，忍不住又回头多看了一眼。

高峻似乎还有些记仇，不冷不热地说道："这种人有什么好看的？"

阮真真面露犹疑："觉得这人有些眼熟，好像在哪里见过一样。"

这话引起了高峻注意，他不由得也回身看过去，却见校门口已经没了人影。"你认识的人？"他问。

她也不能确定，摇摇头，却突然发现自己还挽着高峻手臂，忙不迭地松开了，又下意识地往后退了一步。高峻愣了下，再看向她时，唇角上就带了几分讥诮，问道："我手臂烫不烫？烫到你手没有？"

阮真真不想接他这句话，她抬头向他笑笑："想吃点什么？

我来做东吧。"

他斜睨她一眼，反问道："你请我？"

她点头："我请你，一尽地主之谊。"

高峻这才似消了气，向她笑了笑："那就全卤面吧，上学的时候只听人说过恒州全卤面，却一直没吃过。"

恒州的全卤面又称十八卤面，很有名气。正宗的恒州打卤面必须是手擀面，配有十八种卤菜，荤素皆有，冷热尽全，吃的时候要讲究先荤后素，最后定要再来一碗面汤。所谓原汤化原食。很多恒州人招待外乡来客都用全卤面，也算是个特色。

阮真真领高峻来到一家颇为地道的面馆，店面不大，食客却不少。她找了一张靠里的圆桌坐下，点餐之前先抬头问高峻："你胃口可以吗？这家的面条可是有些劲道，要不要嘱咐他们煮软一点？"

高峻摆手，道："没事，已经恢复得差不多了。"

他既这样说，阮真真就点了店里寻常的双人套餐。不大会儿工夫，服务员就端了一大盆汤面出来，紧接着，盛有各色卤菜的白瓷小碗一溜儿地端上来，环绕着中间的面盆，整整摆了一圈。

高峻认真数了数，桌上卤菜不多不少，果真正好是十八碗。

阮真真已先端起一只空碗来，一边往内捞着面条，一边问他道："可有什么忌口？"

高峻摇头："没有。"

她就先调了一小碗荤卤面递给他，介绍道："这叫'尝卤'，先试试口味如何。"

他接过去，几口吞了下去，赞道："不错。"

她又给他调了一碗荤素搭配的递过去："这回叫'尝面'。"

高峻又尽数吃下去，咂了咂味道，笑道："跟刚才还真有点不一样。"

阮真真抿嘴笑笑，伸手去盛第三碗，这一次却是只浇素卤，与碗中面条拌匀调好，递与高峻。

"这次叫什么？"高峻问道。

她答："清口。"

高峻忍不住笑了，道："名副其实。"

三碗面条吃下去，高峻已经大饱。阮真真却还是给他盛了一碗面汤出来放在一旁凉着，这才不急不忙地给自己调面，也是如之前般顺序，由荤到素，只每碗的量比他少了许多。

待她把自己那碗面汤盛好，这才去看高峻，问道："你什么时候回北陵？"

他一时未答，抬眼默默看她。

阮真真低下头，避开了他的视线。她心里其实明白得很，他远道而来，即便只是来学校看望老师，可既然通知了她，又与她见了面，就算只是嘴上客气一下，她也该邀请他回家做客，而不是先问他什么时候离开。

可她不想带他回父母家中，也十分清楚，她绝不能带他去见父母。

良久之后，就听得他淡淡说道："我晚上的高铁，你忙你的，不用送我。"

她强迫自己抬起头看他，向他歉意一笑："也好，那我就不和你客气了，正好我下午还有些事情。"

"不用客气。"他回道。

两人从面馆里出来，阮真真先打了一辆车离开，车开出去老远，她忍不住回头，见他还在路边站着，微低着头，手上不知什么时候多了一支烟，凑到嘴边点燃了，熟练地吐出大团的烟雾来。

这样的高峻，陌生得令她感到不安。

回到家中，阮家父母正在厨房里忙活，他们丝毫不知女儿在许家的遭遇，见她早早回来还有些埋怨，教育道："你该再多待一会儿，陪着攸宁他爸妈说说话，也都快七十的人了，以前还不显岁数，攸宁这一出事啊，真是看出老来了。"

阮真真大半心思还都在高峻身上，又不想父母知晓许家人的嘴脸，闻言只是应付："哦，反正没什么事，就早点回来了。"

她一边说着，一边换下大衣，往自己房间里走。

那边阮母却又突然想起件事来，忙又问她："那攸宁的生忌怎么办？你得过去操持吧？"

阮真真动作不自觉地僵滞了一下，想了想，答道："都说好了，他们准备东西，我到时候直接去墓地。"

阮母却还有担忧："你一个人去啊？要不要我跟你舅舅说一声，叫小安那天陪你过去？"

小安是阮真真的表弟，按照恒州风俗，一般这种事情总要有个娘家人跟在身边照顾的，或是兄弟，或是子侄，一是为她撑腰，以免受到婆家人欺负，二也是怕她太过悲伤，方便在旁扶持。

阮真真摇头："谁也不要麻烦，我自己去就行。"她怕母亲继续纠缠此事，不再给她说话的机会，赶紧问道，"妈，你们今天买小黄鱼了吗？"

阮母被她问得一愣："啊？"

阮真真道："刚才回来的路上不知道谁家正炸鱼呢，闻着味很香，就想起你以前给我炸的小黄鱼来了，特别想吃。"

这事果然成功转移了阮母的注意力："哎哟，还真没买，都怨你爸，我本来还说买来着，都是他跟我打岔才忘了。你等着啊，我这就叫你爸去超市买去，晚上就能叫你吃上。"

阮真真又道："你跟我爸一块去吧，他买东西眼力可不行。"

"你说得对。"阮母不疑有他，立刻出去找阮父办这事去了。

房门一关，阮真真疲惫地坐倒在床边，半晌才吁出一口气来。她脑子有些乱，好多东西在其间乱窜乱撞，有些念头像火花，爆过之后一闪而逝，快得叫她抓不住。

她仰面躺在床上，给远在南洲的苏雯打电话。

"我觉得高峻对我别有所图。"

"啊？"苏雯显然很是惊讶，随即却哈哈大笑了起来，问她道，"他是图你财了，还是图你色了？"

阮真真没理会苏雯语气中的戏谑，平静地说："他今天来恒州了。"

"去找你？"苏雯也似有些意外。

"他说是来看望高中老师，你信吗？"

苏雯没有回答，想了想，又问："主动约你见面了？"

"是。"她回答。

苏雯立刻追问道："你没带他回家吧？"

"没有。"

苏雯闻言松了口气："这就好，这个节骨眼上带他回家不合适。"

"我只跟他在外面吃了一顿饭，借口下午还有事要办，就跟他分开了。他晚上的高铁回北陵。"阮真真解释，犹豫了下，又道，"他抽烟。苏雯，我看见过两回他抽烟了。"

一次是在工业学院附近的粥铺外，一次就是今天。

"抽烟有什么问题吗？我赶稿的时候也会抽烟啊。"苏雯对此

175

不以为然，"再说了，他抽不抽烟，和你刚才的问题有关系吗？你说他对你别有所图，有什么证据吗？"

阮真真说道："我已经三十一岁了，我能够分辨出一个男人的态度是否存有暧昧。"

苏雯忍不住又笑了起来，半是认真半是玩笑地说道："如此说来，他是图你的色。要我说，阮真真，你大可不用如此紧张，大家都是成年人了，男女之间那点事都明白得很。"

道理看似像苏雯所说的那样简单，可不知为何，阮真真却总感到有什么地方不大对劲，就如许攸宁那两张一模一样的身份证，看似寻常无比，唯有细想，才能察觉出他是别有用心。

可高峻对她能有什么用心呢？图财？她现在几乎身无分文，空负巨债。图色？不是她妄自菲薄，就凭他的硬件条件，只要他愿意，有的是比她年轻比她漂亮的女人由着他挑。

果然，苏雯也跟她想到了一处，在电话里笑道："客观说起来，不论财还是色，他可都比你优秀。阮真真，就高峻这种品质的男人，不说稀有吧，但绝对紧俏，能睡到就是占便宜，别那么古板，总认为只要和男人睡觉就是女人吃亏。"

阮真真默了默，道："苏雯，我丈夫死了才两个月。"

"对不起。"苏雯低声道歉，停了一会儿，却又正经说道，"阮真真，你听着，下面这些话也就是我跟你讲，我也就讲给你听！如果高峻真对你'别有所图'，你千万不要矫情。你今年才三十一岁，就是再爱许攸宁，也没必要为他毁一辈子。不管什么虚名都是狗屁，旁人夸你也好，骂你也罢，都比不上你自己的人生重要。你活得好，活得幸福，这才是最要紧的。高峻也许不是最好的，但起码是个不错的对象，别急着拒绝，先吊着他也好，

176

最差还可以骑驴找马呢。"

这样的话，也就苏雯能跟她说了，不讲对错，不谈道德，就只站在她的立场上为她考虑。

阮真真握着手机，静静听着苏雯在电话那端老太太般喋喋不休，一串串现实又势利的话不停地往外甩……那样世俗，却又那样可亲可爱。她不自觉地露出微笑，轻声道："苏雯，你对我可真好，咱俩过一辈子吧？"

听筒中声音戛然而止，片刻后就听得苏雯嫌恶地大声叫道："阮真真，我对你可没兴趣，我只喜欢帅哥！"

四日那天，阮真真一大早就被母亲叫了起来。她脑子昏昏沉沉，用凉水洗了把脸，方觉清醒了点。阮母那边饭菜已经出锅上桌，她没有什么食欲，可是为了应付母亲，也为了上午即将面对的人和事，只得强逼着自己吃了一些。

阮母又从厨房里提了一个大大的食盒出来，放到阮真真手边，交代："都是攸宁以前爱吃的，你拎过去，在他坟上摆一摆，尽一尽心意。"

阮真真应下，简单打理了一下自己，提着那食盒出了门。她开了父亲的那辆小代步车，去位于东部市郊的陵园。许攸宁的骨灰被她从南洲抱回后，就落葬在那里。

等她提着食盒到许攸宁墓前时，许家人早已到了。除了许家父母和许欣宁，还来了几个七姑八姨，侄男侄女，一伙子人凑在许攸宁墓前，擦墓碑，摆贡品，个个都忙活着。

阮真真一现身，立刻吸引了所有人的视线，同情的，怜悯的，还有厌恶和憎恨的……迎着各色目光，她径直走上前，蹲下身把食盒里的东西一样样地往祭台上摆。

许欣宁正站在旁侧擦拭墓碑，冷着眼上上下下打量阮真真，欲要开口时却被身边的许家二姑扯了一把，于是悻悻地闭上了嘴，只从鼻腔里发出一声低低的冷哼，恨恨地嘀咕道："妖精样！"

阮真真闻言一怔，下意识地抬头看过去，在许欣宁眼中看到了不加掩饰的嫌恶。她感到阵阵心惊，不懂以前那个整日把"嫂子"挂在嘴边的许欣宁为何会突然恨她至此，只是因为她没有及时分配许攸宁的"遗产"吗？

她怔怔地看着许欣宁，有些想不明白。

许家二姑看她这样，有心要当和事佬，先轻轻拍了拍侄女的手臂以示安抚，又走到阮真真身边，偷偷塞了一张纸巾过来，压低声音提醒道："真真啊，把口红擦擦，今天这场合，你不该化妆啊。"

她今天的确化了淡妆，但也仅仅是淡妆，薄薄一层隔离粉底加豆沙色口红，借此遮盖一下晦暗的气色。阮真真什么都没说，没接那纸巾，也没去擦口红，只低着头继续往祭台上摆母亲给许攸宁准备的那些吃食。

曾经她以为这世间最悲最苦莫过于比翼失伴、比目离散，不想后来，她却发现人生还可以更凄更惨，比如官司缠身、负债累累……她咬着牙，忍着泪一步步走过来，每每自己觉得已经走到人生最低谷，无法再惨的时候，命运总能再给她迎头一击。

可已经这样了，还能怎样呢？

祭台上本就没留下多大地方，阮真真东西才摆出一半就放不下了，索性罢手，起身退后两步，让开了墓前给许家人。

布置完祭台，点燃了香烛，悲伤的气氛瞬间而至，许母刚刚叫了一声"攸宁"，后面就泣不成声。许欣宁把母亲揽入自己怀里，忍着泪安慰："妈，别哭，哥看到了会伤心的。"

她这样说着，自己却也忍不住痛哭失声。

墓前的人都垂头，不是在抹泪就是在叹息，唯有阮真真毫无反应，她这个最该放声号哭、悲伤得无法站立的未亡人，却把脊背挺得笔直笔直，静静站在一旁，面无表情地看着许攸宁的墓碑。

上面镶嵌着许攸宁的大头照片，金笔描刻出他的姓名、生辰年月以及死亡日期，都只占在墓碑的半边，另外半边还空余着，等着有朝一日刻下另外一个人的姓名。

这是一座夫妻合葬墓，她当初买下这块墓地，本来是想着将来能和许攸宁埋在一起的。而现在，她却只想把许攸宁从地下挖出来，问问他到底还瞒了她多少事情……

她想得太入神，忽略了周遭动静，直等墓前哀悼的许家人齐齐向一旁看去，这才察觉到不对。顺着众人的视线，阮真真转头，就见甬道那头过来一个高大男人，脸上架着一副宽大的墨镜，从头到脚一身黑色，怀里抱着束白菊，径直走向许攸宁的墓前。

阮真真几乎一眼就认了出来，是高峻。

他走到墓前，站在那默默盯了墓碑半响，这才弯腰把花束放置在碑前。所有的人都在看他，而他却转身往阮真真处看了过来，在众人的注视下，不紧不慢地走向她。隔着墨镜，她看不到他的眼睛，却在镜片上清晰地看到了自己的困惑和迷惘。想来他看得应该比她更清楚，那落到她肩头的双手明显地犹豫了一下，这才不轻不重地握了握，朋友一般地安慰她道："节哀。"

阮真真没什么反应，只直直地看着他，仿佛想要透过漆黑的镜片，看进他的心里去。

179

那目光太犀利，太尖锐，简直要洞穿人心。

高峻不自觉地心惊，下意识地垂下眼帘，避开了她的视线。他转过身去，与她比肩而立，神色复杂地看向墓碑，轻声叹道："世事无常，谁也想不到竟然会发生这样的事。"

阮真真没有接话。

前面不远处的许欣宁却突然转过头来，朝着他们这边重重地"呸"了一声，愤愤骂道："什么恶心玩意儿，真是脏了眼睛！"

这样的指桑骂槐，任谁都能看得出来她针对的是谁。

阮真真依旧垂目而站，安静得如同活死人一般，高峻却漠然抬眼，冷冷看向许欣宁。

这眼神更加激怒了许欣宁。她挣脱母亲的拉扯，上前把高峻放在墓前的那束白菊拿起，扬手就往阮真真身上砸了过去，骂道："滚！你们这对狗男女，要发骚找别的地去，别脏了我哥的眼！"

高峻侧身抬臂去挡，花束砸到他手臂散落开来，残花乱叶四处迸溅，落了阮真真一头一脸。

这场景难看至极，众人一时都被惊呆，僵在那里忘了反应。

阮真真抬手去摘大衣上的碎叶，纤细的指尖微微抖动着，白得如同陶瓷一般，显不出半点血色。高峻低头瞥了她一眼，转身就要往墓前去，却一把被她抓住胳膊。

他回身，轻声说道："放开。"

她低着头，非但没有放开，反而把他抓得更紧，手明明一直在抖着，却又显露出无比的坚定来。

这会儿工夫，也终于有人出头来劝许欣宁，也不知都说了些什么，反而把许欣宁的怒火激得更高，不管不顾地叫喊道："我哥尸骨未寒，她就和男人勾三搭四，还把野男人领到我哥坟上来，怎么反倒成了我不懂事？我没大耳掴子抽她，就已经够懂事了！"

高峻低头看阮真真，等着她的反应。

阮真真缓缓松开了他，一步步朝许欣宁走过去，直到近前才停下，抬眼看着她，面容平静地说道："你以为这只是在羞辱我吗？你错了，不管你把我诬蔑成什么样子，人们最先提起的、最先笑话的那个人都是许攸宁。"

许欣宁脖子一梗："是你水性——"

阮真真猛地扬手，重重地甩了她一个耳光。

这一巴掌来得毫无预兆，许欣宁被她打蒙了，短暂的愣怔过后，这才炸开，不顾一切地往阮真真身上扑过来撕扯，叫骂道："你敢打我！你个贱货，你克死我哥还不够，你还打我！"

高峻不知何时来到了阮真真的身旁，从旁一把拦下了许欣宁。他人高马大，手掌铁钳一般握住许欣宁的手臂，轻轻一提便把她扯开甩了出去，鄙夷道："别逼我动手打女人。"

"你动她一下试试！"许父突然发声，他抬眼看向高峻，阴沉地打量着，"年轻人，别欺人太甚。"

高峻被气得笑了，抬手指了指墓碑，不急不缓地说道："我是许攸宁的同学，过来给他献束花，祭奠一下，却被你女儿污蔑成狗男女，到底是谁血口喷人，欺人太甚？"

"我血口喷人？"许欣宁冷笑，甩开了旁人的扶持，挣过来反问道，"那我问你，元旦那天跟阮真真逛一中的那个人，是谁？难道不是你？"

高峻微微一僵，抿唇不语。

许欣宁把他的反应尽收眼底，嘿嘿冷笑了两声，转头看向许家亲友和围观路人，大声说道："前两天，这个男人跟我的好嫂子，也就是这个女人——阮真真，"她抬手指向阮真真，"他们俩人手挽着手，有说有笑的，一起去逛一中校园，恰好被我同学给撞见了。我哥死了才刚俩月！"

她说罢，又恶毒地看向阮真真："嫂子，有这事吧？我没冤枉你吧？"

阮真真垂眼站在那里，面上不见惊慌也不见恼怒，依旧低头沉默着，不知在想些什么。

"说话啊！"许欣宁大声叫道，"你不是挺能说的吗？"

阮真真这才抬头，淡淡看向许欣宁，扯起唇角讥诮地笑了笑，轻声道："打不醒的蠢货。"说罢，也不理会众人，转身径直离开。

高峻从后面追上去，一直追到陵园出口，这才拦下了她。他挡在她身前，低下头小心地观察她，试探地问道："你没事吧？"

她抬头，忽地向他笑了笑，没头没脑地问道："你跟我有什么仇啊？"

高峻皱眉，反问她："你什么意思？"

阮真真仰起头，向他逼近一步，似笑非笑地看着他，又问道："或者，你是跟许攸宁有仇？莫名其妙的，你不远千里来探望一位高中老师，又亲自来祭拜一个多年不曾联系的高中同学。告诉我，高峻，你图什么？"

高峻脸色难看，下颌绷得极紧，默然看向阮真真。良久之后，这才缓缓松开紧扣的齿关，说道："知道你现在心情不好，我不和你一般见识。"

阮真真讽刺道："到底是不和我一般见识，还是做贼心虚，怕说多错多？"

高峻冷着脸，没有回答。

阮真真嗤笑一声，绕过他继续前行，穿过错乱无章的停车场，径直去找自己的车。她刚走到车边打开车锁，高峻却突然又从后面追了上来，二话不说，一把握住她的手腕，拉着她绕过车头，往另一边车门走。

"你做什么？放开我！"阮真真低喝，试图甩开他的钳制。

高峻却不理会，强行把她塞进车里，自己也探身进来，用安全带把她绑在了副驾驶座上。他没有立刻离开，手撑在座椅靠背上，看着她，咬牙威胁："你敢跑出去，我就敢把你再扛回来。你要是不怕丢人，就继续折腾，跑出去大喊'救命'也没关系。"

阮真真僵了僵，停止了挣扎，恨恨地瞪着眼前的无赖。

他盯着她，慢慢退向车外，然后用力关上车门，快步绕到车的另一侧，坐进了驾驶位。车开出停车场，他一转头，看她还在愤恨地瞪自己，又忍不住笑了，问她："去恒州一中，往哪边走？"

阮真真被他问得一愣，不解地看他。

他笑笑，索性掏出自己的手机来，设好了导航往旁边一放，开车往恒州一中去了。

阮真真狐疑地看他，问："去一中做什么？"

高峻答道："去看老师啊。"

在导航的指引下，车离开陵园后直接驶入外环线，开往恒州南端的第一中学，不到半个小时，车就开到了恒州一中家属区外。小区门口就有便利店，高峻把车停在一旁，买了两箱新鲜水果，自己拎了一箱大的，小的那箱却塞给阮真真，道："走，跟我一起进去。"

他径直走向家属区，跟门口保安处说清楚去哪位老师家探望，做了个简单的登记就被放了进去。

"杨老师退休后和师母一直住在这，他们的儿子在国外工作，想接他们出去，可杨老师不肯。"高峻一边走一边给阮真真介绍，领着她走向左侧的一座砖混老楼房，"本来住三楼，老师患病后上下楼不方便，就跟人换到了一楼。"

他上前去敲门，来开门的是位老年妇女，看到高峻又惊又喜，忙着把人往屋里让。高峻回手抓住阮真真，拉着她一同进门。阮真真跟在他身后，默默打量这小小的居所，房间布置得干净利索，却也一眼能看出是老年人的住所，处处都透着一股子沉沉死气。

就听杨师母解释道："老杨昨晚没休息好，刚刚回屋去补觉了，小高你坐着，我去喊他起来。"

高峻连忙拦下了她，压低了声音，说道："别去打扰杨老师休息了，我们也还有点别的事，站一站就走。"

杨师母没有坚持，只是客气道："看看你这么忙，还总往这里跑。"

高峻笑笑："应该的，正好这几天在恒州办事，临走时就想着再过来看看杨老师。"

他没在杨老师家多待，真的只站了一站就带着阮真真告辞出来，人刚走到楼外，脸上的笑容便散了。"杨老师其实没有睡觉。"他轻声说道。

阮真真愣了愣，不解地看他。

高峻沉默片刻，才继续解释："杨老师帕金森症很严重，需要吃药才能起床活动，我每次来都提前打招呼，师母会给老师喂药，依靠药效撑着，老师就能陪我在客厅坐一会儿，聊聊天。今天是突然登门，他不愿意让我看到他病重的样子……"

后面的话他没再说下去，阮真真却已经明白。

她刚才便察觉出不对劲，却不想是这个缘故，心里不觉也有些难受，再一想她都如此，高峻想必更是悲伤，而她刚刚在急怒之下，却指责他不远千里来探望老师是另有所图。

她不觉愧疚，垂头沉默。

他也没再说什么，沉着脸继续大步向前，直到走出家属院大门，忽停下身来看她："我每年都会抽时间过来探望杨老师，不是今年才突然开始。至于我那天为什么会约你去逛一中，今天又为什么会去祭拜许攸宁，"他话到一半突然停下，勾起唇角讥诮地笑了笑，"你根本早已心知肚明，不是吗？"

他说罢转身走开，没上阮真真的车，沿着道路走出去老远，这才拦到一辆出租车，上车离去。

阮真真独自站在街边，默默看着那车远去，最终消失在街头，再也望不见。她心中矛盾至极，一时觉得高峻行事古怪，疑点重重，一时却又想是自己疑心太重，冤枉好人。

她开车回家，到家时已过晌午，父母见她面容阴郁疲惫，还当她是因许攸宁悲伤，便劝道："人总得往前看，一辈子这么长，难免遇到个沟沟坎坎。"

阮真真闻言勉强笑了笑，想跟父母说一句"没事"，转念一想却又改了主意。恒州这样小，她与许家闹成这般模样，消息早晚会传到父母这里，与其叫他们从旁人嘴里听到风言风语，不如先由她把事情讲述清楚。"爸，妈，你们过来坐下，我有事要和你们说。"

她这般严肃，倒是有些吓到了两位老人。俩人相互瞅了瞅，走到沙发处坐下，面带紧张地看向女儿，问："怎么了？"

阮真真低头沉默了一会儿，这才把许攸宁如何瞒着她欠下巨额债务，许家现在又如何逼着她分遗产，甚至连上午在墓地发生的事情都一一讲给了父母听。两位老人先是震惊后又愤怒，听到后来，一向好脾气的阮父都愤而起身，怒声痛骂道："混账！一家子混账！"

阮母既气愤又心痛，忍不住埋怨女儿："你这傻丫头，这些事你瞒我们做什么？"

阮真真情绪倒是格外平静，她瞒着父母这许多事情，心理压力极大，现如今都倾诉出来，反倒有种解脱的感觉。她轻拍母亲的手臂以示安抚，又抬眼看向父亲："爸，官司的事我已经在解决了，你们不用太过着急，之前不想和你们说，也是怕你们担心。"

阮母也劝说丈夫："你先回来坐下，再急再气有什么用？把自己气出个好歹，还不是给女儿添乱！"

阮父虽气愤难平，却不敢违背老妻命令，自己努力控制着脾气，默默在客厅里来回溜达消气，绕了好一阵圈子，这才稍稍和缓了些，问阮真真道："那个高律师，可靠吗？"

阮真真答道："他是许攸宁高中同学，目前在北陵的律师事务所工作。"

阮母心思却更细腻，试探地问女儿："你跟他……"

"我们没事。"阮真真立刻否定了母亲的猜测，半真半假地说道，"我之前都不认识他，是苏雯介绍他帮我打官司。他今天过来，主要是为了探望一位病重老师，顺便去祭拜了一下许攸宁。"

阮母听得将信将疑，迟疑地打量女儿面容。倒是阮父对女儿完全相信，气道："许家人就是故意找碴，往真真身上泼脏水，就算今天没有这个高律师，也会有另外一个。"

这话激起了阮母对许家的不满，刚还劝说阮父不要着急，这会儿自己却忍不住气愤："那一家子都没良心，亏我之前还以为许攸宁是个好孩子，以为他父母通情达理。呸！都是假的，装给人看的！现在好了，一到事儿上，真实嘴脸都暴露出来了。唉，都怪我，当初也没好好打听打听他家人品，就该上他们老家村里打听打听去！"

许家是从下面村里迁进城的，许家父母靠着街头摆摊供许攸宁兄妹两人读书，直到许攸宁参加工作，可以挣钱养家，这才"退休养老"。对于这样的家庭，阮真真父母本来是瞧不上的，可阮真真和许攸宁爱得要死要活，许家人表现得也算不错，这才勉强同意两人的婚事。

谁知许攸宁才死，许家人就这样翻了脸。

阮真真温声细语劝住母亲，犹豫了一番，又说道："法律上的事情，我不怕，只是现在跟许家撕破了脸，恒州又这么小，早晚会有流言蜚语传过来，到时候你们别气坏就好。"

"老娘不怕！"阮母重重一拍大腿，怒道，"他们许家要是敢造谣诬蔑，我就把他们做的事都录成广播，拿个音响，天天到他们家门口去放，看看是谁丢人！老虎不发威，他们还真拿我当成猫了！"

阮母年轻时也是个出了名的泼辣脾气，不说威震四方，起码亲友中无人敢惹，全因后来结婚生女，不想女儿像她一般急躁，这才收敛了自己的性子，学着做起贤妻良母来。

阮真真忍不住笑了："不至于那样，许家自己也得要脸，不能各处造谣宣扬。"

阮母仍气哼哼的，脸色依旧难看："那一家子，谁知道底线会在哪里？就凭他们当初死活不肯配合人家警察工作，就不是什么能讲理的人家。"

那还是许攸宁刚去世时的事情。由于尸体损毁严重、面目全非，即便现场的种种证据已经显示这就是许攸宁，但按照规定，警方仍需要进一步确认死者身份，要求许家人抽取血样进行DNA鉴定。不想许家人却死活不肯，直到最后，也只能从许家找了许攸宁生前使用的牙刷等物品拿去做的鉴定。

阮母这样一说，连阮真真一时都不知道该怎么替许家人说话，默了默，道："他们也是老观念，不愿意让攸宁再受罪。"

旁边阮父闻言冷哼了一声："不管怎么着，也能看出这家人的脾性，还得做最坏的打算。"

不想却叫他一语成谶。

晚上，阮真真正陪着父母看电视节目，苏雯突然给她打了电话过来。她起先并未在意，拿起手机往自己房间走，刚接通电话，还来不及打招呼，就听苏雯劈头问道："你没上网？"

阮真真愣了一下："没有，怎么了？"

苏雯声音里透着焦急，答道："你看微博热搜，恒州陵园那条。"

阮真真心生不祥的预感，挂掉电话，急忙打开了微博的手机客户端，见热搜榜上果然挂着一条关于"恒州陵园"的，点开看却是一个视频，截图恰好定格在她抬臂扇许欣宁耳光的一瞬间。

阮真真抖着手，点开了那个视频。

这明显是一段手机远远拍下的视频，镜头有些摇晃模糊，声音也杂乱不清。人群间，一个年轻女子被人拉扯着，向着不远处的一对男女怒声痛骂："我哥尸骨未寒，她就和男人勾三搭四，还把野男人领到我哥坟上来，怎么反倒成了我不懂事？我没大耳捆子抽她，就已经够懂事了……"

短短两分钟的视频，于阮真真来说却像是过了一个世纪。

刚刚发出不到半个小时的视频，下面评论已有数千，被顶在最上面的一条写着：博主V5，我当时碰巧就在现场吃瓜，瓜太精彩都忘记拍下。据说女主是个狼人，老公刚死就把公婆赶出家门，霸占所有财产，招了情夫过去双宿双飞，小姑子实在气不过，这才在哥哥坟前爆发。

评论下各种回复，有斥责有谩骂，还不断有"知情人"跳出来补充前情后续，甚至，连阮真真的姓名都被人说了出来。

她手机又响，显示是高峻来电。

"真真，听我说。"他声音严肃而冷静，带着命令的口吻，"你现在去清空你的微博内容，所有微博要么删除，要么隐藏，一条也不要剩！最好，连名字也改掉！"

阮真真的嗓音不受控制地颤抖："我要去举报他们，他们在造谣，在污蔑。"

"不要有任何回应，不论网上还是网下。这事交给我来做！你现在要做的，就是尽可能地清除自己的网上信息，关闭微博评论和私信，然后断掉网络，什么也不要看，什么也不要听。"高峻沉声说道。

"可是——"

"没有可是。"他打断她的话，停了一下，继续说道，"相信我，我是律师，知道怎么处理这种事情。放心，事情很快就会过去。"

她紧紧握着手机，良久沉默，最后应道："好，我听你的。"

"真真，"他又叫她的名字，顿了顿，才又轻声说道，"对不起，我没想到会发生这样的事情。"

阮真真什么也没说，默默挂断了手机。

她颤抖着手，开始删除微博内容，幸好她本就不怎么玩微博，虽注册了号码，也只是偶尔上线看看新闻，微博上内容很少，删起来不用费太大力气。屋外隐约传来电视节目的喧闹，欢声笑语中忽有手机铃声响起，她听得心头一惊，立刻往外面走，待到客厅才发现那竟是电视中的声音。

母亲抬眼看到她突然跑出来，觉察出她的异样，奇道："怎么了？"

她想了想，决定还是不能隐瞒，于是把网上的事情和父母简单说了，又怕吓到他们，补充道："事情刚开始，会发酵到什么程度还不知道，高峻和苏雯都在帮忙处理，应该很快就会平息。不过为了安全起见，你和我爸的手机还是暂时都关掉吧。"

阮家父母相互看了看，一时都有些傻愣，还是阮母先反应过来，惊慌之余问道："我们需不需要报警？"

说实话，阮真真也不知道现在是否需要报警。如果报警，又该如何去报？她沉吟着，做出决定："暂时还是等高峻的消息。"她对他虽然有怀疑，却又有着莫名的信任，他既说了会处理，就应该可以处理妥善。

阮真真收了父母的手机，把他们早早赶去睡觉，自己却躺在床上辗转反侧，心乱如麻，根本无法入睡。

这一夜是如此漫长，仿佛每分每秒都是煎熬。半夜开始，有陌生号码往阮真真的手机上拨打电话，发谩骂短信，她不能关机，索性把手机设置成了游戏模式，只使用上网功能。

很快，苏雯就在微信里给她发过语音来："我怀疑有人在暗中使坏，买了水军，不断有小号以'知情人'的身份跳出来添油加醋，煽风点火，不光你的微博号，你的手机号也都已经被爆出来了。"

一个紧接一个的重击，早已叫阮真真近乎麻木。她想了想，冷静地回复："你是说许欣宁？"

苏雯没有肯定也没有否定，只问她："你还得罪过什么人吗？"

阮真真性子温和，一向与人为善，莫说得罪过人，就是硬话都不曾与人说过几句。她努力回忆着，还是想不起自己有什么仇人："许攸宁欠债的那几家算吗？会不会是他们在趁机使坏？"

苏雯回道："不应该是他们。现在网上的舆论指向是你如何对不起亡夫，对不起许家，真有人提你的债务官司反倒是好事，恰好证明是许攸宁对不起你。"

"尤刚呢？"阮真真又问。

尤刚两口子一直认定是她昧下了许攸宁所有的借款，没准就会落井下石，发泄一下怨恨。

苏雯想了想，回答："不能确定。"

过了一会儿，她又发过来好长一段文字：真真，网上舆论风暴已经形成，只指着高峻各处找人删帖几乎无法平息。我有一个想法，你看看是否可行。我用自己的大号上去替你辟谣，把许攸宁欠债之事和高峻的真实身份都说清楚，然后找我那些大V朋友帮忙转发，看看能不能扭转舆论……

苏雯是个小有名气的作家，微博大号有百十万的粉丝，她若是出面辟谣，再找朋友转发，多少会有一些效果。

阮真真迟疑道："这样会把你也牵扯进来。"

"我这里你不用考虑，网上与人掐架的事我又不是没做过。"苏雯笑笑，"不过，网络舆论就是一柄双刃剑，一旦双方撕起来，有可能会把事件炒得更热，你的隐私泄露更多。"

其实不用她提醒，阮真真也很清楚，网上与人打舆论战无异于抱薪救火，极可能会引发更大的热度。高峻也正是有此顾虑，才要求她不做任何回应。

苏雯半天等不到她的回复，打了两个问号过来。

阮真真抿紧了唇，犹豫过后，给她回复：不用，不用网上辟谣。

她打开通讯录，翻找出许欣宁的手机号码，使用母亲的手机拨打过去。电话虽然响了几声才被接起，但听到许欣宁那一声清晰明亮的"喂"，阮真真就已肯定她根本没有睡觉。

阮真真下意识地看了一眼手机时间，三点二十六分。

她直接开门见山，不说半句废话："许欣宁，删了你的言论。"

电话里略略一默，随即传来许欣宁恼怒的声音："神经病，我不知道你在说什么。"

"你知道，你很清楚我在说什么。"她声音冷静，不急不怒，"别以为你用小号，我就不知道那是你。"

许欣宁否认不成，竟幸灾乐祸地笑了起来："视频既不是我拍的，也不是我上传的，我就是个吃瓜路人，你找我，是不是找错了人啊？"

"你哥是自杀的。"阮真真突然没头没脑地说道，她不给许欣宁反应的机会，径直说下去，"他利用职权参与私人借贷，欠下了大额债务无法偿还，走投无路，这才会选择自杀。"

"你放屁！"许欣宁怒道。

阮真真丝毫不受她影响，声音平静依旧："他第一次自杀不成，就是那次突然低血糖昏厥，后来我发现了他在电脑上的搜索记录，都是怎么降低血糖导致死亡的。"

许攸宁那次被急救车拉去医院，情况非常凶险，许家父母和妹子得到消息都曾赶去南洲看他。许欣宁此刻虽然仍不肯相信阮真真的话，但气势却已明显弱了下来："你撒谎，现在我哥不在了，还不是你想怎么说就怎么说？"

阮真真根本不理会她，只冷声说自己的话："我瞒着这事，只是想给许攸宁留下最后一点脸面。你自己想一想，这事一旦揭开，会给你哥，给你们许家，甚至是你，带去什么影响？"

意外车祸身亡是一回事，而被债务逼得自杀身亡却又是另外一回事了，别说许家会名声扫地，就连那几十万的工亡补助金也会拿不到。

许欣宁不是小孩子，其中的利害关系自然能够想明白。可她实在无法接受这个现实，恨恨道："姓阮的，别把自己说得这么好心，你口口声声考虑我们许家，其实还不是为了你自己？"

"为我自己？"阮真真忍不住轻声嗤笑，反问她，"我得到了什么好处？"

许欣宁被她问得噎住，答不上话来。

阮真真又冷声说道："许欣宁，我再对你讲最后一遍，别再逼我。我现在是个寡妇，身负巨债，一辈子也还不清。我的人生已经被你哥毁掉了，不介意再拉几个人过来给我陪葬。"

许是被她吓住了，许欣宁再没说什么。

阮真真挂掉了电话，脱力一般躺倒在床上，盯着房顶默默发呆。明明刚才说了那样的狠话，心里却丝毫不觉痛快。

第二天上午，高峻给她打来电话，道："发布视频的博主和营销号都已经删除了微博，视频也已被禁，放心吧，网民们最缺的就是耐性，过不了两天，就没人再记着这事了。"

她沉默着，忽然没头没脑地说道："高峻，我觉得这事不是偶然，而是背后有人在操作，推波助澜。"

电话里一阵寂静，过了一会儿，才听得高峻问她："为什么这样说？"

她说不上理由，但就是有这种判断。如果巧合一个紧接着一个，那么，这所有的巧合都将不是巧合，而是某些人的苦心设计。

"我会把这个人翻出来的。"她喃喃自语，"早晚会。"

这一场网络风暴，直过了三天才算平息下来。

阮真真在老家一直待到八号，对父母各种安抚各种保证，这才能登上返回南洲的高铁。列车午发夕至，本来说好了是苏雯来接站，不想出了出站口看到的却是高峻。他瘦瘦高高，站在人群中颇为醒目，她一眼就看到了，犹自发怔着，他已走上前从她手中接过了行李箱。

"走吧，苏雯临时有事，没法过来接你。"他语气寻常，拖着行李箱往前走了几步，见她没有跟上去，停下来回过身扬眉看她，"怎么了？"

"你怎么在南洲？"阮真真问他。

高峻笑笑，回答："工作上有些事要处理，就过来了。"

这样的说辞阮真真根本不信，高峻也似乎看出来她不信，笑容慢慢凝在唇角。他站在那里默默打量她，忽地说道："阮真真，你是不是非要逼出我的真话来？没错，你猜对了，我来南洲就是为了你。我不放心你，却没借口再去恒州，所以就提早跑来这里等着你了。"

阮真真没想到他会如此直接，顿时有些无措。

他又向她逼近了一步，低下头似笑非笑地问她："怎么样，满意了吗？"

她无法回答，不知怎的，忽然有些恼羞成怒，冷冷横了他一眼，绕过他气冲冲地往前大步走去。高峻拉着行李箱慢悠悠跟在后面，直等出了车站大门，见阮真真毫不犹豫地转向左边的时候，这才出声提醒："右边。"

阮真真脚下僵了僵，站住了，回过身看他。

"车在右边。"他解释道。

她提步往回走，来到他面前站住，仰起脸来一言不发地打量他。"高峻，"她突然开口，声音平淡，"我很不喜欢……"很不喜欢什么，她没能继续说下去，过了一会儿，眼圈却是有点红了。

高峻沉默地看了她两眼，低声说道："对不起。"

阮真真不是一个没完没了的人，他既道歉，她也就不想再纠缠此事，可不知为何，心里那股子莫名的委屈和怨气却怎么也压不下去，反而直冲上了眼眶。她不愿再当着高峻的面哭，连忙别过头去，忍了一忍，说道："没事了，走吧。"

她说着便转身往前走去，刚走两步，高峻却忽地从后面拉住她的手臂，大力地把她拉进了怀里，合臂抱住了。

他这动作来得毫无预兆，叫她一下子就僵住了，下意识地要挣脱他，不想却被他拥得更紧。他高她很多，下颌恰恰能压到她的发顶，就那样抵着，手掌扣在她的脑后，把她整个人都困在了怀里。

人来人往的车站大门外，这样亲密的姿态顿时引起了路人围观。她心中慌乱，却也不敢过度挣扎，只得压低声音斥道："你快放开我！"

他不应，也没有放开她，只是低声重复道："对不起。"

这已是他今晚第二次向她道歉，反而令阮真真不好意思起来，仿佛是她小题大做，斤斤计较，才会惹他这般郑重其事。她手撑在他的胸口，努力地仰起头，试图去看他。

偏偏他把她的头牢牢地摁在了怀里，就是不肯叫她离开。几经努力之后，她只得放弃了挣扎，颇有些无奈地伏在他的身前。良久之后，高峻这才松开了她，什么也没解释，只取了车载她回家。

两人一路无言，他开车到她楼下，又拎着行李箱把她送到楼上，站在走廊里对她说道："钥匙给我。"

她刚刚从手提袋里找出钥匙，闻言回头看他，愣了愣，这才明白了他的好意。家中已多日无人，此刻又值深夜，万一进去了什么人，她一开门必然会首当其冲遭遇危险。他必然是先想到了这一点，所以向她索要钥匙替她开门，要挡在她的前面。

她心中不免有些感动，垂眼把家门钥匙挑了出来，递到他的手上，自己默默退到了他的身后，看着他把那柄钥匙插进锁孔，旋转了两圈半之后，缓慢而又坚定地推开了屋门。

这是在许攸宁死后的两个多月里，第一次，她不用独自回家面对漆黑寂静的房间。不知怎的，她鼻腔突然有些发酸，像是有什么东西轰然而起，直冲进眼眶里，害她都不敢眨眼。

高峻已经进入屋内，开了灯把各个房间都略略察看一遍，反身回来见她仍站在门外，不由得失笑，伸手过来牵她："进来啊。"

阮真真回过神来，赶紧拉着行李箱进门，做出无事的模样，径直往窗边走，道："我开窗通下风，你先别脱大衣。"

她说着，把几处窗子一一打开，外面的冷风霎时灌进来，眨眼间就涤荡了屋内的沉沉死气。她又等片刻，关上窗，打开了屋中暖气，回身看向坐在沙发里的高峻，随口问道："晚上吃饭了吗？"

他抬起头看她，很坦然地摇了摇头："没有。"

阮真真脱下大衣转身进了厨房。可冰箱里几乎什么都没有，纵是她再心灵手巧，也难做无米之炊。她在厨房里左右憋了半天，最后还是决定放弃，出去问道："点外卖可以吗？"

高峻不知何时站到了窗边，像是正在思考着什么，听见她的声音下意识地回头："嗯？"

"要不，咱们出去吃？"她又建议。

他似是才听清她的话，微微笑了笑："随便煮点粥就可以。"

白粥是好煮的，可是总不能两个人各自端碗粥对着喝吧？阮真真习惯性地抿了抿唇角，问他："想喝粥？"

他竟然点头，微笑着应道："想。"

她没办法，只能又返回了厨房。这个时候再煮米粥，即便是有高压锅，没半个小时也吃不到嘴里。她灵机一动，从柜子里翻找了研磨机出来，先把大米磨成细细的大米粉，用凉水调开了，倒入沸腾的锅内。

炉火正旺，清亮亮的水瞬间就变成了米白色，平复了片刻工夫继续翻滚起来。她没关火，只把火拧小，叫它继续保持着沸腾，自己却转身出去，到客厅里去开她的行李箱。

高峻仍在窗边，闻声回过身来看她，奇道："找什么？"

她没回答，把大行李箱就地打开了，从里面翻出一个包得严严实实的塑料袋来，又一层层地打开，露出里面那堆黑乎乎的东西来，一个个土豆般大小，表皮皱皱巴巴的，有的地方还挂着白霜，不知是什么结晶。

他看得好奇，忍不住走上前来："什么好东西？包得这样严实。"

她拿起一个来给他看，笑着答道："这是我们老家的特产，就叫老咸菜疙瘩。"

"老咸菜疙瘩？"他凑过去就着她的手嗅了一嗅，打趣道，"行李箱这么沉，我还以为你家给你带了多少好吃的，没想到就给你带了一大包咸菜疙瘩来。"

她也笑，道："你还别瞧不上，这些可都是给苏雯带的，她要是知道你偷吃了她一个咸菜疙瘩，能找你拼命。"

"这么夸张？"他惊讶，忍不住把她手上的那个拿了过来，左右翻看着，又用手捏了捏，奇道，"这么硬？怎么个好吃法？"

"一会儿你就知道了。"她把其余的咸菜疙瘩重新包好放到一边，要回他手上的那个，起身回了厨房。

他很是好奇，也跟在后面进来，却什么也没问，只倚靠在门口处，默默地看着她忙碌。

她先用水把那个黑乎乎的咸菜泡上，转身从冰箱里取了两枚鸡蛋出来，磕到碗中打散，随即不知从哪里翻了一根大葱出来，剖开了只取里面的嫩绿葱叶，细细地切成葱碎，这才又去收拾那个咸菜疙瘩，仔细洗去盐渍，然后放在案板上切成细丁。

她头也不回，突然叫他："过来看。"

高峻愣了一下，上前走到她身边，"看什么？"他随口问着，却也一眼看到了惊奇之处，那咸菜里竟像是有油滴浸了出来。"怎么回事？我还以为只有鸡蛋、鸭蛋才能腌出油来，这咸菜怎么也会出油？"

她不觉微笑，道："说实话，我也不懂这是什么原理，不过只有这样腌出油来的老咸菜疙瘩才好吃。你等一下尝到就知道了。"

她一边说着，一边又麻利地开了另外一个灶口，把铁锅烧热，

198

用油爆香了葱碎，然后把咸菜丁混着蛋液一起倒了进去。浓烈的咸香几乎是扑鼻而来，令高峻都忍不住重重地吞了一口唾液。

阮真真转头看到，忍不住笑了起来，使唤他道："你去摆碗，这就可以开饭了。哦，碗筷在消毒柜里，拿出来先洗一下再用，放好多天了。"

他依言取出碗筷，在水龙头下冲洗过了，这才拿到外面的餐桌上去。她也取了餐盘出来，将炒好的小菜盛出来递给他，自己则熄了炉火，把旁边已煮好的白粥连锅端了出去。

一碟炒得喷香的老咸菜，一锅熬得热气蒸腾黏稠香甜的白粥，香味顿时弥漫了整个房间。两人隔桌坐下，她先盛了一碗粥递给他，道："凑合一下，混个水饱吧。"

他端着碗吹了吹，沿着碗边先小心翼翼地吸了一口白粥，又夹了些咸菜放入嘴里，咀嚼过后只觉口齿留香，竟比他之前吃过的那些山珍海味还要美味。高峻不禁发出一声满足的叹息，真心实意地赞道："好吃。"

"只是因为你饿了。"她笑了笑，自己也端起碗慢慢吃了起来。

昏黄的灯光下，氤氲的热气模糊了两人的面容，阮真真偶然间抬头，看着对面认真吃饭的男人，一时不觉有些恍惚，仿佛时光重又回到了过去，许攸宁应酬回来，不论多晚，总要坐在餐桌边再吃上一点她做的东西，有的时候是汤，有的时候是粥，有的时候就只是几口剩菜剩饭。

他会赞她手艺好，嬉皮笑脸地向着她笑，不知不觉中，她那些因为他晚归存下的火气就消散了……

高峻久久听不到她的动静，抬眼看过来，轻笑着问道："看什么？"

话说到一半突然停下，他的目光落在她湿润的眼角处，微微顿了下，默默地看她。

阮真真这才察觉到自己不知何时落了泪，赶紧掩饰地低下头去，胡乱抹了两把，这才又抬头看他，强笑道："被热气熏了一下，还有点疼。"

他放下了碗筷，沉目看她，过了一会儿，忽然嘲弄地扯了扯嘴角，问道："是看花了眼，把我认成许攸宁了吧？阮真真，就算你要睹物思人，也不能这个思法吧？"

他说话这样直接，丝毫不留情面，令人几乎无地自容。她既尴尬又委屈，动了动唇想要解释，却又不知能说什么，最后只得闭紧了嘴巴，垂目沉默片刻，艰难说道："对不起。"

高峻觉得自己不该做出这种反应，起码不该表现得这般刻薄，可他就是有些控制不住自己，她眼含泪光地把他错认成别人让他生气，她这样委委屈屈地垂头认错更让他恼火。

他不该恼火，他也不能恼火。

高峻慢慢地、深深地吸了一口气，强行压下胸口翻涌的情绪，松了齿关，轻声说道："抱歉，是我的错。"

他从桌边起身离开，在客厅里拿了大衣径直往门口走，直到临出门前才突然停住脚步，似是又后悔了，回过身来默默看她。那眼神颇为复杂，里面有太多阮真真看不懂的东西，像是气恼，又像是愧疚，还有点像怜悯……种种情绪在他眼中翻滚，最终却都归于了平静。

他垂了眼睫，淡淡交代道："你也累了，早点休息，记得锁好房门。"

她站在桌边，脸上还带着些残余的难堪，应道："好。"

他又深深看她一眼，转身带上门出去了。

阮真真在桌边站了片刻，低下头默默收拾碗筷。她觉得自己刚才也许真的是有些过分了，对着一个爱慕自己的男人思念亡夫，真的是既矫情又无耻。不怪高峻生气，这事说到哪里都是她的不对。可是不知为何，明明自己这样明白，眼泪却还是不由自主地往下流。

又有什么好委屈的呢？脚上再多的泡，还不是自己一步步走出来的？

她把餐桌上的东西尽数收进厨房，一一洗刷干净了，这才擦了手出来。屋子里各处都存了薄薄一层灰尘，若放在往日，依她的脾气，不管多么劳累都会挣扎着先做一番清洁打扫，而今天，她却对那些灰尘视而不见，径直进了卧室，把床单一掀，和衣就躺下了。

阮真真觉得累，身心俱疲，什么都不想管，只想蒙头大睡。许是身体真的已经到了极限，她很快如愿睡着，待再睁眼，外面日头已经转到了南边。手机就在枕边嗡嗡振动着，不知已响了多久。阮真真看也没看，抓过手机来直接划到接听，含混地"喂"了一声，问："谁啊？"

"还没睡醒呢？"苏雯惊讶地大叫，"这都几点了！"

"累。"阮真真哑声说道，还是没有动弹的力气，仍躺在那里，问她，"什么事？"

苏雯却像是被人踩到了尾巴，突然嗷嗷怪叫了两声，一连串地惊叫道："我去！阮真真，你不会、不会是和高峻，和高峻那个了吧……是不是？我去！我去！太刺激了，他走没走？还在你身边躺着吗？"

阮真真以手抚额，颇觉无语。好容易逮到她说话的空当，打断道："苏大作家，先去把你脑子里的水倒一倒，再回来和我说话。"

苏雯总算恢复了正常，声音里却难掩失落："哦，这么说你们俩昨晚什么都没发生啊？"

阮真真没回答，反而问她道："你昨天为什么不去接我？"

"啊？"苏雯装傻，理直气壮地说着瞎话，"我有事啊，高峻没告诉你吗？我新书稿子出了点问题，有些过线的地方需要删改，出版社编辑临时约我面谈，这才没法去车站接你。"

阮真真无意去辨别她话中的真假，沉默了一会儿，忽地说道："我想换个律师。"

"啊？"苏雯一时有些反应不过来，怀疑自己听错了话，"你说什么？"

阮真真咬住下唇，不轻不重地磕着，直等舌尖上尝到了一丝铁锈味，这才松开了牙齿，用坚定的语气说道："我要换掉高峻，另找别的律师。"

"出什么事了？"苏雯又问。

阮真真答道："没出什么事，就是不想再跟他打交道了。"

"你有病吧？"苏雯没好气地问她，说出的话更是句句难听，"好好的，又抽什么风？他自己心甘情愿过来帮忙，你干吗非得把人往外推？你多大了？矫情不矫情啊？"

阮真真不说话，只默默听着。

苏雯自己噼里啪啦说了一通，许是火气终于散了点，歇了一歇，语气也比之前缓和不少，又问阮真真道："你跟我说句实话，你对高峻到底是个什么态度？很反感他吗？"

反感高峻吗？不，她并不反感，这样一个高大英俊又行事沉稳的男人，对于各个年龄段的女性都有着极大的吸引力，即便是她。无人时扪心自问，对于来自高峻的爱慕，她有惊愕，有失措，有忐忑，甚至有过暗喜，却绝没有过反感。

"不反感。"她轻声答道。

苏雯道："那不就得了！那你好好的干吗非要拒人千里之外！阮真真，我知道你放不下许攸宁，可他已经死了啊。怎么，你还想给许攸宁守出块牌坊来啊？能不能现实点啊？"

"就是要现实点，所以才不想再跟高峻继续打交道。"阮真真说道，"你总说要我现实点，可现实是什么？现实就是我丈夫死了才两个月，自己背了上千万的债务；现实就是我此刻绝不能接受另外一个男人的感情，即便他这份感情是真的。"

即便是面对最好的朋友，这样直剖自己的内心依旧不是一件愉快的事情。她似乎觉得有些难堪，又停了好一会儿，才能继续说下去："昨晚上到家，他挡在我前面帮我开门，我当时竟然特别想扑到他怀里痛哭一场。苏雯你不知道，我其实一点也不坚定，我依赖了许攸宁十几年，已经养成习惯，变成惰性了，我怕再把这份依赖转嫁到另一个男人身上。"

"真真……"苏雯轻声叫她的名字。

"嗯？"她应声，虽极力遮掩，可声音里还是透出了一丝哭腔。

"对不起。"苏雯诚恳道歉，"是我考虑不周，想当然了。你既然都想清楚了，那就照自己的想法去做。不论你做出什么决定，我都坚定地支持你。"

"谢谢你，苏雯，你的好意我都明白。"她不想再继续纠缠这件事，便又问道，"我要你查的事情，你都查出来了吗？"

听她问到这个，苏雯语气一转，顿时凝重起来，答道："真真，这里面真的有问题。我找人查过了，这里面有许多水军号，热搜是炒上去的。"

这个结果在阮真真意料之中，她与许欣宁甚至许攸宁不过都是普通人，那段视频里也没有太过吸引眼球的东西，一不是能引起人们共鸣的社会问题，二没有挑战大众的道德底线，怎么就会引起那么大的热度，甚至上了热搜？

"还有一个可疑的地方，你发现没有？"苏雯又问。

阮真真微微笑了笑，答道："那段视频太完整了。"

没错，那段被手机录下的视频实在是过于完整。要知道高峻刚到墓地时，许家的亲友只是侧目，并未与他产生争执。闹剧起于许欣宁把那束白菊砸到她的身上，而视频几乎就从那之后开始，似乎刚有人注意到他们这边有动静，便立刻掏出手机开始录视频了。

而陵园这种地方，国人有颇多忌讳，谁会在这里举着手机四处扫望，仿佛就等着随时录下什么来一样。

苏雯在电话里又问道："是许欣宁吗？"

阮真真沉默着，过了好一会儿，才轻声答道："她没有这样的脑子。"

是的，许欣宁没有这样的脑子。那丫头会做的顶多是用小号去辱骂她，添油加醋地编故事污蔑，却做不出事先安排好录像的人，然后再故意在墓前激怒她的事情来。不是她瞧不起许欣宁，许欣宁还没有这份心计。

"那会是谁？"苏雯想不明白，"真真，你还得罪过谁？"

这个问题也一直在困扰着阮真真，她到底还得罪过谁，叫那人竟然不惜花钱买热搜也要搞臭她。

她想不出来，真的想不出来。

"有一种可能，他们针对的并不是我，而是许攸宁。"她突然没头没脑地说道，声音里透出从未有过的坚定，"从陆洋这件事上看，许攸宁的自杀恐怕也不简单。你想想，一个部门的两个人，前后脚地死于非命，是不是太巧了点？"

"你是觉得陆洋知道了什么事，所以被人灭口了？"苏雯问她。

她点头应道："是。"

苏雯想了想，沉吟道："如果陆洋真是被人灭口，那么许攸宁的死估计另有蹊跷。也许是被人逼得走投无路，这才选择了自杀。"

这也正是阮真真所猜测的。

"一切都是从许攸宁死亡开始，巨额债务，家里进人，陆洋被杀，还有陵园的这段视频。"她轻声说道，"我要查清楚这一切。"

"的确，这事要查还真得从许攸宁身上查起。不过……"苏雯迟疑了一下，"你不考虑许攸宁的工亡补助金了？要是真查出来许攸宁是自杀，这笔钱可就拿不到了。"

"不值得，许家人不值得。"她轻声答道。

苏雯再没说什么，默了默，换了话题，又问她："那些爆料的人还要不要查下去？只靠着网上的那点蛛丝马迹去追查他们现实中的身份太难了，不如找律师帮你直接起诉网站和这些 ID，反而更容易一些。"

阮真真应道："好，我知道了。"

她挂掉了电话，又在床上默默躺了一会儿，这才咬牙爬了起来，鼓足了干劲去洗漱打扫。偌大的一套房子，等她把所有的房间都清扫干净，该洗的洗了，该擦的都擦过了，太阳竟已偏西。

有人敲门，她透过猫眼看出去，见高峻就站在门外，还是昨日的那身打扮，只是手里多了两个大大的购物袋子。阮真真没想到他会在今天过来，一时有些怔，明明已经做好了与他摊牌的准备，事到临头，却不免又心生犹豫。

可她不能再犹豫了，继续拖下去只会误人害己。

她深吸了口气，打开房门："你伤口都长好了吗？拎这么重的东西。"她从他手中接过购物袋，又抱怨道，"楼里的人总是不关单元门，门禁形同虚设，回头我得向物业好好投诉一下。"

她表现得这般自然，似乎令高峻有些意外。他深深看她一眼，跟在她身后进入厨房，随手打开锅盖看了看，见昨晚那半锅残粥动也未动，不由得嘲道："阮真真，你这是打算要辟谷修仙吗？"

她愣了愣，这才反应过来他在说什么，回身笑道："睡到下午才起，竟没觉出饿来。你饿了吗？我做东西给你吃。"她一边说着，一边翻看他买过来的菜，"想吃什么？"

他没回答，只倚靠在料理台前冷眼看她。

她等不到回应，停下动作，回过身来看向他："不饿？那好，你出来，我们说些事情吧。"

她说着便走到餐桌旁坐下，抬起头静静地等着他。

似乎形势在不知不觉之间便发生了变化，原本一直握在他手中的主动权，不受他控制地溜走，一点点地换到了她的手中。高峻沉稳的心第一次有些浮躁，他明明有备而来，却对她接下来的举动无法预判，毫无防备。他抿了抿唇，走到她对面坐下，默默打量了她一下，问她："你想说什么？"

她微笑，随手倒了杯水给他推过去，不急不慌地说道："高峻，我想结束对你的委托。"

第五章　暗流

她脸色苍白，眼眸却清亮，就像是两汪清澈见底的深潭，明明沉静内敛，却因阳光的照射闪耀出熠熠光辉。不知是他的自大蒙蔽了自己，抑或是她之前的胆怯迷惑了他，直到此刻他才赫然发现，她竟然长了这样一双动人的眼睛。

"高峻？"她试探地叫他的名字。

他猛然惊醒，迅速回到全神戒备的状态，用嘲弄的表情来掩饰自己真实的情绪，问她道："怎么？这是要和我划清界限了吗？接下来呢？叫我离开你的生活？"

她看着他，态度平和，声音冷静："高峻，我现在无意投入一份新的感情，连尝试的欲望都没有。你再继续这样帮我，不仅对你来说不公平，对我来说也不好。"

他微微挑眉，盯着她的眼睛，反问："不好？怎么个不好法？"

这一次，她没有像往常那样躲避他的注视，而是鼓足勇气，坦荡地迎着他的目光看过去。"高峻，大家都是成年人，很清楚肆意放纵情感会带来什么后果。这次网络上的闹剧就已经是一个教训，一个提醒，我不想再面对类似的境况了。官司我会继续打下去，但会聘请新的律师帮我，如果你有不错的人选，可以推荐给我。"

这样冷静理智的话语，被她如此理所应当地说了出来，他却感到了莫名的愤怒。

"推荐新的律师给你？"他轻声嗤笑，"阮真真，除了我，尚期待着你感情上的回应外，谁还能不计回报地过来帮你？图什么？你一句口头上的感谢吗？"

她不觉微微瞠目，怔怔看他片刻，面庞上最后一丝柔弱终于消失不见了，只冷静地看他："我不需要免费帮助。"

他手掌握住了那杯水，拇指尖在杯沿上缓缓滑动，不急不缓地问她："你要付律师费吗？你有钱付吗？"

她抿唇，面上闪过一丝难堪。

他心里总算痛快了些，却还觉得远远不够，便又继续说道："阮真真，你现在除了情感，还有什么可以支付给别人的？"

"房子。"她回答，清亮的目光直视着他，"只要打赢了官司，或者追回许攸宁的借款，这套房子就是我支付给律师的报酬。"

他想不到她会这样说，一时失笑："风险代理吗？拿一套已经被法院冻结的房产来做酬劳，赢了就有钱，输了就白忙活？阮真真，我倒不知道你这样会算计啊，不过你确定会有律师接你这案子吗？"

阮真真也不知道两人为什么会谈成这样，可既然已经到了眼下这般境地，也只有硬着头皮继续下去。她故作轻松地笑笑："没有律师愿意接，那就算了，我之前没有请律师，不也一样过来了？"

她不想再与他纠缠这个问题，从餐桌旁起身离开，转头往厨房走，随口问他道："想吃点什么？我赶紧做饭，你吃过了也好早点回去休息。"

他在后面半晌没有回声，叫她不得不再次回过身去看他。两人这样默默对视着，就像在进行一场无声的拉锯战，彼此角力，互不退让，轻易不肯放弃自己的阵地。良久之后，还是他先屈服了，向着她咧嘴笑了笑，道："不用另找别人，我来接你这个案子。"

"高峻，你应该明白我的意思。"她面露无奈，"说白了，我不想再跟你打交道。"

"你是在逃避吗？"他问。

她冷静回答："不是逃避，是避险。"

他没说话，默默看她两眼，忽地起身径直向她走过来。阮真真愣了一下，待反应过来立刻想要避开，却还是迟了一步，被他正正地堵在了厨房。他一步步逼近，将她困到料理台前，不顾她的闪避，一点点倾身过来，轻声问道："你动心了？"

他离她很近，近到彼此已呼吸可闻。他微微侧着头，垂着眼，仿佛下一秒就要亲上她。这情势令阮真真感到既尴尬，又莫名心慌，一个劲地往后仰着身体，试图能减轻他带给自己的压迫，口中也斥责道："高峻，请你自重！"

高峻忽地笑笑，站直了身体："既然没有动心，那你怕什么？"他轻笑着问，往后退了两步，转过身去打量着房子，笑道，"一套房子做报酬，很有吸引力，这个条件，我接受。"

阮真真微微皱眉，狐疑地看着他，有些摸不透他的想法。

高峻转过身看她，正色道："不涉及任何男女之情，只是一个普通的合作，毕竟我前期也已经投入了不少精力，现在半途而废，实属可惜。"

阮真真仍是不说话，只盯着他看。

高峻又淡淡一笑，道："你放心，我说到做到。你要是这个条件仍不肯答应，我就……"

"你就怎样？"阮真真忍不住问道。

他轻轻扬起嘴角，显露出几分无赖的笑容："男人热烈追求女人，还能怎样？"

"你！"她有些恼火，斥责的话还不及出口，却又被他打断。

"阮真真。"他叫她的名字，神色淡然，突然又恢复到了之前的那个不动声色的高律师，他不紧不慢地说道，"我从不做赔本的生意，如果不想在感情上跟我有瓜葛，那么就在钱财上补偿我。你这套房子，我要定了。"

这并不是阮真真想要的结果，可此刻与高峻针锋相对显然不是个好办法。她咬牙权衡，终于无奈妥协，应道："好。"

"祝我们合作愉快。"高峻似是松了口气，唇边露出一丝轻松的笑意。看阮真真仍傻站在那里，他不由得笑道："快去做饭吧，我饿了。"

话音未落，一阵咕噜噜的闷声忽地响起。阮真真循声看过去，待见到高峻面上难得的赧色，还不及她开口说话，便又听到了另外一声闷响，而这一次，却是从她自己腹中传出的。

两人齐齐一愣，之前的尴尬气氛反而散去不少。她问他："想吃什么？我去做饭。"

他不客气地答道："好吃的。"

他之前拎来了两大袋各色食材，就放在厨房里，她走过去仔细地收整归类，站在那想了想，就从他购买的食材里摸到了他的喜好，手脚麻利地做了三菜一汤出来，有荤有素，咸淡适中，意外地贴合他的口味。

高峻再次坐回到餐桌前，看着桌上的饭菜，罕见地开起了玩笑，"刚才的事可不可以再重新商量一下？"

她一时不解，抬头看他："嗯？"

他笑道："你再考虑考虑我，我觉得自己条件真不差。"

她瞧出他在开玩笑，无语之余，竟也起了调笑的心，认真地点了点头，接着他的话头，配合他道："行，我再考虑考虑。"

他瞧着她面无表情的模样，终忍不住哈哈大笑起来。

"说正经事吧。"她看了看他，说道，"既然你要正式接我这个案子，那我也就不客气了。"

"说。"他言简意赅。

她犹豫了一下，才又道："我想要你帮我起诉发布那个视频的博主和几个散布谣言的人。我问过了，只要同时起诉网站，网站就会向法院提供那些人的注册信息，这样就能找到他们。"

高峻微微一怔，随即垂了眼帘，思考了一下，道："我觉得没有必要，就是起诉了，也不会有结果。"

"为什么？"她十分不解，"我已经叫苏雯帮我查过了，那个热搜是被人炒上去的，这背后一定有什么猫腻。"

他抬眼看她，沉声答道："这样说吧，如果只是真真假假的爆料，没有故意捏造事实进行诽谤或者侮辱，并且对你造成严重后果，他们的行为算不上违法。一般来说，就算你起诉到法院，法院也不会立案。"

"怎么能这样？"

"现实就是这样。"他神色平静，言语中带着不自觉的冷漠，"视频博主发布的视频不是伪造的，而不论是搬运的营销号还是底下那些所谓的爆料人，他们也不算完全捏造事实。你去起诉他们是做无用功。而且，我们现在首要的是要查许攸宁借来的那些钱去了哪里，不是吗？不要被其他事情分去了精力，也许他们就是在故意干扰你呢。"

阮真真似乎受到了打击，垂着眼睛，一时沉默。

他似乎不想叫她再继续纠缠此事，略一迟疑，说道："不过你说起网络，我正好也有一件事要跟你说。"

她勉强振作精神，抬眼看向他，问："什么事？"

高峻目光沉沉，隐隐透出精光，道："还记得那个最早在网上贴吧爆出许攸宁车祸照片的楼主吗？"

阮真真立刻想了起来："那不是一个小号吗？"

"没错。"高峻唇角微勾，"你猜是谁的小号？"

他既然这样问，那就必然是一个她和他都认识的人。可会是谁？谁会那么早就到了现场，又或是那么巧地赶上了那个现场？阮真真不自觉地咬住了嘴唇，心中隐隐有了一个答案，试探地问道："陆洋？"

他眼中有光芒闪过，似惊叹又似赞赏，直直地盯着她，半晌没有出声。

这样的反应已是答案，可她仍有些怀疑："你能确定吗？"

"不能。"他掩藏了情绪，冷静说下去，"但我这几天查了很多，高度怀疑那就是陆洋的小号。"

事情到这里越发古怪了。

尤刚说他给许攸宁打电话时，许攸宁称身边有人在，而陆洋说他是在贴吧里看到了车祸图片才赶到现场，而不想那些图片却是他自己用小号发出来的。

"难道当时在许攸宁身边的人就是陆洋？"阮真真疑惑道，"他为了洗脱自己，才故意在贴吧发帖？"

高峻没有回答，陆洋已死，这个答案似乎已经无从查找。

屋内一时寂静无声，两人都陷入思考，良久之后，她忽然道："我要查清楚许攸宁的死因，我一定要知道他为什么死。"

她面容坚定无比，一字一句里都透着决绝。他默默看着，轻声应道："好，我帮你。"

待吃过饭收拾利索，时间已不早，他起身告辞，她却突然叫住了他，道："你把笔记本带去给你那个朋友吧。"

他愣了愣，明白了她的话。

许攸宁在阮真真的笔记本电脑上搜索过降糖药物，而记录却被删除。高峻曾经建议过她把电脑拿给他的朋友去恢复，以确定许攸宁的死亡是否只是个意外，阮真真当时并没有同意，不想今天，却主动提出要他带走电脑。

这是她向他表达的态度，也是她对他的信任。

高峻觉得自己应该是高兴的，可不知为何，心头却突然有点莫名的沉重。这份重量压住了他的喜悦，甚至令他都不敢抬眼直视阮真真。他借着穿大衣的动作，避开了她的视线，只应道："好。"

他停顿了一下，才又继续说下去，"这几天你别想太多，好好休息一下。"

她乖顺地应下，帮着他把笔记本电脑从书房拿出来，送他上了电梯。

阮真真本来是打算依照高峻的嘱咐，好好休息一下，然后恢复正常工作的，她已然没了丈夫，绝不能再丢了饭碗，否则才是真的活不下去。不想事不遂人愿，才刚刚第二天，苏雯就急慌慌地找上了门来。

苏雯那样昼伏夜出黑白颠倒的人，能在上午起床都不易，竟还亲自找上门来实属古怪。

阮真真既惊讶又意外，奇道："太阳从西边出来了？什么事不能在电话里说，还能劳动你出门？"

苏雯没理会她的取笑，神色难得地严肃："真真，警察刚刚给我打电话了。"

阮真真随即就反应了过来，问道："查到了你的车？"

"他们没说是什么事，只叫我去公安局配合调查。"苏雯回答，都这个时候了，竟还不忘开玩笑道，"是刑侦支队打的电话，不是网警，我估摸着应该跟我偷摸写情色小说的事没有关系。"

阮真真原本满心紧张，听了这话却不由得失笑，颇为无语地翻了苏雯一眼："都什么时候了，你还贫。"

"我这不是怕你担心嘛。"苏雯也是笑，犹豫了一下道，"我应了立刻过去，你说如果他们万一问起我车的事来，我要怎么说？"

阮真真想也不想地说道："就实话实说，那几天车借给我了，你不清楚。"

"这样说……没问题？"苏雯仍是有些迟疑，"如果不行，我们就商量好一个瞎话，看看能不能骗过去。"

"不用。"阮真真直接否定了她的提议，想了想，道，"要不然，我直接跟你去公安局吧？"

苏雯叫道："你快拉倒吧，人家还没说什么事你就跟我过去，这不是不打自招吗？依我看，我们还是先按照高峻交代给你的办法来应付警方，先看看能不能行再说。"

"好。"她应道，却起身去穿大衣，"我跟你一起过去。"

苏雯不禁有些急了，气道："哎？阮真真，你这人听不懂话是吧？"

阮真真笑了笑："我是你的好友，陪着你去公安局再正常不过了。实在不行，我就在车里等着，不跟着你进去。"她不等苏雯开口，又道："你叫我现在在家里等，我更难受。"

苏雯拗不过她，只得带着她一同出门。

两人开了车去公安局，一路上设想了无数种可能，几乎把各种情况都一一演练了。临下车前，苏雯突然又转身看阮真真，紧张兮兮地问道："你跟我说句实话，人真不是你杀的，对吧？"

阮真真愣了愣，顿时哭笑不得："真不是我，我哪有那本事。"

苏雯却还一脸紧张，又道："你千万别骗我，如果真的是你做的，我死也会帮你顶住，不把你供出来。你要说不是你，那警察也不会冤枉人，我可就跟他们实话实说了啊。"

阮真真既感动又想笑，探身凑过去双手捧住苏雯的脸，在她脑门子上吧唧亲了一口，道："去吧，跟他们实话实说！"

苏雯重重点了点头，一个人走进了公安局。

阮真真就在车里等着，约莫过了一个小时，苏雯这才一溜小碎步地跑了出来，带着一身寒气坐进车内，哆哆嗦嗦地对她说道："真是那事。"

阮真真没觉慌张，也没觉害怕，反而有种石头落地的踏实感。

果然，警方在下午就又"登门拜访"，来的仍是上次那两个人，那位陈警官只简单问了几个问题，阮真真照着高峻事先交代好的说辞来应对，最后在一份调查笔录上签下了自己的名字，把两位警官送出了家门。

她忍不住给高峻打电话，奇道："他们虽然来调查我，可是瞧那情形，好像并没有把我列为重点怀疑对象。"

高峻在电话里说道："因为人不是你杀的。"

"可他们是怎么确定的？"她疑惑不解。

高峻答道："从现场来看，凶手是从后面捂住陆洋的口鼻，一刀割断他的喉咙，并且大力控制住他，令他几乎无法动弹，导致所有的血液都喷溅向一个方向。阮真真，你能有这么大的手劲做到这些吗？"

阮真真听得心惊："不能。"

"所以你不是他们的重点怀疑对象，"他停顿了一下，才又继续说下去，"杀人的应该是一个壮年男子。"

他应是在现场就洞察了这一切。阮真真沉默了一会儿，突然说道："你那晚叫我不要报警，并不是因为我洗脱不掉嫌疑，而是怕你自己洗不清，对吧？"

"嗯？"他愣了下，随即轻笑起来，"你当时跟我在一起，我洗不清就等同于你洗不清，别忘了，我可是你打电话叫过去的，没准就是为了帮你杀掉陆洋呢。"

她被他堵得没话说，只得暂时认输："好吧，我说不过你。"

"真真。"高峻叫她的名字，声音里残存着难掩的笑意，"你生气了？"

她的确不大高兴，却仍装作风轻云淡的模样，道："没有啊。"

"真的？"他又低笑着问道。

阮真真没作回答，而是换了话题，问他："电脑恢复得怎样了？你什么时候可以回来？"

高峻那位懂电脑的朋友在北陵，稳妥起见，他们没有使用快递，而是由高峻开车亲自把电脑送至北陵。他是今天一早走的，阮真真算着时间，觉得此刻电脑应该已经送到。

高峻说道："已经在修了，有了消息，我会第一时间告诉你。"

"好。"她应下。

电话到此已无再继续下去的必要，而他却似乎并不想就此结束通话，停了半晌又道："好好吃饭。"

她又只应了一个"好"字。

他便没再说什么，默默挂掉了电话。

不知为何，阮真真之前曾经有过的那种感觉又从心底弥漫了上来，高峻似乎在试图操控自己，没错，就是这种感觉。

他手上似是有根无形的线，在不知不觉中牵扯住她，捆缚住她，试图操纵她的行为，甚至她的思想。在过去的十多年中，她把自己活成了许攸宁手中的玩偶，而现在，她似乎又要成为高峻指掌之间的傀儡。

这种感觉，叫她极为不安。

晚上的时候，苏雯开车过来接她出去吃饭。她下了楼，才刚一上车，苏雯便急不可耐地问道："快说说，什么情况？在电话里什么也不敢问，生怕再被警察监听到。"

她把警方问的话一一讲给苏雯听，又把高峻的分析也一并说了，安抚她道："没什么事，不用这么紧张。"

"太好了！警方没有怀疑你就好！"苏雯大松了一口气，这才又想起另外的事情来，"真真，你听说过没有？在许攸宁死之前不久，他们南洲银行还死过一个人！"

"什么人？"阮真真问。

苏雯答道："南洲银行的行长。"

阮真真不觉微微皱眉："方建设？"

她记得许攸宁之前跟的那个行长好像是叫这个名字，不过她也不太确定。她和许攸宁的工作圈子各自独立，几乎没有任何交集，两人在家中也极少会聊工作上的事情。

"是新上任的张明浩，接替方建设的那个行长！听说是从外面调过来的高管，刚刚上任没多久，突然就跳江自杀了。"苏雯在开车的空当里瞥了一眼阮真真，奇道，"许攸宁没有跟你提过这事？"

阮真真回忆了一下："好像简单提过两句，说是有行领导因抑郁症自杀了，我当时没怎么在意。"

"早不抑郁，晚不抑郁，刚刚升了官就突然抑郁了，谁信啊？"苏雯撇了撇嘴，"因为陆洋的案子，网上最近又有人扒起这事。有一种说法是原行长方建设为了自己升官发财重修了南洲银行的大门，不想却坏了别的风水，他虽然如愿升官了，南洲银行却在短短数月之内连死了三个青壮年，且都是死于非命。"

风水之说不过是无稽之谈，但短短数月之内连死三人，且都不是正常死亡，的确是有些蹊跷。阮真真思量片刻，道："陆洋那天中午见我时神色紧张，帽子口罩都戴着，就像是在躲什么人。"

"可他会躲谁呢？"苏雯也是不解，"难道他提前就知道有人要杀自己？"

阮真真一时沉默，无法回答。

苏雯又自言自语道："也不知道警察现在都查出来什么了，他们一定比咱们知道得多，只可惜没地方探听去，唉，真是叫人着急。"

两人去了一家常去的火锅店，边吃边聊阮真真在老家的那些事情。待讲到许家人的态度，苏雯不禁叹了口气，道："真是知人知面不知心。你就瞧瞧许家人之前装得多好啊，公婆开明，小姑懂事，等许攸宁一死，真实嘴脸都暴露出来了。"

阮真真苦笑："人之常情,没了许攸宁,人家跟我就是陌生人,不讲情面也是正常的。"

"陌生人都比他们强几分。"苏雯冷笑道,"你啊,不是我说你阮真真,你就是有点烂好心,烂仁义了!许攸宁人都没了,还留了一屁股债给你,你还上赶着去给他们家送年礼,你吃饱了撑的吧?就凭许家人这做派,且等着吧,他们给你作妖的时候还在后头!"

阮真真勉强笑笑,没说什么。

待吃完饭出来,时间已过九点,冬夜寂寥,加上火锅店的位置又有点偏,大街上已少见行人。苏雯瞧阮真真一脸疲态,说道:"你眯一会儿,我直接送你回家。"

阮真真的确疲惫异常,闻言并不与她客气,倚靠在座椅里,左右转动着脖子,试图寻找一个舒适的角度。可座椅靠背竖得太直,她怎么转头都觉得不舒服,只能问苏雯道:"怎么调靠背角度?"

"嗯?"苏雯在开车间隙瞥了她一眼,指挥道,"调靠背啊?就在座椅右侧边缘,你从前往后摸,中间那个凹槽就是,扒住了把手往上扳。"

阮真真照着她的指挥,右手探下去摸索,果然就在靠近中间的位置找到了一个凹槽,手指勾住了把手往上一扳,座椅靠背顿时就松了扣锁,在弹簧的作用下甚至还往前回弹了一些,轻轻砸到了阮真真背上。

她怔了下,脑中突然闪过一丝火花,隐约照亮了角落里的一些东西。

高峻开车送她去医院的那天晚上,她也是想在副驾驶座上休息一下,却怎么也找不到放倒靠背的按钮,问他,他竟也说不清楚，最后不得不探身过来跟她一起找……

自己的车，又不是新买的，怎么可能会陌生到如此地步？就连苏雯这样买了车回来极少开的人，都能清楚地知道车内的各项功能，高峻一个经常开车出差的人，怎么会连她都不如？

人真是奇怪的生物，没吃过亏之前，总觉得这世间人人良善，处处真诚，无论别人说什么做什么都毫不怀疑，仿若眼瞎心盲。可一旦栽了跟头，就又会风声鹤唳，草木皆兵，只要一点点不对劲，便觉得有人要害自己。

阮真真刚还昏沉沉的脑子立刻清醒，睡意全无。她半躺在座椅里，看似不经意地问道："苏雯，你车买了多久了？"

苏雯仍专心致志地开着车，随口答她："买了快两年了吧？你怎么还问我啊，不是你跟我一起去提的车吗？"

阮真真僵硬地笑笑："时间过得太快了，都忘记了。"

"一眨眼的工夫，我们就老了，走在大街上都被人喊阿姨了。"苏雯不由感叹，小心地瞥一眼阮真真，"说起来，你真决定找高峻做风险代理了？"

阮真真心思全在别处，闻言只是应付："嗯。"

苏雯迟疑了片刻，才又说道："有些话呢，不管你愿不愿听，我都要说。高峻这人吧，先不提他替你挡刀那事，就网上闹这一回，你看他的反应速度和处理问题的能力，也是个值得托付的。你要能跟他有发展，我当然举双手赞成，可你要是不想再跟他有感情方面的牵扯，那最好就断个一干二净，否则，就是自欺欺人。"

两人十几年的朋友，从小长到大，苏雯向来直言直语，有一不会说二，她的话不管好听难听，阮真真都能听得进去。可唯独今天，苏雯的每一个字都令她心生疑忌。高峻，最早就是苏雯介绍给她的，说高峻是她们高中校友，是一名律师，可以帮她打官司，随后，高峻就主动联系了她。

阮真真想了想，向苏雯伸过手去，口气寻常地说道："你手机呢？借我玩一下，我手机马上就要没电了。"

苏雯奇怪地看她："你不睡觉了？"

"睡不着。脑子累得不行，可就是睡不着，最近几天一直这样。"

苏雯并未生疑，单手把手机掏出来扔给她。"锁屏密码是我生日。不过我建议你不要再去搜微博，事情既然已经过去了，就不要再纠结，网上总有各种各样的闲人，你跟他们计较都是浪费时间。"

"我知道。"阮真真应下，"我就刷刷新闻。"

她这样说着，眼角睄着苏雯，偷偷打开了手机上的通话记录。

苏雯是个资深宅女，又因职业关系，一向习惯与人在网上打交道，编辑也好，书友也罢，都极少会延伸到网下，能与她保持电话联系的，除了各家快递员和外卖员，有名有姓的人仅有少数几个。她与高峻的通话记录并不多，元旦后这几天最为频繁，想来是因为网上视频那件事。

也许，真的是她太过多疑了。

阮真真手指微动，继续往下翻找，直到再一次看到了高峻的名字出现在屏幕上。她点开了那条通话记录，时间是十二月十八日中午，高峻拨入的，通话时间只有短短的一分多钟。

她回想了一下，那天正好是自己请高峻去学校旁边喝粥的日子，他看出她状态不好，背地里向苏雯打电话询问，这才知道前一天夜里她家中进了贼，又因她对自己的隐瞒，还生了气。

事情看似一切寻常，通话记录也不见任何疑点，阮真真正要退出通话页面，眼睛无意间瞥到电话呼入时间，却突然又停下了。

记录显示，高峻的电话是在上午十二点五十六分呼入，通话时长一分三十二秒。而她记得十分清楚，自己匆匆走出粥铺前曾扫了一眼时间，当时已过一点，她走到门外，见高峻正站在路边和人打着电话，脸色十分阴沉，指间还燃着一支香烟。

她原来一直以为那个电话就是打给苏雯的，可现在看来，当时与他通话的却应该另有其人。会是谁呢？在他刚刚从苏雯那里得知她家中可能进贼之后，他会和谁通话？是拨出还是接听？又说了些什么？

阮真真心中突然冒出一个极为荒唐的念头，也许，那个在她家门外刺了高峻一刀的男人，并不是陆洋。他前一晚刚刚被她堵在家中，第二天哪来的胆子再次登门？可如果不是陆洋，什么样的盗贼大白天就敢登门入室，亮刃伤人，好似就特意在门口等着他们一样……

不！太荒谬了，她怎么会产生这样的想法？

"真真啊？"苏雯突然唤她的名字。

阮真真猛地回过神，不动声色地退出通话记录，又打开微博页面，做出刷看新闻的样子，漫不经心地问苏雯："怎么了？"

"别装傻啊！我刚刚说的话，你听进去了吗？"苏雯开着车，神色很是严肃，"你别嫌我唠叨，我是觉得高峻那人真不错，你别等错过了再后悔！你要知道感情上的事，最怕的就是错过。"

苏雯好像一直在撮合她和高峻，几乎不遗余力。

阮真真看向苏雯，默默打量，心中却翻起惊涛骇浪。她与苏雯十多岁认识，至今已快二十年，可谓亲如姐妹，如果苏雯都不可以信任，她不知道这个世界上还有谁值得信任。

苏雯听不到她的动静，抽空转头看她，问："想什么呢？"

她轻轻垂了眼皮，答道："累，没力气想这些事情。"

"你啊。"苏雯感叹，颇有几分恨铁不成钢，"你这戳一戳动一动的性子，什么时候才能改？"

阮真真低垂着眼，什么也没有说。她想质问苏雯，理智却又强行把她所有的疑问都压下去，深深地埋入心底。既然许攸宁都可以背着她欠下千万巨债，那么苏雯为什么不能联合别人骗她？

阮真真突然有些发冷，下意识地抱住了肩膀，车内暖气明明开得那样足，她却如坠冰窟，觉出沁骨的寒意来。

苏雯开车一直把她送到小区楼下，阮真真独自在寒风中站了许久，瞧着苏雯的车开远，这才默默转身进楼，电梯一路上去，她拿出钥匙来开门，总感觉身后似有人窥探着，动作中透出不自觉的慌急，可真等打开了房门，却又担心黑洞洞的屋内藏着人，一时不敢迈入。

一如她此刻的境地，进退维谷。

她上网搜索如何查询律师身份，答案一下子跳出来很多，遵照着网上的介绍，登录北陵市司法行政网站，很轻松地查询到了维景律师事务所的信息，并在页面看到了高峻的名字。

顺着链接点进去，"高峻"律师的各种资料立时出现在页面上，包括他的姓名、年龄、执业证号、资格证号以及住址等信息全部在列。其中最醒目的，是页面左侧那张蓝底的证件照片。

那是一个三十来岁的男人，戴一副无框眼镜，面庞圆润，文质彬彬，第一眼望过去，相貌与高峻似是而非。

阮真真下意识地凑近屏幕，从照片上寻找高峻的模样。两个人最大的差别就是胖瘦，照片里的男人脸庞过于丰满，五官都要被挤变了形，而高峻却极为瘦削，显得五官深刻醒目，仿若雕刻的一般。

她回忆起第一次见到高峻，他说自己前阵子生了场大病，险些丢了性命，再联想到他到现在仍还要吃细软食物，足可见身体还未完全恢复，如此说来，面容上出现这样的差别倒也说得过去。

网上经常看到一句玩笑话，说减肥等于整容，阮真真一直觉得这话过于夸张，可如今看到高峻的照片，竟又觉得有几分道理。怎么办？难道要她跑一趟北陵，亲自找一找维景律师事务所里的"高峻"律师，确认一下？

会不会太过神经质了？无凭无据，只是一点点可疑就叫她这般反应，万一被高峻知晓，又该如何解释？如何收场？

夜色愈加浓厚，窗外不知何时起了大风，低低地呼号着，明明无法吹入屋内，阮真真却还是感觉到了冷意。她却不想动，就只掩紧了大衣，蜷缩在沙发里，默默地看着平板电脑上的照片出神。

越看，越觉得与高峻相差太多。

她试图寻找出高峻其他的照片以作甄别，甚至去司法部的官方网站上去查找过，可那里的信息更为简单，只有高峻的名字和执业证号码，连照片都没有。

怎么办？是她疑心太重，还是高峻真的有问题？如果他真的是一个假律师，又在图谋什么？也如已经死去的陆洋那般，奔着许攸宁那莫须有的账本而来吗？

可他的目标仿佛又只是她。他一直在试图接近她，介入她的生活，做出关心她的模样，甚至还向她"表白"，摆明车马地要追求她，又在被她明确拒绝之后，还谋求与她合作，帮她继续调查案子。

他到底要做什么？又想要得到什么？她这里到底有什么东西会是他要图谋的？

阮真真想不明白，苦思冥想也不得其解。

第二日，高峻从北陵返回，不到十点就敲响了阮真真的家门。

她昨夜里睡得极晚，人刚刚起床，闻声过来开门时犹带着几分惺忪。他笑笑，挤开她走进门去，径自把手中电脑放回书房，这才转过身看着身后跟进来的她，问道："你猜网页搜索记录是什么时候被清除的？"

阮真真却似没听到一般，只直直地看着他。

高峻轻轻扬眉，唤她："真真？"

她这才似突然醒过神来，问："什么时候？"

这两日的顺遂麻痹了高峻，他一时并未意识到阮真真的异样，答道："十月十三日。"

许攸宁突发怪病住院是在十月十五日！

她记得很清楚，那是一个周末，许攸宁罕见地没有加班，而是陪着她去逛了街。快到中午的时候，他去了一趟洗手间，出来后就说有点头晕，话还没说上两句，人就突然晕了过去……

阮真真不是没有怀疑过许攸宁死于自杀，却一直不肯，也不敢面对这样的结果。

一场精心谋划的自杀远比一场意外更令她难以接受，因为"意外"起码代表着他也毫无防备，他也许并不想把这样一副烂摊子丢给她。而"自杀"则意味着放弃，意味着抛弃，放弃自己生命的同时，也抛弃了她。

她那样全心全意信任着，深深爱了十七年的男人啊……

阮真真面色苍白，站在那里久久没有出声。

"真真？"高峻再一次叫她的名字，上前握住她单薄的肩膀，轻声问道，"你没事吧？"

她抬起眼来，目光一点点地聚焦到他的脸上，默默看了片刻后，竟古怪地笑了笑。

高峻微怔，隐约觉察到她似乎有哪里不大对劲，一时却未深究，只当她是被许攸宁的自杀打击到了。他扶着她到桌边坐下，道："你先坐一下，我去给你倒杯水。"

她没有拒绝，深深地垂下了头去。

他去厨房给她倒了一杯水回来，就势拽过一把椅子坐在她对面，盯着她，沉声问道："你好些了吗？"

她仿佛已经挨过了刚才那下重击，脊背重新挺直，平静应道："没事了。"

他这才又继续说下去："还有一件非常古怪的事情，你想也想不到。"

阮真真不解地看他："什么事？"

高峻答道："那些网页搜索记录被删除后，又有人使用专业软件，对电脑进行了彻底的二次清除，粉碎了所有的缓存文件。"

阮真真依旧困惑，不解其意。当初他们刚刚发现搜索记录被人删除时，高峻曾在朋友的远程遥控下使用软件试图恢复记录，却没有成功，从而就得出过搜索记录是用专门的软件删除的结论。

她不明白，高峻此刻所说的古怪指的是什么。

高峻扯了扯嘴角，露出几分不自觉的讥诮，道："你猜，这一次清除，是在什么时候？"

阮真真回答不上来，她猜不到。

"十二月十八日凌晨。"高峻轻声说道。

阮真真愣了愣，这才反应过来这是她家里第一次遭贼的那天。

阮真真突然间明白了，那一晚她从门缝里感受到的，模糊的、淡淡的冷光源自哪里。那是书房内电脑屏幕发出的幽幽荧光。在许攸宁死亡近两个月后，有人悄悄地潜入她的家中，使用专门的软件再一次清除了她的电脑……

这个人会是谁？他为什么要这样做？

阮真真半晌没有言声，过了一会儿，突然没头没脑地说道："不是陆洋。"

高峻的眼睛里似有火花闪过，明显地亮了一下，他的唇角不自觉地微微勾起，带着一丝似有若无的微笑，应道："不错，陆洋没有理由来做这件事，即便他最有可能藏有钥匙。"

阮真真思考着，忽又微微皱眉，推翻了自己之前的判断，道："也有一种可能我们无法排除，陆洋知道许攸宁谋划自杀这件事情且配合了他，最后，又来帮他擦除所有的痕迹。"

高峻微怔，他不认可她的这种猜测，却又一时不知该如何反驳她，于是笑道："说说理由。"

阮真真说道："第一，陆洋是第一个到达事故现场的人，他说自己是从贴吧里看到照片才赶过去的，而你查过了，那个发照片的楼主就是陆洋的小号。他为什么会那么快赶过去？除非他事先就知道许攸宁要自杀，要死在那里。第二，陆洋是最有可能藏有我家门钥匙的人，我上一次去许攸宁办公室找资料打草惊蛇，叫他察觉到了风险。第三……"

她说着说着，突然间停顿了下来。

"第三个理由是什么？"他忍不住问道。

她老实答道："还没想到。"

他不觉失笑，笑过之后，又问她道："你觉得许攸宁会是一个把自己的自杀计划告诉同事，又依靠他来完成的人吗？"

不是，许攸宁不是！正如那些债权人对许攸宁的评价，他是一个"独狼"一样的人物，独来独往，不混圈子。也正如高峻对他的印象，他这人看似随和，却极难与人交心，甚至连她都从头到尾地被蒙在鼓里。这样的一个人，怎么可能全身心地信任一个跑腿的小伙计？她的双肩不自觉地塌下来，勉强笑了笑，道："你说得对，陆洋不可能是许攸宁的同伙。"

事情仿佛毫无进展，她摸索半天，四处碰壁，一转身却发现自己又站在了原点，眼前的浓雾反而比之前更重了些。她不由得苦笑，抬眼看向高峻，无意间捕捉到了他眼中转瞬而逝的探究。

他好像经常这样打量她，目光中有观察和探究，她以前就发现过，只是不曾多想。阮真真清晰地感受到自己软弱的心灵又慢慢坚挺起来。她沉静地看着他，问道："你觉得这个人会是谁？"

他极为警惕，不肯露出丝毫破绽，只笑着摇了摇头，答道："不知道。我只觉得这个人不会是陆洋。"

"OK，那就到了死胡同了。"她耸了耸肩，叹了口气，故意说道，"我们去找警察吧，把我们知道的线索都提供给他们，叫他们来查吧。"

他果然上当，想也不想地拒绝道："不行。"

"嗯？"她轻轻挑眉，诧异看他，"为什么？"

他似乎意识到自己反应太过，掩饰地笑了笑，说道："你能向警方提供什么线索？说许攸宁的死不是意外，而是自杀？说有人潜入你的家中，什么都没有做，只删除了你的电脑记录？"

阮真真反问："不可以吗？"

他又笑了，像是在看一个不懂事的孩子。"对于警方来说，不论许攸宁的死是意外还是自杀，都不属于刑事案件，他们那里大案要案都解决不完，会有时间和精力来帮你查这些吗？"

她不自觉地抿紧了唇，默然不语。

高峻看看她，又道："好，我们假设一下，就算警察会介入这件事，他们调查的结果会是什么？帮你找出那个能帮许攸宁处理身后事的人吗？然后呢？他们还能再继续调查那个人是否掌控了许攸宁的全部财产，并使用公权力帮你追回来吗？"

他扯了扯嘴角，露出了惯常的讥诮，"真真，公安局不是你家开的。"

"那你说怎么办？"她并未被他刻意的打压击倒，反而露出了罕见的锋芒，反问他道，"找不到头绪，又不能报警，我还能做什么？"

"继续查下去。"高峻盯着她，轻声说道，"事情只要做了就会留下痕迹，不论他藏得多好，擦得多干净，总会有迹可循。"

"然后呢？"她讥诮地笑笑，在不知不觉中模仿着他的语气与腔调，"就算查到了这个人又怎么样？如果警方都不能帮我把钱追回来，难道我自己就能吗？法律都不能惩处的人，我能把他怎么样？"

他淡淡一笑，轻声地、不急不缓地答道："在这个世界上，有很多事情合法却不合情，又有许多事情合情却不合法，法律做不到的事情，不见得我们也做不到。"

她不自觉地皱起秀眉："你要做什么合情却不合法的事情？"

他垂眼看她那双黑白分明的瞳仁，伸出手去抚平她的眉间，又替她挽起耳边的碎发，喃喃答道："我要把那个藏在背后的人揪出来，我要把你从坑底拉起，叫你无忧无虑地活在这个世上，做最初的那个阮真真。"

如果不是对他起了疑心，她真是要被这样的话感动了。她低垂眼帘，遮住了内心的情绪，半晌之后才低声说道："谢谢。"

他笑笑，似乎也想调整情绪，滑动转椅稍稍远离她："好了，我们继续来分析一下，这个来清除电脑的人到底可能会是谁吧。"

"好。"她应道，似乎也已恢复了理智。

高峻说道："首先，从电梯的监控视频来看，这是一个男人。"

监控视频录下了那人的身影，虽然大部分身形都被黑伞遮住了，但是露出来的手臂和鞋子，足可以证实那是一个男人。

阮真真轻轻点头："是个男人。"

"一个比我略矮一点的男人。"高峻又道。

她又不解了："从哪里看出来的？"

他笑笑，耐心解释道："我对比过他摁电梯按键时手臂的角度，再结合他的臂长，由此可以大概推断出他的肩高，应该比我略矮一些。"

阮真真突然想起那天晚上，他们从保安室查了电梯监控回来，他的确是站在电梯外，仿照着视频里的样子，屡次探进手去摁电梯按钮。她当时并不解他的用意，现在才明白他是在估算那人身高。

这样一个观察细微、心思缜密的男人！

她对他的忌惮又多了几分，面上却做出恍然大悟的模样，赞道："还可以这样啊！你怎么想到的？真是服气了！"

好似没有男人不喜欢女人的赞美，纵是心深似海的高峻也不能免俗。他微微笑着，享受着她惊叹的同时，又试图去启发她，引领她顺着自己的思路进行下去。"你仔细想一想，你认识的人中，有谁的身高比我略略矮一点？"

高峻身高大概一米八五，她看他时每每都要仰着头，若是身高只比他略略矮一点，那人必然也要一米八多的个子。在她认识的人中，有这样身高的并不算很多，最起码，陆洋不符合。

阮真真思索着，抬眼去看高峻，他也正在看她，目光笃定，不见任何迫切或疑惑之意。他似乎并不好奇那个人是谁，就如一位考官，从容地抛出一个问题来，然后耐心地等着她作答。

她隐约明白过来，他心里恐怕早就有了答案。

"我想不出来。"她突然说道。

这样的答案显然不在他的预料之内，他眼中闪过一丝犹豫，似乎在考虑是否要再进一步提示她。

阮真真暗自冷笑，又装模作样地说道："真的没这么一个人，起码我认识的人中没有。不过，如果是他单位同事，那我就不清楚了。"

高峻看着她，低低重复："没有这么一个人？"

"没有！"她说得肯定，故意干扰他的控制，"也许是你的思维被框住了。"

"怎么讲？"他问。

阮真真答道："来办事的是一个比你略矮的男人，幕后操控的人却不见得就一定是他，甚至，不见得是个男人。"

高峻微微皱眉："你是说这人只是受人指使？"

"嗯。"她点头，"很有可能是有人想来做这件事情，却不方便自己出面，或者是不敢出面，于是就找了一个专业人士来替她做事，不是很正常吗？比如……沈南秋。"

"沈南秋？"他有些讶异。

"对。许攸宁不能全心信任跑腿的伙计，却没准会信任心意相通的情人，他的合伙人不是旁人，就是沈南秋。"她本是想扰乱高峻的节奏，谁知说着说着，思路竟意外地顺畅起来，"陆洋也好，尤刚也好，他们都知道沈南秋的存在，却故意对我隐瞒，或是基于许攸宁的叮嘱，或是受到沈南秋的拉拢，而沈南秋又为什么要拉拢他们？无非是因为利益。"

高峻却露出几分莫名的恼怒，他冷笑一声，问她道："阮真真，你最介意的事情，始终都是许攸宁到底有没有背叛你，对吧？你不恨他以自杀逃避责任，也不恨他留给你巨额债务，你甚至不求真相，自甘沉沦，整日里浑浑噩噩，活得如同行尸走肉……唯独沈南秋才能挑动你的神经，引起你的关注。"

那薄唇中说出的每句话都如同一柄利剑，干脆利落地戳透她的伪装，令她的内心毫无遮掩，暴露于淋淋鲜血之中。她不知该做如何反应，唯有扣紧了齿关，挺直了脊背，僵硬地坐在椅子里，把自己坐成了一尊雕像，仿佛这样就感觉不到痛，感觉不到羞耻，感觉不到他言语中的刻薄和莫大的恶意。

却不想她的这种"麻木"和"无动于衷"反而更激怒了高峻。

"你怕她是许攸宁藏起来的情人，你怕许攸宁的爱情只是你的一厢情愿，怕自己的婚姻就是一个笑话。没错吧？我不明白，阮真真，你活着就只为着情情爱爱吗？是所有的女人都像你这样没出息，还是只有你这样？"他微微向前倾身，追近了她，不屑地逼问，"嗯？回答我。"

阮真真费了好大的劲儿才能松开紧扣的齿关，又竭尽全身的气力叫自己发出平稳的声音。"高峻。"她叫他的名字，嘴唇微微战栗着，"这样羞辱我，你觉得很痛快，是吗？"

他看到了她眼中闪烁着的隐隐泪光，一时僵住。

"你凭什么这样羞辱我？你先告诉我，你凭什么来这样居高临下地教训我？"她声音不自觉地拔高，尖厉中再也掩藏不住声线的颤抖，"就凭你所谓的'暗恋'吗？如果说我活着只是为了情情爱爱，那你呢？你来找我，又是为了什么？你瞧不起的情情爱爱，还是别有目的？你到底在图什么呀？"

高峻回答不上来，一个字也答不上来。

她看着他，缓缓站起身来，手指向门口，声音因为愤怒而发抖。"请你出去，请你立刻离开我的家。"

他仍坐在那里，半晌没有反应，嘴巴微微动了动，似乎要说些什么，但最终还是闭紧了，抿成了一条线。

"滚！"她又道，言简意赅，"滚出去。"

高峻垂了眼帘，起身离开。他步子迈得极大，走得又疾，几乎顷刻间就到了门口，这时才稍稍停了下，手扶着门把手，回头看过去。她人仍在书房内，他看不到她的身影，却清晰地听到了她愤怒的呼吸声。

他动了动唇，涩声道："对不起。"

书房内一直沉默着，没有半点回应。他面色阴沉得难看，抿紧了唇角，再没说什么，径直出了家门。

车就停在楼外的停车位上，那是阮真真租的车位，最早停放许攸宁的车，后来偶尔停一停苏雯的，最近几次停的都是他的车。

高峻拉开车门上车，在寒冷中默坐半晌，突然用双手大力揉搓了几下脸颊，这才打着了车。

他开车出了小区，使用蓝牙拨打电话，待电话一接通就径直说道："老六，去跟沈南秋。"

"沈南秋？"老六声音里透出惊讶，"跟她干吗？"

"叫你跟就跟，哪来这么多废话？"高峻冷声说道。

老六却似有些为难："哥，她是方建设的人，万一惊动了他们，空惹麻烦。而且，我听说因为陆洋的案子，最近警方也注意到了这女人，我们干吗再凑过去赶这个热闹啊？"

他讲的这些高峻都明白，沈南秋是方建设的人，稍有不慎就会打草惊蛇，惹祸上身，所以从一开始他就警告阮真真不要去找沈南秋，可不想事情还是发展到了这一步。依阮真真的犟脾气，她一定会去调查沈南秋。既然他拦不下了，那就只能帮她。

事情究竟是怎么发展到这一步的？高峻一时也想不清楚，明明早上的时候一切还尽在他的掌握之中，突然间形势就逆转了。

"哥？"老六试探地叫他，又问，"出什么事了？你那边进展不顺？"

高峻薄唇紧抿，没有回答。

老六犹豫了一下，又小心地说道："哥，我多说一句啊，咱们不是来行侠仗义，除暴安良的，你可别，别……"

"别怎样？"他问。

老六嘿嘿笑了两声，鼓足了勇气继续说下去："别把自己陷进去了。自打从恒州回来，我就觉得你有点不对劲。这世上可怜的人多了，不多她一个，也不少她一个，你管不过来。而且，她落得眼下这境遇，怨天怨地怨自己，也怨不到咱们头上。咱不骂她一句'活该'，已经算是厚道了。"

高峻良久沉默，最后却还是沉声说道："去跟沈南秋。"

"我去！"老六忍不住低低地骂了一句，喘了两口粗气，又不死心地继续劝他，"哥，你别惯着那女人呀，你得想法哄她，骗她，叫她继续顺着咱们划下的道往前走。你别叫她给拐跑了啊！"

高峻冷声打断老六的话："别废话。"

"怎么是废话呢？大哥，你是去施展美男计的，怎么反被人家用美人计给策反了？以前也没见你心这么软过啊，咱别太入戏了，行不？哎呀呀！早知如此，还不如由我出面，你来做幕后呢！"

老六仍念叨个不停，高峻没再听下去，直接挂断了电话。

他心绪很乱，莫名的情感在头脑里不受控制地膨胀扩充，把理智逼得步步退让，直压入逼仄的角落里，毫无反抗之力。这是多年来罕有的情况，更不是一个好现象。他心里一切都明明白白的，可最后还是忍不住给阮真真拨过电话去，刚响两声就被对方拒接了。高峻抿着唇，继续拨过去，就这样来回折腾了三四次，就在他以为她要将自己拉黑的时候，不想电话却突然接通了。

她没有出声，他一时竟也不知道能说些什么。两人齐齐在电话中保持着沉默，倾听着彼此的呼吸声。良久之后还是他先开了口："对不起。"他低声道歉，"是我的错。"

听筒中还是一片寂静，仿佛连之前的呼吸声都消失了。

他咬了咬牙，硬着头皮往下说："我妒忌，妒忌你对许攸宁的情感，妒忌他就算死了，也还是你最在意的人。"他停下来，深深吸了口气，"我陪你查沈南秋，不管这是你的执念还是心结，我都陪着你。"

电话那端，阮真真一直保持着沉默。她紧握着手机，安静地听着他的"内心剖白",眼睛却直愣愣地盯着眼前的电脑页面。

那是一个已经久未使用的私人博客，访客稀少，里面大多是一些心情随笔，其中有一篇是八年前写下的，题目叫作《那时年少》。

当中一段这样写道：我回过头去一时没见着人，又往下看了看，这才看到了一个长着圆团团脸的小女生，眼睛很大，瞳仁又黑又亮，水汪汪的，两侧脸颊通红，好像涂了厚厚的胭脂，仰着头，又委屈又恼恨地瞪着我……

原来，"高峻"曾经把少年时这一段暗恋清清楚楚地回忆出来，记录在了自己的博客里！

她从许攸宁许久不用的校友录里找到了"高峻"曾经使用过的网名，顺手搜索了一下，无意间点进这个已经被废弃的博客，待看到这篇文章，才突然间意识到问题所在。相隔八年时光，两次回忆，两次叙述都能做到不差分毫，到底是他记性太好，还是因为这第二次的"回忆"不过是一场刻意的复述？

难怪……难怪那夜在医院，他回忆起往事时会不由自主地看向天花板，仿佛在背诵课文一般。这样一大篇文章只字不差地背下来，他应该也费了不少的工夫吧？

有意思，真是太有意思了。阮真真看着看着，无声地笑了。

"真真？"他在电话里轻声叫她的名字，声音低沉温柔，仿若情人之间的呢喃，"在听吗？"

阮真真轻轻开口，声音有些喑哑，语气却是意外地平淡："抱歉，我刚才反应也过激了。我们彼此都冷静一下，过两天再联系吧。"

她挂掉电话，第二日就赶去了北陵，乘坐最早的那一班高铁，出北陵车站的时候才刚刚过了八点钟，城市的交通早高峰还没过去。阮真真打了车，直奔维景法律事务所，几乎与事务所的前台小姐前后脚进的写字楼。

"你好，我想见高峻，高律师。"她开门见山，目光坚定，语气平和，面上不露丝毫异样。

前台小姐面露微笑，客气问道："请问您是？"

阮真真没有立刻回答，想了一下，才镇定答道："我姓张，有些法律问题想要咨询高律师。"

前台小姐翻看着手中预约单，边找边问她："您并没有提前预约，是吗？"

阮真真犹豫了一下，答道："没有。"

前台小姐停下了手上动作，抬起头来看向阮真真，客客气气地说道："抱歉，您需要提前预约才可以见到高律师。"

"我有急事，能不能现在帮我约一下？我就咨询两个问题。"阮真真面上露出祈求之色，向着前台小姐双手合十地央求，"拜托了！请您帮我打个电话问一问，高律师能不能抽时间见我一面？有十分钟就足够了！帮帮忙吧！"

瞧她这般模样，前台小姐也很是为难："真的对不起，不是我不帮您，高律师的工作行程安排很紧，您没有提前预约，他没有时间留给您的。"

阮真真微微咬了下唇，沉默下来。

许是这副模样惹人心软，又或是人家怕她耗在这里一直等下去，前台小姐犹豫了一下，又道："真的不是故意为难您，高律师今天都没在所里，您有什么法律问题要咨询？我另外给您介绍一个律师好不好？"

阮真真的注意力被前半句话吸引了过去,抬头问道:"他不在所里?"

"是的,高律师去外地出差了,所以咱们换另外一个律师好不好?我们所里有很多经验丰富的律师,您想要咨询哪方面的问题?我帮您介绍一个。"前台小姐表现得既客气又热情,瞧着阮真真不语,又道,"当然,您要是坚持找高律师,那我现在就给您预约上。"

"他去哪里了?"阮真真打断她的话。

前台小姐嘴角弯起,仍然保持着礼貌的微笑,道:"抱歉,这个我不能告诉您。您还要约高律师吗?如果需要,我先帮您排上。"

阮真真勉强地笑笑,摇了摇头,在前台小姐奇怪的注视中转过身去,慢慢往外走。到门口时,她却又突然停了下来,一颗心左右摇摆过后,终生出孤注一掷的勇气,毅然转身回来,重又站到前台小姐眼前,道:请您帮我给他打个电话,总可以吧?"

前台小姐诧异地挑了下眉毛,疑惑不解地看她。

她犹豫了一下,继续说道:"打个电话给高峻,就说我叫阮真真,问他还记不记得我。"

前台小姐虽不明白她为什么会换了姓,却也隐隐瞧出几分不对劲来。她眼睛看着阮真真,拿起电话来拨打号码,接通后先客气地叫了一声"高律师",这才按照阮真真交代的话说了一遍。

电话里说了些什么阮真真听不到,但是她看到前台小姐眼中露出了奇怪之色,然后把电话隔着前台往她手里递过来,客气道:"高律师请您接电话。"

阮真真深吸了一口气,这才接过电话来,听筒中传出一个男子明朗的声音,里面透着难掩的惊讶和喜悦。"恒州一中的阮真真？真的是你吗？你怎么跑到北陵去了？"

这不是高峻的声音！

不，更准确地说，这才是"高峻"的声音。

头顶高悬的那块石头"哐当"落地，明明早就预想到了，且做好了充分的心理准备，可真到了这一刻，阮真真还是如同遭受重击，下意识地闭了闭眼睛，没有眼泪，眼眶中一片干涸，只有酸胀和熬夜所带来的涩痛之感。

"阮真真？"男人在电话里叫她的名字。

"嗯，是我。"她整理着情绪，迅速恢复成从容自若的阮真真，"你稍等一下，我换手机给你打过去，你把手机号码告诉我一下。"

他飞快地报出自己的号码，阮真真挂掉电话，向前台小姐客气地说了谢谢，在她惊讶的注视中，拿着手机往外走去。她寻了个无人处，用手机拨通那个号码。"高峻，我过来北陵找你，才知道你竟然出差了。你现在在哪里？"

"哈哈，你绝对想不到。"多年前暗恋的对象突然来了电话，应该是令人感到惊喜的。他情绪极佳，笑着反问她："你猜我在哪里？"

阮真真想了想，猜道："南洲？"

"没错！就是南洲，你说巧不巧？"男人声音里带着笑意，"我刚还想起你和许攸宁来呢。记得你俩在南洲落户了，一直想联系你们来着，又怕你们都不记得我了。哦，对了，你找我什么事？怎么还特意跑去北陵了？"

她没回答他的问题，反而问道："你最近经常跑南洲吗？"

"在这边接了个案子，有些烦琐，隔三岔五地就要来一趟。"他回答。

她想了想，又问："你因为这个案子第一次去南洲是不是在上个月的中旬？"

"你怎么知道？"他极为惊讶，随即却又失笑，"我知道了，你是不是看到过我啊？当时怎么没打招呼啊？哈哈，是不是不敢认我？我的模样变化很大，很多老同学见了都不敢认我。"

"高峻。"她轻声打断他，"你现在说话方便吗？"

"方便。"他声音轻快，说话爽朗，"有事你说。"

"身边没有旁人吧？"她又问，"没有委托人或者其他什么人吧？"

他这才注意到她超乎寻常的谨慎和小心，也不觉跟着严肃起来，答她道："没有，怎么了？有什么事吗？"

阮真真郑重说道："听着，高峻。我这就赶回南洲，你想个办法甩开你身边的人出来和我见一面，可以吗？我有很要紧的事和你说。"

他没有立刻答应，而是思量着问道："什么事情？"

"你，我，还有许攸宁的事情。"她答道。

她返回高铁站，查找最快回到南洲的方法，为此不惜在另外一个城市换乘，终于在下午时分赶回了南洲。真高峻的电话紧随而至，道："我出来了，在江心公园，去哪里找你们？"

她没叫他过来，而是自己找去了江心公园。

天气尚寒，残雪未消，公园里却已有人在放风筝，万里晴空中高高地悬着星星点点的几只，各自迎风飘摇，每每看着就要随风而走的时候，却又被那根细细的线拽了回来。

阮真真找过去时，一个高个男人正站在雕塑旁，仰着头望着风筝出神。听见身后的动静，他回身看过来，目光落到阮真真身上微微愣了下，又下意识地往她身后找了找，这才笑着问道："许攸宁呢？"

阮真真没有回答，而是站在那里仔细打量眼前的男人。他身材极高，和那个假冒者不相上下，只略粗壮一些，面容和网上的照片更像，却不是全然一样，人也比照片上瘦了许多，但依旧是浓眉细眼，依稀看得出之前的影子。

她隐约记了起来，高中时的确在许攸宁身边见到过这个人。

他被她如此专注的目光吓住了，举手投足间都有点不自然，尴尬地笑了笑，问道："怎么？真的一点都不认识了？我减肥了。不过你变化真是不大，就是比高中的时候更瘦了，我记得你那时候是娃娃脸来着。"

她这才回过神，收回了视线，却又忍不住问他道："你模样变化这样大，网站上的照片为什么没有换啊？"

"我女朋友不让换，说挂着那张照片可以帮我挡桃花，她比较有安全感。"他半开着玩笑，似乎觉得这样与她独处有些不大自在，再一次询问道，"许攸宁呢？他怎么没来？"

阮真真抬头看他，默了默，答道："他死了。"

高峻面容一怔，好像有点不敢相信自己的耳朵。

"我们找个地方坐下聊吧。"阮真真说道。

她四下打量了一下，领着他往一处露天的咖啡座走过去，找了个角落坐下来，又征求了高峻的意见点了两杯热饮，这才平静地把许攸宁的死亡以及他欠下的巨额债务告诉了他。

眼前男人的面容从震惊到严肃，最后沉默了半晌，问她道："你找我，是想要我帮你打这个官司吗？"

不想阮真真却是摇了摇头。

他面露讶色，却没有追问为什么，只是安静地等着她下面的话。

她抬眼看向他，沉声说道："就在一个月前，也就是你第一次来南洲出差的那次，我接到了一个人的电话，他自称是律师高峻，许攸宁的高中同学，主动提出要帮我打债务官司。"

男人的面容又从严肃变成了凝重，静静听完她所有的陈述，立刻判断道："这不是普通的骗子。他来南洲的时间和频率几乎与我完全同步，显然是有意为之。"

当然是有意为之。

他曾强调过接她的案子属于私活，不能叫事务所知道，所以，即便她怀疑到他的身份，也不好直接去找事务所对质，只能从旁侧打听，得到的回复恐怕只能是高律师确在南洲出差，恰好可以消除她的疑心。

那人所做的每一件事、说的每一句话都别有目的，没有一件是巧合。

高峻沉吟片刻，又道："报警吧。我们先报警，你再约他出来，抓他一个现行。"

阮真真想了想，问道："我想知道他到底是谁，又是为了什么而来。报了警，警察能审出来吗？"

"报警一定能知道他的真实身份，不过……"他说到这里不觉停顿，面露难色，"如果那个人很狡猾，恐怕无法解答你第二个疑惑，毕竟他还没有做违法的事，又未对你造成什么伤害，如果他一口咬定是你自己认错了人，而他只是想来帮你，法律也不能拿他怎样。"

她闻言沉默良久，轻声道："我更想知道他到底有什么目的。"

"明白了。"高峻看了看她，略略迟疑了一下，"说吧，我能帮你做些什么？"

阮真真写下一个车牌号码递给他，道："这是他开的车，北陵的牌照，我怀疑这车并不是他自己的，他对车很陌生。"

他收起了字条，道："牌照应该不敢造假，有可能是借的或者租的。放心吧，我会去查清楚。"

"还有，"她犹豫道，"雇用你的那位南洲客户，我觉得也有点奇怪，实在太巧了，一个离婚官司，怎么还跑去了北陵专门找你来打？当然，我不是怀疑你的业务能力，而是……"

"不用解释，我明白你的意思。"他笑得大度，说话也直爽，"虽然从外地聘请律师来打官司十分常见，不过这一次的客户的确是有些奇怪之处，我会小心地调查一下。"

她放下心来，不免又生歉意："给你添麻烦了。"

"换一种说法，是我给你带来了这么多的麻烦。不管怎么说，对方利用的是我的身份，以及……"他说到这里不由得停顿了一下，脸上多少有些不好意思，"我少年时的情感。都是过去的事情了，只希望没有对你造成困扰。"

他是这样聪明的一个人，虽然阮真真没有明说，可从她的叙述里已经猜到了大概：一个多年不曾联系的校友，甚至连熟识都算不上，突然间这样热情地过来帮忙，既不图名也不图利，免不了要在男女之情上做文章。

她轻轻一哂，露出几分自嘲之意："还好我心性尚算坚定，没有色欲熏心。"

两人又聊了几句，相互叮嘱注意安全之后，就此告别。

阮真真折腾了整整一天，回到家中几乎筋疲力尽。待冲过一个热水澡出来，连头发都懒得吹干，便直接窝在了沙发里，再不肯动弹。她想把所有的事情从头到尾捋一遍，可有太多的疑问堆在一起，几乎堵塞了所有的思路，令她的大脑基本处于宕机状态，无法进行任何思考。

　　她只感觉到无穷无尽的累，似乎连呼吸都成为负担。

　　窗外天色渐渐黑透，就在她浑浑噩噩将要睡过去的时候，门铃却突然响起，惊得她心头猛跳，半晌无法平复。她默坐在黑暗之中，愣愣看了门口好一会儿，这才咬牙起身去察看。

　　门外，那个假冒的高峻单手撑着房门，正低着头静静等待着。

　　阮真真打开房门，没有说话，只抬眼看他。

　　他轻垂着眼帘，目光微微闪烁，小心翼翼地观察了一下她的面容，这才把另一只手里的外卖袋子提起来给她看，语气中竟带出几分讨好来，笑道："我给你带了消夜。"

　　她依旧没有出声，犹豫了一下，却闪身让开了门口。

　　他脸上不自觉地露出浅浅的笑容，拎着袋子进门，自己熟门熟路地去了厨房，先洗过了手，然后才取了碗筷到餐桌上。抬头间看她还站在门口，便招呼她道："过来啊。"

　　她走过去，看见桌上几个外卖盒子已尽数被打开，除了两碗海鲜粥之外，其余的都是一些麻辣鲜香的海味小炒，一样样地被锡纸包裹着，红红绿绿之间冒着腾腾的热气，浓香扑鼻。

　　"你的肠胃已经可以吃这些东西了？"她问。

　　他向她咧嘴笑笑，答道："不能多吃，尝上两口解解馋还是可以的。"

阮真真看他两眼，转身去厨房翻找半天，竟不知从哪里摸了半瓶白酒出来，一边往外拿着酒杯，一边问他道："那如果再喝点酒呢？"

　　这一次他没有笑，只看着她。他胃病严重，她是知道的，少有的几次在一起吃饭，她比他自己都小心在意，却不想今天竟然会问他能不能喝酒，这实在不像她的行事风格。

　　他不答反问："你想喝酒？"

　　"很想喝。"她特意加了一个"很"字，面色坦然，黑白分明的眸子里甚至带着盈盈笑意，又问他，"怎么样，能陪一下吗？"

　　高峻露出些许勉强的微笑："舍命陪君子吧。"

　　"那就谢啦。"她丝毫没客气，倒了满满两杯白酒，推了一杯到他眼前，又向他举起自己那杯来，"第一口，先敬这个荒唐的世界吧。"

　　高峻目露诧异，迟疑着端起酒杯来，与她轻轻碰了碰，贴到嘴边略略喝了一小口。

　　阮真真瞥了一眼，似笑非笑地说道："要是不行就别勉强，看着我喝也可以。"她轻蔑地扯了扯嘴角，挑衅一般地向他举了举酒杯示意，随即仰头一口气灌了一大口酒下去。

　　那酒杯不小，倒满了至少有二两，他看她两眼，也仰头吞了一大口，咽下去时剑眉微皱，半晌后才轻轻吐出口气来。

　　看他这般装模作样，她嘴边上不自觉地噙了丝讥诮，继续说道："第二口，再敬这虚伪的人类。"

　　高峻眉头皱得更紧，心思转动着，又陪她喝了第二口。

　　阮真真仿若不见，手上晃了晃酒杯，再一次向他举杯，眼睛直愣愣地盯着他，正色道："这最后一口，我敬你吧，高峻！谢谢你为我做的一切，无以回报，以酒谢你，我干了，你随意。"

她说完，一口气喝净了杯中白酒。

高峻总觉得她的话里似乎别有深意，一时却又无法确定，咬了咬牙，忍着胃部灼烧一般的不适，把剩余的白酒尽都吞入了胃里，然后学着她的模样，把酒杯倒了过来，示意给她看。

阮真真这才笑了，眼眸中隐约透着几分醉意，戴上手套不紧不慢地剥小龙虾，闲聊一般地对他说道："我仔细想了想你昨天说的话。"

"真真，"他叫她的名字，想打断她的话，"我昨天……"

"不用再道歉了，你昨天说得没错。跟许攸宁结婚这些年，我把自己渐渐活丢了。"她一面说着，一面很自然地把刚刚剥好的虾肉放到他的碗中，嘴上继续说下去，"我把全部心思都放在了婚姻里，我学会了洗衣做饭，知道各种衣料该如何洗涤，又怎么熨烫，我还参加过厨艺兴趣班，炒、煎、烹、炸、熘样样精通。"

"阮真真！"他强硬地打断她，随即又缓和了语气，柔声道，"别说了，你喝多了。"

"喝多？不，我可没喝多！"她嘴角带笑，眼里却蕴起了泪光，"为什么不让我说了？是不是听着都让人烦？"

他看着她，突然没头没脑地说道："你很好。"

"是啊。"她笑着点头，应和道，"我是很好，我把自己活成了一个笑话，一个没有出息的，只为那点子情情爱爱活着的蠢货，一个……"

这种自我否定太令人难堪，她说到一半便说不下去了，深深地低下了头去，勉强笑道："抱歉，我可能真的喝得有点多，有点控制不住情绪。"

他什么也没说，从桌上抽了两张纸巾给她递了过去。

她接过去捂住了双眼，过了好一会儿才平复了情绪，生硬地转换话题，道："不说这些没用的了。你问我认不认识比你稍矮的人，我想了一圈，还是想不起有这样一个人。"

她的这种示弱果然迷惑了他，他几乎是想也不想地说道："不用想了。"见她面露疑惑，又淡淡地补充了一句，"我们先查沈南秋。"

"不用，真不用。"她慌忙摆手拒绝，脸上带出几分尴尬来，"你千万别被我带歪了思路。"

高峻说道："没有带歪，我仔细考虑过了，你说得也有道理，而且女性的直觉很奇妙，往往能透过表象而直击事件本质，没准就是像你猜测的那样，不管来的人是谁，在背后操纵的那个人，就是沈南秋。"

阮真真当时说要去查沈南秋，不过是为了故意和高峻唱反调，以扰乱他的安排，不想他此刻竟然给予了认同。她并无准备，一时有些失措，迟疑着问道："真的要去查沈南秋？"

"要查。"高峻沉声应道。

她看他两眼，又问："从哪查起呢？"

他浅淡地笑了笑，身体缓缓往后倚去，轻靠着椅背，右手却仍搭在餐桌上，漫不经心地轻磕着酒杯，说道："沈南秋和许攸宁在大学是同系，师从同一位教授，毕业后两人又前后脚地进入南洲银行工作，你以前竟然从来都没有听说过她？"

按道理讲，这样同门师兄妹加同事的关系，作为许攸宁的妻子，她就算和沈南秋不相熟，起码也应该认识。可她偏偏不认识，非但不认识，还从未在许攸宁嘴里听说过这个人。

阮真真摇头："没有听说过。"

"三年前，沈南秋突然从南洲银行辞职离开。据传……"高峻说到这里停顿了一下，抬眼看了看阮真真，"她做了南洲银行前行长方建设的情妇。"

"三年前……"她低声重复，秀眉微蹙，似是想起了什么，不急不缓地接下去，"没错，三年前，就在她离职后，许攸宁突然脱颖而出，破格升任了信贷管理部主任。"

同在南洲银行工作的师兄妹，相近的手机号码，前后脚地离职和升职……如果一切都是巧合，那这巧合未免也太多了些！

阮真真默默看了高峻一会儿，问道："你怀疑许攸宁的升职与沈南秋有关系，是吗？"

高峻狡猾地笑了笑，答道："我只是在陈述事实，没有做任何推测。"

阮真真无心与他玩文字游戏，想了想，又问道："除了这些，你还查到了什么？"

"再没有了。"高峻摇了摇头，无奈中又不由得透露出几分佩服，"沈南秋为人很低调，做事周密，口风极紧。也正是因此，她很得方建设青睐，也从他那里拿了不少好处。"

"那我们还怎么查她？"她问。

高峻沉吟了一下，突然反问她道："你曾在许攸宁的奠礼登记簿上见过她的名字，是吗？"

阮真真被他问得微微一怔。

他立时就发现了她的异样，立刻追问道："难道不是吗？你是怎么知道沈南秋这个人的？"

她脸上显出几分尴尬之色，犹豫了一下，小声说道："对不起，我当时没跟你说实话。沈南秋这个名字，我不是在奠礼单上见到的。"

高峻微挑眉梢，诧异看她。

"我知道沈南秋这个人，是因为一个电话。"阮真真把服装店打错电话的事情简单地讲了讲，"我曾经去过那个服装店，发现用许攸宁的手机号注册的会员姓名就是沈南秋，店员说对她还有印象，是个高高瘦瘦的女人，留着一头长直发。"

"那就是她了。"高峻掏出手机来，翻出一张照片递给她看，"今天上午刚刚拍到的。"

那是一张偷拍照，照片当中是一名身材高挑的年轻女子，侧对着镜头正欲上车，戴着黑色口罩，看不清五官，但鸭舌帽下压着的那一头直发乌黑秀丽，长及腰背，甚是惹人瞩目。

阮真真仔细看了半晌，这才把手机还给高峻，一抬眼，正正地撞进了他的眼睛深处。他也在看她，似是打量，又似探究。她不觉失笑，道："放心吧，不会刺激到我的。"

他闻言也笑了笑，道："那就好。"

她又问："你跟踪她了？跟出来什么线索没有？"

"目前还没有。"高峻回答。

阮真真皱眉思忖片刻，又向高峻看过去，道："你原本想的是从哪下手？"

"我原本以为她真的给许攸宁随过奠礼，这样的话，你就可以打着感谢的名义联系一下她，也算打草惊蛇，看看她有什么反应。"他笑笑，唇角带出些许戏谑，"不想你这样的老实人竟然也会撒谎。"

阮真真不理会他的调笑，想了想，突然说道："我现在也可

251

以给她打电话。"

"嗯?"他一时不解,"用什么理由?"

"简单,就服装店会员的事。"她说做就做,直接起身去客厅找手机,电话临拨出前又停下来,回身看他,略有些紧张地问,"如果我使用电话录音,她在电话里能听出来吗?"

他闻言淡淡一笑,答道:"在这样安静的环境里,应该不会。"

"免提也没问题吧?"她又问。

他轻轻颔首,似是在忍着笑意:"只要我不发出声响就好。"

阮真真拿着手机回到餐桌旁,把桌上那些已经有些凉掉的小菜尽数推开,又抽出纸巾来擦净了桌面,这才把自己手机放上去。她抬眼看了看高峻,拨出沈南秋的手机号码,同时摁下了免提键。

两人一同屏气凝神地等待着,电话提示音响了足足有几十秒,对方才接起来,很平淡地"喂"了一声。

"你好,我是阮真真。"阮真真上来便自报家门,悄悄地摁下了手机上的录音键。

"哦。"沈南秋回应得自然,"有事?"

沈南秋并没有询问她是谁,可见是认识她的。阮真真与对面的高峻交换了一个眼神,问道:"你认识我?"

沈南秋答道:"我和许攸宁是大学同学,之前有听他提起过你。怎么,打电话有什么事吗?"

这样坦荡荡的回应倒是在阮真真意料之外,她不由得顿了顿,下意识地抬眼去看高峻,他低头在自己手机上飞快地打着字,随后把屏幕转过来示意给她看:开门见山。

阮真真抿了抿唇角,这才继续说下去:"我想问你个事情。"

"什么事?你说。"沈南秋说话很是客气。

阮真真径直问道:"你今年五一在滨江路的朵拉女装买过衣服,是吧?"

电话里沉默了,阮真真看不到沈南秋的模样,只能猜测她此刻可能会有的反应,是疑惑,是惊愕,还是贼突然被抓住时的心虚和慌张?时间看似很长,其实才不过短短十几秒钟,沈南秋明显透着迟疑的声音从话筒里传了过来:"朵拉女装?没有吧……"

"有的。"阮真真语气很确定,"我在店里看到你的会员记录了,是一条连衣裙,八千多。"

"那就可能买过吧,我记不大清楚了。"沈南秋犹豫着说道,片刻后却又改口,"哦,想起来了,是去过一次,在那里买过一条裙子。怎么了?"

阮真真继续问道:"你留下的联系方式为什么会是许攸宁的手机号呢?"

这一次沈南秋倒没有迟疑,立刻答道:"是不是弄错了?我留的是我手机号啊,许主任那个是多少来着……你看,我都记不清了。"

"你不知道许攸宁的号码?"阮真真又问道。

沈南秋回答得干脆又冷硬:"不知道。"

"你们不是同学吗?"阮真真紧追不舍。

沈南秋口气也有些不善,不冷不热地反问道:"是同学就一定能记住电话号码吗?"

阮真真不避不让,与之针锋相对:"可既然都不记得电话了,那怎么又会留错呢?"

"不一定是我留错的啊,也许是店里搞错了。"沈南秋简直在强词夺理,声音里更是透出不耐烦来,"我现在有事还在外面,不方便接电话。这样吧,回头我问一下朵拉那边看看到底是怎么回事，先挂了。"

电话中随即传来"嘟嘟"的断线声，阮真真抬起头来，看向对面的高峻。高峻偏着头，唇角微微绷起，似是在思考着什么。

"她在撒谎。"他突然说道。

阮真真未置可否，只把电话录音又从头到尾地放了一遍。这一听才发现，她虽然尽力克制，可话语间态度还是有些僵硬的，远没有她自己预计得那么风轻云淡，尤其是到了后面，甚至称得上有些咄咄逼人，也难为沈南秋还能耐着性子跟她周旋。

高峻用手表计着时间，待到录音结束，这才出声说道："三十五秒，电话响了足足有半分钟，沈南秋才接起了电话。"

"是心虚不敢接电话？还是没有听到电话响？"阮真真问，忽又想起什么来似的补充道，"对了，她刚刚说自己在外面，不方便接电话。"

高峻笑了笑："人在外面，因为环境嘈杂导致没有能及时听到手机铃声，通话背景里就该有所体现，而且，如果周围很吵闹杂乱，人在接通电话的时候，会下意识地提高声量。"

阮真真再一次播放通话录音，在沈南秋"喂"的一声之后就摁下了暂停键。很明显，那一声"喂"说得平和从容，甚至可以听出腔调里带着刻意的拿捏。

阮真真立刻说道："她在撒谎。"

"是的，她在撒谎，她人并未在外面，而是在一个相当安静的环境里，结合现在的时间……"高峻抬腕扫了一眼手表，"应该在家里休息。不过这个谎言并不代表什么，也有可能是她不愿意再和你继续纠缠，所以才随便找了个在外面的借口好挂断电话。"

阮真真忍不住皱起了眉头："那就是因为心虚才没有及时接听

电话。"

高峻沉吟道:"一个安静的环境,却任由手机响了半分钟才接起,她在犹豫什么呢?"

阮真真想也不想地答道:"她在犹豫电话要不要接,接起后又该如何应对。"

"也有可能只是意外为什么许攸宁会来电。一个死人突然给你打电话,换你你不犹豫吗?"高峻反问她道。

阮真真不得不承认他说的话有些道理,便又问道:"那你的意思是沈南秋没暴露出什么问题?"

不想高峻却是摇头,淡淡说道:"不,恰恰相反,这一通电话,她暴露出了很多问题。"

阮真真被他绕得有些糊涂了:"你说直白点。"

"你看啊。"高峻手指轻敲着桌面,不急不忙地说道,"她十分肯定地说自己只去过那个店里一次,还说可能是店里搞错了号码,却又特意强调自己并不知道许攸宁的手机号码。"

阮真真面露不解,微微蹙眉。

高峻看看她,继续说下去:"许攸宁和沈南秋的号码很相似,的确有可能会被记错,但是如果只是店员记录号码,一个是 19,一个是 20,这样的两个数,既不谐音,又不相似,基本上没有搞错的可能性。"

阮真真听得缓缓点头,应和道:"没错,你继续说,还有什么漏洞?"

高峻没有回答她,反而突然问道:"你为什么把沈南秋的号码记得这么清楚?我明明之前只跟你提过一次。"

"只和许攸宁的差一个数,怎么可能记不住——"她话未说完猛地停下，顿时明白了他的意思。

高峻又道："如果沈南秋和许攸宁真的是关系匪浅的师兄妹，两人的手机号又如此相近，正常情况下，沈南秋应该是能记住许攸宁的号码的。所以……沈南秋在撒谎，欲盖弥彰。"

他抬眼看向阮真真，神色颇有些复杂："阮真真，你的直觉也许没错。除了同学和同事的关系外，沈南秋和许攸宁必然还有着不为人知的来往。"

她低头沉默，半晌之后，毅然说道："我要去找沈南秋一趟。"

"直接去找她？"高峻抿了抿薄唇，沉吟了一下，又问，"说什么？"

她回答："就说许攸宁的事情。我要问她到底和许攸宁是什么关系，许攸宁借来的钱又都去了哪里。怎样？"

高峻没有立刻回答，微微眯眼打量着她，瞧她并不像是在开玩笑，这才轻声道："单刀直入？"

"没错，就是单刀直入。"她应道，神色坦然，理直气壮，"我既不是警察，也不是私家侦探，我不需要去做调查，更不需要隐藏目的，我只需要去质问她，而且，我有这个立场。"

出乎意料的，高峻并没有阻止她："好，我陪你一起去。"

第六章　对峙

为了避人耳目，高峻特意换了一辆南洲牌照的车，载着阮真真等在沈南秋所住的小区外面。

他不急不躁地介绍："这个小区有点年头了，原本是某个单位的家属院，就这一个进出口，不论是开车还是步行，都得经过这里。"

时间已过八点，正是上班时候，小区内的车陆续从大门口驶出，阮真真又下意识地低头去看手中的照片，就听得身旁的高峻淡淡说道："白色的宝马 X5，车牌尾号 68，不用再记了。"

阮真真放下了照片，默默望着小区门口出神。

高峻瞥了她一眼，突然问道："为什么不直接约她见面？"

她目不转睛地盯着出口，反问他："一个连我电话都不肯再接的人，你觉得她会同意与我见面吗？"

高峻歪了歪头，似乎一时也想不到反驳的理由，只轻轻地扯了扯嘴角。

阮真真又漫不经心地问他："这车你从哪找来的？"

这是辆半新不旧的银灰色家用轿车，极不显眼的那种，停在路边都不会有人多看一眼，来做跟踪、蹲守之用极为合适。"租来的啊。"高峻神色自然地回答，又道，"比苏雯那辆红车好多了吧？"

"还行吧。"阮真真给予了肯定，却又忍不住为自己辩解，"这没法比，现在这环境和我当时不一样，就那荒郊野外的，什么车停在那都得引人注目，跟车的颜色关系不大。"

高峻笑笑，并不与她争辩，像是又突然想起什么来，问她道：

"你后来又尝试联系夏新良没有？"

"没顾上。"她年前在开发区蹲过夏新良两天，还没有个结果就接连发生了许多事情，一件接着一件的，搞得她焦头烂额，哪里还顾得上一个只跟许攸宁可能存在借贷关系的人？

高峻若有所思，沉吟道："我建议这个线索不要放过。既然都知道华朝经贸公司借款中有一百五十万打到了夏新良的户头上，怎么也得想办法找到他问一问具体情况。"

几个官司都还在拖着，夏新良的确不能轻易放过。高峻这话说得合情合理，若是以前阮真真必然深信不疑，可此时此刻，面对着这个假冒的"高律师"，她心中只有戒备。

高峻神色很坦然，仿佛真的全心全意为她考虑。

阮真真不动声色，反问他道："怎么找？继续去厂子蹲他？"

高峻没回答，反而转过身来看向她，认真问道："阮真真，你属什么的？"

"嗯？"这思维跳跃太大，她一时有点反应不过来，圆圆的眼睛直愣愣瞪着，小孩子一样的反应。他瞧入眼里，心里忍不住发笑，脸上却依旧一本正经，继续说道："我猜你一定是属狮子的，最喜欢蹲人家门口，多少年都可以不动的那种。"

她这才听出来他是在与自己开玩笑，冷冷瞥了他一眼，回击道："把暖风再开大一点吧。"

"冷？"他伸手去调空调风量，刚刚触到按钮，却又突然停下，转过脸来看她，问道，"我讲的笑话太冷了，对吧？"

她把自己又往大衣里缩了缩，用行动代替了回答。

他看了她两眼，忍不住笑了起来。

她本来是一直冷着脸的，不知为何忽然又变了脸，笑着斜睨他，语带双关地问道："你真的是高峻律师吗？"

他闻言微怔，不及多想，她就已经似笑非笑地接了下去，"我记得当初第一次见面，你简直孤高冷漠，浑身上下都透着一股子生人莫近的气场，再瞧瞧你现在这样，又憨又蠢的，倒像是换了一个人。"

听完这些话，高峻紧提的心才放下来，不甘示弱地反击："我也记得当初见到的那个女人拘谨内向，温和柔顺，未露半点伶牙俐齿。"

阮真真笑笑："如此说来，我们两个都是表里不一的人了。"

"有可能。"他笑着应道。

她避过了他的注视，微微垂下眼帘，漫不经心地玩着手机，道："你还没说怎么去追查夏新良。"

话题转变得太快，高峻脸上的笑意延迟了半拍才散去。他也垂目，沉吟了片刻，问道："我记得你说之前拿到了他的手机号码，是吧？"

"是。"她应道。

他又想了想，才道："先给他打个电话试试吧。"

"现在？"她又问。

高峻抬起眼来，目光沉沉地看向她，眼中丝毫不见之前的融融暖意。"就现在吧，看看他肯不肯接。"

阮真真从未像现在这样肯定，眼前的这个男人一定与夏新良还有着别样的关系。最先就是他引导自己去调查许攸宁的银行客户，从而发现了夏新良。其后，又是他指点自己隐瞒身份去厂子里寻找这个人……

脑中万般念头瞬间转过，而她只平静地看着他，应道："好。"

电话号码就存在她的手机里，她从电话簿里翻找出来，不想打过去却已经成了空号。高峻似乎毫不意外，把自己的手机给她递过去，淡淡说道："打这个号码试试。"

阮真真盯了他一眼，不动声色地接过了手机。

这个号码倒是通的，等待提示音响到第四声的时候，电话终于接通，却没有任何声音传来。阮真真抬眼，瞧见高峻向自己轻轻颔首，深吸了口气，故意拿捏着嗓音，用热情又客套的声音问道："喂？请问是夏总吧？"

对方没有应答，片刻之后，通话突然就断掉了。

"什么意思？"阮真真疑惑不解，看向高峻，"既然都接听了，为什么又不肯说话？听出我的声音了？也不应该啊，上一次通话的时候，他还跟我说了两句呢。"

高峻微微侧头，似是在思量着什么，漫不经心地应道："也许吧。"他沉默片刻，忽地又道，"再打。"

阮真真依言再次拨出电话，这一回传来的已然是关机的提示音。

高峻不以为意，甚至还轻轻笑了笑，身体往座椅里一靠，道："得，夏新良这条线算是断了，咱们还是继续蹲守沈南秋吧。"

阮真真狐疑地瞥了瞥他，把手机还了回去，继续望着地库门口出神。她觉得今天这个电话绝非是高峻随意让她打的，定是藏着什么不可告人的目的，只是她现在还猜不透。

她太被动了，身旁的这个男人对自己了如指掌，而自己对他却是一无所知。他们之间的天平在一开始就失衡了，他占据先机，步步为营，而她后知后觉，苦苦挣扎。

她正沮丧，自己手机却呜呜振动起来。

阮真真看到来电显示，精神不觉一振，下意识地看了看高峻，瞎话张口就来，"同事怎么这个时候给我打电话？不会是又有法院的人找去学校了吧？"她一边说着，一边微微侧过身去，镇定自若地接起电话。"喂？甄老师啊，有什么事吗？"

手机听筒内，真高峻的声音清晰地传了过来："不方便说话？"

"嗯嗯。"她连连应声，礼貌地客套着，"正跟朋友在外面。"

"那我一会儿再打给你？"真高峻又问。

"不用，您说就行。"她应道。

听筒中的声音有意压低了些，快速而又清晰："那辆北陵牌照的车是一家租车行的，租车的顾客叫谭深，身份不明，别的信息就再也查不到了。"

阮真真听得心潮起伏，面上却一直保持着镇定，甚至还带上些许客气的微笑。她不时地轻轻点头，最后说道："好的，我都知道了，太谢谢您了，等回头我请您吃饭。"

她挂掉电话，转头见高峻正在看自己，弯唇笑了笑，主动解释道："学校的一点闲事。有些人啊，真是当面一套背后一套，两张面孔呢。"

高峻总觉得她笑容里别有意味，令人捉摸不定，不由得深深看了她一眼，似乎想要看到她的心里去。她却自顾自地转过了头去，继续盯向不远处的小区出口："哎？这都几点了？沈南秋到底还出不出来？"

说来也是凑巧，话音未落，小区内就驶出一辆白色的宝马X5来，径直往东拐了去，尾号正是68。阮真真立刻坐直了身体，还不等她开口，高峻已经发动了车，悄悄跟了上去。

"她这是去哪？公司？"阮真真忍不住问。

沈南秋在一家私人借贷公司任职，业务做得还很不错。这个点出来，想来应该是去公司。谁知高峻闻言却说道："她公司在西边。"

沈南秋的车正在往东边开，显然不是去公司的方向。阮真真有些意外，想了想，又道："不管她去哪里，一会儿追到她，拦住了直接找上去问就是了。"

高峻淡淡一笑，十分好脾气地应道："好啊。"

他开车技术极好，又似乎很懂得如何掩藏自己，竟就这样一路尾随着沈南秋都没被发现，直到沈南秋的车开到了南洲市公安局外。车内的两个人都有些诧异，彼此对视一眼，阮真真奇道："她来公安局做什么？"

高峻摇了摇头，目光望向车外，没有回答。

沈南秋停好车，径直走向公安局大门。阮真真看了两眼，咬了咬牙，突然把高峻的墨镜摘下来戴在自己脸上，转身打开车门追了出去。高峻想要拉她却晚了一步，只能低声急唤她的名字："真真！回来！"

她置若罔闻，抬手把大衣领子竖了起来，微微缩起脖子，径直往公安局大门走去。

沈南秋人正站在门卫处登记身份信息，阮真真不敢走得太快，有意落后了点，借着其他访客的身形遮挡自己，直等沈南秋登记完毕走进了大门，这才突然抢上前去，向门卫报出那位负责陆洋案子的陈警官的名字，又道："他叫我过来配合调查案情。"

门卫面无表情，把访客记录本递过来："先做一下登记，身份证拿出来。"

阮真真接过本子，假意从衣兜里翻找身份证，眼睛却飞快地瞄着本子上的到访记录，其中最近一条就是沈南秋留下的，访客姓名、身份证号以及去哪个部门找哪位警官都写得清清楚楚。

沈南秋来找的人，竟然也是刑警队的陈警官！

阮真真一怔，正疑惑间，对面的门卫已是等得有些不耐烦，问道："找到身份证了吗？你要找不到就先往后让让，叫其他人先进。"

她回过神，抬脸向门卫尴尬地笑笑："记得带身上了，怎么就找不着了呢？我回车上找找。"她一边说着，一边让开位置给后面的访客，自己则快步往道边走过来。

高峻的车就停在路边，她先回头扫一眼公安局门口，瞧见并无人注意自己，这才拉开车门飞快地坐进去，与高峻说道："访客记录上写着，沈南秋是来找刑警队的陈警官。"

"陈警官？"高峻剑眉微皱，也似有些惊讶，"负责陆洋被杀案的那个陈警官？"

阮真真点头："是。"

两人一时陷入沉默，似乎都在思考着什么，半晌之后，又不约而同地看向对方。

高峻突然探手过去，把她脸上架着的墨镜摘了下来，嘲讽道："阮真真啊阮真真，我发现还真是小瞧了你，就你这个胆大包天的劲儿，在工业学院做个图书管理员委屈了吧？"

她却是问道："陆洋的死和沈南秋有关？"

这样认真的她，叫高峻不得不严阵以待。他收了脸上的嬉笑，想了想，反问她道："为什么会做出这样的判断？也许，她就跟你一样，只是与陆洋有过联系，这才被警方要求过来配合调查。"

她思维敏捷，几乎是立刻寻到了漏洞："那天在茶楼我问过陆洋认不认识沈南秋，陆洋说不认识。如果她与陆洋曾经有过联系，那么就证明陆洋对我撒了谎。而陆洋为什么要对我撒谎？除非……"

他揣度着她的话，缓缓点头："你直觉一向很准，沈南秋与许攸宁必然有关系，且关系匪浅，所以，陆洋才会故意隐瞒。"

"那现在就有两种可能：其一，陆洋只是知道沈南秋和许攸宁的关系，他在向我打听许攸宁债务的同时，也向沈南秋打听过，所以，警察会找我们两个调查情况；其二，陆洋与沈南秋关系密切，沈南秋就是那个藏在后面的人，是她指使陆洋搜查许攸宁的办公室，潜入我家清除电脑记录……"

高峻突然打断她的话："潜入你家清除电脑记录的人不是陆洋，他从身高上就被排除了。"

"身高只是你推测出来的，不一定准确。而且，不是他还能有谁？"阮真真想也不想地反问，她有心要套他的话，故意表现得极为偏执，"只有他可能藏着我家的钥匙。"

高峻一时不察，竟然真的上当，剑眉微微皱起，面上露出几分不耐烦，道："那天我们已经讨论过了，清除电脑记录是为了掩盖许攸宁自杀的痕迹，陆洋没有理由这样做。"

阮真真却倾身上前质问，简直咄咄逼人："陆洋没有理由，那谁会有？沈南秋？尤刚？"话说到这里，一个念头突然冒了出来，"还是那个神龙见首不见尾的夏新良？"

在听到夏新良的名字时，高峻的瞳孔明显地紧缩了一下。这细微的变化并没有逃过阮真真的眼睛，一瞬间，她几乎就明白了过来，他想要引导她去调查的那个人，从头到尾只有一个，那就是夏新良。

她不觉轻轻地笑了笑，气定神闲地坐回到座椅里去，用十分肯定的语气问他道："你认为那个人是夏新良，对吧？"

他薄唇微抿，一时没有回答。

阮真真又追问："你为什么这么认为？为什么会怀疑到他的身上去？你的理由呢？高峻？"

许是最后她嘴里叫出的名字迷惑了他，他暂时抛弃了脑中那个"她已经知晓一切"的荒谬念头，沉吟了一下，半真半假地答她道："我并没有认定那个人就是夏新良，只是先排除了陆洋和尤刚。"

"沈南秋呢？为什么不会是沈南秋指使人做的？"她又问。

"从那个人离开时的模样，那样地镇定从容，所以，我判断他不应该是受雇于沈南秋的陌生人。"他不想再给她继续纠缠下去的机会，话锋一转，忽地问道，"说起夏新良来，你见过他对吧？还记得他有多高吗？"

进攻就是最好的防守，提问永远比回答更能争取到主动权，他显然深谙这一点。

她果然被他转移了方向，顺着他的思路走下去，认真地回忆着，"和许攸宁差不多吧，比你稍稍矮一点，这么说来，他身高倒是比陆洋和尤刚都要符合。没准许攸宁的合伙人并不是沈南秋，而是这个夏新良。"

他闻言只是笑笑，未置可否。

阮真真也沉默下来，像是陷入了沉思之中。

高峻不想干扰她，却又怕她思路再次跑偏，瞥她一眼，轻声说道："其实整件事中最叫我困惑的不是许攸宁的合伙人到底是谁。"

"那是什么？"她忍不住问道。

他答道："为什么会有人在许攸宁死后，冒着被抓住的风险，潜入你家替他清除电脑记录？这样做的目的是什么？"

她很敏锐地抓住了其中的关键字眼："你用了'替他'这个词，你觉得这个举动的受益者是许攸宁，是吗？"

"难道不是吗？"他望着她笑笑，反问道，"电脑记录被删除得那么干净，如果不是网络大数据记录下他曾经搜索过降糖药物，据此向你推送了相关广告，许攸宁自杀这件事情，会留下任何痕迹吗？"

阮真真默然。

高峻又道："许攸宁不想被人知道他是自杀，所以才会在搜索相关网页后就清除了浏览记录，而在他死去两个月后，又有人特意过来使用软件再一次清除记录。那个人为什么要这样做？又为什么不早不晚偏偏选在那一天？到底是什么事情激发了他这一行为？阮真真，你好好回忆一下，在那几天有没有发生过什么特别的事情？"

那天是十二月十七号，她去开发区蹲守夏新良的第二天。果然，他又有意把她的思路往夏新良身上引。阮真真心里明镜一样，面上却做出疑惑不解的模样。"没有发生过什么特别的事情啊。"她缓缓摇着头，突然又叫道，"我想起来了！"

他眼睛明显一亮，追问："想起什么来了？"

"那天晚上你从北陵过来，我们见面一起吃了饭，还差点撕破了脸。"她回答，看向他的眼神立刻有了戒备，"分开后，我去了苏雯家，你呢？高峻，你去做什么了？"

高峻不想她竟然怀疑到了自己头上，颇有些哭笑不得："真真，你怀疑我？"

她忍不住也笑了起来，用手掌轻轻叩打着自己的额头，笑道："真是的，都傻掉了，怀疑谁也不该怀疑到你头上。算了算了，先不想那些了，还是先把沈南秋这边搞定。"

沈南秋进去公安局已有一个多小时，此刻人还没出来。

阮真真抬腕看表，道："比警察问我的时间还长，可见她与陆洋的联系要比我多得多。"

高峻眼睛望着车外，不紧不慢地说道："也许，还有其他的事情。"

她不解："还有什么事？"

"南洲银行前行长张明浩跳江自杀的事情听说过吧？"他问。

张明浩跳江自尽，许攸宁出车祸横死，而陆洋则是深夜被杀……苏雯前几天还跟她说过这些事情，南洲银行短短数月之内接连有三个人死于非命，大家都传是前行长方建设修大门修坏了风水。

阮真真点头应道："听说过。"

"张明浩刚刚上任南洲银行行长，正挽起袖子要彻查不良贷款，却突然因抑郁症自杀了。"高峻笑笑，嘴边上露出些许嘲讽，"死得倒真是时候，不知多少人因为他的死大松了一口气，尤其是前行长方建设。不过警方也不傻，张明浩之死迟迟不肯给出定论，作为方建设的情妇之一，沈南秋被警方多问几句也是应该的。"

阮真真听得怔住，惊疑不定地看向他："如果张是他杀伪装成自尽，那么许攸宁……"

高峻轻声接道："也不是没有可能，那一场车祸不是意外，不是自杀，而是……一场谋杀。"

阮真真不由自主地打了个激灵。

可如果是一场谋杀，那电脑上的搜索记录又是怎么回事？难道说许攸宁搜索降糖药物准备自杀，却因抢救及时而意外生还，随后就有人谋杀了他，并将其伪装成了一场车祸？

那潜入她家中的那个人，又为什么要特意清除电脑的搜索记录？

还有，眼前这个扮作高峻接近她的男人，这个履历神秘的谭深，他到底是为何而来？他与那个夏新良又有什么关系？为什么一而再再而三地引导着她去调查夏新良？

阮真真满心满脑的疑问，如同乌云遮天蔽日，令她眼前看不到一丝光亮。

"出来了。"高峻突然说道。

不远处，沈南秋紧裹大衣面罩墨镜，已从公安局内快步走出，径直走向自己的车。她并没有立即离开，坐在车里似乎先打了个电话，过了三五分钟才驾车离开。

高峻不慌不忙地开车跟上去，又问阮真真："真的想好了？直接找沈南秋摊牌吗？"

她本就是来找沈南秋摊牌的，不想却突然出了公安局这段插曲，沈南秋与陆洋还有可能牵扯上了关系。阮真真想了想，决定还是按照计划行事，应道："直接摊牌。"

高峻没再多说，开车一路不远不近地跟着，直等沈南秋驾车驶入公司写字楼下的停车场，这才突然加速追上去，把车堵在她的车后停下了。

沈南秋下车刚刚走到车尾，见状不觉一愣。阮真真那边已经快速下车，几步上前挡住了她的退路，沉声道："你好沈南秋，耽误你几分钟，我们找个地方聊一下吧。"

沈南秋看看车内戴着墨镜的高峻，又回头看阮真真，面上露出愠怒，色厉内荏地喝问："你们想干什么？"

"想跟你聊一聊。"阮真真回答。

沈南秋向旁侧退了两步，做出戒备的姿态："我跟你没什么好聊的。我劝你们长点脑子，别做傻事。"她手中紧握着手机，又冷声威胁，"你再不走，我就要报警了。"

"报警吧。"阮真真微微笑着，竟还给出自己的建议，"不如直接打给刑警队的陈敬言警官，我们可以好好地聊一聊陆洋的事。"

沈南秋表情明显僵了一下："我不懂你在说什么。"

"你懂。"阮真真双手插入大衣兜内，气定神闲地说道，"沈南秋，你什么都懂。你认识我是谁，更该知道我来找你做什么。"

高峻也摇下了车窗，说道："大家与其站在这里浪费时间，不如找个地方坐下来说几句话。上车吧，沈女士，你不用害怕，法治社会，我们不会，也不敢把你怎么样。"

"我如果不上车呢？"沈南秋冷声问。

"可以啊。"高峻微微一笑，不慌不忙地答道，"那我们就只能继续在这里耗下去了。当然，你可以直接报警，或者大声呼救引保安过来，如果不怕事情闹大了传到方建设耳朵里的话。"

这话显然极有威力，沈南秋面色难看，站在那里稍一犹豫，快步走到高峻车旁，自己拉开车门坐了进去。阮真真也紧跟着上了车，刚刚坐定，就听到后座的沈南秋冷声问道："你是谁？"

这显然是在问高峻了。

高峻一边开车，一边答道："真真的朋友。"

"朋友？"沈南秋闻言嗤笑，目光在高峻与阮真真之间打了个转，脸上露出几分讥诮，嘲道，"什么朋友？携手共游恒中校园，又闹到别人坟前的男朋友？"

她这般讽刺，显然是看过网上那段视频，关注过阮真真的消息。高峻似乎并不意外，先下意识地看了看身侧的阮真真，这才又抬眼瞥向后视镜，对上沈南秋的视线，轻笑着说道："谢谢你没称呼我为奸夫。"

沈南秋呵呵冷笑两声，不屑之情溢于言表。

阮真真一直沉默，直到这时才转过身来看向沈南秋。她有一头浓密茂盛的长发，皮肤白皙，五官精致，是那种走在大街上男女老幼看到了都会忍不住多瞧两眼的人。

这是一个被时光优待的女人。

她在打量沈南秋，而沈南秋也在默默审视她。片刻之后，还是沈南秋先打破了两人之间的沉寂。"阮真真，对于我们两个的见面，我曾设想过无数次，却从没想过会是现在这种情景。"

"你认为应该是什么情景？"阮真真问。

沈南秋扯了扯嘴角，笑得古怪，却没有回答。

车已开出地库，光线瞬间亮了许多，她转头扫一眼车外，吩咐高峻："沿着江边走，前面随便找个地方停车。"说着，又去看阮真真，"有话在哪说都一样，对吧？"

高峻与阮真真对视一眼，把车开去了江边，在一处小公园停了下来。他似是有意避嫌，从车里拿起香烟和打火机，转身要下车，淡淡说道："你们俩聊，我出去吸根烟。"

沈南秋抬头看了眼车前的行车记录仪，微微冷笑，与阮真真说道："别，还是我们俩沿着江边走走吧。"

高峻闻言停下，回过身看阮真真，向她微不可见地摇了摇头。

阮真真却视而不见，回应沈南秋道："好啊。"

这条江弯弯曲曲穿南洲市区而过，为了丰富市民娱乐生活，政府沿江修建了许多小公园，隔不多远就有一个，里面绿化极好，郁郁葱葱的，沿着江边还搭有木制栈道，引得不少市民来此散步遛弯。

两人沿堤岸往下，直到栈道上才停住，沈南秋回过身来，不怀好意地看着阮真真："你想知道什么？朵拉女装为什么会留许攸宁的电话？那件裙子是谁买的？还是想问……我跟许攸宁到底是什么关系？"

"都不是。"阮真真双手插兜，平静地说道，"我想问的是，许攸宁暗中做借贷生意，你知道吗？"

沈南秋挑高了眉梢，似乎颇为意外："你想问的是这个？"

"是。"阮真真回答。

沈南秋又问："只是这个？"

阮真真想了想，答道："还想问你知不知道许攸宁借来的那些钱都去了哪里。"

沈南秋盯了阮真真半晌，忽地失笑，就像是听到了什么笑话，转向江面笑个不停，连眼泪都出来了。好一会儿，她才止住了笑，回身冷眼看向阮真真："两个问题我都可以回答你。许攸宁做借贷生意我有所耳闻，但不知道他借来的钱都去了哪里。"

她下颌微抬，挑衅一般地看着阮真真，似乎笃定了不论她怎么说，阮真真都拿自己没有办法。

阮真真并没有被激怒，仍旧是心平气和："沈南秋，我接到朵拉女装的电话是在十二月七日，从那一天起，我就满心里想知道你和许攸宁到底是什么关系。我一直在劝自己，说这没意义，不论你们是知己还是情人，法律上，许攸宁留下的千万债务，只会落到我的头上。"

沈南秋面色微沉，默默听着。

阮真真又道："我从十五岁认识许攸宁，到他死去整整十七年，这期间我从未亏欠过他。而你，沈南秋，在我接到服装店的电话之前，我连你的名字都没有听说过，更谈不上对不起你。所以，不论你对你们两人的关系感到如何的不甘和抱怨，都怪不到我的身上，你所受到的教育应该能让你明白，三个人中，我才是那个自始至终都无辜的人。"

"无辜？"沈南秋轻声重复，似乎在揣摩着这两个字的意味，"阮真真你觉得自己很无辜吗？"

"那我做错了什么？"阮真真反问她。

"你无辜是因为你无知！"沈南秋的声音突然变得尖厉高亢，秀丽的五官也因愤怒而微微扭曲，"你无辜是因为他把你保护得太好，你无辜是基于我长年累月的牺牲！你什么都不做，你当然不会做错什么！你懂什么？嗯？你告诉我。你了解他的野心吗？你知道他曾经受过多少委屈吗？你不知道！"

沈南秋越说越激动，情绪渐渐失控："十七年，十七年好长啊。"她讥笑着，不自觉地逼近阮真真，"可我也爱了他足足十几年！从校园到职场，都是我陪在他身边，是我看着他从意气风发到谨小慎微；也是我出卖自己，只为了给他垫脚。你呢？阮真真，许太太，你为他做过什么？"

阮真真不知道自己为许攸宁做过什么，沈南秋问的话她都答不上来。她觉得嗓子里像是被什么东西堵住了，卡得她一个字都说不出。不应该是这样的，起码她预想的不是这样。

她想不明白，为什么许攸宁人都死了，她和沈南秋还要在这里争论这些没有意义的事情？

阮真真竭力控制着自己，冷声喝道："沈南秋，请你冷静一点。"

沈南秋许是也觉得姿态太难看，猛地停下来，转过身去面朝着江面，努力平复自己的情绪。

良久之后，她才重又恢复冷漠，说道："你刚才提到我所受过的教育。我所受过的教育叫我隐忍了十几年，不论多么愤恨不甘，都不曾去打扰你的生活，就连服装店这件事，也只是个意外。我已经尽力了。正如你所说的，你没有对不起我，同样，我对你也没有任何亏欠。所以，请你以后不要再打扰我。"

她说完，转过身就往堤岸上走。

阮真真并没有叫住她，只抬眼静静看着，突然问道："陆洋是怎么死的，你知道吗？"

沈南秋顿住了脚步。

"他死在了北郊事故车停放处，就在自己车里遭人割喉，血溅了满车。"阮真真语气平淡，不见丝毫起伏，"而在那之前，他刚刚问过我许攸宁借了多少钱，他的车存在哪里。"

沈南秋终于缓缓转过身来，居高临下地看着阮真真。

阮真真继续说道："你应该比我更清楚，陆洋去那里找什么，而他的死也说明了，找那样东西的不止他一个，对吧？"

"你到底想说什么？"沈南秋淡淡问道。

阮真真向上走了几步，抬起眼来打量她，抿了抿唇角，道："我想说：如果账本在你手里，那么他们下一个要找的人恐怕就是你；如果你也只是找账本的人，希望你不要做下一个陆洋。"

“账本？”沈南秋反问，面上现出不可思议的神色，"你觉得他们只是在找许攸宁的账本？一千多万的账本？"

阮真真双手仍揣在大衣口袋里，反问："不是吗？"

"多谢你的提醒。"她眼帘半垂，看下来的目光竟带了些怜悯，"估计也就只有你，眼皮子浅得只能看到那一千多万了吧。"

阮真真不动声色："不是为了账本，那么他们在找什么？"

沈南秋居高临下地打量她，忽然笑了笑，抬起手来指向江边，道："沿着这条江往西走，靠近跨江大桥那里也有一个公园，就在攸宁死前二十天，南洲银行行长张明浩在那跳江自杀了。阮真真，你说他为什么自杀？"

阮真真盯着她，如她所愿地追问："为什么？"

"谁知道呢？没准也是为了你那一千多万吧。"她语带讥诮，说完再不理会阮真真，转过身径直往阶梯上走去。路过高峻身边时，突然又停下来，问他道："请教一下，阮真真这种女人，你喜欢她什么？"

高峻沉默着，一时没有回答。

沈南秋扯起唇角，继续问下去："喜欢她饭做得好吃？衣服洗得干净？还是喜欢她对你们温柔细致，伺候得体贴周到？找个保姆不行吗？"

高峻一直靠在车边，闻言痞气地笑了笑，反问她："男人喜欢女人，还需要什么理由吗？"

她微微偏过了头，认真地看着他："不需要吗？"

墨镜遮挡住了他的眼睛，令人窥不到他的内心，只有那轻轻扯起的嘴角上露出几分轻慢来。"如果一个男人，需要找到充足的理由才能喜欢你，那么，他一定不是真心。喜欢就是喜欢，由心而发，没有任何缘由，所有的理由都是找给自己的借口，明白了吗？沈女士。"

她不明白，她要是能想明白，就不会落得现在这个下场了。沈南秋从他身边走过，到路边伸手拦了辆出租车，上车离去。

高峻回过身，静静看着走在石阶上的阮真真。此刻阳光正盛，春日在她身后宽阔的江面上铺设出粼粼波光，映得整个世界都跟着恍惚起来，叫人有一种不真实感，一如眼前的她。平心而论，她并不算很漂亮，五官精致有余而艳丽不足，唯独鼻子长得极好，既高挺又俏丽，带着整个面庞都生动起来。

与沈南秋的艳光四射不同，她的美平和而又舒缓，令人不知不觉中陷入进去，心生愉悦，这是一种毫无攻击性的美。

他看着看着，突然间就理解了许攸宁的选择。

即便戴着墨镜，他怔怔的神色还是出卖了他的内心，阮真真瞧入眼中，隐约抓到了些什么。她不觉垂了垂眼帘，不急不忙地拾级而上，直至他的身边，这才向着他抬起脸来，说道："我好像就是一个大恶人，尸位素餐，空占着许太太的名位，却一点也不了解我的丈夫。而他的红颜知己为他奉献牺牲，无怨无悔，爱他却又恪守道德的底线……"

他淡淡一笑，打断她道："成年人之间，哪来的那么多的奉献牺牲，无怨无悔？不过都是权衡利弊，有苦难言罢了。"

"我是不是输得特别难看？"她又问。

他垂目看着她，忽然抬手摸了摸她的头发，轻声道："你赢了。"

这样亲昵的动作叫她感到极为不适，下意识地侧头躲避，而他似乎也觉得不大自在，赶紧拿开了手掌，有点慌张地从衣袋里摸出了一支烟来，叼到了唇间才想起来她在身边，忙又拿了下来，随手团了团扔进远处的垃圾桶内。

"沈南秋提到张明浩了？"他突然问。

阮真真闻言惊讶，刚才她与沈南秋站在江边，距离他颇远，不想他耳力这样好，竟能听到她们之间的谈话。见她这般反应，他笑了笑，解释道："我看沈南秋指着西边，就猜着可能是与张明浩有关。"

阮真真犹豫了一下，半真半假地答道："是说了一句张明浩，她说我不懂许攸宁，只知道坐享其成，许攸宁跟我生活在一起，就算没撞死，早晚也得抑郁，像张明浩一样跳江自杀。"

高峻没有起疑，似是有些失望："都传张明浩是被方建设害的，她跟在方建设身边，不可能没听到风声。这女人很狡猾啊。"

阮真真不以为意，甚至还为沈南秋说话："她跟我说谎也正常。"

高峻却是笑了笑，道："看她不肯在车里说话，我还以为她嘴里能漏出几句实话呢。"

沈南秋不肯在车里说话，自然是怕被车里的行车记录仪记录下谈话内容。阮真真手插在衣兜里，不自觉地握紧了手心里的录音笔，她抬眼看高峻，问道："我们接下来怎么办？"

他默默看了她两眼，却是说道："先回去吧。"

时值正午，两人在路上找了家快餐店填肚子。等餐的工夫，她忍不住往他那边探过身去，小声问道："为什么都说张明浩是方建设害死的？是因为他把方建设搞下去了，方建设要报复，还是说他要查不良贷款，方建设做贼心虚？"

她紧张兮兮的模样逗得高峻有些想笑，不知怎的，他突然起了玩闹之心，故意做出神秘之色，左右看看，倾身凑到她耳边，压低声音说道："张明浩并没有把方建设搞下去，方建设从南洲银行行长离任后，改任南洲金融投资集团董事长，算得上是升迁。"

阮真真转头看他，微微瞠目，更显不解。

她本就长了一张娃娃脸，巴掌大的面庞上，一双杏核大眼黑白分明最为醒目，此刻再微微一瞪，更显得圆溜溜的，水润清亮中透着与年龄不相称的纯真率直，竟显出几分孩子气来。

他似乎突然明白了，她为什么会叫了"真真"这样一个稚嫩的名字。

两人凑得很近，他又这样怔怔盯着她看，她先是讶异，随即不觉露出些尴尬来，忙坐回身去，装模作样地低下头去看手表，没话找话地说道："都多久了，怎么饭还不上啊？"

"饭点人多，别着急，慢慢等吧。"他应和，身体也往后让了让，继续之前的话题，"方建设和张明浩之间的矛盾应该源自贷款一事。张明浩上任没多久，南洲银行的贷款风控把关日益严格，暂停了许多新增贷款，这和方建设之前的政策大相径庭。"

话说到这里，似乎又牵扯到了许攸宁的身上，作为信贷部主任，张明浩这些举措必然会给他的工作带去很大影响。

阮真真眼前突然闪过之前那一幕，沈南秋指着宽阔的江面，问她："就在攸宁死前二十天，南洲银行行长张明浩在那跳江自杀了。阮真真，你说他为什么自杀？"

就在刚刚，沈南秋其实已经明白地告诉了她答案，不是张明浩为什么自杀，而是许攸宁为什么会出车祸，他和张明浩一样都是被人害死的，一个被"自杀"，一个被"车祸"。

必须要再见沈南秋一面，在没有被"高峻"监视操控的前提下。她是个情绪内敛的人，纵是心中转过万般念头也不在脸上表露分毫，她故意问出蠢话："再怎么说也是工作上的事情，犯不着杀人吧？"

高峻闻言笑笑，没说什么。这会儿工夫，服务员正好把饭菜端了上来，两人腹中都已饥饿难耐，齐齐拿筷，一时停下了交谈。

饭刚吃到一半，苏雯突然给阮真真打来电话，问道："你这会儿在哪呢？有事吗？"

"在外面，没什么事。"她回答。

苏雯又问："跟高峻在一起呢？"

阮真真下意识地抬眼去看对面的高峻，嗯了一声，电话里沉默片刻，才又听得苏雯说道："我开车出了点事故，这会儿刚到医院，你能过来一下吗？"

因有许攸宁的事在前，阮真真一听车祸两字就慌了，起身的时候太过着急，大腿猛地撞在餐桌底沿，差点把餐桌都顶翻了。高峻一把抓住她的手臂："怎么了？出什么事了？"

她面色苍白，颤声答道："苏雯出车祸了。"

就在这时，他手机也响了，高峻扫一眼屏幕，犹豫了一下才接了起来，刚"喂"了一声，就听得老六在里面骂骂咧咧地说道："哥，坏事了，我把姓苏的那女的给撞了。"

阮真真听不到他手机里的声音，却清晰地感觉到他握着自己的手掌猛地紧了一紧。她抬眼，还不及发问，他手掌却又松了劲儿，虚虚握着她的手臂，就听得他含混应道："行，我知道了，你先正常处理，我这里还有点事，等回头我们见面再说。"

他挂断电话，低头与她解释道："没事，有个客户出了点状况，回头我再去处理，我们先去看苏雯。"

以他刚才的反应，绝对不可能是客户出了状况，而且一个假冒的律师，哪里来的什么客户！可她顾不上怀疑，也分不出心思细究，只急匆匆往医院赶，到那的时候，苏雯刚刚做完检查，被套上了颈部护具，正梗着脖子在轮椅上坐着，瞧见了她，还咧着嘴傻呵呵地笑起来，道："没事，没事，别着急。"

阮真真吓坏了，冲过去把苏雯上上下下看了个遍，问："怎么回事？伤到颈椎了，严重吗？"

苏雯大大咧咧地摆手，说道："不严重，这玩意儿就是看着吓人，其实没什么事。我就是晃了一下，脖子上有点拉伤，医生非要我戴上这么个玩意儿，说是得观察观察。"

"真的没事？"阮真真又问。

苏雯道："我糊弄你干吗？真没什么事，叫你过来就是因为戴上这玩意儿我没法开车，你得帮我把车开回去。"

她这样说，不仅阮真真松了一口气，就连高峻也是面色稍缓，想了想，问道："怎么出的车祸？肇事司机呢？没跟你来医院？"

苏雯脖子不灵光，艰难地抬起头看他，嘻嘻哈哈地笑道："别提了，我也不知道怎么出的车祸，我这好端端开着车找停车位呢，突然就被人给撞了，差点把我脖子给晃断了。"

正说着，走廊里走过来一个五短身材的年轻男人，手里拿着一沓子票据单子，边走边看着，无意间抬眼，看到苏雯身边的阮真真和高峻，神色先是一怔，犹豫了一下才凑了过来，脸上赔着小心，问道："两位是苏小姐的朋友吧？"

阮真真皱起眉头，若有所思地打量着他，只觉得此人身形有些熟悉，似乎在哪里见过一般，偏偏一时又想不起来。正疑惑间，就听得身旁的苏雯高声叫道："就是这小子撞的我。"

男人赶紧赔笑作揖，嘴里一迭声地道歉："对不住对不住，我真不是故意的。"

有朋友在身边，苏雯底气顿时足起来，怒声斥道："你说不是故意的就行了？你百分百责任懂不懂？我被你撞这一下损失大了，不光车得修，我人也得跟着大修，耽误多少工作你知道吗？"

"我赔，我都赔，行吧？"对方赶紧应承。

"你必须得赔！"苏雯抬手指了指身侧的高峻道，"这是我律师，具体赔偿事宜你和他谈吧。"

那男人抬眼看了看高峻，干巴巴地笑了笑："行，行。"

苏雯不停地向着高峻挤眼睛，高峻略略颔首示意自己明了，转去看那男人，淡淡说道："你好，我叫高峻，我的委托人受伤严重，感觉极不舒服，需要留院继续观察一下，我们还是出来聊一下吧。"

"好，好。"男人二话不说，巴巴地跟在高峻身后出去。

等他俩一走，苏雯这才气呼呼地说道："妈的，无缘无故遭这么一场，必须要高峻好好宰一宰他！"

阮真真却若有所思，视线仍还落在高峻离去的方向，忽地问苏雯道："你干什么去了？好好的怎么会被人撞到？"

苏雯答道："别提了，你晓得老严吧？就搞传媒的那个老严，他今天中午攒得个局，说都是恒州一中的校友，非打电话叫我过去。我实在推不开，只能开车过去，结果刚到酒店外面，突然就被人给撞了。"

阮真真听完心中一动，似是突然想到了什么，也顾不上理会苏雯，转身匆匆往外追了出去。

走廊内人来人往，阻碍了她的视线，却也遮掩了她的身形，阮真真远远地跟着高峻与那男子，一路跟到大门口，这才见他们在楼前的林荫道上停了下来。她不敢太上前，躲在粗大的廊柱后偷偷瞥他们，瞧见高峻一脸沉默地站着，那男人刚要凑上前去，就被他一个眼神止住了。

距离太远，她听不到谈话内容，只看到男人的手在不停比画着，似乎是在解释什么。突然间，阮真真就记了起来，她的确曾经与这个男人打过照面，就在自己的家门前，他那次蒙着面，刺了高峻的手臂一刀后从防火梯逃窜……

原来是他啊！

老六也没想到会出这样的事，极为懊恼："真是寸了！高律师说和老乡有个聚会，我没多想，开车送他过去，刚在酒店外面撂下人，苏雯的车就到了。她这车颜色扎眼，我一眼就认出来了，脑子里那根弦一绷，这才反应过来，这两人就是老乡，她一定也是来参加聚会的。那不完蛋了嘛，到时候和真高峻一碰面，你的身份就露馅了！"

高峻薄唇微抿，淡淡瞥了四周两眼，问老六道："是个什么老乡聚会？谁组织的？"

老六摇头："这我哪知道啊？问太多也遭人怀疑啊。"

"那苏雯看到高律师了没有？"高峻又问。

老六还是摇头，迟疑道："应该没有吧，就是看到了也就看一背影，不见得会留意到。哥，我觉得你有点想多了。"

高峻沉吟不语，正要开口，却似察觉到什么，忽然抬头向老六身后看了过去。老六诧异，不由得回身跟着他一同看去，就见阮真真的身影出现在大楼门口。老六下意识地往后退了半步，离高峻又远了点。

阮真真不小心暴露了身形，索性径直走到近前，先看一眼高峻，这才转去看老六，面无表情地说道："缴费单呢？我得拿缴费单去取检查报告。"

老六愣了愣，赶紧把手里的一沓单子都递了过去，堆笑道："给，都在这呢。"

阮真真冷着脸接过去，又跟高峻说道："你过来一下，我有话要跟你说。"

她说完率先往旁侧走了几步，等高峻走过去，又故意伸手扯着他胳膊往边上闪了闪，侧身避开老六视线，压低声音说道："苏雯要我告诉你，吓唬吓唬这人，想办法替她多要点赔偿。"

高峻垂眼看看她，仔细辨别了一下她的神色，这才轻声应道："知道。"

她这才松开他，放开了声音，故意说话给老六听："苏雯感觉很不好，我先去拿检查报告看一看，问一问医生，不行就给她先办了住院，好好观察一下。"

高峻配合地点头："你去吧，这里我来处理。"

阮真真回头又恼火地瞪一眼老六，这才走了。

老六瞧着她的背影，刚要开口说话，却被高峻抬手止住了。两人都默默盯着阮真真的身影，直到她走进了医院大门，老六这才松了口气，侥幸道："看来是没露馅。"

高峻眼睛却还落在她离开的方向，不知想到了什么，突然提步跟了过去。

阮真真努力保持着沉稳的步态，穿过医院大厅，拐入走廊，她警觉地回头，瞧见身后并无人跟过来，一直提起的心才略略放下，不自觉地加快脚步，直到检查室外。

苏雯正一头雾水，瞧见她过来，立刻推着轮椅上前，急声问道："你搞什么呢？"

阮真真稳了稳心神，与苏雯说道："现在什么也不要问，尤其是当着高峻的面！你先待着，我去给你拿检查报告。"

她说完转身，一抬眼正好瞥到高峻从外面回来，他步履略显匆匆，简直是紧随而至。她吸一口气，不动声色地往前迎了两步，神色如常地问道："谈得怎么样？那人什么态度啊？"

高峻眸色沉沉，暗自打量她，可她的表现实在太过自然，叫人瞧不出丝毫破绽。

她又催促，不自觉地露出急迫："说话啊！"

他疑心稍散，向她弯唇笑笑，答道："那人怕麻烦，一心求着尽快私了。"

说是私了，其实就是不经交警，双方"自行协商"。苏雯的检查结果已经出来，除了一些软组织挫伤外并无其他伤情，三个人商议之后，由阮真真先送苏雯回家休养，高峻留在这与那人继续商讨赔偿事宜。

高峻帮忙，一路把她们两个送到了车上。他先仔细看了看车前被撞得已经变形的保险杠，又绕到驾驶员那一侧，弯下腰来，隔着半落的车窗玻璃看阮真真，交代她道："路上开车要小心。"

阮真真点头，道："放心吧，老司机了。"

他不知想到了什么，扯起嘴角向她笑了笑，起身往后退了一步，看着她小心翼翼地把车开出停车场。

后视镜中的人渐小渐远，直至再也看不到。

苏雯早已按捺不住，立刻问阮真真道："到底怎么了？你搞什么呢？这么神神叨叨的。"

经由今天一事，阮真真已经确定苏雯与那高峻并不是同伙，显然也是被高峻欺骗了，现听闻她问，想了想，说道："你给老严打个电话，问问今天的聚会高峻去了没有。"

"啊？"苏雯被她说糊涂了，"高峻不是一直和你在一起吗？"

"给老严打电话，现在就打，照我说的问。"阮真真神色极为严肃，简直要吓到了苏雯，她脖子上戴着颈托，动作不免有些笨拙，依言掏出自己手机来，给老严拨打了过去。

电话响了一会儿才被人接起，苏雯照她交代的问过去，只听了两句面色忽地就变了，手举着手机，傻愣愣地对阮真真说道："高峻在那呢。哎？不是，高峻怎么会在那呢？他现在不该是在医院吗？如果高峻一直在跟老严他们吃饭，那么刚才那个，又是谁？"

"谭深。"阮真真唇角上缓缓勾起一抹冷笑，"不出意外，在医院的这个，他的真名应该叫谭深。"

苏雯惊讶莫名："哪里来的谭深？这是个什么人啊？阮真真你跟我说清楚，这他妈到底是怎么回事？刚才这个高峻难道是个假的？你早知道他不是真正的高峻？"

"也算刚知道吧。"阮真真嘲弄一笑，"撞你的男人应该是他的同伙，他们借着打官司的名义把真正的高峻从北陵骗过来，然后由谭深假扮他在我面前出现。还记得吗？我跟你说过，我总感觉高峻这个人试图操控我，这不是我的错觉。"

苏雯震惊不已，失声道："他们想干什么？"

"是为许攸宁的事来的，我现在也只知道这么多。"阮真真轻声说道。她又去看苏雯，问："那男人怎么撞的你？"

听她问起这个，苏雯简直要炸，叫道："妈的，他绝对是故意的，一脚油门直冲着我就撞过来了。我这正找车位呢，真是毫

286

无防备，一脑袋砸到方向盘上，差点把老娘脖子晃断了。"

苏雯脸上有大片的青肿，足可见那一下撞得有多猛。这只是为了掩盖高峻的身份。幸好苏雯是在车里，如果她人在外面，他们为了阻拦她，岂不是还要直接撞人？一想到好友曾经面临的危险，阮真真心中的怒意强烈得几乎压制不住，她咬紧了牙关，好一会儿才能缓缓松开，从齿间吐出两个字来："混蛋。"

苏雯气愤之余，更多的则是后怕，道："真真，咱们报警吧！"

阮真真闻言却是沉默，报警有用吗？就如之前她与真高峻讨论过的那样，这个谭深虽然假冒他人身份而来，但较真起来，他并没有做过任何违法乱纪的事情，就算报警，法律也不能拿他怎么样。

"报警没用。"她轻声道。

苏雯忽地想起来，这个高峻还是通过自己的介绍才到了阮真真身边，不由得十分自责："都怪我……"

"他们有备而来，没你，也会找到其他法子接近我。"阮真真看得明白，深知此事与好友无关，甚至苏雯会有今天这场灾祸都是受她拖累。她转头瞥一眼苏雯，瞧她那狼狈模样，又想起自己之前还曾经怀疑过她，不免更是内疚，"其实是我连累了你。"

"咱们俩认识都快二十年了，就不要再争这些没用的东西。"苏雯是个爽快人，并不纠结于此，只又问她道，"既不报警，那你打算怎么办？"

几天前，真正的高峻也曾经问过她这个问题，当时阮真真只是想搞清楚这个叫谭深的男人为何而来。而此刻，她已无法满足于此。他们实在太过猖狂，不仅要把她玩弄于股掌，甚至还置苏雯于险境，她怎么能轻易放过他们！

阮真真抿紧双唇，好一会儿才自言自语道："我倒要看看，到底是鹿死谁手。"

苏雯闻言急忙阻止："真真，别做傻事！他们还不知是什么来头，万一是杀人越货的亡命徒，你跟他们斗，那不是自己找死啊！"

"放心吧，我心里有数。"她目光灼灼，沉声道，"我想要去找沈南秋，不能叫谭深知道。"

苏雯奇道："沈南秋？你找她做什么？"

阮真真将上午的事情简单地说给好友听，又把一直揣在兜里的录音笔掏出来递给她："你听一下，沈南秋话里有话，许攸宁的死很可能和张明浩一样，是被人谋杀的。"

苏雯惊愕，急忙打开了录音笔来听，嘈杂的背景音中，阮真真和沈南秋的谈话内容勉强可以听清。待听完沈南秋最后一句话后，苏雯抬眼看向阮真真，十分肯定地说道："这个沈南秋一定知道很多事情！"

阮真真也这样认为，所以，她必须再去见沈南秋一次，独自一个人。

阮真真把车重新开上了路，又道："这个谭深很狡猾，为了不露出破绽，他每次在我面前出现，都是高峻前来南洲办案的时候。不过这样也给了我机会，等他再说回北陵时，我就去找沈南秋。"

苏雯却有不同的看法："他说回北陵，就一定真的回去吗？他人都是假的，他去北陵干什么？也许他人一直都在南洲，说是去北陵，实则留在南洲做着偷偷摸摸的事，没准还会暗中监视你呢！"

这简直就是一针见血。

阮真真抿了抿唇："那怎么办？"

苏雯想了想，咬牙道："与其在他沉了底，不知所终的时候冒险，不如就趁他露头的时候做事。想个法子，我拖住他，你去找沈南秋。"

阮真真闻言却是迟疑，这事越来越古怪诡异，越查越觉得深不见底，她不想再把好友牵扯进来冒险。苏雯看她迟迟没有反应，几乎猜到了她的心思，伸手拍了拍她的肩膀，颇有些气恼地说道："什么时候了，你还跟我客气！"

"苏雯，这事跟你毫无关系。"她说道。

"你脑子又抽了啊？你要觉得自己跟我毫无关系，那你现在就停车！下去！我自己开车回去！"苏雯直接怼她，瞧着她还想磨叽，又气得大叫，"阮真真！你是不是成心想气死我啊？"

阮真真只得闭嘴，沉默片刻后，问她："你有什么法子拖住他？"

"这还差不多！"苏雯冷哼一声，伸出手去推了推她脑袋，这才算作罢。她直着脖子，开始思考阮真真的问题，过了一会儿，说道，"这两天是周末，不好找事，等周一你上班之后再说。这两天你先忍耐住，千万不要在这个高峻面前露出马脚。"

"他叫谭深。"阮真真忍不住纠正她。

不想苏雯却是极认真地说道："不，他现在就是高峻。真真你记住，只有先骗过了自己，才能骗过别人。"

阮真真闻言重重点头："放心，我知道怎么做。"

车开到苏雯家楼下时，高峻打来了电话，说是已经和对方达成了初步协议，对方不仅全额支付苏雯的修车费用和治疗费用，还将赔偿她一万块钱的营养费和误工费。

苏雯刚要下车，闻言不由得大怒，一把抢过阮真真的手机来，吼道："不行！一万块？就我这脖子这样至少十天不能工作，最少也得赔我五万！"

高峻依旧心平气和，沉稳应道："好，我再跟他谈。"

苏雯直接挂断电话，把手机扔还给阮真真，冷笑道："一万块？你说他们怎么想的啊？是不是对老娘的挣钱能力有什么误解？"

阮真真却比她看得清楚，反问她道："如果你是肇事者，你会简简单单就答应赔偿五万块吗？"

苏雯愣了愣，摇头道："不能。"

"那不就得了。"她扯起唇角轻轻一笑，不疾不徐地说道，"他不是不知道你多能挣钱，而是不敢暴露他和那个男人的关系。"

苏雯也想通了其中关窍，忍不住骂道："妈的，太狡猾了！"

那本来就是一个极狡猾的男人。阮真真淡淡一笑，锁好了车，扶着苏雯上楼，忙活了足足一下午，把她都安顿好了，这才从苏雯家里出来。高峻的车早已经等在小区门口，看到她出来，他探身过去早早打开了副驾那一侧的车门，向着她叫道："这边。"

她快走了几步过去，刚坐进车内就闻到了淡淡的烟味，再瞥一眼他那侧半落的车窗，笑着问他："抽烟了？"

高峻淡淡一笑，对她的问题避而不答，只问她道："苏雯那里情况如何？人没事吧？"

阮真真轻声道："没什么大事，但也撞得不轻，没有伤到颈椎就是不幸中的万幸了。别看她咋咋呼呼，其实也吓坏了，我们有个同学就是这种情况，撞车晃了一下脖子，颈椎骨折，人从胸口往下就没知觉了。"

高峻面容微沉，默了一会儿，这才说道："人没事就好。"

"哎？"阮真真转头看他，"对方是什么人啊？干什么的？"

高峻开着车，神色坦然自若："我正要跟你说这件事。他是外地来南洲出差的，车也是租的，说是还有急事要办，咱们提的条件他都答应，不过只有一点要求，就是不签协议，直接给我们现金赔偿。"

不签协议的原因，阮真真心知肚明，无非就是不想留下什么证据。她暗自冷笑，口中却是问道："不签协议？什么意思？"

高峻淡淡一笑，答道："应该是不想暴露过多个人信息吧。"

阮真真故意说道："可苏雯之前怕他赖账，已经用手机拍下来他的驾驶证了，他想藏也藏不住啊。"

"估计是不想叫单位知道他出车祸这事吧。"前面就是路口，正好赶上红灯，高峻刹车，转过头来看她，道，"这事呢，目前就是这么个情况，要么不签协议，对方直接给现金赔偿；要么就等交通事故责任认定书，那赔偿一定不会比现在更多。我觉得还是前一条比较合适，你说呢？"

阮真真刚想拒绝，猛然间又惊觉，他这般明目张胆地替那人遮掩，会不会也是在故意试探？高峻还在看着她，面容镇定，目光平和，看不出丝毫异样。她稳了稳心神，道："就眼前看，的确是第一条更合适，可怕就怕苏雯后面再有什么情况。到时候去哪找人啊？"

"有道理。"高峻点头，又不觉失笑，"咱们两个也是瞎操心，这事怎么处理还得苏雯自己决定。"

阮真真也跟着笑了："对哦，也是。"

说话间红灯换成了绿灯，高峻继续开车，阮真真则给苏雯打了一个电话，把高峻的话转述给她听。苏雯倒是爽快，直接拍板道："那就给现金吧，五万块，一分也不能少。"

　　阮真真挂掉电话，转过头来看向高峻，笑道："果然是我瞎操心了。"

　　他笑笑不语，过了片刻，突然问道："沈南秋那里，你打算怎么办？"

　　"说实话，没有打算。我曾无数次预想与沈南秋见面的情景，连说什么话做什么表情都在心里演练过，可真等面对面的时候，才发现自己真是没用。"阮真真身体倚向靠背，有些茫然地望向车外，叹出长长的一口气来，良久之后，忽地幽幽说道，"好累啊。"

　　这一句似倾诉又似感叹，轻柔的声音里却透出无尽的疲惫和苍凉。

　　他不觉默然，心中就像是被什么牵扯住了，有点丝丝拉拉的疼。他不知该说些什么，又能说些什么，犹豫良久，也只是在开车的空当中伸过手去，轻轻地揉了揉她的发顶，柔声道："累了就睡一会儿吧。"

　　这一次，她没有避开他的手，甚至还顺从地把头靠向他这一侧，阖上了眼。

　　暮色四合，华灯初上，恰逢交通晚高峰，几乎人人都奔波在回家的路上，拥堵的车辆排成数条长龙，或红或白，顺着不同的道路蜿蜒曲折，令人一眼望不到头。城市明明很繁华，却不知为何透出难言的孤寂与冷清。

　　他开着车，随着车流走走停停，不时地瞥她一眼。

　　她歪着头，在座椅里缩成小小的一团，初时无声无息，慢慢地，呼吸才渐渐沉重绵长起来，又过了一会儿，竟发出了轻微的小兽一般的呼噜声。他闻声瞥了一眼，愣怔过后，不觉失笑。

路况实在拥堵，原本半个小时的车程足足开了近两个小时才到。高峻近来总跑这里，和小区保安已经有些熟识，落下车窗简单地打了声招呼，便把车开了进去，停到阮真真租的车位上。

他转过头默默看她，犹豫了一下，轻声唤她："真真？"

"嗯？"她低低应了一声，眼睛都没张开，只含混地问他，"快到了吗？到了你叫我。"

他没再说什么，又静坐了好半晌，这才探过身去轻拍她的手臂，温声道："到了，醒一醒，回家睡。"

她醒过来，睡眼蒙眬地看看他，迟了片刻才反应过来："哦，好。"许是因为刚刚睡醒，她还有点迷糊，推开车门往外迈的时候起得太猛，头顶"砰"的一声，重重地顶到了车门框上，竟又一屁股坐回了车内。

他那头刚刚下车，闻声惊了一跳，待明白怎么回事，又觉哭笑不得，赶紧从车头绕到她这一侧，问她："怎么样？没事吧？"

她都快出来了，手捂着头顶半天不能应声。他见状有些担心，扶着车门弯下腰来看她，好巧不巧的，她也强忍着痛正要下车，脑门子直冲着他就撞过来了。他反应极快，本能地伸手去挡，一巴掌正好摁在她脑门子上，就听得她"哎哟"叫了一声，人又坐了回去。

他愣了愣，终忍不住笑出声来。

"高峻！"她气得大叫，似乎都要恼羞成怒。他忙忍着笑，把她从车里挽出来，并不怎么真诚地道着歉："对不住啊，我真不是故意的。"

她仍气呼呼的，抬起头瞪他，一向苍白的脸颊上也罩上了绯红，不知是气的还是之前睡觉睡出来的。明明是气愤难当的模样，偏偏没有半分气势，反倒引人想笑。

他忽地想起自己曾经背过的那段文字："我回过头去一时没见着人，又往下看了看，这才看到了一个长着圆团团脸的小女生，眼睛很大，瞳仁又黑又亮，水汪汪的，两侧脸颊通红，好像涂了厚厚的胭脂，仰着头，又委屈又恼恨地瞪着我……"

像是被鬼神迷了心窍，他看着看着，气息忽地粗起来，就想着低头亲过去，亲那双明亮的眼，亲那红通通的脸颊，又或是那湿润的似花瓣一般娇柔红嫩的唇……不论哪里都好，只要能触碰到她。

他对她突然生了莫名的渴望，渴望着与她肌肤相触，耳鬓厮磨。

这种念头从心底冒出来，无法遏制地疯狂生长，瞬间就裹住了他的心神，令他难以自持的同时又惊惧异常。不应该这样的，他对她只是同情、怜悯，不该再有其他的情感。

这太危险，几乎等同于玩火。

他有些仓皇地放开她，往后退了一步，垂下眼睑遮掩着情绪，强自笑道："真不是故意的。"

她对他的异样仿若不察，低低地冷哼了一声，甩起皮包不轻不重地打了一下他，嗔道："骗谁呢？都笑出声来了，还不是故意的，要想笑就放声笑，别忍着，小心憋岔了气！"

说完又横他一眼，转身大步往楼内走去。

高峻落在后面，在那里站了站，这才追了几步，赶在电梯门闭合之前跟了进去。

电梯内并无他人，两个人不远不近地站着，谁都没有开口。电梯门在二十六楼打开，阮真真刚掏出钥匙，包里的手机却忽地响起来，她愣了一下，又紧着去包里翻找手机，可包太大，里面东西又放得杂乱，手机铃声一直响个不停，偏偏就找不到手机在哪，不觉就有点手忙脚乱。

他看不过眼，把钥匙接过来，自己先往前去开门，又回头嘱咐她："别着急，慢慢找。"

"一准是苏雯。"她嘟囔着，低着头从皮包里翻找手机，也没注意前面，走了两步就一头撞到他的后背上。她本就有心做戏，随手捶了他一拳，半真半假地埋怨他道："还说不是故意的！我看你就是成心。"

身前的高峻一动不动地站在那里，没有反应。

她意识到不对，探身从他身侧看过去，一眼就看到了挤在家门外的许家父母和许欣宁。

三人风尘仆仆，各自携带着行李，许欣宁站在最前，手里抓着把系红绳的钥匙，另一只手握着手机，目光直愣愣地看着他们，面容很快由惊愕转为愤怒，扬手就把钥匙往阮真真脸上砸过来。

高峻抬手一挡，一把将钥匙抓进了掌中，想也不想地把阮真真掩向身后，用身体拦下了扑过来厮打的许欣宁。

"贱人！"许欣宁恨得咬牙切齿，隔着高峻的阻拦仍想去抓挠阮真真，嘴里怒声骂道，"你还说自己没偷男人，这都把人往家领了，我哥尸骨还没冷呢！臭不要脸的玩意儿！"

高峻竭力护着身后的阮真真，自己却被许欣宁抓扯了好几把，又听她骂得腌臜，再也忍不住怒气，面色骤然一狠，倏地抬手掐住许欣宁脖子，一把将她摁到了墙上，寒声道："闭嘴！"

他身上迸发的凛然杀气骇住了众人，许家父母一时都被吓傻了，僵在那里失了反应。高峻转头看看他们，忍了忍，松开了手指。许欣宁顿觉死里逃生，贴着墙瘫坐下去，手捂着脖子，咳得喘不上气来。

许家父母这才反应过来，慌忙去看女儿情形。

高峻冷眼瞧着，淡淡说道："有事说事，别动手。"

许家人恨恨地瞪向他，虽面露不忿，却也不敢再有别的举动。阮真真蹲下身去把许欣宁砸过来的那把钥匙捡起来，又从高峻手中拿过自己的钥匙，低着头从许家人身边走过去，打开了门锁，轻声道："都先到家里来吧。"

高峻先跟在她身后进去，许家父母相互看了看，犹豫了一下，扶起女儿来，小心地走进屋内。阮真真开了屋里所有的灯，回过身来看高峻，问他："需不需要处理一下伤口？"

他手背上有许欣宁留下的抓痕，已经破皮渗血，他扫了眼，随意地用手擦了擦，道："没事。"

她不再理会他，转过身看向许家人，面上保持着冷静与客气。"这是刚到南洲？吃过晚饭了吗？"

"你少虚情假……"许欣宁话说一半戛然而止。许母用力拽着她的胳膊，畏惧地偷瞄旁边的高峻，显然对他极为忌惮。许父稍镇定些，沉着脸看向阮真真，问道："你把门锁给换了？"

阮真真点头，应道："之前家里进过贼，为了安全，我把门锁给换了。"

这样的说辞，许家人当然不信，许父更是直接问道："是防贼，还是防我们啊？"

阮真真不愿与他们计较，没接这话，只去厨房给三人倒水，再回来的时候，许家三口已经在沙发里坐下了，只有高峻站得远远的，斜靠在书房门口，微微抿着薄唇，不动声色地打量着她。

她把水杯放到茶几上，自己在许家人对面坐下，问许父道："怎么突然过来了？有什么事吗？"

提前连个招呼都不打，直接拿着家门钥匙过来登门入室，打不开门锁了才打电话给她……这些人，分明是来者不善。

果然，就听得许父说道："咱们想着你一个人在这打官司怪难的，过来帮帮你，还有攸宁单位那，工亡补助一直下不来，到底是怎么回事？是不是他们欺负你一个女人，故意拖着不给？"

阮真真低下头去，好一会儿才能压制住胸口那团火，她又抬起头来，平静说道："打官司靠的是证据，不是谁人多谁就有理，至于许攸宁的工亡补助，人家单位也都有相关的程序，走完了自然会通知我们，急不得。"

"看到了没？我就说你们别来，偏不听，这事啊你们讨不到好。"许欣宁又抠自己的指甲，阴阳怪气地说道，"来了吧，人家嫌你们碍眼，不来吧，又得说你们什么事都不管，只知道要钱。反正，怎么都是人家的理。"

她对高峻颇多忌惮，先撩起眼皮瞄了瞄他，瞧着他并无反应，这才又去看阮真真，似笑非笑地问："怎么着嫂子，要不我带着爹妈再连夜回去？"

他们既然来了，就绝不可能轻易回去。阮真真心里明白，看都不看许欣宁一眼，只对着许父说话："您二老既然来了，那就先住下，明天我带你们去法院，问一问官司的进展，还有许攸宁单位，也都去一下，催一催他们，看看补助金什么时候能下来。"

许家人相互看看，还是由许父出头应道："行。"

阮真真扫了一眼时间，问道："吃过饭了吗？家里也没准备什么东西，不如一起去外面吃点吧。"

"不用。"许母忙着摆手，"车上吃过了，都不饿。"

阮真真没再客气，又道："那我就先给你们订俩房间，你们坐了一天的车也累，早点去休息。"

"订房？"许母愣一下，脸顿时拉下来，"订什么房？"

阮真真解释道："家里就两张床，住不下。"

房子是小三居，有一间屋实在太小，就用来做了书房，只主卧和客房里摆了床，虽然都是大床，可要睡这么几个大人也是不方便。

"两张床怎么就住不下了？"许母反问，目光特意避开了书房门口的高峻，只抬手指了指主卧与客房方向，安排道，"欣宁跟你睡一屋，我跟你爸睡客房，不挺好吗？"

阮真真还未开口拒绝，许欣宁立即冷声说道："我不跟她一屋。"

许母愣了一下，随即就又改口："那行，你跟我睡客房，叫你爸在沙发上凑合一下，总行了吧？订什么酒店啊，家里又不是住不下，糟践那钱呢！又不是一宿两宿的。你说呢，真真？"

许家三口都看向阮真真，有试探有挑衅，目光各异，与其说是等她决定，不如说是在等着看她的反应。

阮真真咬了咬牙，正要应声，不想高峻却赶在她之前开了口，一声"不行"顿时把众人目光都吸引了过去。他不以为意，唇角上勾出几分嘲弄，再一次重复道："我说不行。"

"你算老几？"许父冷声问道。

高峻笑笑，站直了身体，正欲开口，阮真真却忽地高声喝住了他:"高峻！"她从沙发上站起身来，回身看向他，淡淡道,"你不是还有事要办吗，我先送你出去吧。"

高峻根本不理她的暗示，不紧不慢地答许父道:"我算老几并不重要，重要的是你们留这儿，你闺女再发疯怎么办？"

"够了！"阮真真冷声打断他的话，停了停，才又沉声说道，"刚才是误会了，欣宁以为我是故意换锁，这才闹起来。现在事情都已经讲开，她不是不讲理的人。走吧，我先送你出去。"

她直视着他，目光里有不容撼动的执拗和倔强，还有一丝难掩的狠厉决绝。

高峻看着看着，忽地笑了，点头道:"好。"

他提步往外走，路过许欣宁身边时顿了顿，侧过头去，垂下眼漠然看她。这目光令许欣宁遍体生寒，仿佛重又陷入脖颈被人死死卡住时的恐惧，她下意识地往母亲身后缩去，躲避高峻的目光。

高峻讥诮地扯了扯嘴角，收回了视线，回头对阮真真说道:"你出来，我有话跟你讲。"他率先出门，转过走廊，直到电梯前才停下身等她。瞧她跟过来，默默看了片刻，这才开口问道:"你真觉得他们是为了你的官司来的？"

阮真真抬脸看向他，平静说道:"我知道他们不是，那又能怎么样？能把他们赶出家门吗？是劳烦你动手把他们一个个都丢出去，还是我打电话报警，说我的公婆小姑从老家来了，我不想叫他们进门，请警察把他们都带走？高峻，你说我能怎么办？"

他低头看着她，一句话也答不上来。

她强自弯了弯唇角，自嘲地笑笑，垂眼说道:"真闹腾起来，丢人的不还是我吗？再说当初房子的首付有一半都是人家出的，丈夫刚死就不叫公婆进门，这事说到哪去我都不占理。还能怎么样呢？"

一句"怎么样"她已经重复说了三次，可见真的是无计可施了。但就这样把她独自留下，跟那样的许家人住在一个屋檐下，他却无论如何也无法放心。高峻抿唇片刻，忽地说道："你出来住。"

"出来住？去哪里？跟着你去住酒店吗？"她苦笑着问。

孤男寡女的，她自然不可能跟他去住酒店，两个人都心知肚明，纵使他完全不计名声，她却不能。可她这样笑着，又令他心头极不舒服，他不觉微微皱眉，想了想，道："你先去苏雯那里凑合几天。"

"不去。苏雯房子太小，她又喜欢熬夜写东西，我过去住就是相互影响，两人都不方便。"她果断干脆地拒绝，不等他再开口，又继续说道，"再说我为什么要搬出去住？就为了把自己的房子让给他们吗？我前脚搬出去，他们后脚就能给我换锁，信不信？"

他信，就从今日许家人的言行来看，他们真的能做出这样的事来。

阮真真向他笑笑："走吧，他们还能怎么样我啊？还真能三人把我打一顿啊？"她回头看一眼家门方向，又道，"我在这跟你待得越久越不好，他们不知道会臆想出什么事来。"

他扣紧了齿关又松开，想了想道："你回去吧，晚上尽量待在自己房间，不要和他们有接触，避免起冲突。还有，不管什么时候，不管发生什么事情，都立刻给我打电话。"

她调笑道："给你打什么电话？真要发生什么我不如直接报警，你还能比警察来得快啊？"

"我能。"他眼睛盯着她，一字一句地说道，"你答应我，不管遇到什么事情，立刻给我打电话，在报警前先给我打。"

她看着他，慢慢敛了笑，最终点头应他："好。"

他还是没有动地方，甚至连电梯都没摁，只对她说："你先回去，我再待一会儿。"

她看看他，低声说了一句"谢谢"，转身回了家中。

许家三口还都坐在客厅里，瞧她进门齐齐抬头看了过来，目光尽显不善。她假作不知，扯起嘴角向他们笑笑，道："坐了一天火车一定都累了，我赶紧收拾一下，你们先休息吧。"

她先去了客房，把床单被罩都换好，又拿了备用的枕头被褥到客厅里给许父使用，然后进了自己房间。幸好主卧里就有小卫生间，她之前又在苏雯那里吃过东西，房门一锁，就可以与外界隔离。

这一夜倒是相安无事，许家人不知躲在客房里都说了些什么，反正再没有找她麻烦。阮真真提了半宿的小心，高峻也几次发信息过来询问，到半夜的时候，她终于扛不住困意，迷迷糊糊睡了过去。

闹铃在早上七点钟准时响起，阮真真惊醒过来，侧耳听了听，客厅里已经有人在活动。她洗漱过后，穿戴好了出去，瞧见许家父母已在客厅里坐着，似乎正在等着她。

她径直走向门口，道："我出去买早点，你们稍等一等。"

"买什么买啊，在家里随便做点就行了。"许母声音里透着不满，看向她的眼神也是厌弃的，"外面买的又不卫生又不健康，还浪费钱。"

她笑笑不语，穿上大衣出了家门。

外面天气正寒，她走出单元门，没几步却似是注意到了什么，犹豫了一下，往不远处的停车位走了过去。就在她租用的停车位上，停着一辆银灰色轿车，南洲本地的车牌，她认了出来，那是高峻昨天开的那辆车。

隔着车窗，她看到了车里的高峻，他半坐半躺地仰在驾驶座上，眼睛紧闭，双手抱怀，手机就放在胸前，随着呼吸缓慢而有节奏地微微起伏着。

她站在车外，心情一时复杂至极，默默地看了他好久，这才上前抬手轻轻地敲了敲车窗。

高峻几乎是立刻就睁开了眼，转头往车外看过来，目光落到她身上，先微微一怔，随即就有些不自在地移开了视线。他坐直身体，落下车窗来与她解释："有点不放心，就一早过来了，又怕你还没起床，想着先在车里等一会儿再给你打电话，不小心却眯着了。"

阮真真并未揭穿他的谎言，只是轻声问道："吃过早饭了没有？"

高峻愣了一下，摇头道："没有。"

"那陪我去买早点吧，我得给他们带回来一些，可能会拿不了。"她神色自若地说道。

"哦，好。"他推开车门下车，脚踩到地面时身体明显地僵滞了一下，顿了顿才用手扶住了车门，站在那里故作无事地回身问她，"去哪里买？用不用开车？"

她双手插在衣袋里，淡淡答道："不用，走过去吧，就在小区门口。"

他仍是没动地方，又问："小区门口有早餐店？我怎么没有看到啊？"

"有的，可能你以前没留意吧。"她的视线从他腿上不紧不慢地滑过，然后抬起脸来看他，细声慢语地说道，"门口有两三家早餐店：有家安徽板面，有家包子铺，还有一家二十四小时营业的快餐店，味道都还可以，我们可以先在店里吃，然后再给他们带一些回来。"

他身体素质极好，有这片刻的工夫，双腿的麻痹虽不能彻底消散，但起码行动无碍。他笑笑，随手甩上了车门，道："行，我们先过去看看。"

小区门外果然有好几家店铺都卖早点，两人一路并肩走过去，他抬头看着街边的几处招牌，问她："想吃什么？"

阮真真沉默片刻，反问他道："你想吃什么？"

高峻抬眼看向最远处的面馆，笑道："我现在就想吃一碗辣辣的热气腾腾的安徽板面，料要放足，多加辣子。"

阮真真转过身看看他，忽地上前一步凑到他近前，抬手摁住了他的胃口处。她这动作太过亲密，又来得毫无预兆，叫他顿时一愣，整个人下意识地绷紧了，难掩紧张地问："干什么？"

"嘘——"她低着头，一只手扶在他的腰侧，另一只手则紧贴着他腰腹，小声道，"听，你的肠胃在说话。"

不知不觉中，她对他的态度似乎改变了很多，不再拘谨，不再防备，言谈举止甚至还多了丝若有若无的亲昵。他低下头，看着她的发顶，目光里带着不自知的温柔，就连声音也随她低下来，轻声问她："它在说什么？"

"它说啊……"她话说一半忽然停下，仰起脸来看向他，眼角眉梢都透着盈盈笑意。趁他失神，手上猛地拍打了一下他的肚子，笑道："吃什么板面，给我老老实实喝粥去吧！"

他愣了愣，哑然失笑。

两人进了粥铺，买了杂粮粥和鸡蛋饼，又自取了免费的小菜，隔着窄桌相对坐下。饭快吃完时，高峻忽地问道："今天怎么安排？"

阮真真正低着头喝粥，闻言动作顿了一下，答道："我说房子已经被原告申请财产保全了，他们不大信，我就先带他们去法院看看，然后再去南洲银行，问一问工亡补助金什么时候可以下来。"

高峻看看她，又道："我陪你去吧。"

"不用。"阮真真摇头，笑了笑，"你陪着我，就等于往许家人眼里扎刺，何必再去刺激他们呢？放心吧，昨天晚上都相安无事了，大白天的在外面，不会再闹什么幺蛾子的。"

她喝尽了碗里的粥，又起身去柜台处买了几样外带的早点，与高峻分拎着往回走。到楼下时，她把高峻手里的几样东西尽数接过去，抬脸对他说道："回去吧，有事我给你打电话。"

高峻默然不语，目送她走入楼内，又在原地站了一会儿，吸尽了一支烟，这才转身上车离开。

他开车去了老六临时租住的那处民居，就在开发区东边，小院紧临着街面，地基却比街道高出许多，站在街道上仰头看，显得那院墙足有三米多高。大门开在东侧，外面修了缓坡延伸到大道边，他直接将车开进了院子，人刚下车，老六就从屋里迎了出来。

"哥，你怎么才回来？都要急死我了，也不敢给你打电话。"老六嘴里念叨着，跟在他身后往屋里走，一路进了里屋，"到底什么个情况啊？那娘们没认出我来吧？怀没怀疑咱们？"

高峻没说话，先将身上大衣脱下来随手丢到衣架上，又抬手去扯领带，捎带着把衬衣扣子都拽开了两个。等他再把眼镜摘下来，之前的斯文沉稳顿去，平添了几分冷峻狠厉。

高峻立时变成了谭深。

谭深一直没理会老六，冷着脸和衣躺倒在床上，拉过被子把自己从头到脚罩了起来。老六站在床边有点傻眼，迟疑着把被头拉下一些来，问："哥，怎么了？出什么事了？"

谭深目光直愣愣地落在屋顶上，半响之后，突然没头没脑地说道："我们现在撤出去，还来得及吗？"

老六失声惊问："真露馅了啊？"

他不答，只是沉默。

老六看着他这模样，愣了愣，忽然反应过来他这是什么意思，忍不住骂出一句脏话来："操！"

他既无奈又无语，甚至都有点抓狂，叫道："大哥，你搞什么啊？都走到这一步了，怎么也得咬牙做到底啊。现在走了，算怎么回事啊？你折腾这一圈儿，图什么呢？"

图什么？谭深说不上来，可他现在就是不想叫阮真真知道他是个假的，不想叫她知道自己接近她是别有用心，另有图谋。他无法想象，在一切假象都被揭开的那一刻，她会是什么样的反应。

他自小无牵无挂，几乎从未生过胆怯之心，可此刻只要想一想那情形，都会觉得心惊胆战。

老六等不到他的回答，叹一口气，又道："哥，你的心思我明白，可你现在走不了了啊。你突然消失不见，她不得找你啊？一旦找到北陵去，你这身份还不是得暴露？"

其实他何尝不明白？只是事已至此，自己早就无法抽身而退。

谭深紧抿薄唇，沉默片刻，强行将阮真真的种种一切抛之脑后，一颗心终又渐渐恢复冷硬。他坐起身来，沉声问老六道："方建设那边什么情况？有消息吗？"

老六答道："方建设现在看起来有点慌，看样子警方已经锁定他了，就是不知道为什么现在还不动他。我猜着应该是还没抓到真正动手的那些人，毕竟杀人这事他不会亲自动手，应该是买凶杀人。"

谭深闻言冷笑："能把案子做得这么周密，这动手的绝非生瓜蛋子，一定是道上有名有姓的人物。"

说起案子，老六不由得咋舌："不是夸，那案子做得是真周密，听说警方当时差点就以'自杀'定案了。我特意找人打听过，张明浩夜跑这习惯有三四年了，一直坚持着，据说是因为曾经闹过抑郁，医生建议他增加运动，这才开始夜跑的。所以后来闹出因抑郁症跳江，就连他自己家里人都信了。"

关于南洲银行新任行长张明浩跳江自杀一事，谭深之前就有过了解，大道消息、小道消息听说了不少。案发那天晚上，张明浩跟平时一样穿戴好了去夜跑，随身携带的运动手表清晰地记录下了他的运动轨迹：好好地跑到一半，突然就转向了大桥下，又在那里来回溜达了好一阵儿，这才跳了江。

他是异地任职，家人都不在身边，所以当天晚上都没人发现他失踪，直到第二日不见他去上班，朋友圈里也没见他如常发运动记录，这才有人开始找。两天后从海边发现，被捞了起来。

"关键是，这事之前张明浩还回了一趟老家，看望了父母，组织了同学聚会，回来又给在国外的闺女打了一笔钱过去，叫人觉得真就跟自杀前了结心愿一样。然后吧，听说当初警方还沿着他夜跑的路线调了几处监控，的的确确看到了他的身影……这事真是做绝了，简直都没有可疑的地方，也不知道警方从哪里发现了漏洞。"

老六说着说着，忽又想到了什么，问道："哎？哥，你说这到底是谁设计的？就这一套套一环环的，真不是道上的粗人能想出来的招儿。"

谭深冷冷一笑，嘲道："再怎么设计，不是也没逃过警方的法眼？"他停了停，又交代老六，"先看好了高峻，千万不能再叫他与苏雯她们碰面。另外，你去跟沈南秋，这个女人身上一定有事。"

老六挠着头，犹豫了一下，问他："你今天不用再去找阮真真？"

谭深答道："不用。"

"既然不用，那就叫高峻先回北陵？"老六试探着问，不等他回答，又赶紧解释道，"当然留下他也简单，随便找个事就能让他再查几天。就是吧，这钱上忒吓人，你说咱挣个钱也不容易，别到最后全落他手里了。"

谭深淡淡说道："钱花了还能再挣。阮真真不知道什么时候就会打电话要我过去，日后跟高峻行踪对不上，会引起她怀疑。"

老六显然还想着说服他，又道："要我说啊，既然阮真真现在都还没怀疑你，那估计以后也不会再怀疑，不如就跟高峻那边断了，也省得再遇到昨天那情况。多险啊。"

"所以要你看好了高峻，别再发生昨天的事情。"谭深面容冷漠，似乎不想再讨论这个问题，"我眯一会儿，你去办事吧。"

老六拿他没办法，嚅着腮帮子出去了。

谭深先起身去浴室冲了个热水澡，这才又回来躺下。他昨夜里蜷在车上，几乎一夜没合眼，可现在仍是毫无睡意，只躺在床上等着阮真真的电话，既盼着她找，又怕她找。

阮真真那里一直没有动静。

到了下午的时候，他实在熬不过，发了信息过去询问，只得到她一个简单得不能再简单的回复：没事。除此之外，连一个标点符号都不再多了。他看着手机屏幕，心里说不上来是个什么滋味，抿了抿唇，有点赌气地把手机扔到了一旁，可没过一会儿，又探出胳膊把手机捞了回来，放在了枕头边上。

手机第二天早上才突然响起来，他还在梦中，一下子就惊醒了，将手机一把抓过来，连看都顾不上看就接听了电话，不料却是苏雯打来的。

"还在南洲吗？"她问，声音底气充足，不等着他答话，便又噼里啪啦说了下去，"要是还在南洲就过来帮我个忙。我早上起来觉得脖子不舒服，想去医院看看。真真今天得上班，她那人又爱大惊小怪，我不愿意找她。"

颈椎的事可大可小，他听了也是担心，想也不想地说道："我现在就开车过去接你。"

"爽快！"苏雯赞道，又特意嘱咐，"千万别和真真说啊，我是真怕了她了，能念叨死我。"

"好，我知道。"他应下，从床上跳下来，拿起大衣就出了屋门。他开车去接苏雯，正好赶上交通早高峰，到她家时已快十点，苏雯早早就在小区门口等着了，脖子上戴着颈托，麻秆一样戳那，甚是瞩目。

不等他招呼，她就打开车门坐了进来，叫道："可算来了，我站这门口都快成一道景了。"

"抱歉，来的路上有点堵车。"他解释了一句，不忘问她的病情，"你脖子是怎么回事？怎么个不舒服法？是脖子疼，还是头疼？"

"唉，别提了，昨晚上睡觉我把颈托给摘了，不知道是不是跟这个有关系，现在不光脖子疼，头也跟着疼，还一阵阵地犯恶心。"她说着，看到谭深把车并向左转车道，连忙出声提醒，"直行直行！不去三院，去人民医院。"

谭深眉梢微动，略显讶异："你病历不是都在三院吗？"

三院是她前日里去的那家医院，不仅以骨科见长，离苏雯家也近，按道理讲复查应该还是去那里比较合适的，而人民医院虽然是综合性医院，但也只是摊子大，离着又远，好端端的怎么要改去那里？

就听得苏雯答道："哦，我在人民医院找了个熟人，叫他好好给我检查一下。现在这年头啊，没个熟人到哪办事都不安心。"

这回答合情合理，谭深没有多想，淡淡一笑，把车重新插入了直行的车道。人民医院位于城市中心区域，越往里走，交通越发拥堵，一个路口等了三个绿灯都没能通过。

两个并不熟识的人坐在一个狭小的空间内，一旦沉默就不免陷入尴尬，偏苏雯平日里那样活泼的人，今天却像是锯了嘴的葫芦，寡言少语，谭深不得不主动寻找话题："你写小说的，对吧？"

"对。"苏雯回答。

他又问："什么小说？"

苏雯干巴巴地笑了笑："都是一些不入流的狗血小说，胡编乱造的，说了你也不感兴趣。"

聊天被她聊到这种地步，基本算是终结了。

谭深无奈地扯了扯嘴角，正想着再找一个新话题时，放在车前的手机却突然响了起来，屏幕显示"老六"来电。他下意识地先扫了一眼身侧的苏雯，这才接通了蓝牙耳机，仿若跟旧友闲聊般地问道："喂？今天怎么突然想起来给我打电话了？"

"哥！"老六的声音有些凝重，似乎也知道他现在说话不方便，声音压得很低，话语更是简洁明了，"我刚刚看到阮真真进了沈南秋的小区。"

谭深闻言，微微一僵。

苏雯一直暗暗关注着他的一举一动，虽不知电话里都说了些什么，但几乎立刻察觉到了他的异样。她心中顿时一沉，人下意识地往车门处挪了挪，双手不由自主地抓紧了身前的皮包。

"行，知道了，你等我消息吧。"谭深挂断电话，神色已恢复如常。他转头看向苏雯，笑着抱怨道："以前的一个哥们儿，没事不联系，但凡打电话就是有事找我。"

苏雯打了个哈哈："好朋友嘛，都这样。"

"是吗？"他轻轻一哂，看着她，慢悠悠地说道，"可我看你和阮真真就不这样。"

苏雯做贼心虚，听了他这意味不明的话，简直心惊胆战，一时连话都不敢接。恰逢路口的绿灯再次亮起，前车顺次驶动，他们的车不过是慢了半拍，后面就响起一阵催促的喇叭声。她如获大赦，急忙叫道："快开车！"

谭深又默默看了她一眼，这才收回了目光，转过头去开车，面容看似波澜不惊，一颗心实则早已沉入谷底……

阮真真为什么会突然去找沈南秋？是临时起意，还是早有打算？苏雯又为什么会恰恰赶在今天求他帮忙？偏偏又舍近求远，要跑去人民医院复查？是事有凑巧，还是精心谋划？如果阮真真是早有打算，苏雯也是精心谋划，她们俩这般行径又说明了什么？

答案几乎已经显而易见。

可万一只是凑巧呢？阮真真独自去找沈南秋不过是心血来潮，苏雯找他帮忙也只是事出偶然。直到这一刻，他仍心存奢望，不敢把事情贸然捅破，以免再也无法挽回。

谭深开着车，心思绕了百转，这才状似无意地开口说道："说到真真，许攸宁父母和妹妹来南洲了，你知道吗？"

苏雯神情一怔，显然并不知情。被谭深眼角余光扫到，立刻抓住了这一机会，问她："她没跟你说吗？我以为她会告诉你。"

苏雯再想掩饰已来不及，索性认了下来，半真半假地抱怨道："根本没跟我说！这丫头啊，不管什么事都往自己心里压，有时候真是叫你又气又急，恨不得捶她一顿。"

谭深淡淡说道："前天晚上，真真从你那里回去，正好在门外和他们撞了个正着。许家人有钥匙，但不知道真真换过锁，因为这个起了冲突，许攸宁那个妹妹还动了手。"

苏雯脾气暴烈，闻言气得脸都变了色。"什么玩意儿啊？他们家许攸宁留下这么一个烂摊子，他们竟然还有脸闹！"

谭深不动声色地瞥她一眼，又道："许家人不肯出去住酒店，真真好面子，脾气又倔，不愿意去打扰你，也不肯跟我出来。我不放心，在她家外面等了一会儿，听着里面没有再闹出动静，这才离开。"

"你当时就该给我打电话！"苏雯气呼呼地说道。

谭深淡淡一笑："你这种情况，我要是打电话惊动你过去，真真非得跟我急不可。"

苏雯光顾着恼火，不免降低了戒心，气道："你光怕她急，就不担心她吃亏啊？那一家子都是什么人啊？那是豺狼啊！"

"不瞒你说，从前天晚上到现在，我这心就没放下来过。"他轻声说道。恰逢前车又停，他也跟着踩住了刹车，转过头看她："你帮我给真真打个电话吧，问问她现在怎么样，我要是问的话，她只会跟我说没事。"

到这一刻，苏雯才突然意识到自己上当了，眼前这人故意先用许家人挑动她的怒火，再趁势表达自己对阮真真的担心，最后才暴露他的真实目的——打个电话给真真，就现在。

说什么问问情况，不过就是故意试探！

这个电话不能打，且不说电话可能会干扰好友的计划，就他在旁边，指不定就能从她与真真的通话中窥察到什么。可这个电话又不能不打，他提出这样"合情合理"的要求，她若拒绝，几乎等于不打自招。

苏雯脸上带着笑，心中却已是在大骂，骂自己蠢，明明已时刻防备着，却仍是不知不觉上了他的套，又骂这个男人奸诈狡猾，怎么就察觉到事情不对，起了疑心？

他还在看着她，目光平和而又坚定，似是不达目的决不罢休。

"等着，我这就给她打电话问问。"苏雯从衣袋里掏出手机，装模作样地找阮真真号码，临要拨出时却突然停下，"不对！你刚刚说真真不想惊动我，对吧？我要是现在给她打电话问这事，不就等于把你给卖了吗？"

谭深缓缓颔首："也是。"

苏雯不给他说下去的机会，赶紧又道："我看啊，我就别在中间掺和了。你担心她，那就不如自己直接去找她，有什么话你们见面说多好，电话里哪里讲得清楚？"

谭深什么也没说，重又回过头去开车，心中已是了然。

车内突然间变得很安静，静得令人发慌，不只苏雯，谭深竟也是这般感觉。就在这难言的静寂中，车前的手机突然再次响起，两人几乎都打了个激灵，不约而同地盯向手机。

来电显示仍是"老六"。

若无要紧事，他绝不会再来电话。在苏雯的注视下，谭深几乎想也未想地接起了电话，就听得老六的声音比之前更急促了些，他说："哥，方建设过来了，刚刚进了小区。"

谭深齿关紧扣，挂断电话后毫不停顿地拨打阮真真的手机，听筒里传来"嘀——嘀——"的等待音，每一声都沉重冗长，像是响在谭深的心头上，久久无人回应。

她不肯接，不肯接他的电话。

谭深脸色铁青，立刻转身看向身旁的苏雯，厉声道："给阮真真打电话，马上！"

"啊？"苏雯一时有些反应不过来，只呆愣愣地看他。

"她现在有危险！"他冷喝，不顾车后此起彼伏的鸣笛，强行把车并向左转车道。瞧苏雯还在呆愣，忍不住吼她道："给她打电话！告诉她方建设去沈南秋那里了！"

苏雯这才惊醒，手忙脚乱地给阮真真拨电话。

与此同时，谭深也突然想到了什么，急忙尝试拨打另外一个电话号码。

沈南秋家中，两部手机几乎是同一时刻响起来的，阮真真与沈南秋对视一眼，都在对方眼中看到了些许诧异，略一迟疑，不约而同地接起了电话。电话刚通，阮真真不及说话，就听得苏雯急声说道："快走！方建设去了！"

与此同时，对面的沈南秋也不知从电话中听到了什么，忽地面色大变，嗖的一下子站起身来，往窗口冲去。她往楼下看了一眼，不知看到了什么，神色更显惊慌，急忙反身回来，把阮真真从沙发上扯起来往书房里推，指着里面冲着门的大书桌，急急叮嘱："藏起来，快！不管外面发生什么事情，都不要出来！"

她似乎想要关上书房门，忽又改变主意，大敞着房门离开。阮真真刚刚抱着皮包钻入书桌下，就听到大门口传来指纹锁的开合声，紧接着，沈南秋略显惊讶的声音在外响起："怎么这个时候过来了？"

一个略显阴沉的男声从玄关处传过来："到你这儿来还要挑时候吗？"

"哦，合着来我这儿是撒气来了？谁又惹到你了啊？"沈南秋半真半假地娇嗔，不知是不是察觉到了什么，随即就又换了态度，温柔地问道，"怎么了？还真带着气呢？"

男人没有应声，径直走到客厅："你过来。"

沈南秋小心翼翼地走上前去，还不及张口，男人的巴掌便扇了过来，重重地落到她脸上，把人几乎都要打飞了出去。她嘴角处立刻就冒了血，人栽倒在沙发前，半天爬不起身来。

男人一把揪住她的头发，迫她抬起了脸，阴森森地问："你都跟警察说什么了？"

沈南秋瑟瑟发抖，颤声答道："我什么也没说。"

"我叫你什么也没说！"男人扯着她的头发将其拎起来，大力地往地板上掼了过去。她的头撞到地板，发出"咚"的一声巨响，还不及起身，那男人又已到了跟前，抬脚向她踢踹过去，恶狠狠地骂道："臭婊子，你什么也没说，那警察怎么会找我？嗯？"

书房之内，阮真真虽看不见外面的情形，但听出来沈南秋在挨打，而且被打得很重，她咬了咬牙，想要爬出去阻止，谁知才探出了一个头，就听得沈南秋忽然尖声叫道："不要！"

这声厉喝令她动作一僵，顿时想起刚才沈南秋叮嘱的话——无论外面发生什么事情，都不要出来。

透过书房门口，阮真真看到了躺在地板上的沈南秋。她双手抱头，将自己蜷缩成紧紧的一团，躲闪着男人的踢打，眼睛却死死地盯向阮真真的方向，"不要——"她嘶声叫着，似有意停顿了一下，才又继续央求男人道："不要打我。"

阮真真听懂了她的暗示，艰难地闭了闭眼，硬下心肠，重新又无声无息地缩回了桌下。

殴打还在继续，沈南秋的哭求不起丝毫作用，直到那男人自己打累了，这才气喘吁吁停了手。他蹲下身，伸出手抬起沈南秋血迹斑斑的脸，仔细打量了一下，竟啧啧了两声，道："瞧瞧，好好的一张脸怎么花成这样了，这警察要问起来，你该怎么说啊？"

沈南秋浑身战栗着，哭着答道："我自己不小心摔的。"

"那下次走路可得小心点。"男人忽又凑近了她，低声说道，"不怕告诉你，张明浩那事从头到尾我都没经手，许攸宁一死，这事就是死无对证，警察再牛，没证据他们也拿我没办法。"

沈南秋抖作一团，牙齿磕在一起，连话都说不出来。

男人伸手不轻不重地拍了两下她的脸颊："乖，听话，好处少不了你的。可你要还是老惦记着旁人，也别怪我不念旧情。"说完站起身来，居高临下地看了看沈南秋，这才离去。

房门被重重地甩上，阮真真立刻从书桌下爬出来，跑到客厅里去看沈南秋，第一眼就被吓到了，呆呆地站了一站才反应过来，冲过去试图扶她起来："还能动吗？我送你去医院！"

"滚！"沈南秋一把搡开了她，抬着头恶狠狠地看着她，"看着特解气，对吧？这里就咱们两个，再没外人了，猫哭耗子，演戏给谁看呢？"

阮真真没理会她的刻薄，再一次走上前，在她身前蹲下来，心平气和地说道："你得去医院看看，自己能走吗？如果不能走，我就打电话叫救护车。"

沈南秋盯着她，忽然嘿嘿笑了起来，挑衅地问："阮真真，你虚不虚伪？"

阮真真终于忍不住脾气，冷下了脸来，平静地问她："是我打的你吗？是我叫方建设把你打成这样吗？还是说你今天挨打是因为我？沈南秋，你有什么理由可以把这份怨气撒到我的身上？"

沈南秋被她气得脸色都变了，却一句话也说不上来。

阮真真又问她："你到底需不需要去医院？"

"不去！"沈南秋赌气一般，自己艰难地爬起来坐倒在沙发上，瞧阮真真仍目露担忧，冷笑了一声，自嘲道，"放心吧，死不了，要死早就死了。书房里有医药箱，你帮我去拿过来。"

阮真真看看她，起身去书房找了医药箱出来。那箱子不小，里面各种药品极为齐全，尤其是治疗跌打损伤的，瓶瓶罐罐有好几个，都已开口使用，有的甚至已经用掉大半。她细细扫了一遍，心中颇为惊讶，忍不住抬头看沈南秋，问道："他经常这样打你？"

沈南秋反问她："很奇怪吗？拿钱买来的玩意儿，谁还能总是哄着敬着？高兴了顺顺毛，不高兴了踢一脚，这不是很正常吗？"

阮真真什么也没有说，低头拿了棉棒和药水出来，仔细地给沈南秋擦拭嘴角的血迹。两个人离得近，沈南秋抬着脸，直直地盯了她片刻，忽地笑出声来，嘲弄道："许攸宁爱的就是你这份'善良'吗？"

"也许吧。"她轻声回答，不介意地弯了弯唇角，"谁知道呢。"

"你这样活着累不累？"沈南秋又问。

阮真真想了想，竟就一本正经地点了点头："有时候的确会感到很累。"

沈南秋眼中闪过意外之色，但也只是眨眼工夫，她垂了垂眼帘，再次抬眼看向阮真真时，目光中重又充满了挑衅："你是真的一直都不知道我的存在，还是揣着明白装糊涂，装自己不知道？"

"我为什么要装不知道？"阮真真反问。

沈南秋又不屑地笑起来，扯嘴角时不小心牵动到伤口，痛得不由得"嘶"了一声。

阮真真用棉棒摁了摁她的伤口，轻声道："小心一点。"

沈南秋愣了下，看她两眼，忍不住大笑出声，她笑得前仰后合，眼泪都流了出来，抬手指着阮真真，几次开口都被笑声打断，竟没能说出话来。

阮真真不喜不怒，平静看她，直等她笑声慢慢小了下去，这才淡淡说道："沈南秋，爱情也好，婚姻也罢，从来都是男女两个人之间的事情，这件事你清楚，我也明白。如果许攸宁还活着，我绝对不会出现在你的面前。只是因为现在他死了，我不得不来找你问一些事情，无关感情，只是利益。"

沈南秋终于止住了笑，冷冷地看她："你想问什么？许攸宁借去的那些钱去了哪里？"

"以前是，现在不是。"她回答。

沈南秋面露戒备，问她："什么意思？"

阮真真沉声说道："许攸宁在那次住院之前，曾经上网搜索过降糖药物，而他之前从来没有过血糖方面的疾病，根本没有理由搜索这方面的内容，除非，他是想知道如何在短时间内降低血糖并产生昏厥。"

沈南秋反应很快："故意服用药物降低血糖以产生昏厥？"

阮真真没有回答她的疑问，只继续说道："两周之后，他在外环路上出了车祸，车突然失控撞向隔离墩，不知为何，没留下任何刹车痕迹。"

沈南秋几乎是立刻就明白了阮真真的言下之意，不由得轻声嗤笑："阮真真，亏你和他认识十七年，竟然一点都不了解他，许攸宁怎么可能会是一个选择自杀的人。"

阮真真抬了抬眉梢："那他为什么要提前搜索降糖药物，并且删除了搜索记录？"

"这我不知道，不过……"沈南秋向她缓缓倾身过去，凑近了她，压低了声音，一字一句地说道，"我知道许攸宁绝对不是自杀。就在车祸发生之后，有人停下车，走到许攸宁车旁看了看，没有救人，反而点燃了泄漏出来的汽油。那是一个高个男人，开一辆灰色的车。"

灰色的车！

就在陆洋被杀的那天晚上，她曾亲眼看到同样一辆灰色的车从他车后窜出，悄无声息地消失在浓雾之中！阮真真的心脏似是被什么抓住了，一时连呼吸都不能，她抬眼死死地盯着沈南秋，问："你怎么知道？你当时在现场？"

沈南秋缓缓摇头，声音低沉而又阴森："不是我，是陆洋。他看到许攸宁当时还没死，车起火后，他还在车内挣扎了几下，直到车爆炸，这才完全没了动静。"

阮真真周身一阵阵地发冷，忽地记起最后一次见到许攸宁时的情景，车被烧得只剩下了一个黑漆漆的框架，他干巴巴地缩在座椅上，四肢已经炭化残缺，唯有头部还算完整，竭力向上仰起，似号叫又似呐喊……

熟悉的钝痛再次袭来，她不敢再想下去，用手紧紧掐住了额头，闭目屏息，好一会儿才缓缓吐出一口气来。阮真真又抬眼看沈南秋，问道："陆洋为什么会在现场？"

沈南秋眨了眨眼睛，目光微闪，回答："那天上午，陆洋跟许攸宁一起去拜访客户，许攸宁有事先回来，陆洋留在后面处理事务，这才慢了一步。"

可陆洋之前不是这样说的，阮真真记得清楚，他说自己当时在附近办事，从网上看到了车祸照片，认出许攸宁的车辆，这才赶过去的。当然，陆洋说的也不是实话，因为所谓网上的照片其实就是他自己放上去的。

但至少可以证明，事实也并非沈南秋说的这般，如果陆洋是跟着许攸宁去拜访客户，那么他完全没有必要撒谎。

是沈南秋在撒谎，还是陆洋欺骗了她？

阮真真满心疑惑，却又无法一一问出，便是问了，沈南秋也未必会说实话。她不由得抿唇，默默思量了片刻，心中拿定主意，才又去看沈南秋，说道："你知道是谁杀了许攸宁。"

不是询问，而是肯定。

沈南秋盯着她，好一会儿后才点了点头："没错，我知道。"

"谁？"她又问。

沈南秋刚要开口，门铃却突然响起，两人俱都一惊，不约而同地看向门口。阮真真没敢出声，只转头去看沈南秋。沈南秋缓缓地摇了摇头，轻声道："不是方建设，他可以打开指纹锁，不会摁门铃。"

说话间门铃声暂歇，随即又响起了"哐哐哐"的砸门声，就听得苏雯在外大声喊道："开门！沈南秋你开门！"

阮真真愣了一下，忙上前去开门，房门刚一打开，苏雯便冲了进来，她颈部护具已除，扑上来握住阮真真肩膀上下打量，急切问道："没事吧？和方建设撞上了没有？"

"没事。"阮真真回答，视线却落向苏雯身后，谭深就站在那，目光沉沉地看着她，喜怒难辨。

"谁啊？"沈南秋从客厅里问。

阮真真回过神，转头答她道："我朋友。"

沈南秋一瘸一拐地从客厅里慢慢走过来，看看苏雯，又去看谭深，不顾他二人面上的惊讶，只问谭深道："刚才就是你给我打的电话？"

谭深淡淡应道："是。"

沈南秋目光在阮真真身上打了个转，才又落回到谭深身上，唇边露出几分古怪的笑意，似笑非笑地问道："很奇怪啊，你不是阮真真的朋友吗？为什么要把电话打给我，却不打给她？"

这问题一针见血，犀利得简直叫谭深与阮真真都无法回答。

倒是苏雯反应更快一些，冷声答道："我们两个人，我给真真打，他给你打，就想着尽快通知到你们。"

"这样啊。"沈南秋轻笑，"我还以为是阮真真不肯接他电话呢。"

在接苏雯电话之前，她的确是任由手机在掌中振动了半天也没理会。阮真真不理会沈南秋言语中的讥诮，只向着苏雯与谭深说道："你们先去外面等我，我还有话想和沈南秋说。"

谭深默默看她一眼，率先转身离开。苏雯目露担忧，犹豫了一下，这才追了出去。阮真真压下繁乱的心绪，深吸一口气，关上房门回身看沈南秋，再一次问她道："是谁杀了许攸宁？"

沈南秋微微冷笑，闭口不答。

阮真真盯着她，又道："那辆灰色的车，我也曾见到过，就在陆洋的死亡现场。"

沈南秋并不惊讶，闻言只微微冷笑："本来就是一个人。"

"谁？"阮真真追问，"方建设吗？"

刚才藏在书房中时，她隐约听到了一些方建设与沈南秋的对话，方建设显然是认为沈南秋向警方泄露了什么，这才过来殴打警告她，只是中间有几句话他说得声音很低，阮真真未能听清具体的内容。

"没有证据。"沈南秋没头没脑地说道，"方建设从来不会自己动手。"

阮真真愣了一下，才明白这话的意思。她一把抓住沈南秋的胳膊，试图拉她出门，说道："走，我们去公安局，把你知道的一切都告诉警方！"

"阮真真，你别天真了！"沈南秋用力甩开她，大声叫道，"警方一直在查张明浩的案子，他们要是能找到证据，早就把方建设抓起来了！许攸宁一死，所有的线索都断掉了，方建设早就高枕无忧了！"

沈南秋向她逼近，恨恨说道："你什么也不知道！他把你养在温室里，怕你临风冒雨，怕你经雪披霜，可你为他做过什么？你什么都没做过！他被人害死了，你却还以为他是自杀！你就是块废物！"

阮真真想辩驳说事情不是这样的，可喉咙就像是被一双无形的手遏制住了，令她发不出半点声音来。

"阮真真，我真瞧不上你。"沈南秋向后退去，哂笑着上下打量她，"你走吧，以后也不要再来找我。许攸宁不会白死，我早晚会为他报仇。至于你，你就想法去偿还他欠下的债务吧，谁叫你挂了许太太的名呢。对吧？"

阮真真反而意外地冷静下来，她平静地看着沈南秋："你怎么为他报仇？你刚刚也说了，所有的线索都断掉了，连警方都找不到有力证据，对方建设无可奈何，那么你又凭什么说能为他报仇？"

沈南秋没有回答，只是探究地打量她。

阮真真故意刺激她道："就凭嘴巴说说吗？还是说你像宠物一样留在方建设身边，就能拿到他杀人的证据？沈南秋，原来你比警方还厉害啊。可这么厉害，怎么还会隔三岔五地挨打呢？"

"阮真真！"沈南秋发狠地喝断她。

阮真真不以为意，继续说下去："怎么，被刺到痛处了吗？沈南秋，你才是个手电筒——照人不照己。知道自己有多可笑吗？一个出卖身体给人做情妇的人，一个出卖灵魂介入他人婚姻的人，你有什么资格说'瞧不上'这三个字？"

她说完作势欲走，手才刚刚碰到门把手，就被沈南秋叫住了。"你真的想给许攸宁报仇？"

阮真真回过头去，反问她："你说呢？"

沈南秋打量她片刻，忽地笑了，轻声道："许攸宁身上有一只U盘，一只防火的U盘，那里面存着方建设做南洲银行行长期间的违法证据，找到了那个，就算找不到方建设杀人的证据，也一样可以把他送进监狱。"

阮真真立刻反应过来："陆洋找的不是账本，而是这个U盘？"

"根本就没有什么账本，许攸宁拆到的那些钱也根本没有借出去，而是给了方建设！"沈南秋扯起嘴角，露出一丝得意来，"我故意骗陆洋说拿到U盘就能获益上亿。"

难怪许攸宁的办公室被人暗中清理，难怪陆洋要去事故车停车处找那辆烧毁的事故车，难怪有人要潜入她的家中，甚至还开了电脑……原来他们都是在找这一只U盘！

罩在阮真真头顶的浓雾似乎突然被撕裂了一道细口，阳光从中透入，虽然微弱，却隐隐照亮了一些东西。她想了想，又问沈南秋："年前潜入我家中的那个男人，又是谁？"

谁想沈南秋却是摇头："不知道。"

阮真真又问："除了你，还有谁在找这只U盘？方建设知道这只U盘的存在吗？"

"他原本是不知道的，是陆洋坏了事。"沈南秋回答，"陆洋一直找不到U盘，就怀疑是烧死许攸宁的那个人拿走了，给他打了电话。"

那个开着灰色车的人？

阮真真不由得惊问："陆洋认识那个人？"

沈南秋答道："不认识。但是，他记下了那个人的车牌，不知道通过什么途径联系上了那个人。"

"车牌是什么？"阮真真赶紧追问。

"不知道。"沈南秋眼神微闪，"陆洋不肯告诉我。"

陆洋已死，线索似乎又全部断掉了，那个开着灰色车的男人，再一次消失得无影无踪。阮真真抬眼看沈南秋，再一次劝道："去报警吧，把线索提供给警方，他们一定可以找到那个人！"

沈南秋冷笑道："恐怕还不等警方找到那个人，你我就连命都没有了。我不报警，我要自己查。"

"自己查？也要像陆洋那样，被人杀掉吗？"阮真真反问。

"那是陆洋蠢！"沈南秋打断阮真真，神色漠然，"该说的不该说的，我都跟你说了。你要是想去报警尽管去，反正我是不会向警方吐露一言半语的。别怪我没提醒你，方建设现在已丧心病狂，什么事都能做得出来，你一旦惊动了他，到时候怎么死的恐怕都不知道。"

沈南秋盯着她，继续诱导："如果你真的想给许攸宁报仇，那就好好找一找那只U盘。那是许攸宁用来保命的，不会无故消失，不管是落在了哪里还是被什么人拿走了，可只要它现在还没到方建设手上，我们就还有机会！"

阮真真问道："如果真是被那个男人拿走了呢？"

"人为财死，鸟为食亡。"沈南秋微微冷笑着，眼中精光闪烁，"就算真的落在那人手上，他既然没有交给方建设，可见就另有所图。不管是威逼还是利诱，总有法子搞回来。"

阮真真默默思量，过了一会儿，忽又问她道："你认识夏新良吗？"

沈南秋神色一怔，却是反问她道："夏新良是谁？"

第七章　坦白

事发突然，谭深的车没能开进小区，就停在街边的临时停车位上，谭深站在车外，背靠着车门，默默吸着烟。

　　隔着车窗玻璃，苏雯偷偷打量车外的男人，突然想起阮真真曾经跟她提到"高峻抽烟"这件事，当时她还不理解这有什么好特意拿出来说的，而此刻亲眼看到才能体会阮真真的感受。这个男人抽烟的时候，身上会不自觉地透出一股子阴鸷和狠厉，与他的律师身份极为不符，令人心生畏惧。

　　苏雯是个写作者，日常除了编造故事之外，最大的爱好就是观察，她仔细观察着谭深，试图寻找到有关他身份的蛛丝马迹。

　　他倚靠在车身上，神态看似漫不经心，但不时抬腕看表的动作却泄露了他的内心。其实他们等待的时间并不长，算起来不过才短短十来分钟，可他已是点燃了第二支烟。

　　人们抽烟，有时候是消磨时间，有的时候，却是想压制内心的焦虑。显然，车外的男人此刻属于后一种。很快，第二支烟也吸尽了，他直接用手指掐灭烟头，抬起手来轻轻一丢，烟头就正正地飞进了远处的垃圾桶内。

　　第一次的时候，苏雯还以为只是碰准了，直等第二支烟头也精准地落入垃圾桶内，她才意识到这并不是凑巧。就凭这种手劲和准度，他绝对不是一个律师，甚至不会是从事一般行业的人员。

　　苏雯正暗自诧异，却见谭深突然站直了身体，她愣了一下，向小区门口看过去，果然就看到了阮真真的身影。她走得很快，步履匆忙，出了小区连看都不看就直接转向了东侧，竟似已经忘了还有他们在等待。

苏雯看到谭深抬了抬胳膊，似乎想要叫住阮真真，却不知为何没有发声，又默默垂下了手臂。她看了看，落下车窗，扬声喊了阮真真一嗓子，叫道："在这里！"

阮真真闻声回头看去，第一眼先看到了高高瘦瘦的谭深，然后才是他租用的那辆银灰色轿车和车内的苏雯。她犹豫了一下，转身走上前，淡淡解释："出来没看到你们，还以为你们先走了。走吧。"

她说完上车，主动坐到了副驾驶的位置。

谭深看了她两眼，也跟着上了车。

车里空间就那么大，苏雯连找个跟阮真真说悄悄话的机会都找不到，只能赶在前面用话点她，故意问道："真真，你今天怎么突然来找这女人了？你不知道，刚才真是要急死我和高峻了，就怕你跟那方建设碰上。"

"沈南秋早上突然给我打电话要我过去，刚到那就接到你们电话了。"阮真真说着，神情自然地看向谭深，又问："哎？我还奇怪呢，你们怎么知道方建设要去？多亏你的电话，不然还真要被方建设撞到了。"

谭深微微抿唇，开着车，什么也没有说。

车内突然变得很安静，苏雯坐在后座，看着他们两个，紧张得连呼吸都要停止了。偏阮真真似是毫无察觉，仍直愣愣地看着谭深，竟然还出声叫他的假名字："高峻？"

谭深忽地扯起嘴角来笑了笑。

这笑容既古怪又不合时宜，简直令人心生不安，苏雯忍不住伸出手偷偷去拽阮真真的衣角，示意她快些罢休。

阮真真没理会苏雯的小动作，只平静地看着谭深。

谭深突然把车贴向路边，一脚刹车停住了车，淡淡说道："苏雯下车，我有话要和阮真真说。"

苏雯哪里敢把阮真真一人留在车上，闻言强笑着打圆场："搞什么啊！你们有什么话不能当着我的面说啊？我不管，我反正不会下车，你有话呢，要说就说，不说就憋着吧。"

"下车。"谭深又冷声重复。

苏雯正想再驳，不料阮真真竟也开口说道："你先下去吧，苏雯，自己打个车回家，我一会儿过去找你。"

苏雯愣住，惊疑不定地看阮真真。

阮真真回头向她笑笑，又道："放心吧，没事。"

"你小心。"苏雯迟疑着嘱咐她，又看一眼高峻，半是提醒半是警告："高峻，你也冷静点，有什么话都好好说，千万别忘了自己还是个律师。"她开了车门下去，刚刚把车门关上，那车便低吼着窜了出去，很快消失在车流之中。

苏雯站在路边，更添几分担心，突然又后悔刚刚没有拍下一张谭深的清晰照片，连忙掏出手机来给阮真真发信息：拍一张他正面的清晰照片给我！以防万一！就明着叫他知道你拍照了，也好有个忌惮。

由于急迫，短短一句话她分了几条发出去，搞得阮真真手机连连振动，微信提醒一条条地往外蹦。阮真真看着消息，明明一颗心沉重压抑，愣是被苏雯整出几分喜感来。

她没拍谭深的照片给他，只简单回复道：没事，放心。

车晃闪得厉害，几乎不停地并线超车，在密集的车流之中左右穿梭，几次引得旁边的车主不满，鸣笛示意。谭深却置若罔闻，只绷着嘴角开车，看都没再看阮真真一眼。

阮真真也一直没有出声，手抓着车顶的扶手，微微抿着唇，由着谭深发疯。车就这样一路飞驰出市区，道路渐渐空旷，车速反而一点点慢了下来，最终，停在了一座铁路桥前。

谭深没急着说话，先落下车窗，从衣袋里翻了一支烟出来点上，低着头深吸了一大口，又缓缓把烟雾吐出来，这才问她道："什么时候知道的？"

"知道什么？"她反问，嘴角上带着一丝若有若无的讥诮。

他转过头，默默看她，目光直落在她的眼睛上："你知道我在问什么。"

"我不知道。"她毫无畏惧瑟缩之色，迎着他的视线看过去，黑漆漆的瞳仁干净而通透，清亮得仿若明镜，映出那个故作镇定的他，"你告诉我啊，你在问什么？"

他无法回答，近乎狼狈地回过头去，大口地吸着烟，以掩饰自己内心的忐忑和慌乱。"真真，我……"他叫她的名字，欲言又止，良久后才又低声说道，"对不起。"

"你有什么好对不起的？"她笑了起来，将身体轻轻倚靠在车门上，就这样注视着他，"一没打我，二没骂我，只不过是用花言巧语骗了骗我，试图用情感来捕获我，甚至为此不惜牺牲色相。谭深，你不需要说对不起，你见过猎手向猎物说对不起的吗？"

谭深垂眼，半晌无法言语，直到指尖的那支烟燃到末端，烫到了他的手指，这才似猛地惊醒过来。他把烟头在掌心摁灭，平复了一下心绪，才又转过头看她，问："除了名字，还知道什么？"

阮真真缓缓摇头："什么也不知道，不知道你到底是什么人，又为了什么而来，最终要达成什么目的。"

他默了默，又问："为什么没报警？"

"报警？"她轻声嗤笑，像是听到了什么好笑的笑话，"我为什么不报警你不应该比谁都清楚吗？你虽然是个假律师，对法律却是懂得很，言行举止处处都踩在法律的底线之上，就算我报了警，法律也拿你毫无办法，不是吗？"

"我并无恶意。"谭深突然说道。

"并无恶意？那什么叫恶意？怎么做才叫恶意？"她反问他，态度看似平和，言辞却犀利无比，"谭先生，你是想告诉我，你冒充他人身份前来，一步步引导我、操控我，只是出自一片好心，想来义务帮助我，对吗？"

这都是他自己做过的事情，想辩解都无从开口，他忍不住有点自暴自弃，索性坦然说道："我不是来帮你，我别有目的。"

她不惊不怒，无声地笑了笑："真是值得庆贺，这是你对我说的第一句实话吧？"

这话令他感到羞愧难当，幸好铁路桥上有列车呼啸而过，巨大的声浪从外灌入，瞬间充满整个车厢，暂时遮盖住了他的尴尬。只可惜时间太短了，很快世界就又恢复了安静，他不得不再次面对因愤怒而格外刻薄的她。

谭深拿捏着自己的用词，道："真真，我来南洲是为了找一个人。"

"夏新良？"她问。

他没有立时回答，默默看了她两眼，这才点头应道："不错，就是他。"

"他跟许攸宁有什么关系？"阮真真又问，不等谭深开口回答，又道，"我要听实话，如果你还想着继续撒谎骗我，那就干脆不要说。"

　　谭深想了想，答道："如果我没有猜错，他应该就是许攸宁那个藏在暗处的合伙人。"

　　"撒谎！"她怒声喝断他。

　　如果今天没有和沈南秋见面，也许她就会再一次被他欺骗，信了他的鬼话。她望着他冷笑："许攸宁根本就没有合伙人，他的债主、同事、朋友甚至沈南秋，都说他没有合伙人。"

　　"你能确保这些人说的都是实话吗？"他不慌不忙，镇定自若地反问，"如果许攸宁没有合伙人，那么尤刚打电话时，在许攸宁车上的那个人又是谁？"

　　就在许攸宁出事前不久，尤刚曾经给他打过一个电话，他在电话里说身边有人在，不方便说话，并以此为借口挂掉了尤刚的电话。可是，不论陆洋还是沈南秋，都没有提过这个人。

　　"这个人根本就不存在！"阮真真说道，"要么尤刚在撒谎，要么就是许攸宁当时随口应付他。"

　　谭深并不与她争辩："好，这个人不存在，那个半夜进入你家里清除电脑记录的男人，又是谁？"

　　这正是阮真真百思不得其解的事情！

　　无论是谁，无论是什么人，似乎都没有理由潜入她的家里清除电脑记录，借此来掩盖许攸宁曾试图自杀的行为。她抬头盯着谭深，问道："就算夏新良是许攸宁的合伙人，他又有什么理由去清除电脑记录？"

　　谭深已经有了答案，可他却不想说。

他迟疑着，最终只是说道："不是所有的疑点，都会找到答案。有的时候，有些人的言行，根本就寻不到合理的解释。"

阮真真打量着他，又问："那你为什么来找夏新良？你跟他又有什么关系？"

他回答："我从事着一份近似于私家侦探的工作，受客户的委托，前来南洲寻找夏新良。根据我们的线索，夏新良曾跟许攸宁有过密切的联系，所以才选择从你这里入手。"

这个回答出人意料，却又似乎在情理之中。

若放在之前，阮真真十有八九就会信了，而此刻，她却只觉得可笑，像是听到了一个荒诞的笑话："要从我这里入手，所以就伪装成其他人，跑过来骗我吗？谭先生，你们一直都是用这种手段做事的吗？"

他脸色难看，默然不语。

阮真真冷笑，又道："假冒他人身份，还想对我进行情感操控。你，还有你的团队，是觉得我又蠢又贱又空虚，只要是个男人过来对我示好，我就会接受，你们就可以掌控我，把我玩弄于股掌之间，是吗？"

"不是这样！"他试图解释，却又不知该如何开口，"真真，我……"

"别这么叫我名字！"她打断他，眼底眉梢尽是嫌恶，"这两个字从你嘴里说出来，我都觉得恶心，你不知道我每次听到忍得有多辛苦，就像你身上的那股子永远都散不尽的烟味，我一直暗示自己闻不到，但实际上，它无时无刻不令我作呕。"

谭深一时怔住，他自认已经摸透了阮真真这个人，却从不知她柔软的双唇里也能说出这样恶毒的话来。

他看着她，心中的愧疚终被怒火一点点驱散，半晌之后，他忽地笑了起来，就当着她的面，重又掏出了一支烟来，动作熟练地点燃了，旁若无人地叼在嘴上。"阮真真，你犯得着这么生气吗？我也没把你怎样啊，骗你财了？还是骗你色了？我骗着你什么了？"

谭深故意停顿下来，斜睨着阮真真，似笑非笑地问："还是说……你觉得我已经从你那里骗到了感情？所以才会恼羞成怒？"

阮真真脸色变了几变，好一会儿才从牙缝里挤出几个字来："谭深，你真无耻。"

"有吗？"他不以为然地反问，"我怎么觉得自己还远远不够呢，我要是真的有你说的那般无耻，就不会叫你像现在这样好端端地坐在这里，指着鼻子骂我无耻。"他说着，心中一动，忽然向她倾身逼压过来，又问，"你这几天突然对我转变了态度，是因为知道了我的身份，对吧？明明知道我是个假的，没有揭破，没有报警，反而却对我亲昵起来，阮真真，你想做什么？"

他微微眯了眯眼睛，似乎想到了什么，又问："你想反过来勾引我，对吗？想要对我进行情感操控？"

她咬紧了齿关，闭口不答，可那难看的脸色已经给出了答案。

难怪她这几天突然对他显露亲昵，引他一步步深陷，原来如此。他心头明明是极怒的，脸上却露出了轻佻的笑，更加逼近了她，轻慢地问："如果没有今天这件事，如果我真的被你骗住了，阮真真，你会怎么做？又能做到什么程度？和我拥抱？接吻？还是……上床？"

她显然是气得狠了，嘴唇都在抖，眼睛里更是蕴上泪水："谭深，你还能更无耻点吗？"

她这样的反应并未叫他感到丝毫愉悦，谭深收了脸上的轻浮，慢慢坐回原处，坦诚地与她道："阮真真，别让愤怒控制你我的大脑，我们都先冷静下来，心平气和地说几句话，好吗？"

阮真真紧抿双唇，没有应声，但是却也没有反对。

他就又继续说下去："我先为自己之前的行为向你道歉，欺骗你，甚至试图用情感来做筹码以影响你的抉择，的确是我错了，我道歉。可是，这真是无奈之举。"

"谭先生，"她冷声打断他的话，"如果你所谓的几句话是说这些，那么就不要再浪费时间了。"

谭深默了默，说道："许攸宁出事之后，夏新良就在南洲消失了。证据显示，他与许攸宁关系匪浅，甚至与许攸宁的死有着莫大的关系。真真，如果一开始我没有掩藏身份，而是对你直言相告，你会怎么做？"

她会报警！莫说当初，就是现在，她也恨不得立刻去报警！

那个在电梯中打着伞的高个男人，那个在车祸现场纵火烧车的男人，那个在浓雾中开着灰色车离开的男人……这分明就是一个人！如果这个人是夏新良，那他就是杀害许攸宁和陆洋的凶手！

像是猜到了她的心坎里，谭深轻声说道："你会去报警，对吧？"

"你很怕我报警？"她盯着他，一字一句地问，"你从一开始就知道许攸宁的死不是简单的车祸，而是夏新良杀了许攸宁，是吗？"

谭深看着她，心中矛盾至极，权衡良久，最终只是说道："我不确定，这一切都只是猜测，没有实证。但的确不能报警，尤其是在事实没有调查清楚之前。我……我的委托人出于私人感情，只想先找到夏新良，确定他到底有没有杀人，却不是把他直接送进监狱。"

她又问："你的委托人是谁？她跟夏新良又有什么关系？"

谭深看着她，沉默了好一会儿，这才答道："她被夏新良骗走了巨款，还被他欺骗感情，所以才一心要找到他，问个究竟。"

被这个男人骗财又骗色，不想着怎么叫他认罪伏法，却只想着找到他问个究竟。这样的女人，她都说不上是气愤还是同情多一些，不禁感叹："真是个傻女人。"

谭深神色复杂地看了看她，轻声道："不是傻，而是太看重感情了。"

阮真真无意与他辩驳，只又说道："你现在告诉我这些，就不怕我报警了吗？还是说你的委托人已经认清了夏新良的真面目，决定放手，协助警方把他绳之以法？"

谭深缓缓摇头。

她疑惑不解："什么意思？"

谭深说道："刚才已经说过，一切都只是猜测。这个案子表面看似简单，而实际上，不知道底下还隐藏着什么。许攸宁的车祸，张明浩的自杀，还有陆洋的死，不过都只是冰山一角。贸然报案，只会给你带来无尽的危险。"

他说的与沈南秋的话几乎同出一辙，她都忍不住要怀疑他们是不是一伙的。

阮真真不觉冷笑，讥诮道："沈南秋不报警，一心想着先找到U盘把方建设送入监狱。你呢？你是要自己找到夏新良，然后替你的委托人问上一句：他还爱不爱她吗？"

谭深不理会她的讥讽，默默看她两眼，突然问道："阮真真，我有害过你吗？我除了对你隐瞒自己的真实身份和来意，有实质性地伤害过你吗？"

她微怔，想要张口回答，却又不知说些什么。客观来说，除了欺骗，他的确没有再对她做过什么，一不曾骗财，二不曾骗色，虽然他试图欺骗她的感情以便更好地操控她，但她当时已明言拒绝，并未落入他精心编织的情网。

谭深又道："我对你真的没有任何恶意，之所以会选择假扮成高峻，只是因为他的长相跟我最为相似，正好他律师的身份也适合我介入你的……"

她忽地有些烦躁起来，不耐烦地打断他："你到底想说什么？"

他想了想，说道："跟我一起找到夏新良，如果到时你仍想报警，我绝对不会阻拦。"

阮真真有点无法理解他的话，总觉得似乎哪里不大对劲，却一时又找寻不到问题所在。"跟你一起找到夏新良？"

他应道："对。你报警，不就是想让警方抓凶手吗？可警方也不能随便抓人，他们要做各种调查，有了充足的证据才可以动手，甚至还有可能会基于某些考量而按兵不动，你还不如跟我合作，也许能更快地找到真凶。"

阮真真垂目不语，一时沉默。掌心的手机忽又振动不停，来电显示"苏雯"，她不用接也能猜到苏雯此刻有多担心自己。

谭深仍在看她，耐心等待着她的答复。

阮真真沉声应道："我需要考虑一下。"

"好，我等你回复。"谭深说道。

他开车送她回去，两人一路无言，直到车停到苏雯楼下，她打开车门下车，他才突然从身后叫住她。

阮真真回身，冷眼看他。

谭深到了嘴边的话就又压在了舌下，只向她浅浅一笑，头往后座偏了一偏，道："给苏雯拿着护具，为了稳妥起见，建议她还是再戴几天。"

苏雯的颈托还丢在后座，阮真真什么也没说，钻进车里拿出来，抱在怀里径直上了楼。

苏雯一准是在楼上往下巴望着，阮真真这里还不及敲门，门就开了，她一把将阮真真拉入屋内，瞧她完好无损，这才长长地松了一口气，手抚着胸口说道："真是要吓死我，好几次都想拨110报警了！"

不知为何，阮真真并不惧怕谭深，许是因为看穿他紧守法律底线，必然不敢对她做犯法的事情，又或者只是因为那天晚上他曾在家门外守了她整整一夜。这些心思无法与人言说，阮真真笑了笑，把手上的颈托塞进苏雯怀里，不以为意地说道："再怎么也是法治社会，他不敢大白天的行凶杀人。有吃的吗？帮我拿点，再帮我倒杯水来。"

苏雯忙道："有！"

她先从卧室里抱了一大堆零食出来丢给阮真真，又跑去厨房忙活，等她小心翼翼地端了一大杯热奶茶出来时，却见阮真真仍还瘫在沙发里愣神，手边的零食袋子动也未动。

"真真？"苏雯唤她。

阮真真不知默默想着什么，迟了片刻，突然没头没脑地说道："我觉得整件事都很不对劲。"

苏雯一愣："怎么了？"

阮真真这才把目光投过去，把今天自己跟谭深之间的对话讲给她听，疑惑道："如果只是为了找到夏新良，他没必要非拉着我。他在我身上投入的精力和能从我这里得到的回报相差太大，得不偿失，没有道理。"

　　她对夏新良可谓毫无了解，并不能帮助谭深寻找他。而且，如果只是为了从她这里入手调查夏新良，只需言明利害关系就够了，何须再投入感情诱饵？他甚至还跑去恒州，冒着被识破身份的危险，去探望所谓的高中老师，去墓地祭奠许攸宁！

　　这些画蛇添足的举动，他做来何用？

　　若不是他这一出，就不会有墓地那场风波，也不会有视频上网一事，她与许家也许还不至于彻底撕破脸。阮真真心念一转，忽地又问苏雯道："你还记得那个在网上发布陵园视频的小号吗？"

　　苏雯被她跳跃的思维搞得有些糊涂，却还是答道："记得，不但记得他 ID，连主页都记下了。"

　　微博 ID 是可以随便改的，但是微博主页却不行，所以只要记下了主页，不管他把名字换成什么，也一样可以找到。苏雯网上泡了多年，这些事情知晓得比谁都清楚，也早防着那小号改名，一早就把主页都记了下来。

　　"怎么突然说到这个？"她又问。

　　阮真真沉吟着，道："我有一件事需要确定，得把这个人扒出来。"

　　苏雯脑子转得快，立刻跟上了她的思路，问道："你怀疑这事也跟谭深有关？"

　　阮真真缓缓点着头。在墓地时，"高峻"高调的举止已经惹她生疑，后因他带她去高中老师家中探望，这才消除了疑心。而此刻想来，此事处处古怪，谭深既然不是高峻，根本没理由去探望那位杨老师，他去恒州，目标只会是她。

那一次，他从她这里得到了什么？坏她名声，破坏她与许家的关系，对他又能有什么好处？

苏雯面上露出几分凝重之色，道："这事不好办，直接去报案，不见得可以达到立案标准，而私人网络维权难度很大，必须先告平台，法院裁定平台必须向你提供账号信息，他们才会照办。这样一折腾，还不知道要花费多少时间。"

"就没有别的办法了？"阮真真问道。

苏雯苦思冥想，又道："你给我点时间，我再找朋友问一问，想想办法。"

阮真真知道她在网络上有些人脉，也不与她客气，闻言只是点头。她满腹心事，坐在沙发上慢慢喝着奶茶，过了一会儿，忽又抬头看苏雯，沉声道："我得报警。"

沈南秋不让她报警，谭深更是怕她报警，可她为什么不去信任警方，而要相信敌我难辨的沈南秋，以及来意不明的谭深呢？

苏雯倒是认同她这个决定，但还有些顾虑，想了想，道："还得想法瞒住谭深，不能让他知道。他话说得好听，可谁知道他皮下是人是鬼，还是尽量不要刺激他。你想想，你前脚去找沈南秋，他后脚就知道了，这说明什么？他极可能在暗中监控你！"

"没错，他有帮手，那个老六。"阮真真若有所思，"我会小心。"情况越来越复杂，她反而被激起了斗志，整个人似是充满了干劲，深吸了口气站起身来，竟就要走。

苏雯忙叫她，问："你不吃点东西了？"

"出去吃点热乎的。"阮真真瞥了瞥沙发上那些花花绿绿的零食袋子，颇有些无语，"这些垃圾食品你以后最好也少吃，进到肚子里没有半点好处。"

"奶茶都喝的人，还好意思说别人吃垃圾食品。"苏雯小声嘀咕着，自己却也拿过大衣套上，"走吧，我跟你一起去，从早上到现在，我也一点正经东西没吃呢。"

此刻已经快要两点，午饭点都过了，苏雯连口饭都没吃上，还不都是因为她，阮真真心里有数，也不想多说感激的话，只道："那我请你。"

苏雯笑道："快省省吧，就你那点工资，还欠一屁股债，先把自己养活了再说吧。"

两人一起出门，在附近随便找了一个干净点的小馆子坐下，等菜的工夫，阮真真又把上午见沈南秋的情况仔细讲与苏雯听，道："听沈南秋话里的意思，许攸宁被害应该是和张明浩的案子有关。"

"怎么回事？"苏雯问。

阮真真回忆着沈南秋当时的话，道："沈南秋说警方一直在查张明浩的案子，但许攸宁一死，所有的线索都断掉，方建设已经高枕无忧。"

苏雯咂摸着这话，奇道："许攸宁这是知道了什么事，被方建设杀人灭口了？"

阮真真也不敢肯定，方建设有几句话说得很低，她躲在书房里距离颇远，根本无法听清，只听到了他前面威胁沈南秋的话。方建设怕沈南秋向警方泄露什么，由此可见，沈南秋嘴里虽然说着"没有证据"，但一定知道更多的事情。

她有点失神，喃喃自语："许攸宁到底知道了什么事情，才会被人灭口？"

苏雯也猜不到，瞧她这模样又觉心疼，索性劝道："也别瞎寻思了，既然都决定报警，不如交给警方去查。哎？对了，你想好什么时候去报警了吗？"她说着，不由自主地瞄了瞄四周，面露警惕，特意凑近了阮真真，压低声音问道，"你说，谭深现在不会正暗中监视着咱们吧？"

这话听得阮真真心里也是一紧，也下意识地打量周围环境。此刻不是饭点，店铺里只有她们这一桌食客，除了两个服务员在不远处擦拭桌子，倒是并无可疑人物。

她不由得松了口气，道："你别吓唬人。"

苏雯也觉不好意思，嘿嘿干笑两声，吃了两口东西，却又正色道："不过还是小心点好，要不，我去帮你报警吧，谭深总不会连我也二十四小时都监视着。"

阮真真闻言却是摇头，她不想让苏雯再掺和这事，不仅是防着谭深，更多的是忌惮方建设。方建设能叫沈南秋怕成那个样子，能一连杀了两三个人而不被警方抓到证据，绝不简单。

见她主意已定，苏雯也没再坚持，只道："以防万一，我看你还是不要直接去公安局报案，目标太大了，不如给那个调查陆洋案子的陈警官打电话报警。如果真是沈南秋说的那样，张明浩、许攸宁还有陆洋的死都和方建设有关，这几个案子早晚要并案处理！"

打个电话自然是比她去公安局隐蔽许多，而且她这说是报案，其实不过是向警方提供案件线索，不需要走什么立案程序，在哪里都无所谓，只是怕有些事情在电话里讲不清楚。

阮真真想了想，道："最好还是见面说，等我找个合适的时间，把陈警官约到学校里见面。"

学校里人来人往，反而更容易掩人耳目，不管是躲谁，都是一个不错的地方。

苏雯听着不由得点头，又嘱咐道："多加小心。"

第二天，阮真真如常去学校上班，正思量什么时候约陈警官见面合适，不想下午就接到了公安局的电话。打电话的是个陌生警官，内容倒也简单，就是通知她去公安局配合调查，等她再想细问，对方却什么也不肯说了。

她心生诧异，犹豫片刻后，故意打电话通知了谭深。

谭深接到阮真真的电话有点意外，更多的却是暗喜，他以为她怎么也要晾上自己几天，没想着这么快就会有结果。而她既然肯联系自己，那就说明已暂时原谅了他对她的欺瞒。谭深很高兴，但心里又有忐忑，他怕暴露自己情绪，也不敢多说什么，只"喂"了一声，便屏住呼吸静待她先开口。

"警察叫我过去配合调查，我问是什么事，他们不肯说。"阮真真开门见山，话语简洁，声音温软，仿佛昨日里什么事都不曾发生，他还是律师高峻，而她还是那个温和有礼的阮真真。

谭深把杂乱心思暂弃一旁，沉声道："你在哪？我这就过去接你。"

他在学校门口接到了阮真真，她脸色平静，看不出什么喜怒来，不慌不忙地拉开车门坐进来，转头问他道："你说警察突然找我会是什么事？还是因为陆洋的案子吗？"

她的从容淡定令谭深感到诧异，他突然有点不高兴，也说不出什么缘由，掩饰了一下情绪，这才回答："是谁联系你的？陈警官？"

阮真真摇头："不是。"

"那就应该不是陆洋的案子。"他轻声说道。

他开车送阮真真去公安局，两人一路上都没什么话，她没开口的意思，他也不知道能说些什么。直到车在公安局外停下，阮真真正准备下车，谭深忽又叫住她，犹豫了一下，这才问道："用不用我跟你一起进去？"

她似乎有些惊讶，转回身看他。

谭深怕她误会，忙又解释道："没别的意思，就是怕你一个人紧张……"

这话他自己说着都没底气，不由自主地停了下来。阮真真不是第一次来公安局，也不是第一次被警察要求配合调查，而他一直都是躲在后面，从未陪着她面对过这些。

想想也是，一个连身份都造假的人，又怎么敢光明正大地出现在警察面前呢。阮真真有点想笑，可她忍下了，只是说道："不用，我又不是第一次来这。"

听到这话，谭深表情讪讪的，干巴巴地扯了扯嘴角："那你小心。"

阮真真只看了他一眼，什么也没说，转身下了车。她来公安局不止一趟，进门程序都熟了，先在访客本上登记好信息，又给联系她的那位警官打过电话确认，这才使用身份证换了进门卡，刷卡进了大楼。

接待她的是位姓邱的女警官，打开了一台电脑给她看，道："你仔细看看这段视频，辨认一下，里面的人是否认识？"

那是一段道路监控视频，不知被什么遮挡了镜头，画面残缺不全，昏暗模糊，视频中应是晚上，不时有行人经过，只能看到个模糊的人影，阮真真都不知道邱警官说的是哪个，直到画面上端的某个人影突然被红色线圈框住。

"就是这个人。"邱警官补充，眼睛却没看屏幕，只是盯着阮真真。

阮真真看得目不转睛，全部精力都放在了那个人影上。那是一个正在跑步的男人，因着镜头角度的原因，画面上看不到头部，只露出身躯和四肢来，一身全套的运动装扮，身影在画面边缘穿过，若不是运动衣上的反光条，兴许都没人会发现他。

视频是提前就剪辑好的，不停地重复播放，可惜分辨率实在不够，又是从上往下的拍摄角度，因此不论画面如何放大放慢，也就只能看到男人的身形。

邱警官又问："认识这个人吗？"

阮真真张了张嘴，发现自己竟是没能发出声来。她并不傻，甚至还有些聪慧，警察把她叫过来配合调查，绝不可能找个不相干的人来给她辨认，而能与"夜跑"挂上钩的，她目前所知道的就只有张明浩。

可她不认识张明浩，甚至连见都没有见过，警方就是再病急乱投医，也不该找她过来。那么警方既然找她，就说明这应该是她认识的人。她还真的认识这个男人，虽然他故意改变了跑步姿态，可她还是认出了他。

因为太熟悉了，真的太熟悉了。

阮真真第一次见他就是在学校的运动会上，他刚刚拿下万米长跑冠军，她背地里吐槽这是头牲口，被他听了个正着，两人这才有了开始。

他擅长跑步，经常代表学校参加各种比赛，日常训练也比旁

345

人多，作为小女友，阮真真没少去看，对于他的跑步姿态最熟悉不过。他跑步有个特点，后摆腿收得比一般人都要高，阮真真记得清楚，体育老师特意纠正过他好多次，可他就是改不过来。

视频中的这个人，虽然百般掩饰跑步姿态，但仍有着跟他一模一样的毛病。

阮真真半晌无声，邱警官就又换了一种问法："是许攸宁吗？"

这是许攸宁！阮真真绝对不会认错，可许攸宁并没有夜跑的习惯，他为什么会做这身打扮，在这个时间点出现在这样的监控视频里？邱警官还在盯着她看，不论肯定还是否定，她都必须给出一个明确的答案。

阮真真深吸了一口气，沉声应道："是，是许攸宁。"

邱警官的目光里有讶异也有些许的欣赏，又问："能确定吗？"

"能。"阮真真轻轻点着头，犹豫了一下又问道，"这是什么时候的视频？"

视频角上的摄制时间已经被提前遮盖住了，可画面里行人的穿着都不厚，许攸宁更是穿着单薄的运动衣，由此推断，时间应该是在晚春或者早秋，再结合张明浩的案子，那么就应该是……十月份了。

果然，就听得邱警官清楚答道："去年的十月八日。"

阮真真提前做过功课，知道这是张明浩被害的日子，她甚至还从网上查了不少相关信息，张明浩一直有夜跑的习惯，案发那天晚上，张明浩就是穿着一身夜跑装备跳了江。

没想到监控视频里出现的人却不是张明浩，而是特意改变跑步姿态的许攸宁。阮真真脑子里乱糟糟的，却又有点隐隐约约的亮光，好多事情同时在她脑子里冒头，就差一根线把它们穿起来……

谭深一直在等，他坐在车里，眼望着公安局大门的方向，搭在方向盘的手上有一支烟，却没有点燃，只是在指间翻弄把玩。

阮真真讨厌烟味，可她掩饰得太好，他昨天才刚刚得知，错愕之余，也对阮真真有了新的认识。她性格坚韧，倔强执拗，看似不善言谈，却心机深沉，惯会低眉顺目，眼帘一垂便遮住了万般心思。直到现在，他都还不能确定她到底是从什么时候起疑，又如何看穿了他的身份。

老六说得没错，是他太大意了，一开始就被阮真真的可怜样给迷惑了。

谭深心情有些复杂，这样的一个女人，他是有多蠢，才会觉得她单纯善良，怯懦软弱，从而心生同情。更令他不敢深究的是，他现在对她的感情似乎已远远不是同情那么简单。

时间难熬，他再一次抬腕看表，发现阮真真已经进去快一个小时了，不知道警方有什么案情需要她配合调查，是有关陆洋的？还是张明浩的？又或是……许攸宁？

他突然有种冲动，想进去找阮真真。她刚才回身看他时的眼神他记得清楚，那里面除了诧异，分明还透着几分讥诮，仿佛笃定了他在说虚话，嘲他根本不敢进公安局。

其实她错了，他并不畏惧警察，更不怕进公安局，一不杀人放火，二没作奸犯科，就算他经常踩着法律底线做事，警察也拿他无可奈何。

又过了一刻钟，谭深熄灭车，正打算下车的时候，抬眼却看到阮真真正从公安局大门内走出，四下里扫望了一眼，这才向他这里快步过来，带着一身寒气坐进了车内。

她呼吸有些急促，面色却苍白发青，不知是不是被冻得狠了，放在膝头的双手竟也在隐隐哆嗦。谭深看入眼中，脑子一热，竟想去握她的手，胳膊伸到一半才赫然惊醒，手在半空中僵了一僵，转去了汽车中控台。

他把热风调到最大，轻声问她："冷？"

阮真真没有回答，只呆愣愣地转过头看他，一双黑白分明的眸子湿漉漉的，透着难掩的惊慌与无助，嘴唇微微翕动了几下，竟是没能发出声来。

谭深心里存的那一点子提防当即就被抛到了九霄云外，他伸手覆上她冰凉的手掌，微微用了些力气攥住，压制着掌心里那阵阵抖动，沉声道："先别慌，告诉我出什么事了？警方叫你过来做什么？"

阮真真似乎也在竭力控制自己的情绪，她深呼吸了几次，把手从他掌心里抽出来，颤声答道："他们叫我辨认一段视频，去年十月八号晚上的，里面有个人在跑步，警察问我认不认识那个人。"

谭深眉梢微动，目光沉沉地看着阮真真，问："你认识吗？"

阮真真点点头："认识。"

谭深想了想，又问："是许攸宁？"

阮真真不由得惊讶地瞪大了眼睛："你怎么知道？"

因为只有他才会令你如此惊慌失措，谭深没有把话说出来，只淡淡一笑，答道："你人际关系简单，能叫你过来辨认，想来都是你身边的人，再结合这日期，也就只有许攸宁了。"

"可为什么会是他？"阮真真似乎难以置信，又或是根本无法接受这个现实。

谭深反问她道："之前种种线索都显示许攸宁的死很不简单，极可能跟方建设脱不开关系，可是真真，你有没有再往深里想一步，如果真的是方建设做的，他为什么要杀许攸宁？"

许攸宁是被方建设一手提拔起来的，算得上心腹中的心腹，如果许攸宁真是方建设所杀，那原因只有一个，就是杀人灭口。阮真真原本以为许攸宁的死也是同张明浩那般，与银行信贷有关，可现在看来却是想岔了，他的死因极可能是卷进了张明浩的案子里。

许攸宁绝对不会无缘无故地出现在那段监控视频里。她惊疑不定地看向谭深，问："是许攸宁杀的张明浩？"

谭深没有正面回答，反而问她道："那天晚上的事，你还有印象吗？"

"十月八号？"阮真真下意识地问，她努力回想了半天，还是无力地摇头，"记不清了，自从许攸宁当上信贷部主任，他就经常加班，要么就是有应酬，半夜回家是常事。那天晚上的事，我真是一点印象都没有。"

她表情颇为苦恼，又有几分自责之色，他忍不住出言抚慰，温声道："记不住也正常，许攸宁做事滴水不漏，更不会在你面前露出破绽。"

她缓缓点着头，神色稍定。

谭深忽又问道："你怎么跟警方说的？"

阮真真似乎有些羞愧，垂下眼帘，轻声答道："我没敢说实话，说了不认识那个人。"

谭深默默打量了她片刻，忽然扯起唇角无声地笑了笑。她有个小习惯，言不由衷的时候喜欢垂眼，仿佛只要遮住了眼睛便遮住了自己的内心，而她要是怀疑你时，就又会不错眼珠地盯着你，想从你的眼睛里辨出真假来。

他不知道她为什么会在这件事上说谎，但他丝毫没有生气，反而觉得这事更有意思起来。

久听不到他的动静，阮真真忍不住抬眼看他。

谭深淡淡一笑，道："没事，警方能叫你过来辨认视频，就有他们的打算，你说不说实话其实对他们影响不大。"他顿了顿，忽又起了点坏心，故意说道，"一些有经验的老刑警，通过你细微的表情就能判断你是否在说谎。真真，你可能自己都没注意到，你说谎的时候喜欢垂眼，躲避别人的视线，就像刚才一样。"

阮真真的表情明显地僵滞了一下。

谭深心情顿时大好，打转方向盘将车开出去。天色渐暗，暮色不知不觉中竟又降临。今天一天发生了太多的事情，阮真真似乎很是疲惫，人松垮垮地倚靠在座椅里，眼睛失神地望着车外街道，面容茫然，不知在想些什么。

开车的空当，谭深瞥了她几眼，却一直没有说话。倒是阮真真先开了口，没头没脑地说道："他当时既然装扮成张明浩在跑步，那动手杀人的就应该另有其人，不会是他了，对不对？"

她思来想去，原来还是在为许攸宁脱罪。

谭深心思微沉，绷紧了唇角，沉默片刻，淡淡应道："不管是不是他动手实施，同谋的罪名是跑不了的，差别无非是主犯还是从犯，绝不可能对事情毫不知晓。"

阮真真察觉到他的不悦，忍不住瞧了他一眼，却没为自己辩解，只是继续说道："既然是同谋，那么就还有旁人，另外的人是谁？方建设？陆洋？又或是……夏新良？"

不可能是方建设，如果是他，他就不会像现在这般猖狂，仿佛已经笃定警方找不到证据，拿他没有办法。也不应该是陆洋，如果是陆洋，那么他就该先于许攸宁被杀身灭口，方建设绝对不会容他蹦跶这么久，留着这样大的一个隐患。

那会是夏新良吗？在方建设的授意下，许攸宁与夏新良合伙杀害了新行长张明浩，紧接着，夏新良又杀许攸宁灭口，却在动手时被陆洋看到，陆洋为了所谓的U盘账本，拿此事要挟夏新良，给自己招来杀身之祸……一切仿佛顺理成章。

可不知为何，阮真真就是觉得有哪里不大对劲。

谭深一直没有说话，沉默着，似乎也在思量她的疑问。"真真，"他突然叫她的名字，"你今天在公安局看到了几段视频？"

她被问得愣怔，答道："就一段。"

"很不清楚，是吗？拍摄角度有问题？还是镜头被什么遮挡住了？"他又问。

那段视频不只拍摄角度有问题，还像是被树叶什么的遮挡了镜头，因此画面残缺不全。谭深猜得这样准，就仿佛他亲眼看到了视频一般，阮真真不免惊讶，奇道："你怎么知道？"

谭深笑笑，说道："张明浩死了都三个多月了，现在才叫你来辨认视频，显然是刚发现这个监控探头，很可能是装在什么隐蔽的地方，开始被遗漏了，刚被发现不久。"

阮真真听得点头："看方向是正对着江面，像是江边小路，就是不知道哪一段了，镜头被树叶之类的遮挡了一部分。"

谭深抿唇思量，像是做了一个什么重大决定，沉吟道："如果警方刚刚追查到这里，我们就还有机会……"

他话说到一半就停下了，像是有意在卖关子，阮真真懒得再问，只回过头去继续望着车外愣神。她脑子里乱糟糟的，也没留意街景，过了好一会儿，才发觉外面景观不对，车竟不知何时开到沿江路上来了。她不觉诧异，转头看向谭深，问："这是去哪？"

谭深把车开过江，在路边找了个地方停下，推开车门下了车。

阮真真不知他葫芦里装的什么药，犹豫一下也跟着下了车，狐疑地跟了过去。

他长腿一迈，踩上路边隔离带的花坛，指着江对岸的一片住宅楼给她看："那边就是张明浩租住的小区。他是异地任职，一个人在南洲，家人都还没跟来。这人有夜跑的习惯，到南洲后也一直坚持，那天晚上，他跟平时一样大约九点从小区出发，沿江边路往西一直到顺安大桥。"

谭深转过身去，指了指远方的另一座过江大桥——顺安大桥，"过桥再沿江边折向东，一直到这座新建桥。按照正常路径，他应该是从桥上过江，转回小区结束夜跑。而那一天，他却没有上新建桥，而是沿小路跑到了桥下涵洞，来回溜达了大约半个小时后，跳入了江中自杀。"

阮真真还是第一次听到这些细节，不由得奇怪："你怎么知道？"

"张明浩戴运动手表，喜欢在朋友圈发夜跑轨迹，很多人都知道他的跑步路径。当天晚上，运动手表清晰地记下了他的运动路线，而且还有目击者，有行人看到他在桥洞下转悠。"谭深说道，回头扫了一眼她脚下，看到她穿着一双平跟的皮靴，不觉笑了笑，问，"体力还行吗？有力气跟着我走一走张明浩当晚跑过的路吗？"

阮真真痛快地点点头："没问题。"

他向她伸出手去，没去牵她的手，只拉住了胳膊，带着她穿过隔离带，抄近道往大桥下走。沿江有两条路，一条是堤岸上的大路，可以行车，与跨江大桥连通，另外一条则是紧贴着江边的小路，从大桥下的涵洞穿过，路面都铺上了塑胶，禁止机动车辆进入，专为市民散步健身所用。

谭深带着阮真真走下堤岸，一直来到塑胶道上，抬手指着左侧的大桥涵洞："大约就是在那里跳的吧，尸体却是两天后在那边入海口打捞上来的。"

新建桥已是南洲市最靠东的一座大桥，也是跨度最大的一座桥，从此处跳江，尸体自然会顺流而下漂向大海。

谭深又看向阮真真，道："我们逆着他夜跑的方向走，找一找有没有安装在树上的监控探头，远不了，就应该在这附近。"

天色已经完全暗了下来，街灯一一亮起，与堤岸上灯光璀璨的大路不同，小路上虽然也有路灯，光线却有些昏弱，照得人影影绰绰，不甚分明。"现在这个季节还好，夏秋两季有树木遮挡，这条路上光线会更暗。"谭深淡淡解释。

张明浩自杀是在十月八日，尚是初秋，树木还枝繁叶茂，想来这条路上会更昏暗。阮真真听得点头，又不由得问道："为了安全，也该多安装一些监控探头，这一路上都没有其他监控吗？"

"有啊。"谭深指着远处的江边公园，"这条路从小公园里穿过，那边就有不少监控探头。往这边来路过一个小区，小区安保很好，临江又是别墅区，围墙处也有不少监控，也能照见大半条路，但要是贴临江这边走，就可以避开探头。"

两人沿着江道，不紧不慢地往前走，阮真真不时地抬头看树枝、路灯等高处，就在快要走过那个小区外时，突然停了下来。

谭深顺着她的视线看过去，也看到了那个藏在树杈间的监控探头，不由得一笑。

阮真真打量一下周围环境，又走到树下站定，尽力踮起脚来，似是想看一看监控探头拍摄的视角。谭深却不知何时走到了她身后，双手钳住她腰肢，用力一托便将她轻轻松松擎了起来。她"啊"的一声惊叫失声，反手慌忙扶住了他头顶，急声道："你干什么？快放下我！"

谭深却是一本正经，道："找到探头平齐的角度，你仔细看一下，画面里是此处吗？"

那探头装在树杈上，本就不甚高，他个子又高，这样把她托在肩头，她果然几乎就和探头平齐了。阮真真一手扶在他头顶，另一只手抓住树杈，眼睛顺着探头的方向看出去，仔细对比了一下周遭环境，最后十分肯定地说道："就是这里了。"

谭深这才把她放了下来，回过身仔细观察这个探头。

探头是装在一棵树上，树则是长在小区围墙内，棕褐色的电线顺着枝杈一直延伸到树身，在背面往下顺去，临路的这边根本就看不出端倪，若不是冬季树叶掉光暴露了监控探头，谁也想不到这里竟还会藏着一个监控探头。

谭深站在树下看了看，往后退了几步，一段助跑之后猛地往上一跃，便抓住了那粗壮的树杈。他将自己挂在树杈上，抬头往小区围墙内看了看，松开手跳到地上来，拍了拍手上灰尘，道："里面是联排别墅，这个探头应该是别墅主人私自装的。一般家用监控存储时间不会太长，警方应该是很早就发现了这个监控。"

阮真真缓缓地点着头，看了看小路一端，又问："再往前走走？"

"好。"谭深应下。

两人又往西走，不多远就到了江边公园，虽然天气还冷，公园里面却仍有不少市民在活动，光线也比这边要亮很多。谭深停住步子，沉声道："不用再往前了。"

阮真真转过头，不解地看向他。

他笑笑，解释道："一进公园就有很多监控，如果能拍下许攸宁的身影，警方就不会拿刚才那个给你辨认了。"

阮真真想了想，问道："这么说，其他监控没有拍下人来？"

谭深先是点头，随即却又摇头："不出意外，其他监控拍下来的人应该是张明浩自己。"他回过身去，看向来时的小路，"从公园到刚才那个探头之间，就在这段路上某个隐蔽的地方，张明浩换成了许攸宁。"

"张明浩是在这个路段被杀的？"阮真真问，很快却又否定了自己，"不对，张明浩如果是在这里被淹死的，他运动手表上记载的跑步轨迹又是怎么回事？"

"手表戴在许攸宁的手上。"谭深道。

"还是不对。"阮真真仍是摇头，提出质疑，"就算许攸宁戴着那手表，一直跑到新建桥下才跳入水中，可那手表又怎么回到张明浩身上呢？手表应该是在张明浩尸体上发现的啊。尸体会被江流带走，顺流而下，江面这么宽，许攸宁就敢保证一定可以拦到张明浩的尸体吗？那也太冒险了！"

她问的都是关键问题，谭深似乎一时也被问住了，默默看着江面出神。

这条江穿南洲市而过，水流平缓，算得上南洲的一条景观河，经常有船载着游客游览两岸城市风光。谭深与阮真真的目光不由自主地被一条亮着彩灯的游船吸引，两人默默看了片刻，猛然看向彼此，不约而同地说道："船！"

如果当时有船在江面上，趁着夜色悄悄将张明浩载到新建桥下，与跑步到那里的许攸宁会合，把手表重新戴回到张明浩手上，然后再将其强行溺死……这样手表上所显示的轨迹，就只是"张明浩"跑步到新建桥下，矛盾良久之后，自己跳入江中溺水身亡。

"查船，警方只要查当晚在新建桥下经过的所有船只就可以了！"阮真真说着就要转身往回走，却被谭深拽了一把。他问道："你干什么去？"

阮真真回答："去提醒警方啊。"

他不禁失笑，又反问她："你觉得警方用得着你提醒吗？你能想到的事情，他们自然可以想到，现在没准都已经排查过当晚江面上行驶过的所有船只了，甚至早在确定许攸宁身份之前就排查完了。千万别小瞧警方，他们只是做事低调，很多事情都是暗中做的，外面看着风平浪静，再听到动静就已经是结案了。"

阮真真低垂下头，认真思量着他的话。

谭深看看她，又道："走吧，时间不早了，我们先回去，不要在江边吃冷风了。"

他带着她往回返，这一次却没有沿原路走大桥旁的石阶路，而是斜穿过去，径直去爬江边堤岸。那堤岸用一块块巨石垒成，又用水泥灌的缝隙，虽然不算陡峭，可爬起来却也不易，阮真真刚上了几步，就有些保持不住平衡，正想弯腰去扶石壁，前面的谭深却回身向她伸手过来，道："来，我拉你。"

她略一迟疑，将手放进了他的掌中："谢了。"

他唇角微不可见地翘了一翘，不松不紧地握住她的手，拉着她往堤岸上爬去。同样的石坡，他却如履平地，每一步迈出去都

356

落得极稳，有时甚至还回过身来用两只手扶她，细心地叮嘱她：“小心脚下，别踩滑了。”

堤坡很宽，虽然有他牵引拉拽，待她爬上顶端，还是出了一身的薄汗。阮真真借着擦汗，把手从他掌中抽回，犹豫了一下，突然问道：“船上的同谋会是夏新良吗？”

不想谭深却是摇了摇头。

阮真真不由得诧异：“不是他？那还会有谁？”

谭深没有正面回答，淡淡一笑，说道：“虽然同谋不是夏新良，但只要找到他，你就什么都知道了。”

他似乎对寻找夏新良有一种执念，却又不肯报警，这令阮真真感到万分不解，难道只是因为他的委托人想先于警方找到那个人？那他的委托人又是谁呢？

谭深转头看她，似是猜到了她的心思，目光一时有些复杂，道：“我不喜欢和警方打交道，警方有警方的办案风格，我有我的行事原则，我不会去阻碍警方办案，但同时也不会去帮助他们办案。不管是谁，都各凭本事吧。”

他这些话阮真真似懂非懂，不由得微微抿了抿唇，沉默不语。

谭深却又古怪一笑，没头没脑地说道：“还是跟着我吧，这样你以后可能会少些后悔。”

阮真真还在咂摸他这话里的意思，他却已是转身往停车的地方走去。

他开了车送她回家，两人一路上都没说什么话，直到在楼下临分别时，他才又嘱咐她道：“回去好好休息，不要胡思乱想，有什么事明天再说。”

话真是说得轻巧，发生了这样的事情，她怎么可能不胡思乱想。

阮真真嘲弄地扯了扯嘴角，转身进了楼门，出电梯门时忽地犹豫了一下，转向相反的方向。走廊的端头是一面大玻璃窗，昏暗的灯光下映着她单薄的身影，她在窗边默默站了片刻，待头顶的声控灯灭了，周围彻底黑了下来，这才看到了楼下谭深的车。

楼层太高，路灯又昏暗，她看不清什么，只看到车窗口隐约有个红点时明时暗，过了好一会儿，那红点才彻底暗下去。

冰凉的玻璃上已被她哈上了不少热气，显得雾腾腾的，阮真真默默站在窗边，伸出手漫不经心地在玻璃上勾画，不知不觉中就写出了"谭深"两字，其后一个大大的问号深刻醒目，仿佛承载着她所有的疑惑与不解。

他到底是什么人，又为什么而来？

阮真真叹了口气，胡乱地把字迹抹去，毅然转身往家里走。

许家三口人都在家，像是刚刚吃过了晚饭，四处的窗户都关得严实，屋里弥漫着一股子说不出来的古怪味道，许家母女正坐在沙发上看电视，许父则站在阳台上抽烟，看到阮真真进门，三人齐齐往门口看过来。

阮真真被他们看得有些不自在，勉强笑了笑，道："我回来了。"

三个人谁也没接话。

阮真真收起虚假的微笑，低头换下鞋子，拎着皮包径直往自己房间里走，人刚要进屋，许父却突然叫住了她："真真啊，你先别忙着进屋，过来商量一下攸宁的事。"

许父从阳台上回到客厅里，与许家母女坐到一起，面容很是严肃。

阮真真犹豫了一下，回身走过去，没坐到空着的沙发上，而是从餐厅里拎了一把椅子过来，坐在了许家人对面。"什么事？您说吧。"她客气地问。

许父自己没有开口，只转头瞥了妻子一眼。许母接到丈夫的暗示，先清了清嗓子，这才开口说道："今天我们又去了攸宁单位，本来想叫上你一起，可知道你得去上班，就没耽误你。"

阮真真面无表情，安静地听着。

许母撩起眼皮看了看她，瞧她没什么反应，又继续说下去："攸宁单位里说了，工亡补助金已经下来了，一共七十多万，至于这个钱怎么分配呢，可以由我们自己协商。"

阮真真缓缓点着头，仍是没有说话。

许母似是有点摸不到她的路子，没有再说下去，而是询问地看向许父。许父吸了一大口烟，把话接过去，问阮真真道："你先说说看，你有个什么打算？"

阮真真说道："我没什么打算，您老说吧。"

许父用力把烟蒂摁灭在茶几面上，眼皮微垂，说道："是这么回事，其实这个钱呢，怎么个分法都无所谓，反正都是一家人。可你现在身上不是还有几个官司嘛，如果这笔钱打到你的户头上就等于便宜了外人。我和你妈商量了一下，觉得不如对外就说这钱都给了我们，钱先打到我们账户，我们私下里再给你，钱不经银行，法院也就不知道，不会落到外人手里。"

阮真真一直默默听着，直到听许父把话说完，唇边上这才浮现出一丝若有若无的讥讽来，她的视线从许家三口人身上一一滑过，最终还是落在了许父身上："许攸宁单位同意这样分配吗？"

"这事他们不管，只要咱们自己商量好了，怎么分都可以。"

许父回答，顿了顿，又道，"不过呢，单位也怕日后说不清楚，再落麻烦，需要咱们签份协议，他们才会打款。"

阮真真笑笑，又问："要我在协议上写明自己放弃这笔钱？您觉得这样的协议，合理吗？"

"有什么不合理的？"许欣宁忽然插言，她似是终于忍不住了，坐直了身体看向阮真真，理直气壮地说道，"你有稳定的工作，有工资，有医保，爸妈却连个退休金都没有，全指着我哥给养老，现在我哥没了，你就把这些钱全都给爸妈，也算是应当应分。"

"可我是你哥的合法配偶，我有权分这笔钱。"阮真真说道。

许是她这种不冷不热的态度刺激了许欣宁，许欣宁忽地冷笑了一声，嘲道："你之前不是一直都说从来没靠我哥养吗？你这么有志气的人，我哥活着的时候你都不靠他养，他现在都死了，你何必再来跟我们分他这点卖命钱呢！"

阮真真却表现得不急不躁，嘴角上甚至还带了丝若有若无的微笑："我不靠你哥这点钱养，却需要钱还你哥留给我的债务。"

许欣宁想也不想地接道："你欠一千多万呢！这几十万有没有的，有区别吗？"

阮真真说道："欠多少钱都得还，有这几十万，就能离着还清那天近一点。"

许欣宁瞪大了眼睛，不可思议地看着她："阮真真你是不是有病啊？"

"欣宁！这里没你的事，你给我闭嘴！"许父喝住女儿，又转头看向阮真真，语气里带着几分歉意，"你别听欣宁的，她这说的都是气话，这个钱呢，我们没想着都占。你要是觉得不放心，不信任我们，那咱们还是签协议，该怎么分就怎么分。"

"爸！凭什么啊？"许欣宁愤然大叫，"她说欠一千万就真欠一千万啊，我哥平日里那么宠着她供着她的，借来的钱还能不告诉她去哪了？谁知道是不是她丧了良心，故意要昧下人家这钱啊！她一千万都拿了，还要来跟你们抢这点小钱，要不要脸啊？而且这里怎么就没我的事了？你们都这么大岁数了，以后有个病有个灾的怎么办？她能管吗？还不是都要落到我身上！"

"欣宁！你听听你说的这是什么话啊！"许母露出痛心疾首的模样，眼里竟落下泪来，嘶声说道，"我知道我跟你爸没本事，以前拖累你哥，以后就要拖累你。你不用叫屈，也别忙着害怕，放心，我们以后不用你养，真有个病啊灾的，一包耗子药就够了！"

听见母亲这话，许欣宁忍不住喊道："妈，我是嫌你们拖累吗？你说这话才是要扎我心。是我自己没本事，不能像我哥那样挣钱，我要是有我哥一半能耐，我也不来这做这个恶人！"

屋里老的哭小的叫，许父又出声呵斥，顿时乱作一团。

阮真真僵坐在那，只觉得耳边嗡嗡作响，额侧青筋一下又一下地鼓动着，不知什么时候就要爆裂一般。她想喝止他们，问他们知不知道许攸宁都杀人了，问他们知不知道许攸宁自己也是被人杀的！问他们除了钱，还能不能关心点别的事情！就为了分这几十万块钱，竟连点脸面都不要了，又是哭又是闹，软硬兼施，一家子做戏来哄骗她！

她有那么多的呵斥，那么多的责问，却一句也说不出来，只能僵坐在椅子上，木愣地看着眼前这场闹剧，半晌之后，猛地站起身来径直往外走，头也不回地出了家门。

电梯还停在二十六楼，她伸出去摁按钮的手都有些抖，人从楼上下来，出了单元门才想起自己没穿大衣，又走两步才发觉自己脚上竟还是拖鞋。

谭深竟还没走，匆匆从车里跑过来，把自己大衣脱下来披到她的身上，低声问道："怎么了？出什么事了？"

她抬起眼来，涣散的目光渐渐聚焦到他的脸上，仿佛这时才认出他，竟艰难地扯起唇角向他笑了笑，嘴唇微微哆嗦着，也不知是气得还是冻得，连说出口的话都带着颤音："你怎么还在这？"

他本来是要走的，一开始只是想抽支烟，等抽完了烟，却又瞥到二十六楼的廊灯倏地亮了起来。楼道里装的都是声控灯，有人走动才会亮那么几十秒，在这之前没有人进入单元门，又等片刻，也不见有人从楼里出来，他心中不觉一动，就隐约猜到了点什么。

谭深一时心情复杂，有点莫名的喜悦，更多的却是随之而来的忐忑，忍不住揣测她的心思，她站在窗边那么久可是在看他？又是怎样的心情？警惕？防备？可会有些许的难过和不舍？

他正胡思乱想，就瞧见她直冲冲地从楼内奔了出来。

谭深双手紧握住她的肩膀，感受到她身体的抖动，二话不说挟持着她就往车边走："先上车！"他把她塞进车里，自己从另外一侧绕过去，升起了车窗玻璃，把暖风开到最大，看她仍抖个不停，犹豫了一下，伸臂去搂她。

阮真真急忙阻止，伸手去摁他的手臂："不用，我没事。"

他动作微微顿了顿，反问道："没事怎么还抖成这样？"

她一时语噎，不知该如何回答，总不能说自己是被许家人气成这样。

谭深看她一眼，没再追问她楼上到底发生了什么事情，默默等了片刻，瞧她面上缓出一些血色，身体也不抖了，这才做出若无其事的模样，问她："吃饭了吗？"不等她回答，他就又径直说下去，"不管吃没吃，都陪着我去吃一点吧。我这胃真不能饿，一饿就丝丝拉拉地疼。"

阮真真转过头，有些诧异地看他。

谭深愣了一下才读懂她目光里的疑惑，不由得笑了起来，竟就抬手去拉身上的毛衫，连背心都翻了上去，露出肚皮给她看："看看，真的做过手术，不是骗你的。"

车内光线微弱，却也能够看清大概，他腰腹间竟然真的有一道醒目的伤疤，疤痕隆起扭曲。阮真真惊愕地瞪大了眼睛，她原本一直以为他是为了假冒高峻才故意说自己肠胃不好的。

见她这副神情，谭深忽地想起一事来，问道："你那天非要跟我喝酒，是故意的吧？想要试探我？"

她当然是故意的，却并非出自试探心理，而是想看他装模作样的丑态，谁知他竟然真的是大病初愈。她没回答他的问题，下意识地多看了两眼疤痕，眉梢不禁微动，忽地问道："这不是一般的外科手术吧？"

那伤疤形状怪异，不似一般手术后留下的平整伤口。

谭深将衣服放下来，不以为意地解释："做上一单生意的时候突然遇到枪击，子弹把胃打穿了，九死一生，幸亏之前一直饿着肚子，抢救也算及时，这才捡回来一条命。"

她愣怔了片刻，不禁嘲道："刚刚捡回来一条命，就要带伤坚持工作，真是敬业。"

他听出来她话里的讥诮，却没半分不快，反而咧开嘴向她欢快地笑了笑，露着白森森的牙齿，接道："多谢夸奖。倒不是什么敬业不敬业，只是生活不易，只能如此。"

阮真真被噎个半死，刚想再嘲几句，可对上他亮晶晶的眼睛，却忽又改了主意，只淡淡说道："不是说饿了吗？去吃饭吧。"

　　谭深笑笑："好，去吃饭，我请客。"

　　他都没问她要去哪里，直接开车载她去了工业学院旁边的那家粥铺。此时虽过了饭点，店内食客却不见少，两人找了一圈，这才在对墙的条桌那里找到两个相邻的位置，谭深叫她先在凳子上坐下，道："你占着地方，我去盛粥，你要什么？"

　　阮真真想了想，说道："山药粥。"

　　谭深点点头，转身离开，过了一会儿再回来，托盘上不仅有两碗山药粥，还有一碟鸡蛋软饼和两样小菜。他在她身边坐下来，把几样吃食一一摆到桌上："凑合吃点吧。"

　　两人在一起吃过几顿饭，却还是第一次这样肩并肩地坐在一起。谁都没有说话，就默默吃着东西，直到快要吃完的时候，谭深才看似随意地问道："许欣宁又找你麻烦了？"

　　阮真真低头答道："他们想要我签协议，放弃许攸宁的工亡补助金。"

　　谭深闻言沉默，垂着眼不知想些什么，半晌后忽然从鼻腔里发出一声哼笑："那就签吧。"

　　阮真真不解，奇怪地看向他。

　　谭深向她淡淡一笑，继续说道："他们要你放弃许攸宁的工亡补助金，你就要求他们立刻从你家里搬出去，放弃许攸宁房子的继承权，两个协议一起签，问他们同意不同意。"

　　许家人有一点说得对，不管什么钱给了阮真真，一旦官司输掉，都会被法院强制执行，所以，这个协议签与不签对阮真真来说没什么意义。如果能叫许家人现在从家里搬走，阮真真至少眼

364

下能落个清净。

阮真真迟疑："许家人肯吗？"

谭深不置可否，高深地笑了笑，只道："你可以先跟许家人说说看，没准他们很乐意呢。"

阮真真缓缓地点着头，像是认同了他的办法。

谭深又问："一会儿去哪？"

时间已晚，她连大衣和鞋子都没穿，还能再去哪里？没有身份证，甚至连酒店都住不了。就算今天可以去苏雯那里借宿，那明天呢？后天呢？她总不能真的把房子让给许家人，自己再不回去。

她不由得叹了口气，站起身来："送我回家吧。"

谭深什么也没说，又开车送她回家。

这样来回一折腾，她再进家门时已近十点，许家三口人竟然还都在客厅里坐着，似乎就在等她回来。阮真真没逃，直接走到那把椅子前坐下，看着许家人，沉声道："协议我可以签，工亡补助金我可以不要，但有一个要求，你们也别再来找我，从这里搬出去，放弃房子的继承权。"

她这提议完全出乎许家人意料，三个人面面相觑，一时竟无人应声。片刻后，许欣宁才反应过来，一脸激愤地叫道："看看！狐狸尾巴露出来了吧？这房子有我哥的一半，我们凭什么放弃？"

阮真真不冷不热地说道："那工亡补助金也有我的三分之一，又凭什么要全给你们？"

许父皱了皱眉头，道："你不是说房子已经被债主申请保全了吗？"

"不错，只要官司一输，这房子就是别人的了。"阮真真点头道，"你们也去法院问过了，知道我没有骗你们。你们想分房子也行，那就跟我一起承担债务。"

许欣宁狐疑地看她，问："既然房子你也落不住，你为什么突然又同意不要补助金了？"

阮真真疲惫一笑，答道："老实说，我不愿意一回来就看到你们三个。你们之前不也说了嘛，补助金到了我的账户也会被法院划走，既然这样，何必再争这个钱。前提是你们放弃这房子，立刻搬出去，给我几天清净。"

许家人相互看着，似乎也有些拿不定主意。

阮真真又道："就这一次机会，你们考虑清楚，工亡补助金不属于许攸宁的遗产，落到手上就是你们的，这房子可不一样，继承了这房子，就要负担许攸宁的债务。"

许父咬了咬牙，正要说话，却被许欣宁用眼神制止。

阮真真瞧得分明，嘲弄地笑笑："你要不信，可以去咨询律师。许欣宁你不是有律师朋友吗？去问问啊，看看我有没有蒙你们。"

许欣宁被她戳穿了心思，索性不再隐藏，大方承认："没错，我得先咨询一下律师，你等一会儿。"她说着拿起手机来躲进客房里，过了好一会儿才又出来，向着许父点了点头。

许父见状就拍了板，道："那行！就这么说定了，我们签协议吧！"

阮真真立刻去书房里写了两份协议，一份她放弃工亡补助金的，一份许家父母放弃房子继承权的，一起摆在了茶几上，三个当事人各自签下大名，又摁了手印，这才算完。

这样的私人协议，需得公证过后才算稳当，阮真真正要开口，却听得许欣宁说道："明天得拿着协议去公证处，公证过后才算数。"

阮真真眉头一动，抬眼看向她："没问题，明天就去公证。哎？说起来，你那个律师朋友是哪个啊？能不能介绍给我认识？"

许欣宁立刻一脸戒备："你想干什么？"

阮真真答道："找律师能干什么啊，打你哥的债务官司呗。你这个律师朋友业务能力怎么样？你把他联系方式给我，我照应照应他生意。"

她瞧着许欣宁没反应，又故意激将道："怎么？不行啊？我这打官司的都不怕他给你们告密，把案子情况透露给你，你怕什么啊？哎？你这朋友会不会压根就不是律师啊？"

这话没激到许欣宁，却提醒了她，如果打官司的律师是自己人，倒是借此可以得到不少案件内情。她正犹豫，旁边的许父却突然出声："把他号码给你嫂子，介绍生意，又不是什么坏事。"

许欣宁没立刻答应，仍是迟疑："我先问问他的意见吧，看他肯不肯接你这官司。"

"你先别问他！"阮真真忙道。

许家人面露惊讶，齐齐向她看过来。

她笑了笑，又解释道："还不知道他业务能力怎么样，你这样一问，我再不找他就显得不好了。还有律师费用，熟人之间更不好谈价钱。不如你把他微信号推给我，先别说我是你嫂子，侧面打听一下，觉得合适，你再出面。"

许父许母听得连连点头，许欣宁拿了手机出来翻找微信，仍有些犹豫："我没提前跟人家打声招呼，不太好吧？"

阮真真立刻说道："没什么不好，工作是工作，人情是人情，到时候确定要用他，再由你出面说。"

许母少有地应和她，竟也说道："真真说得对，这么做还妥当。"

许欣宁总算被说动了，把一个微信名片推送给了阮真真。

阮真真点头扫了一眼那个微信头像，就觉得脑子里嗡的一声，顿时差点炸掉，这个许欣宁所谓的律师朋友，竟有着与谭深同样的微信头像。

其实，她早该想到的。

谭深约她去恒州一中校园回忆青春，恰巧被许欣宁的同学撞见，传到许欣宁的耳朵里。谭深又去陵园祭拜许攸宁，引发她与许家人的争执，好巧不巧地被人拍下发到网上，上了热搜……

这世间哪有那么多巧合的事，一件、两件算是巧合，如果件件都巧合，只能是精心谋划！

可谭深为什么要做这些？他的目的到底是什么？

阮真真有些呆愣，半晌才回过神，见许家人都在打量她，忙掩饰着勉强笑了笑，道："今天时间太晚，我也别去打扰人家了，等明天我上了班再联系他。"

说完顾不上再理会许家人，深一脚浅一脚地进了自己的卧室，人躺倒在床上，思绪却飘忽不定，落不下也抓不着，真真的一宿未眠。

第二天一早，许家人催着阮真真去公证协议，阮真真没办法，只能先带着他们去公证处。由于没有提前预约，到那又是排号又是填表，等把所有材料都交上去，日头都过了头顶。

虽然特意办了加急，但还是要等到明天才可以拿到公证书，许母不免郁闷，向着许父抱怨："不就是扣个戳的事嘛，怎么就不能现场做出来，还非得叫咱们明天再过来，我看他们就是故意折腾人！"

许父没好气地瞪过去，许母这才心不甘情不愿地闭上了嘴。

从出事到现在，发生了这么多的事情，阮真真算是看透了这家人的嘴脸，半句话都不想再跟他们多说，可公证书没出来，许攸宁单位的钱他们还没拿到，就叫他们从家里搬出去，他们绝对不会同意。

她大半心思都在谭深身上，也无精力与他们缠斗，只淡淡说道："明天拿到公证协议后直接就给许攸宁单位送去，不会耽误事。我还要赶去学校，你们自己先回去吧。"

许家人面面相觑，还没反应过来，阮真真已是招手叫了个出租车，径自上车走了。

她没去学校，而是去了苏雯家里。苏雯熬夜赶稿，此刻刚刚睡醒，裹着睡衣，顶着鸡窝一样的头发来给她开门，奇道："怎么这个时候过来了？又发生什么事了？"

"的确又发生了一些事情，一会儿再给你说。"阮真真顾不上细说，只问苏雯，"你知道网上那事是谁搞的吗？"

苏雯摇头："我还没顾上这事呢。"

阮真真道："我想我已经知道背后的人是谁了。"

苏雯闻言一愣，问道："是谁？"

阮真真唇边泛起一丝古怪的笑意，掏出手机来给苏雯看那张微信名片。苏雯一眼也认出了那张头像，却有些不敢置信，忙把自己的手机找过来，打开了微信仔细对比了一下，这才终于确认，愕然道："还真是谭深啊？他折腾这些花样到底是为什么，图什么啊？"

谭深到底图什么，阮真真一时也答不出来，但是她敢肯定，他绝不是只为了找什么夏新良。

　　"谋财？为了许攸宁的那些钱？"苏雯猜测着，随即自己又摇头推翻了这猜测，"复仇？故意要把你搞得声名狼藉？可刚闹出点动静，他干吗又出手把网上的热搜压下去？煽风点火把这事搞更大不好吗？哪有刚把火点着就又自己泼水灭火的？"

　　苏雯脸都要皱成了一团，百思不得其解。

　　"就像是故意要做给什么人看……"阮真真喃喃自语。

　　苏雯却更加困惑起来："故意做给什么人看？这些事他要做给谁看，谁会喜欢或者惧怕看到这些事情啊？"

　　阮真真也想不透，可心中隐约就是有这样古怪的念头，谭深所作所为，并不是针对她，于他而言，她不过是他局中的一枚棋子而已。可这一场迷雾重重的棋局中，坐在谭深对面与之对弈的那个人，到底是谁？

　　她正思量，忽又听苏雯问道："哎？你联系上警方了吗？"

　　阮真真收回飘远的心神，闻言点头，昨日在公安局，辨认完那段视频之后，她就跟陈警官见了面。这是难得的机会，就在谭深的眼皮子底下，她把自己知道的所有情况以及对事情的疑惑，都告知了陈警官。

　　苏雯又问："把情况都跟他们说了吗？他们怎么说？"

　　阮真真答道："他们会去调查，叫我安心生活、工作，不要再参与到这件事里来。"

　　苏雯听得缓缓点头，提着的心也放下几分来，看阮真真脸色苍白难看，眼底下泛着重重的青黑，又忍不住出言安慰她："既然警方都这么说了，你就什么也不要再管了，就是谭深那，也不远不近，拖着他。"

阮真真想了想，突然问道："他们能找到夏新良吗？"

"警方要想找谁，那就一定能找到！"苏雯答得十分肯定，像是来了兴趣，"你最近没看新闻吗？更名改姓躲藏了多少年的通缉犯都一一落网了。国家现在好像有个什么'天网'系统，把城市报警和监控系统一体化了，再配合什么人脸识别技术，能与逃犯信息进行对比识别。"

这类的新闻，阮真真以前很少关注，现听苏雯说得这样神奇，不免惊讶："真能这么厉害？"

"就是这么厉害，科技的进步快得叫你无法想象。"苏雯笑道，停了停，忽又想起阮真真进门时的话，忙问，"哎？你刚说又发生了一些事，到底又出什么事了？"

阮真真就把昨天下午发生的事都仔细讲给了苏雯听，从她昨天下午接到警方电话起，一直说到谭深带她去江边实地勘察。

苏雯惊得目瞪口呆，简直不敢相信自己的耳朵："你说张明浩是许攸宁杀的？许攸宁会杀人？"

阮真真沉默，良久之后才轻轻颔首："极可能是。"

苏雯又是半晌说不出话来，好一会儿，这才叹道："我真想不到他是这样的人。"

谁又能想到呢？阮真真不觉苦笑，她与许攸宁认识了快二十年，本以为对他再了解不过，谁知等他死了，才赫然发现他有着这么多不为人知的另一面。他有一位相识十几年的红颜知己，他背着她借下了上千万的债务，他甚至还卷入了一场谋杀案，杀了人！

她自己仿佛都已经不认识许攸宁了。

苏雯惊愕过后，很快就陷入思考，拿着笔在白纸上写写画画，停停想想，过了片刻，突然把笔一扔，叫道："线理顺了！"

阮真真不解地看过去，问："什么线？"

苏雯仰头看她，答道："就是整件事的线，根据我们目前已经知道的，再加上合理推测，如果不出意外，事情大概就是这个情况。"她指着纸上杂乱的笔记，仔细给阮真真解释，"许攸宁和沈南秋是老相识，沈南秋成为方建设的情妇后，许攸宁得到了方建设破格提拔，成为心腹，同时也知道了许多见不得光的私密事，比如……"

"比如什么？"阮真真问。

苏雯皱眉思考着："比如因公谋私、贪污腐败的什么事。又或者就是银行里的业务，违规放贷什么的。张明浩跟方建设能有什么恩怨？不就是他停了一些贷款，要追查这事嘛。"

这样的事情，各家银行里都不少见，越是小银行越是寻常，比起那些大型的国有银行，小银行经营更加灵活，同时风险也会更高。尤其是前几年，私人借贷发展迅速，小额信贷公司开得满街都是，许多银行工作人员私下里也从事这行当，先弄俩空壳公司，想法把钱从银行里贷出来，然后再转交给私人去放贷，从中牟取暴利。

阮真真听说过几句，还曾经问过许攸宁有没有做这种事，他当时回答说没做，她就深信不疑了。

阮真真抿了抿唇，道："你接着说。"

苏雯低头看着自己记下的笔记，继续说下去："张明浩一来就要查贷款，方建设坐不住了，就叫许攸宁去杀张明浩。许攸宁要么之前跟方建设同流合污，要么就是有什么把柄在方建设手里，所以就去实施了杀人计划。完事后他也胆战心惊，再加上还欠了大笔借款，不免起了自杀的念头，可惜没死成，被救了回来。"

阮真真缓缓点着头，接道："自杀虽然没死成，却还是被方建设派人灭了口。"

许攸宁被灭口，张明浩的死就成了无头案，方建设自觉高枕无忧，却不想陆洋贪财，又去追查什么U盘，给自己招来了杀身之祸。

这样一捋，似乎一切都解释通了。

"那夏新良呢？他跟这些事又有什么关系？"阮真真又问。

苏雯思索着，眼睛忽地一亮，道："他是方建设的人！你说过，当初许攸宁住院的时候，夏新良就总守着他，为什么啊？不是怕他逃债跑路，而是怕他泄露消息。杀许攸宁，杀陆洋，都是这人动的手。沈南秋不也说了嘛，方建设做这种事从来不自己动手。"

真相似乎就是这样，可不知为何，阮真真却总觉得不透亮，像是还有什么东西罩在眼前，遮挡了真相。"有一件事我怎么想也不明白。"她忽地说道。

"什么事？"苏雯问。

阮真真目露迷茫，轻声道："到底是谁潜入我家里去清除电脑记录，掩藏许攸宁试图自杀一事？又是为了什么？"

这件事就仿佛一根刺梗在那里，拔不起也压不平，令人无法忽略。"那人竟然会打着伞……"阮真真喃喃道，像是自言自语，又像是在问苏雯，"什么样的人，会用一把伞来伪装自己？"

"嗯？"苏雯一时不解。

阮真真看向她："戴帽子、戴墨镜、戴口罩，甚至戴上面具，想要遮掩面容的法子有的是，为什么还会有人选择打伞？随身携带着一把大伞，于行动来说极为不便。"

苏雯指尖轻磕着桌面，皱眉思量着，突然说道："为了遮掩身形！"

如果只是口罩遮面，身形还是会被监控拍下，而打伞，却几乎把整个人都罩住，从头顶摄像头的角度来看，这人的高矮胖瘦都难以分辨。也正是如此，谭深需得根据伞下伸出的手臂角度，来粗略估算对方的身高。

阮真真与苏雯似是同时想到了什么，不约而同地看向对方。

阮真真肯定道："这是一个我认识的人！"

"应该不只是认识。"苏雯思忖着，想得更要细致，"可能还很熟悉，熟悉到你看到他身形可能就会认出他，所以他才会打着伞遮挡自己身形，就是怕被人认出来。"

陆洋死之前就已经被警方排除了嫌疑，可除了他，还有谁是阮真真熟悉且与许攸宁有密切往来的？

"尤刚还是夏新良？"阮真真苦思冥想，却仍毫无头绪，"又或是一个藏得很深，叫人完全意想不到的人？"

苏雯沉吟道："依我看还是夏新良的可能性最大，谭深不一直要找他嘛，没准还真就是这个人。你呢，就别累这个脑子了，反正都把线索提供给警方，就叫他们先找人去吧，放心，时间久不了！"

阮真真道："就怕警方有了进展也不会通知我，我跟警方也打了几次交道，只有他们问你的，别想着从他们嘴里套出什么消息来。"

警方向来如此，侦破中的案件都捂得极严实，什么都不肯透露，非要等到结案有了定论，才会往外通报案情。

苏雯也是无奈，不由得叹了口气，又安慰阮真真道："夏新良这事不见得，他们找到了人，问出了什么新情况，没准还得要你过去确认，这样一来，多少能探到点消息，别急了，安心等着吧。"

事到如今，似乎也只能安心等待警方的消息。

在去学校的路上，阮真真接到了真正的律师高峻的电话，他像是人在外面，背景声有些嘈杂："阮真真，方便说话吗？"

"方便，我在地铁里。"阮真真回答，顿了顿，又补充，"一个人。"

高峻说道："我要回北陵了，现在已到高铁站。今天上午南洲的客户突然说官司不打了，跟我清算费用，结束了委托。你那里情形如何？是不是发生了什么事情？"

谭深身份既已暴露，那自然无须再花重金聘请高峻来南洲做"掩护"。

阮真真无声地笑了笑，答道："我们摊牌了，他承认自己身份造假，来我这里是因为有客户委托。电话里一句半句讲不清楚，你几点的高铁？如果时间来得及，我过去找你吧。"

高峻道："下午三点半，如果你想见面，我可以改签。"

阮真真低头看表，发现此刻距离发车还有一段时间，便道："不用，我坐地铁过去很方便，大概二十分钟后就能到你那里，见面再说吧。"

南洲市交通便利，有地铁可以直达高铁站，她在下一站换乘，改去另外一条地铁线，又坐了七八站就到了南洲市高铁站。高峻手里拎着小小一个行李箱，正站在高铁站外等她，远远瞧见她，忙挥手示意。

阮真真快步过去，问："取票了吗？"

高峻笑道："不用取票，刷身份证就可以进站。"

阮真真左右看看，指着旁边一家饮品店："我们就去那里面坐一会儿，可以吧？"

两人进店，随便点了两杯饮品，径直上二楼寻了个僻静角落坐下来。"到底是怎么回事？"高峻问。

阮真真尽量简洁地把谭深的事情说了一下，又道："不用担心，我已经暗中报警。"

"那就好，还是要相信警方。"高峻缓缓点着头，似是想到了什么，忽地说道，"阮真真，你那几个官司，让我帮你来打吧。"

阮真真怔了下，忙摆手拒绝："不用，不用，真的，好意我心领了，不过……"

"我有把握。"高峻打断她的话，认真地看着她，"不会叫你背上巨额债务。"

阮真真迟疑着问："真的？"

高峻道："最高院刚刚出台了一个司法解释，简单说就是夫妻债务'共债共签'，这对你极为有利，只要许攸宁借的那些钱你不知情，没有签字，没有用于夫妻共同生活，后续也没有追认债务，就不能算夫妻共同债务。"

阮真真自己早都认命了，不想又听到这话，一时不觉怔住，都有些不敢相信自己的耳朵，她嘴唇翕动着，半晌才能说出话来，连声音都变了："真的？"

高峻郑重地点了点头："是真的。"

"可是我没法举证，我之前咨询过别人，要证明这些钱都没用于夫妻共同生活，这个很难举证，没法证明的，说不清。"她声音颤抖，语序混乱，简直有些词不达意。

高峻却听明白了，微笑着看她："这次的司法解释，把举证责任转移给了债权人，不用你再举证。"他拿出手机调出相关网页来给她看，"你自己看，解释说得很清楚了。"

阮真真忙把手机接过去，低头看那屏幕，看着看着泪水就模糊了字迹。

她是个情绪内敛之人，尤其不喜在公共场合大喜大悲，明知道此刻不该哭泣，可情绪却有些控制不住，就像是有万般委屈齐齐从心底涌上来，把喉咙、鼻腔通通堵塞，叫人恨不能放声大哭一场才能得以宣泄。

"阮真真？"高峻叫她的名字。

阮真真闻言抬头，把手机给高峻递还回去，想向着他展露微笑，可那实在太难，唇角一翘，竟就尝到了咸涩的滋味。她抬手去抹泪，抹着抹着，忽地用双手捂住了脸，向着桌面上俯下身去。

所有的呜咽都被她捂在了掌中，唯有微微抖动的肩头显示出她在哭泣。

高峻默默看着她，什么也没有说，只把几张纸巾悄悄地塞到了她手边。

她用纸巾胡乱地擦脸，又不顾形象地擤着鼻涕，待情绪略略平稳住，这才抬脸看高峻，向他绽出一个灿烂的微笑，哑声道："抱歉，我有点失态了。不过真的感谢你，谢谢你告诉我这样一个好消息。"

话未说完，眼泪竟又要落下，她忙又赶紧擦泪，口中解释："只是高兴，真的高兴，你别笑话我。"

高峻笑得有点尴尬，似乎不知道怎么安慰她，温声道："我不会笑话你。"

阮真真忽又想起什么事来，赶紧看了看时间："几点了？你别误了车。"她说着，怕高峻误解，忙又解释，"关于官司的事情，回头我先把所有资料都快递给你，等你看完了，我们再详细谈后面的事情。"

时间已经不早，离高铁发车不足半个小时，还要再进站安检，若不想改签车次，的确该动身了。高峻从座位上站起身来，说道："行，我先回去，你把资料准备一下，快递给我。"

阮真真送高峻到安检口外，道："路上注意安全，再见。"

"再见。"高峻点头，往前走了两步忽又停下来，回过身看向她，似是犹豫了一下，才又毅然走过来，"阮真真，有件事我犹豫了好久，还是觉得有必要告诉你。"

阮真真不解，诧异挑眉："什么事？"

高峻道："大概去年九十月份的时候，我曾经接到过一个电话咨询，有个男人问如果丈夫意外死亡，他所借下的大额债务会不会落到妻子身上。我问他是什么样的债务，他不肯细说，只说是大额借款，妻子毫不知情。"

阮真真听出了端倪，颤声问："是许攸宁？"

"只是怀疑。"高峻说道，"对方说话很含混，没有说具体债务情况，而且我跟许攸宁多年没有联系，也听不出他的声音。只是前阵子我突然想到了这事，觉得跟你情况有点像。不过类似案件有很多，也可能只是凑巧。"

"电话号码还有吗？"阮真真问。

高峻摇头："除非去查通话记录，不过我觉得没有必要，如果他不想叫人知道，必然不会用自己的手机。"他又低头看阮真真，欲言又止，"如果，我是说如果啊，如果这个电话就是许攸宁打的，阮真真，你有没有想过这代表着什么？"

阮真真笑容僵硬难看，答道："有些事没跟你讲，许攸宁曾经试图自杀过，就在他出车祸前半个月。"

高峻默然，似乎并不惊讶，半晌后说道："如果那人真的是他，虽然他当时不肯多说，但从言语间也可以听出他并不想叫你背负债务，所以一直在问什么样的债务才不算夫妻共同负债，他应该是有所准备的。"

阮真真苦笑，反问："所以呢？我还要感激他吗？"

高峻叹息，劝道："他应该也是被逼到走投无路，实在没办法了。我帮你打官司，等官司结束，能放下的就都放下吧，是不是原谅他并不重要，重要的是别把自己困住。要往前走，尽快走出来。"

劝人总是容易，可如果真能这般轻易放下，这世间又哪来这么多痴男怨女，爱恨情仇。阮真真虽不认同这些话，却也明白他的好意，闻言点头："谢谢你，高峻。"

他笑笑，向她摆摆手，转身大步走进了安检口。

第八章　终局

当天夜里，阮真真难得睡了一个好觉，再睁眼时已是天明。

门外，许家人照旧搞出各种奇怪的声响，她静静躺在床上听着，竟也没觉得如何厌烦。突然间，她就想明白了一个道理，都说钱财是身外之物，其实与自己这一辈子相比，爱情、婚姻也不过如此。

她又向学校领导请假，主任语重心长地劝诫："小阮老师啊，你的情况大家都了解，也很同情，但不能一直消沉下去啊，还是要尽快振作起来，积极面对生活。你也知道，学校教学任务一直很重，每个岗位都不可或缺，总是这样请假，学校工作不好做啊。"

主任岁数大了，话起了头就说个没完，阮真真恭恭敬敬地应着，好容易等到主任那边有人打招呼问好，这才赶紧说了一句感激的话，趁机挂断了电话。

她跟许家人先去公证处，取了公证协议送去许攸宁单位，几个当事人当着一名主管行长的面把事情说清楚，又各自签字摁了手印，留下许父的银行账号给单位打款，这才算把工亡补助金分配完毕。

没过两天，这笔钱就到了许父的账户上。许家人得了钱，心里平衡了许多，行事倒也干脆，当即收拾行李准备离开。临出门时，许欣宁看了看阮真真，欲言又止："你……"

阮真真只淡淡看她，连话都懒得接。

许欣宁咬了咬牙说下去："你联系我那个律师朋友了吗？他怎么说？"

阮真真似乎才想起这事来，道："哦，差点忘了这事，本来联系他来着，昨天遇到了个老同学，也是做律师的，还恰好打过我这样的官司，答应了帮忙，就先不麻烦你那位朋友了。"

许欣宁将信将疑，一时也摸不透她是什么套路，冷眼看了看她，没好气地说道："随便你吧。"

阮真真笑笑不予理会，还十分好心地送他们下了楼。

晚上的时候，苏雯拎了外卖过来看她，两人正在说债务官司的事，谭深却突然打过电话来，问阮真真道："在哪里？"

"在家。"阮真真回答，抬手向苏雯做了一个嘘声的手势。

谭深随即反应过来："许家人走了？"

"走了，下午时候刚走的。"阮真真声音散漫，透着不自觉的轻松，又隐含几分嘲意，"我放弃了许攸宁的工亡补助金，许家人拿到了钱，高高兴兴回老家了。"

谭深嗤笑一声，若有所指地说道："也许高兴得有点早。"

阮真真立刻就听出了端倪，问："怎么讲？"

"以后你就会知道了。"谭深却不肯多说，又把话题转到了别处，"真真，我查到了一件很有趣的事情，你想不想知道？"

阮真真低低冷哼一声，不顾苏雯惊愕的神色，回应道："那就要看你愿不愿意说了。"

她这种近似娇嗔的腔调，令谭深意外之余，又觉有趣，笑道："你准备一下，我马上过去接你，你吃饭了吗？如果没吃，我们一起去吃东西好不好？"

"不好。"她果断地拒绝，又在谭深反应过来之前，轻描淡写地说道，"我在家熬了粥，不吃就浪费了。你要想喝粥就过来吧，还想吃什么可以自己买食材过来，我做给你。"

谭深似乎受宠若惊，电话中默了默，才听得他小心翼翼地应道："好。"

阮真真挂断电话，对面的苏雯早已按捺不住，问她："你想做什么？好好的约谭深到家里来干吗？"

阮真真抬头看过去，嘴上轻轻地"嗯"了一声，心思一时却像没转回来。

苏雯仿佛看到了她心里去，神色有些严肃，又道："阮真真，你别乱来。既然都报警了，那就都交给警察处理，谭深那里远着就行了，没必要再去招惹他。以身诱敌，杀敌一千自损八百那种蠢事更不能做。"

阮真真不由得失笑："你急什么啊？我又没想做什么。他约我出去，我要是断然拒绝一定会惹他起疑，既然这样，还不如约到家来，好歹也占据个主场之利，对吧？"

苏雯狐疑看她，问："真的？"

"绝对真！"阮真真笑答，瞧着好友一脸认真，也不觉正经了些，"放心吧，人生好容易又看到了新希望，我才不会拿自己冒险。"

苏雯瞧她说得郑重，这才勉强信了，想了想，又问："要我留在这里吗？"

阮真真刚刚在电话里没提苏雯，自然不好要她留下，闻言催促道："快走快走，出门的时候小心点，别被他撞到。"她推着苏雯往门口走，半路上却又想起什么来，叫道，"对了！你等一下！"

她跑进厨房找出一只小砂锅，把苏雯拎来的两盒粥统统倒入锅内，又将外卖食盒、一次性筷子和带有店家 logo 的纸巾等物齐齐塞进垃圾袋子，拿出来交到苏雯手里，嘱咐她："顺便丢出去。"

苏雯瞧得无语，道："谭深又不傻，我买的那两份粥都不是一个口味！"

阮真真只是笑笑："傻不傻的，试试才知道，男人嘛，糊弄起来很容易。你快走吧！垃圾丢远一点，不要在门口。"

她把苏雯推出门外，自己回过身来简单整理了一下屋子，瞧着再没什么破绽了，这才不慌不忙地进了厨房准备。

谭深大概是半小时后到的，阮真真听到敲门声出去给他开门，却见他手里只提了一袋子苹果，并无他物。她瞥一眼袋子里水灵灵的苹果，抬起脸来看他，故意问道："怎么？想吃拔丝苹果啊？"

谭深笑着摇头，道："不好空着手来吃饭，随便买了点水果给你。"

"既然什么也没带过来，那就有什么吃什么吧。"阮真真说着从他手里接过袋子拿进厨房，嘴上随意地使唤他，"你洗手去拿碗筷，准备吃饭吧。"

炉灶上的砂锅发出"咕噜噜"的轻响，厨房里满是浓浓的米香，另有两盘红红绿绿的食材都已备好放在了灶台旁，似乎就等着下锅。她站在冰箱前，把苹果一一擦拭了往保鲜盒里放，喜悦和轻松之意溢于言表。

谭深站在门口看了两眼，又把目光投向她，忽地问她："心情不错？"

阮真真闻言动作微顿，轻轻点了点头，坦然承认："嗯，很不错。"

他不觉微笑，又问："因为许家人都走了？"

阮真真不紧不慢地把苹果都放进冰箱里，这才回过身来看他，唇角微微上翘着，回答道："不只是因为许家人都走了。"

"哦？还有什么？"谭深奇道。

她嘴角上似乎抿着笑意，特意走到他身前来，仰起头来看他，目光熠熠："最高院出了新的司法解释，许攸宁欠下的那些钱，我可能不用还了。谭深，你知道我有多高兴吗？"

两人距离很近，近到他稍稍低头就可以侵入她的呼吸，谭深却不敢低下头去，只垂着眼看她，过度的克制令他身体不自觉地僵硬，连声线都隐约变暗哑了些，低声问道："有多高兴？"

"高兴到……"她话刚出口忽又停下，眼中闪过一丝狡黠。不等他有所反应，猛地抬起双手捧住他的脸颊，用力胡乱揉着，笑道，"连看到你这张脸都能心情愉悦，觉得比往日好看许多！"

自相识以来，谭深还从未见过她这般活泼的模样，一时不觉愣怔，半晌后才回过神来，抬手覆住了她的手，轻声道："别闹。"

不像是斥责，倒像是呢喃。

阮真真面色一红，似乎才意识到自己举止不当，忙从他掌下抽出手来，往后退了一步，有些尴尬地解释："抱歉，有点得意忘形了。"

谭深看她两眼，突然倾身向她逼近，道："我觉得你说得不大对。"

她一怔，下意识地发声："嗯？"

谭深微微一笑，不紧不慢地说道："你往日都没发现吗？我其实一直都长得挺好看。"

他自然是长得极好，否则又怎会生了来色诱她的心。她暗自发笑，面上却做出窘迫之色，一把推开了他，红着脸，嘴上兀自嘲道："快别自恋了，说你胖你还喘上了！"

她往灶台旁走，生硬地转移话题："两个菜翻炒一下就能出锅，你赶紧去摆碗筷。"

谭深笑笑，先去水池那边洗了手，这才打开消毒柜往外拿碗筷。

食材都是备好的，几乎是眨眼工夫，饭菜便上了桌，阮真真给谭深盛了一大碗粥递过去，道："凑合吃吧，最近生活一团乱，也没心气再倒腾这些东西，捡着家里有的都胡乱地放了些，也不知道煮出来是什么味道。"

粥里有软糯的红枣和核桃仁，其间还夹杂着细碎的菜蔬和瘦肉，果然是捡着家里有的东西都胡乱地放了些。谭深尝了尝，一时竟没辨出是甜是咸，可他毫不在意，甚至觉得这味道别有一番风味，真情实意地赞道："很好吃。"

阮真真嘴角轻轻翘了一翘，垂眼道："那就多吃点吧。"

他闻言点头，果然吃得不少。晚饭过后，两人合力收拾完厨房，阮真真又切了一盘水果拿到客厅，待两人都在沙发上坐下了，这才开口问道："你说查到一件很有趣的事情，到底是什么？"

今晚气氛太好，她又表现得如此快乐，令谭深不想提任何事情，可他已把话说在了前面，此刻再反悔为时已晚，他默默看着她，似乎犹豫颇久，这才硬下心肠来，轻声问道："你知道许攸宁和夏新良是怎么认识的吗？"

她愣了愣，反问："夏新良不是银行贷款客户吗？"

谭深道："夏新良不是南洲人，甚至在南洲也没有任何亲朋好友，他却突然跑到南洲来开了工厂，并从南洲银行贷出大笔贷款。那家叫作鑫旺的厂子，你已经去过了，对吧？"

阮真真点头肯定："去过。"

"什么情形？"他又问，"还记得吗？"

她去那里蹲守过夏新良，但没能进入厂区，只在大门口往内探望了两眼，里面无声无响，连个人影都看不到，一片萧条之色。

"工厂里没有人，也没开工。我在附近打听过，好像厂子自从建成了就这情形。"阮真真说着，突然意识到了什么，"你是想说工厂只是个空壳？夏新良利用工厂从银行骗贷？"

不想谭深却是摇头，沉声说道："我们今天先不说骗贷的事。"

阮真真不解，却没有再问，只等着谭深继续说下去。

谭深道："我查了夏新良的背景，他是个孤儿，在福利院长大，高中毕业后没有考上大学，开始混社会，打过很多工，也去过很多地方，三年前来到南洲办厂。"

"一个毫无背景的打工者，跑到南洲来办厂？"阮真真一下子抓到了重点，追问，"他第一桶金哪里来的？"

谭深目光烁烁，道："很奇怪，对吗？可这并不是最奇怪的事情。据孤儿院的老人说，夏新良当初进入孤儿院时大概六七岁，但并不是一个人，他还有一个弟弟，小他三四岁，但是这个弟弟很快就被人领养了。"

"只有弟弟被人领养了？"阮真真下意识地问。

谭深微微笑了笑："在国内，福利院里年纪幼小的健康男童最受领养家庭欢迎，基本上留不住，很快就会被人领走。而年纪大的就不一样了，因为已经记事，领养家庭很介意这个。"

"弟弟被谁领养了？有记录吗？"阮真真又问，心中似乎有个荒谬的念头在隐隐冒头。

谭深道："三十多年前的事情了，当时领养手续不像现在这般健全，很多纸质资料都已经遗失，而且领养家庭一般瞒得也紧，有些甚至会在落户时故意隐瞒领养关系，所以找不到相应的记录。"

"可夏新良自己找到了弟弟，对吗？"阮真真突然没头没脑地问道。

谭深默默点了点头。

她盯着他看，声线不自觉地发紧，又问："是许攸宁吗？"

谭深没有立刻回答，可他看向她的眼神已经给出了答案。这件事实在太过意外，令阮真真毫无准备，本能地想要否定这件事情。"有什么证据吗？"她忽地问道。

谭深神色平静得近乎淡漠，微微摇头："没有证据。"

阮真真冷笑："没有证据那就不是事实。"

"是不是事实，问一下就能知道个大概。"谭深看着阮真真，语速不紧不慢，透着一股子笃定，"许攸宁父母今年都七十岁了吧？许攸宁三十四岁，他父母年近四十才生的他，是吗？"

阮真真顿时明白了他的意思。现如今三十多岁别说生孩子，就是结婚都不算晚，可放在三十多年前，恒州这样的小县城里，一对普通夫妻年近四十才生育头胎就有些奇怪了。再联想到许家人当初拒绝尸检解剖，死活不肯做 DNA 鉴定，这答案简直呼之欲出。

阮真真不知该如何反驳，想了想，才强自辩道："许家又不光许攸宁一个，许欣宁比他小好几岁，她爹妈生她时都过了四十了，听起来更不合理，难不成也是领养来的？谁家没事会去领养两个孩子？"

谭深好脾气地笑了笑："咱们在这里辩这个没有意义，许攸宁是不是领养的，许家父母最清楚不过了。"他说着敛了笑意，平静地看着她，把手机在茶几上推过去，轻声道，"打个电话，向许家父母问一下，不就什么都知道了。"

阮真真没有拿那手机，甚至都没看一眼，只盯着谭深，忽地说道："你并不是刚刚查到这件事。"

谭深微微一怔，似乎有些意外。

"这样的事情，不是一时半会儿就能查出来的，而最近你都待在南洲，根本就没有离开过。你应该是早就知道了这件事情，却一直没有告诉我，对吧？"阮真真盯着他，又问，"你什么时候去查的？"

她脑子飞快地转动着，把近来谭深所有不在南洲的时段都挑出来考量，想着想着，脑中突然亮光一闪，不由得说道："元旦前，你元旦前去查的，是吗？就是陆洋死亡的那天，你并不是从北陵赶过来，而是去了福利院。"

那天的事情，阮真真记得格外清晰，她独自一人跑去停车场外去蹲陆洋，他得到消息，在天黑前开车赶到了那，风尘仆仆，一身疲惫，竟累到睡了过去。如果只是从北陵开车过来，不应累到如此，显然他之前另有安排。

"对吧？我没猜错吧？"她又问。

他唇角微微抿起，没有肯定，却也没有否定。

她心中了然，又道："你早就知道许攸宁和夏新良的关系非同一般，却一直对我隐瞒，谭深，我十分怀疑，你真的只是为了寻找夏新良来的吗？你的目标到底是谁？"

谭深仍是沉默不答，她就又问道："现在又发生了什么，叫你突然来跟我说这件事？"

谭深忽地笑起来，轻声赞道："真真，你很聪明。"

阮真真抿唇不语，只是冷眼看他。

他不以为意，想了想，这才说道："我刚刚得到消息，警方去了福利院，他们已经开始调查夏新良。"

警方调查夏新良，阮真真丝毫不觉意外，且不论其他，她自己就向警方提供了不少夏新良的线索，只是不知道为什么谭深会如此紧张此事。"然后呢？"她不动声色地问。

谭深看她两眼，答道："如此一来，夏新良这个人，恐怕很快就要彻底消失了。"

阮真真难解其意，不由得皱眉："他也会被人灭口？"

谭深却是缓缓摇头，阮真真正诧异着，她放在茶几上的手机忽地响起，来电显示竟是"沈南秋"。两人都有些意外，阮真真目光中透着疑惑，抬头看了谭深一眼，这才接起了电话。

"喂，阮真真？"听筒里沈南秋的声音听起来有点僵硬，半句废话都没有，上来便直入正题，"想知道许攸宁的事吗？你出来，我告诉你。"

"现在？"阮真真一时都有些反应不过来，下意识地抬眼去看对面墙上的挂钟，时针已过九点，虽算不上夜深，但也绝不算早，沈南秋突然在这个时间约她出去见面，实在令人意想不到。

"没错，就现在。"沈南秋冷笑两声，"你不是想要给许攸宁报仇吗？不是想要找到证据吗？一个人出来，我把证据给你。"

阮真真咬了咬牙，问道："去你家里？"

"不要来我家！"沈南秋立刻拒绝，语速不自觉地加快，似乎已有些不耐烦，"自己一个人出来，不要带任何人，尤其是你身边那个男人，我讨厌他。具体在哪里见面，等你人出来了，我再告诉你。"

沈南秋说完，就挂断了电话。

谭深听不到听筒里的声音，但从阮真真的应答中已是猜到了大概："沈南秋约你现在去见面？"

阮真真似乎没听到他的话，不知在想着什么，忽地从沙发上站起往门口走去，人到玄关处时才想起谭深刚才好像问了她什么，回过身来问他："啊？你刚才说什么？"

"你不能去。"谭深说道。

阮真真已把大衣拿入手中，正准备弯腰换鞋，闻言动作一顿，抬头问道："为什么？"

谭深面容上透出几分凝重："现在这个时间，沈南秋突然约你出去见面，你不觉得古怪吗？"

"古怪啊。"她道。

谭深又问："古怪你还要去？"

阮真真竟笑了笑，应道："要去，不但去，还得一个人去，而且还不知道去哪里，得等我出去了才告诉我在哪里见面。"

谭深眉头紧皱，略略思量一下，忽地说道："我跟你去。"

他说着去穿大衣，却见阮真真站在那里不动，微微一怔之后，不觉笑笑，又问她道："怎么？你真要在这个时候一个人去见沈南秋？不怕她是别有用心？比如方建设知道你那天躲藏在书桌之下，担心你听到了什么，或者从沈南秋嘴里问出了什么，故意叫她引你出去。"

"怕。"阮真真答得极为坦然。

谭深又笑："所以？"

"你陪着我一起去。"阮真真道，"先别露面，如果看到情形不对，立刻报警。"

谭深的车就停在楼下，还是他租来的那辆南洲牌照的轿车，谭深刚要上车，却被阮真真拉住，道："我来开车，你藏后座吧。"

谭深惊讶于她心思的缜密，微微愣怔之后，从谏如流地坐到了后座。上一次她深夜开车还是送他去医院，因着积雪路滑，车差点就撞到了行人，谭深现在想起来还心有余悸，眼瞧着阮真真在前面神色郑重地启动车，不禁玩笑般地问她："你的车技，也有点进步吗？"

话音刚落，阮真真一脚油门踩深，车猛地向外窜去，慌乱之下，又一脚刹车踩到了底，将车急急刹住。谭深坐在后座，来回被她这样一晃，差点就撞到了前排座椅，不由得苦笑，自问自答道："看来是没什么进步。"

就在这时，阮真真手机又响，正是沈南秋来电。阮真真抬眼扫一眼后视镜里的谭深，使用免提模式接听了电话，直接问沈南秋道："去哪里？"

沈南秋不答反问："你出来了？开车？"

"是。"阮真真回答，"开车。"

沈南秋又问："一个人？"

"没错，"阮真真回答得毫不犹豫，"我自己一个人。"

沈南秋这才说道："那你开车往新兴路来，建设大厦这里。"挂电话之前，突然又补充道，"还有，不要跟任何人有联系，你的手机只要有一次我打不通，这次见面就取消。"

阮真真将车开了出去，谭深在后座默默拿出自己的手机，才刚刚打开地图软件，就听得阮真真在前面淡淡说道："新兴路在江北，建设大厦在东边，地方已经比较偏僻了。"

谭深抬眼向她看过去："离沈南秋住的地方很远。"

阮真真缓缓点头，南洲市老城区在西，后来扩建才往东渐渐发展，最东边都是一些开发新区，居民住宅不多，因此一到晚上便会显得格外荒凉。

"为什么约在这样一个地点？"谭深问。瞧着阮真真摇头，想了想，又问道："你上次和沈南秋见面，都说了什么？"

阮真真没有回答，微微抿唇，谭深一直沉静地看她，态度异常坚定，似乎非要等到她的答案才肯罢休。她沉默了一会儿，这才答道："沈南秋说许攸宁身上有一只防火U盘，里面存着方建设违法的证据，大家都在找它。"

"防火U盘？"谭深思量了片刻，喃喃自语，"所以陆洋才会去事故车停车处去找那辆被烧毁的车？"

阮真真应道："应该是吧。"

"你信吗？"他忽地问道，说的话没头没脑。

阮真真抬眼望向后视镜，和他探究的目光对了个正着，反问他道："你呢？你信吗？信这只U盘真的存在吗？"

谭深面容平淡，竟面无表情地说道："看前面，专心开车。"

阮真真讥诮地笑了笑，把目光放回到车前道路上去，良久之后，就在她以为谭深会借机避过这个问题时，不想他却又在后面轻声说道："我不信。"

阮真真沉默着，没有问为什么，因为她也不信。

时间已晚，又是寒冷的冬夜，路上车辆并不很多，阮真真这样的车技，竟也一路开得顺风顺水，很快就过了跨江大桥到了江北，就在已经可以远远望见建设大厦的时候，沈南秋的电话又来了。

"我马上就要到建设大厦了，你在哪里？"阮真真说道。

不想沈南秋却说道："到了建设大厦继续向东，在下一个路口北拐，往外环路上来。"

阮真真被她搞糊涂了，忍不住问道："沈南秋你什么意思？到底要做什么？"

沈南秋没有回答，直接挂掉了电话。

阮真真回头瞥一眼谭深，不解地问道："她这是什么套路？是怕有人跟踪我吗？"

"是怕被人抓到她自己。"谭深淡淡答道。

阮真真忽地想起来，这样的套路她在影视剧里见过，都是绑匪收赎金的时候，才会这样用电话指挥着受害者家属满城跑，然后在一个令人意想不到的地方停下来，收走赎金。

沈南秋躲避的人是谁？方建设吗？可她与方建设全无联系，沈南秋为何会这般防她？

阮真真一时有些想不明白。

她按照沈南秋的要求，驱车北来，就在驶入北外环路时，沈南秋的电话又至，这一次却是要她转向西边，行不多远又折向北……电话接连而至，阮真真的车从市区一路转转绕绕，竟是开上了郊区公路，绕了一大圈以后，竟又从西边进入了老城区。

谭深薄唇紧抿，一路上并未出言干预，这时才忽地说道："她在故意兜圈子，躲避路面监控，这不是沈南秋能做出来的事。"

阮真真也意识到这一点了，皱了皱眉头，又道："还有，她怎么对道路这么熟悉？除非……"

"除非她一路走在前面。"谭深接道。

阮真真加大了油门，有心追上去，想要看看沈南秋是否开车在前引导。冬夜的街道寂静无声，两边偶有还亮着的霓虹灯箱，却罕见人影，就在拐过一个路口之后，她远远看到街尽头有辆白色车一闪而过。

"沈南秋的车！"她叫道。

果然，手机再次响起，沈南秋在电话中说道："沿着顺丰街一直向前，走到底左拐，在红星影院前面等我。"

阮真真不自觉地把车开得更快，身后谭深却沉声提醒她小心行人，话音未落，前面不远处的临街铺子里竟然真的突然走出个人来，看也不看地横穿街道，幸亏她提前就松开了油门，车速已有些降低，这才能及时刹住车，将将让过了那行人。

夜深人静，刹车声颇为刺耳，那路人转头看了一眼，竟是连理都没理，照旧往前走去，穿过街面钻进了一条小胡同里。

阮真真已是惊出了一身冷汗，连呼吸都不觉有些急促。

"这种老城区，很多住户都临街住，不知道什么时候就会有人跑出来，车速不能快。对方显然也很清楚这一点，才故意约到这种地方。别着急，应该远不了了。"谭深从后面伸过手臂来，在阮真真肩头轻轻压了一压，沉声安抚道，"缓一下再开，别慌。"

阮真真点点头，重新启动车，经过了刚才这么一出，等她在街尾转过弯去，沈南秋的那辆白色车已经不见踪迹。街道比之前稍稍宽了点，两边不时有小街汇入，算是早年间比较繁华的地方了。

"红星影院在哪？"她不觉问谭深。

谭深看了一眼自己手机上的地图，答道："就在前面，有个小广场。"

果然，再往前开了大约百十来米，街道尽头处有一个小广场，在广场东侧，十几级台阶上去是一栋三层高的小楼，看起来很是有些年头了，水泥的外墙，木制的门窗，楼顶上立着几个缺损的铁框大字，模糊看去应是"红星影院"四个大字。

电影院早已废弃，小楼内也没一盏灯亮，广场上昏黄的灯光照进破败的窗户内，透出的不仅是荒凉，还带着一丝恐怖和惊悚。

谭深轻声而笑，低声道："真是拍恐怖片的好地方。"

阮真真沉默片刻，忽然拿起自己手机来拨打沈南秋的电话，冷声问道："我到了，你在哪？"

沈南秋的声音有点低沉，答道："我还在路上，你先去红星影院门口，在那等我一会儿。"说完便挂断了电话。

撒谎！他们明明看到沈南秋的车在前面转了过来，怎么可能还在路上。阮真真回头看谭深，他唇边带着一丝讥笑，轻声说道："不是沈南秋要见你，而是有人要见沈南秋。"

阮真真也隐约想到了这里，这一路指挥着他们兜圈子过来的，也并非沈南秋，而是另有其人，沈南秋不过是向他们复述了对方的指令而已。如此狡猾的人，和如此狡猾又狠毒的沈南秋。

到底是谁要见沈南秋呢？又或者说，沈南秋这样不辞辛苦要来见的人，到底是谁呢？

"U盘！"阮真真忽地说道，"沈南秋跟陆洋一样，也在找那个所谓的U盘！她联系上了夏新良！"沈南秋联系上了夏新良，想向他索要那只U盘，却又怕自己像陆洋那样被杀，所以才会故意给她打电话，叫她来代替自己冒险。

谭深似是比她更早一步想到了这里，面上虽微笑着，眼中却是寒冰一片，淡淡接道："甚至有可能，她还是用你的名义联系的。"说到这里，他似乎突然想到了什么，面色顿时大变，想也不想地推开车门下去，急声道，"快找沈南秋！她应该就在附近！

先找车！"

阮真真微愣了愣，也反应过来，急忙从车里跑出去，四下里扫望一下，一时也不知往哪个方向去找，慌急间福至心灵，扯开嗓子厉声喊道："沈南秋！快跑！他要杀的人是你！"

尖厉的声音刺破静寂的冬夜，不知传出去多远，又惊扰了多少人家。

谭深跑过红星影院楼侧，却又猛地刹住脚步，反身跑了进去，似乎在楼侧巷口内看到了什么。阮真真忙从后面追去，人还未到，却忽见两辆车不知从哪里冒出来，在广场外急急刹住，几个人影几乎同时从车内冲出，齐齐往这边跑过来。

阮真真恍惚看到了那位邱姓女警官的身影，不觉一愣，这才反应过来这些人是警察。其中一个落在最后，单手持枪，另一只手却向她指过来，冷声喝道："回车里待着！别乱跑！"

阮真真脚步顿了顿，咬了咬牙，却还是趁乱跟了上去。

一进巷口，她就看到了角落里沈南秋那辆白色宝马 X5，看到众人都从后面绕向了影院小楼，看到一个纤细的身影被吊在高处，还看到有人从小楼端头跳下来，往巷子另一侧仓皇逃去。谭深最先追过去，从后面一下子将人扑倒在地，警察们分作两处，有人上楼去救沈南秋，有人吆喝着追向巷子深处，把谭深与之前那人一同摁在了地上。

现场一片混乱，不知哪处院子里的狗狂叫起来，引得附近住户也纷纷开门出来察看，各种光柱四处晃动着，人群夹缝中，阮真真看到了被陈警官他们摁在地上犹自挣扎着的那个人。

那是尤刚，一个她绝对意想不到的人。

阮真真有些愣怔，不只她，刚刚被警察从地上拉扯起来，满身灰土的谭深，在看到尤刚的面容之后，竟也罕见地露出了愕然之色。

警察似乎分不清谭深和尤刚两人，把他们都反铐住了，强行从现场带离。谭深没有反抗，脚下随着警察往街边走，口里却是大声说道："我是来救人的！我还有同伴在后面！她可以给我做证！"

摁着他的两名警察没理会，依旧是把他往车边带，似是要将他塞进车内。谭深这才稍稍挣扎了一下，转头间看到远处的阮真真。"真真！"他急声叫她的名字，竭力往后扭转着头看向她，"真真！？"

阮真真默默站在人群中，无动于衷地看着他，对他的呼喊充耳不闻。

谭深动作一僵，片刻的愣怔过后，仿佛突然明白了什么，眼神一瞬间黯淡下去，不再挣扎，只向她咧嘴笑了笑。

这笑容来得古怪，阮真真回到来时车上，心里仍还有些别扭。

车之前没有熄火，此刻发动机还嗡嗡响着，她扫一眼挡风玻璃上的行车记录仪，心中不觉微动，只要删了记录仪上的存储内容，再咬死了谭深不是与自己同来……阮真真咬着下唇，手往记录仪伸过去，指尖都摁到了按键上却又停下，正矛盾间，忽然听得有人在车外轻轻敲窗，转头一看，不想却是那位姓邱的女警官。

邱警官穿着便衣，敲了两下车窗，看到阮真真转头便停了下来，转身从车前绕到另一侧，拉开车门直接坐了进来。"阮老师，你得跟我回一趟局里，做个笔录。"邱警官边说边给自己扣安全带，见阮真真没有反应，转头看看她，又问，"还能开车吗？"

阮真真点头，犹豫了一下，这才问道："沈南秋怎么样？"

邱警官笑笑，答道："多亏你那一嗓子喊得及时，让沈南秋有了点防备。她问题不大，主要是受了惊吓，队里同事已经送她去医院了，我来负责你这边。"

"你们怎么知道她在这里？"阮真真又问，话出了口又后悔，忙又说道，"抱歉，我不该问这种问题。"

邱警官爽快地答道："我们监控了她的手机，一直在跟踪你们。"她说完，瞧着阮真真还要张嘴，赶在前面笑道，"我能告诉你的，也只有这么多了，阮老师，我挺喜欢你这个人，不过你可别害我违反纪律。"

阮真真晓得他们嘴严，闻言干巴巴地笑了笑，转过头去开车，待车驶出老城区，突然没头没脑地说道："您不知道，在看到尤刚之前，我脑子里有一个非常疯狂的念头。"

邱警官问她："什么念头？"

阮真真眼睛注视着车前空旷的街道，默默开着车，过了好一会儿，只浅淡地弯了弯唇角，什么也没有说。

她们到达公安局时已是深夜，大楼里竟然还是灯火通明，邱警官将阮真真带进去就被人叫走，留阮真真一个人在招待室里等候，直到快两点，这才匆匆忙忙跟着陈警官过来。待阮真真再从公安局里出来，外面天都快亮了。她直接回了家，倒床上闷头就睡，直到下午时分苏雯找过来，这才迷瞪瞪地爬下床，整个人却仍觉困乏疲惫，瘫在沙发里，连说话都是有气无力。

"什么？背后搞鬼的人竟然是尤刚？"苏雯听完她的简述，惊讶得嘴巴都要合不上，简直不敢置信，"他为着一百万起诉你，上蹿下跳闹得这叫一个欢，怎么会是他？会不会搞错了啊？"

阮真真想要摇头，却又觉得太过费力，只道："没搞错。"

就在昨夜里，尤刚被抓后，最初还曾试图对抗审讯，谎称自己是被一个电话叫到了红星影院，根本不知道沈南秋为什么会在那里，直等警方把他用来与沈南秋通话的手机从他的车内找到，这才不得不交代了一切。

尤刚隐约知道许攸宁在跟人合伙做借贷生意。他们建了个空壳工厂，许攸宁利用职务之便批给这个工厂大额贷款，钱打到公司账上随即便以各种名目转出，借给不同的人，以收取高额利息。

这样的生意，他们不是独一家，前几年民间借贷兴起，能傍住银行的人，不知有多少经这个门道发了家。

尤刚看得眼热，一直想掺和进来，却没有足够的胆子，最后只是筹借了一百万元拿给了许攸宁，想傍着他的资金一同贷出去，不图吃肉，只求喝口汤。他以为就凭自己和许攸宁的关系，风险再大也能保住本钱，却不想去年刚过就变了形势，不仅利息不再支付，连本金都要收不回来。

他的一百万是几家亲戚凑起来的，只担得起赚，却担不起赔，更别说血本无归。尤刚开始向许攸宁催讨借款，许攸宁每次都说尽快尽快，可半年过去，钱却没回来分毫。

尤刚是真的急了。

十月二十九日那天，尤刚的确给许攸宁打了电话，如往常一般催讨借款，在这一点上，尤刚并没有撒谎，而他藏着没说出来的是，那天他不仅仅是打了一个电话，还去堵了许攸宁，甚至为了不被发现，特意开了岳父平时用的那辆灰色的小轿车。

他本来是想着去管许攸宁要钱，不料却亲眼看见了一场车祸。

许攸宁挂断电话后，当即加速想要甩开他的纠缠，就在经过一个弯道时，车不知怎的突然失控，直直地往路边的隔离墩上撞了过去。

尤刚眼睁睁看着许攸宁的车在撞到隔离礅后一连翻了几个滚，这才七零八散地停下来。他吓得慌了，险险避过去后，连忙停了车跑回去看。许攸宁的车玻璃尽数碎了，安全气囊都已打开，他人被安全带牢牢地绑在座椅上，垂着头低低地呻吟着，似乎还有些神志。

　　尤刚试图救出许攸宁，却不知从何下手，几个车门都已经严重变形，拉都拉不开。正不知该如何办，见不知车哪里冒了烟，随即就有火苗冒了出来，沾到了泄漏出来的汽油，很快蔓延开来包住了整辆车……

　　生死之际，尤刚再顾不上去救车里的许攸宁，独自逃离了现场。他开车一口气跑出去老远，因为觉得是自己的追逐才导致许攸宁出事，害怕承担责任，矛盾挣扎过后，选择了昧着良心瞒下这件事。

　　却不想，竟还有人从后面远远跟着许攸宁的车，并看到了他逃离现场时的情景，那个人就是陆洋。陆洋没认出他来，却记住了车牌号，并从车牌找到了他的岳父，又查到了他的身上。因为尤刚之前就与许攸宁交往不少，陆洋也认识他，由此认准了许攸宁是他所杀，更坚信他从车里拿走了一个U盘，不论尤刚怎么解释都不肯相信，并以报警相威胁。

　　尤刚哪里有什么U盘，就在他被逼得要走投无路时，陆洋却突然被人杀死在了北郊停车场外。这简直就是老天助他！尤刚大松了一口气，可还来不及庆幸，就又被沈南秋缠住了。

　　这一回沈南秋不只把许攸宁的死归在了他身上，还把陆洋那份也算上了。尤刚觉得自己简直跳进黄河都洗不清了，走投无路之际，这才起了杀心，约沈南秋出来在红星影院见面，却不想沈南秋也不是善茬，竟打电话叫了阮真真出来替她见面，自己则躲去了暗处，打算玩一出李代桃僵。

也亏得尤刚认识阮真真，并未被沈南秋的障眼法所迷惑，而是直接盯住了她本人，这才有了昨夜里发生的事情。

"警方那些人，嘴巴都严得紧，不过，从他们问我的问题里，也能猜出不少来，虽然现在案子还没下定论，但事情基本上就是这样吧。"讲完这样一大段话，似乎耗费了阮真真许多力气，她仰面倚靠在沙发里，头枕在沙发靠背上，眼睛直愣愣地看着屋顶，久久沉默。

苏雯看到她这副神情，一时不知能说些什么，想了想，伸手过去揉了揉她的头发，安慰道："不管怎样，事情总算是快结束了。等高峻那边再帮你把官司了结，你也就彻底解脱，过去的都叫它过去，我们重新做人吧！"

阮真真没说话，只把头往苏雯掌心里靠了靠，浅淡地弯了下唇角以做回应。

苏雯犹豫了一下，又问："谭深呢？"

阮真真默了默，轻声答道："不知道，应该还在公安局吧。"

谭深是第二天被放出来的，他租来的那辆车就停在公安局内，邱警官把车钥匙交给他，道："她说这车是你的，所以就给你留下了，自己打车回去的。"

谭深拿过钥匙正要离去，却又被身后的邱警官叫住。

邱警官淡淡看他，沉声说道："谭先生，事有可为，有不可为，法律只是一条低得不能再低的红线，是道德的最低标准。做人，这条底线还是尽量再高一点，你说是不是？"

谭深认真听完，向邱警官笑了笑，转身走了出去。

车就停在公安局大院内，他刚坐进去就发现行车记录仪似是被人动过了。他抬手捣鼓记录仪，把最近的一段视频调出来看，那是阮真真开车来公安局路上的记录，里面能听到她和邱警官说话的声音。两人没说几句话，大多时间都是在沉默，可谭深听完却不觉闭目，默默在车内坐了良久，这才驱车离开。

他先回了租住的地方，洗澡换衣，简单交代了老六几句，开车前往阮真真住处。

家中无人，楼下的单元门少有地紧闭着，他在外摁了几次门铃都无人应答，又给苏雯打了一个电话，确认阮真真并未跟苏雯在一起后，这才开车转去学校找人。

南洲工业学院其实并不是一所大学，而是几所职业技校合并起来组成的一所专科院校，新校区刚建成没几年，占地颇大，从大门门口一路走进去，得十多分钟才能来到校图书馆。正是上课时间，图书馆里人不多，他在服务台询问了一下，径直上了三楼，一连转了好几间阅览室，这才在密密的书架之间找到了阮真真。

她身上套着一件肥大的灰蓝色长褂，齐耳短发挽起一侧，微微歪着头，正在整理书架上被学生翻乱了的书籍，低头抬头间，总有一缕头发调皮地从她耳边滑落下来，害她不停地抬手去挽。

今天是个少有的大晴天，窗外阳光灿烂，反倒显得阅览室内有些暗淡，阳光带着股子不可一世的霸道劲头，刺破屋顶日光灯的笼罩，从书架间斜穿过来，落在她的头上、身上，平添了几分暖意。

谭深站在那里默默看着，不知怎的，心里突然冒出几个字来：现世安稳，岁月静好。

这才是她应该有的样子。

从最初接近她的那一刻起，他对她同情有之，怜悯有之，有过愧疚，有过不安，却从没有像现在这一刻，对她心生自责。没错，就是自责，他不该将她拉入这个漩涡，有意无意地推波助澜，甚至兴风作浪，将她几乎溺死在这场人为的祸事之中。

谭深不知道自己在那里站了多久，直到阮真真觉察到异样，转头向他看过来。对于他的到来，她似乎并不意外，回过头去默默将手里的两本书归于原位，这才转身向他走过来。

"出去说话吧。"她从他身旁绕过，把身上的工装脱下随手放到一旁的椅背上，转身往外走。

谭深默默跟上去，一路随着她走下楼梯，从后门出了图书馆，来到一个小小的花园中。高大的建筑屏蔽了浓烈的阳光，树下是冬日特有的阴寒，她下意识地裹紧了身上的外套，回过身来等他。

谭深停住脚步，看了看她，说道："我还以为你会删除记录仪里的记录。"

昨天夜里，她默立在人群之间，冷眼看着他被警方误认为凶手强行押入了车内却一言不发，那一刻起，他才知道她从来没有把他的欺骗放下，所谓的合作不过是权宜之计。她厌恶他，甚至恨他，她的眼神清晰地透露出了这一点。

果然就听得她淡淡说道："的确这样想过。"

他不觉失笑，又问她："为什么没这样做呢？"

她也跟着扯了扯嘴角，露出几分轻蔑的笑意，看向他的目光平静而坦然，答道："因为不想用谎言回击欺骗，更不想因为你们的卑劣，而变成和你们同样不堪的人。"

谭深的笑容慢慢凝结在了脸上。

"能回答我几个问题吗？"她突然问，似乎感觉到了冷，不自觉地跺着脚，又问他，"边走边聊？"

他没有反对，随着她慢慢前行："你想问什么？"

她低着头，漫不经心地踩着甬道上的鹅卵石，过了一会儿，才道："你认为许攸宁没死，死在车祸里的那个是夏新良，你以为昨夜里出现的人会是许攸宁，没错吧？"

他沉默了片刻后才应道："没错。"

"你引导我去查夏新良，又故意表现出爱慕追求我的姿态，一是想借用情感控制我，二也是要做给许攸宁看，为此，不惜跟着我跑去恒州，自导自演了陵园那场闹剧，全都是为了引许攸宁现身，激他作出反应，是吗？"她又问。

这一回，谭深沉默更久，就在阮真真以为他会辩解的时候，他却又轻声应了一个"是"字。

她脚步微顿，不由得转头看向他，嘲道："可惜没想到的是许攸宁真的死了，躲在背后的那个人却是尤刚。"

谭深不动声色，淡淡问道："你真的相信尤刚的供述吗？"

"他为什么要撒谎呢？"阮真真反问，"为什么要自己冒出来认下这杀人未遂的罪名？"

谭深露出一个不咸不淡的笑容，"杀人未遂，未造成严重后果，三年以上十年以下，再加上有沈南秋要挟逼迫在前，尤刚绝大概率会被轻判，三年的刑期而已，很严重吗？尤刚心里怕是已经算得很清楚，你看看他只认下昨天的事情，却咬死不认陆洋的死与他有关。"

尤刚的确不肯承认陆洋是自己所杀，虽然阮真真那夜看到了那辆灰色的车，却没有看清车型和牌照，而尤刚又有充足的不在场证据，他那天跟着单位同事去聚餐，吃完饭后又去唱歌，足足折腾到半夜两点才被几个同事送回家。

许攸宁是自己出的车祸，虽然尤刚在后面追赶，却无主观动机。陆洋则是被神秘人所杀，与他毫不相关。唯独沈南秋这里，尤刚认下了，却也不过是一个杀人未遂。

阮真真微微皱眉，似乎也被谭深说动了。

谭深看她两眼，又问："还有，那夜偷偷潜入你家中删除电脑记录的人，又是谁？"

"是尤刚。"阮真真抬头看他，答道，"他已经承认了。"

"钥匙何来？"谭深问。

阮真真答道："许攸宁活着的时候，曾经把一把备用钥匙放到了他那里，年前他被陆洋逼得实在没办法了，这才想着去我家找一找有没有U盘，却没有删除电脑记录。"

谭深讥诮地扯了扯唇角："许攸宁放备用钥匙在他那？这可真是死无对证，我想连你也不知情吧。"

她盯着他："谭深，你有什么证据可以证明电脑记录是他删除的，而不是你故意篡改？"

他微怔，默默看她片刻，忽地笑了起来，自嘲道："没有证据，我拿走过电脑，这就是说不清楚的事情。"

她没有说话，似乎默认了他的话。

不知不觉中，两人已经从小花园中走出。下课铃起，学生们忽地从各处冒出来，行色匆匆地来往于不同教学楼之间，几乎是一瞬间，原本有些冷清的校园就热闹了起来。

谭深外形太出色，吸引了不少学生的注意，他坦然地接受着各种打量，只拿眼睃着身侧的阮真真。

阮真真忽然问道："你到底是什么人？"

"警方没有给你答案吗？"他笑着反问，似乎已经猜到她与警察早有联系。

有，陈警官给过她答复，据他们调查，谭深曾经在一家安保公司任过职，专门从事特种保卫、贴身护卫这种高端保安业务，如此说来，他接到客户委托前来调查夏新良失踪一事，似乎也说得过去。

"你的雇主是谁？"她又问。

谭深沉默，不肯回答。

阮真真看看他，又继续说下去："我近来一直在想你的这个委托人到底是谁，如果这个人真实存在的话。"

"真实存在。"他忽地说道。

"哦？真的吗？一个被夏新良骗财骗色的女人？"她轻声哼笑，"谭深，你就从来没有好奇过你的雇主会是什么人吗？"

他自然好奇过，甚至暗中也有调查，只是一直没有头绪。那个人隐藏得太深了，几乎没有露出丝毫信息。谭深犹豫了一下，答道："雇主是什么人，不是我们关注的重点。"

阮真真不由得冷笑："那她凭什么认定许攸宁没死，死的人是夏新良？就因为夏新良躲藏了起来，不肯联系她？为什么不能是他昧下了银行的数亿贷款和许攸宁的上千万借款，故意消失不见？"

谭深忽地停下来，转过身来看她，说道："不是她认定，而是在调查过程中，我意外发现的。夏新良高薪聘请了一个看门人，只有看门人有他的手机号码，这个号码不时变换，只要有人前去工厂寻找夏新良，他从看门人处得到消息，就会立刻更换手机号。"

"也许只是为了躲避债主。"阮真真反驳道。

谭深继续说道:"如果只是躲避债主,他大可彻底消失,没有必要再留一个看门人在工厂。他留那个人,就是留一个眼线,前去寻找他的人不同,他所作出的反应也会不同。在你之前,老六曾去找过他,他只是换掉了手机号码,你再去,他不只换掉号码,还潜入你的家中修改了电脑,等警方再去,他就彻底消失了……"

阮真真冷声道:"我听不懂。"

"你懂,你什么都懂。"他突然上前一步,毫不顾忌周围学生的目光,低下头向她逼近过来,"其实,你也不相信尤刚的话,而是早已有了另外一个答案,只是不敢相信,对吧?"

她抬着脸,定定看他,下意识地扣紧了齿关。

他薄唇微微勾起,带着一丝蛊惑,低声问道:"告诉我,你心里那个疯狂的念头……是什么?"

许攸宁没死,被烧死在车里的那个是夏新良!巨额债务,突发怪病,意外车祸……这所有的一切,不过都是许攸宁的策划。他受方建设指使杀了张明浩,然后利用车祸金蝉脱壳,冒用夏新良的身份隐藏自己,随后杀死陆洋,在被沈南秋纠缠时,又要杀她灭口。

这就是在尤刚被抓到之前,她曾经有过的疯狂念头。

"还记得我说过的话吗,一旦警方追查到夏新良身上,夏新良就该彻底消失了,没有人能找到他。"谭深突然说道。

就在不久前他说过这话,阮真真记得清楚,当时还难以理解,这一刻,她才理解了他的意思。真正的夏新良已经死了,当然没有人能找到他,而活着的许攸宁却是早已经"死了"的人,没有人会去怀疑他。

阮真真终于明白了，她那个念头并不疯狂，许攸宁真的是在最初就设计好了所有，并随机应变，不断修正自己的策略，把所有人都玩弄于股掌之间。

"他早就算好了一切步骤。"她喃喃自语。

谭深似乎猜到了她的心思，道："没错，从一开始就算好了一切，也许在杀张明浩之前，就已经想好了脱身之路。不，应该还要早，在他办理第二张身份证的时候，就已经开始了。"

阮真真眼神先是迷茫了一下，随即便又清亮起来。

谭深看到，笑了笑，又道："阮真真，现在你总该想明白了吧。只要你这里的那张身份证没有注销，另外那张就可以继续使用。借着面容的相似，他可以在'夏新良'与'许攸宁'之间随意变换。"

许攸宁有两张身份证，两张办理时间相隔久远，照片却几乎一模一样，这还是谭深在债务官司的资料里发现的。她当时只是不解，更担心丢失的那张落在别有用心之人手上，现在想来，真是可笑啊。

许攸宁需要两张身份证，一张用来丢在车祸现场以证实死者身份，另一张却需随身携带，以备不时之需。只要阮真真这里没有注销他的户籍，许攸宁手里的身份证就能正常使用，没人知道持有这张身份证的人已经"死亡"。

等阮真真这里处理完所有"后事"，这世上再无"许攸宁"此人，而夏新良又没有暴露的话，许攸宁就可以拿着夏新良的户口本和身份证，前去他的户籍所在地重新去办一张"夏新良"的身份证。

两人本就是兄弟，五官自有一些相似之处，七八年过去，面貌上有点变化也属正常，加之夏新良的身份证办理得又早，当时还未要求录入指纹，许攸宁只要重新照个照片，再录入自己的指纹，就可以"合法"地拥有夏新良的身份了。

夏新良是个孤儿，又无妻无子，只要换个地方生活，没有人知道皮下是人是鬼。若非谭深突然找来，若不是中途杀出个陆洋财迷心窍，若她没有暗中报警，向警方提供线索，一时半刻，都不会有人去关注夏新良此人。

许攸宁彻底"死去"，而夏新良就此"新生"，多么好的一个更替。

阮真真想着想着，只觉头痛欲裂，身体却一阵阵发冷，这种寒意并非外界侵入，而是源自她的内心，纵使她裹紧了大衣也无法抵挡分毫，还是不由自主地瑟瑟发抖起来。

谭深沉默着把自己的大衣脱下来，往阮真真的身上披去。她抬手拒绝，颤声道："不用。"

不用，也不管用。

谭深不顾她的反对，还是把自己的大衣强行裹到了她身上。

他身材高大，半长的大衣到她身上就成了长款，可她感受不到温暖，只觉得沉重，压得她几乎要喘不过气来。她忽地发了火，不管不顾地挣脱他，把大衣也从自己肩头扯落到地上，尖声叫道："我说不用！不用！你听不懂人话吗？装模作样的做什么？你不就是想看到我这模样吗？"

谭深什么也没说，弯下腰去捡地上的大衣。

她仍有火气压在心口，似是彻底失去了对情绪的控制，挑衅一般地凑上前去，高声质问他："你，还有你的雇主，你们这么清楚，这么明白，早就把一切都看透了，那为什么不去报警？"

他刚刚把大衣从地上捡起，闻言淡淡瞥向她。

她依旧愤怒难遏："你们非把这一切都揭开给我看，图什么？杀夏新良的是许攸宁，不是我！不管你们是要找夏新良还是许攸宁，都冲着我来干什么啊？我做错了什么？我做错过什么啊？"

他无法回答，也不想回答。

谭深忽然想起临来时老六说的那几句话，他说："哥你别瞎折腾了，折腾也是白折腾，有些事你只要起了头，就只能继续往下走，后悔不得，不论最后得个什么结果，咬着牙认就是了。"

他最初来南洲，只是想查找夏新良的下落，委托人怕万一真的是夏新良杀人夺财，不得不销声匿迹，藏得无影无踪，所以不敢报警。等后来，他们一步步追查到真相，确定这幕后黑手是许攸宁，委托人依旧不肯去报警，却叫他们继续追查下去，明摆着就是想借阮真真的手，将许攸宁绳之以法。

他却忘记了，阮真真又怎会狠心将许攸宁绳之以法，那是她爱了十几年的丈夫。利用阮真真，也许最能痛击许攸宁，可阮真真自己也会痛，甚至比许攸宁还要痛。她明明是块儿冰晶，却被硬生生地打磨成一柄利剑，纵能杀人，怕是也要就此粉身碎骨。

他真的想不到这后果吗？不，他早就想到了，只是自私和卑劣控制了他的头脑，装作想不到罢了。就像阮真真所说的：你们不就是想看到我这模样吗？还装模作样的做什么？

谭深不发一言，垂目站了片刻，猛地转身往外走去。

他人高步长，仿佛片刻工夫就走远了，阮真真看着他的背影，直到看不见了，这才像是突然脱了力，一时连站立都觉困难。她咬着牙，拖着沉重的双腿，一步步地走回到图书馆去，寻了个没人的角落席地坐下，不知怎的，一下子泪流满面。

明明有满肚子的话，满腹的委屈，却找不到一个人可以诉说。

临近下班时，苏雯开车来接她出去吃饭，一见面就觉察出她面色不对，关切问道："怎么了？瞧着脸色不大好啊，又出什么事了？"

阮真真无力地扯了扯嘴角，自嘲地笑了笑，反问她："你瞧着我什么时候脸色好看过？"

这一阵子是没有的，可以前她的脸色最是白皙红润，皮肤又细腻，明明都年过三十，却还带着点婴儿肥，满满的胶原蛋白堆在脸上，瞧着叫人都忍不住想要伸手过去掐一把。

苏雯不由得叹气，说道："都放下吧，不管是许攸宁还是谭深，爱的恨的都太伤神费力，别跟自己过不去了。远离男人，避免不幸。"

阮真真默默望着车窗外，良久之后，才轻声应道："好啊。"

她答得心不在焉，苏雯听了就知道她是在应付自己，却也无可奈何，只好把话题转去了别处："高峻那边有消息吗？他给你代理官司，是不是也要谈一谈收费，签个合约？钱你先从我这里拿吧。"

阮真真"嗯"了一声，过了不一会儿，忽地问道："问你个事情。"

"说。"苏雯应得爽快。

阮真真却思量了半晌，揣度着用词，迟疑地问道："如果你的至亲，或者是你爱的人，违反法律，做出了罪大恶极的事情，你会怎么办？"

"什么意思？"苏雯有些不解，一时误会，"如果是成年人了，按照法律上的话来说，只要是完全民事行为能力人，那就自己做事自己当呗。他们违法犯罪，罪大恶极，我能怎么样啊，现在又不兴连坐，我总不能因为别人的错误就不活了吧。"

阮真真犹豫了一下，解释道："可如果只有你知道他做的事情，只有你了解实情，你会去检举他吗？"

苏雯不由得皱眉："你的意思是问，该不该大义灭亲？"

阮真真先是摇头，随后又点头，道："大概就是这个意思吧，如果是你，你会选择去包庇他，还是揭发他？"

"你这个问题啊，估计也算是千古难题了。"苏雯笑了笑，"孔老夫子曾经讲过一句话，'父为子隐，子为父隐'，其实说白了吧，都是屁股决定脑袋，对错都是相对的，没有唯一的标准。"

阮真真默默听着，似乎在思量着什么。

"哎？你这没头没脑的，突然问这个干吗？你要为谁隐瞒什么事？"苏雯奇道，她以编故事为生，思维最是活跃跳脱，不等阮真真回答，自己已是想了不知多少种情况，最后都被自己的想法惊住了，"别告诉我，你真爱上谭深了？"

阮真真愣了愣，忍不住有些恼火："什么跟什么啊，别乱猜了！"

"真没有？"苏雯还是不信，趁着等红灯的工夫，竟转过头来打量她，似乎想要在她脸上寻出什么蛛丝马迹来，"不是我多管闲事，阮真真我告诉你，咱跟谭深就不是一路人，他不是好人，又没存好心，你可千万别上当！"

阮真真都要被她气得笑了："现在知道他不是好人，没存好心了？也不知道当初是谁一个劲地撮合，叮嘱我赶紧抓住这个'好'男人的！"

苏雯被她说得讪讪的，只道："看走眼，看走眼了！"

阮真真淡淡瞥她一眼，转过头去继续看着车外愣神，心中矛盾良久，还是把所有的话都憋进了心里，没有跟苏雯提及半句。她有一件事一直想不明白，到底是谁委托谭深来寻找夏新良。以许攸宁的谨慎，他在选择利用夏新良之前必然做过详尽的调查，确定无人在意夏新良的消失，才会实施计划。那么这个藏在暗处，不惜花费重金聘请谭深来寻找夏新良的人，能是谁呢？

她想不明白，简直毫无头绪。

两人开车去了市郊一家温泉酒店，苏雯请客，买了两张套票，连洗带蒸再加一个全身SPA，最后还可以享用一顿丰富的海鲜自助餐。等一整套都折腾完，时间都已快深夜，真可谓是酒足饭饱神清气爽。

出酒店大门时，苏雯伸手去拍阮真真的肩膀，笑道："晦气都搓干净了，从今以后，跟着我做条好汉吧！"

许是在温泉池子里泡过的缘故，阮真真苍白的面容上终于有了些血色，较之前红润了许多，听到苏雯的话，她不觉微笑，乖巧地点了点头，应道："好啊，以后跟着你做好汉。"

苏雯十分满意，开着那辆刚刚修好的小红车，送她回家。

夜深人静，道路通畅，可即便这样，阮真真到家时也过了凌晨，她在楼外下了车，目送苏雯开车离开，这才转身往单元门口走，脚刚迈上台阶，树后阴暗处却突然冒出两个人来，黑衣蒙面的，直冲着她就来了。

阮真真惊了一跳，急忙往楼内冲，可往日里总是开着的单元门偏偏今天关得严实，一下子把她挡在了门外。一声"救命"只喊出一半就被人捂进了嘴里，两个五大三粗的男人一边一个挟持住她，几乎不费吹灰之力就把她从地上架了起来，直接往昏暗处的一辆面包车处走去。

她被他们强行塞进面包车内，前面开车的人看她挣扎得厉害，不耐烦地吩咐道："赶紧弄昏，弄昏，一会儿出门口的时候别再惹事。"

身边那个男人应了一声，不知从哪里掏出一块气味刺鼻的湿布来，劈头盖脸地往她脸上糊过来，将口鼻尽数捂住。阮真真惊恐欲炸，猜到这定然是能令人昏迷的药物，连忙屏住了呼吸想要反抗，可憋气又能憋多久，更别说她还拼命挣扎着，也就三两分钟的工夫，人还是昏迷了过去。

这时，那面包车才缓缓驶动，往外开去。小区的门禁一般都是严进宽出，非本小区的车，进门的时候会有登记，可出去的时候却是自动抬杆，门房内的保安正昏昏欲睡，连看都没看一眼，就放了那车出去。

阮真真也不知道自己昏迷了多久，她醒过来时，人还在车内，双手已经被捆住了，嘴上封着胶带，头上也罩着个黑色头套，只感觉车还在开着，却不知往哪里去。

她本能地想要挣扎，就听得身边男人嘿嘿笑道："劝你别白费力气，咱们兄弟好几个，要是连你都抓不住，那也忒笨了！"

阮真真身体倏地僵住，片刻迟疑之后，这才竭力压抑着内心恐惧，缓缓放松下来。她试图开口说话，可嘴巴被胶带封住无法出声，几经努力，也不过是在喉咙间呜呜了几声。

身旁的男人又道："大哥，这女人好像有话说。"

前面驾驶座上传来另外一个粗粝的男声，带着几分嘲笑："她跟你能有什么话说，甭搭理。"

"哦。"身旁男人应了一声，果然不再理会阮真真。

因着药物的缘故，阮真真头痛欲裂，阵阵犯呕，可此刻全都顾不上了，她在心里一个劲地告诉自己千万别慌，冷静，必须尽快冷静下来，猜这些人是什么人，他们想做什么，又要把她带去哪里。

车一直在飞驰，初时感觉道路还平坦，后来却慢慢颠簸起来，车头微微扬起，几乎不停地往左拐弯，应该是在爬山。南洲市依山傍海，西高东低，山峰多在西北方向，这般算来，他们的大方向应该就是西北。

这是要把她绑去山里吗？杀人抛尸？

车大概又走了半个小时，这才不再爬山，而是驶上平道，又一阵颠簸之后，这才猛地刹停下来。车门打开，身旁的男人把她拎下车去，一路拖拽着往前走，踩过一段泥土路后，这才进了一栋屋内。

隔着黑色头套，她感觉到了模糊的光亮，还听到柴火燃烧所发出的"噼啪"声。

男人拎着她一直往里走，不知到了什么地方，随手一丢。她双手都被捆缚在身后，腿脚又虚软无力，往前跟跄了好几步，直到撞到墙上这才停住，栽倒在那里，脸颊擦蹭到粗糙的墙壁，虽然隔着头套，仍觉一片火辣辣的疼。

"呐，老板，人给你带来了。"男人粗声瓮气地说道。

有脚步声往她这边走过来，直到她身前停住，似是居高临下地打量了一下，这才冷声说道："过来！看看是不是她。"

又有轻微的脚步透着迟疑上前，阮真真正疑惑，头套忽然被人扯去，她只觉眼前一亮，顿时看清了眼前的情景，站在最前的是一个看似斯文的中年男人，他身后跟着一名畏畏缩缩的女人，脸上瘀青未消又添新伤，黑色长发乱糟糟地披散着，形容狼狈至极。

方建设和沈南秋！竟然是方建设和沈南秋！

虽然许攸宁跟着方建设做事几年，而她却几乎没和方建设打过什么照面，最近的一次就是在沈南秋家中，方建设对沈南秋拳打脚踢，她藏在书房桌下，偷偷瞥见了几眼，真是又惊又怒，若不是沈南秋出声暗示，她当时都要忍不住爬出来制止。

阮真真先是惊愕，但随即就又明白过来，这些人抓她来是为了什么！

沈南秋的目光像她此刻的人一样怯懦，在阮真真脸上匆匆一瞥便移开，低垂着头，怯声应道："是，是阮真真。"

方建设蹲下身来，抓住阮真真头发用力往后一拽，另一只手将她封口的胶带"刺啦"一声扯开，因着面容发狠，五官都有些扭曲变形，咬牙切齿地问道："说吧，东西在哪？"

阮真真觉得头皮就要被人扯裂了，她被迫仰着头，哑着嗓子问他："什么东西？"

"装什么傻？"方建设伸出手不轻不重地拍打她的面颊，几下下去，她脸颊便落下了指印，渐渐红肿起来。他嘿嘿冷笑着，道："我不愿意对女人动手，所以呢，问你什么，你就老实答什么，听懂了吗？"

阮真真一颗心怦怦直跳，简直要跳出嗓子眼来，她强自镇定着，吞了口唾沫，答道："是真不知道。"

方建设不耐烦地说道："U盘！许攸宁留下的那个U盘在哪？"

果然是为了那莫须有的U盘而来！

阮真真下意识地瞥了不远处的沈南秋一眼，答道："我没见过什么 U 盘，之前听都没听说过，还是沈南秋跟我说，我才知道有这么个东西。"

原本缩在一旁的沈南秋猛地抬起头来，尖声叫道："你撒谎！"

方建设松开了阮真真的头发，回头看向沈南秋。

沈南秋神色惶恐，慌忙解释道："你别听她胡说，她没说实话，是她亲口告诉我许攸宁留下了一个 U 盘，但被人给偷走了。前天晚上，也是她打电话骗我出去，要我去红星影院见那个偷 U 盘的人！我是想把 U 盘拿回来给你，这才开车过去，根本不知道为什么警察也会跟过去！"

从她的话语中，阮真真已经能猜想到大概。前天夜里发生的事情，必是被方建设知道了，沈南秋怕他报复，便把一切事情都推到了她的身上。

"我要是有什么 U 盘，早就拿出来换钱还债了，还会等着被人偷吗？"阮真真反问，她倚坐在墙边，抬脸看着方建设，沉声道，"许攸宁给我留了上千万的债务，我连他账本都没找到，不得已才去找沈南秋，想问她知不知道许攸宁的钱都放给了谁，就是在上周一！"

如她所愿，方建设的脸色果然变了变。

阮真真又道："没错，就是你打她那天，我比你到得早，她怕你看见我，把我藏到了书房桌子底下。"

沈南秋听她说这个，顿时慌了起来，忙上前抓住方建设手臂，急声解释："你别信她，她撒谎！"

阮真真根本就不理会她，眼睛盯着方建设，径直说下去："我看见你打她了，就在客厅里，你走了之后，她才跟我说许攸宁有个什么 U 盘，不知道被谁拿走了，只要找到那个 U 盘，就能拿到很多钱，足够我还债！"

"你别听她说，别听她说。"沈南秋慌乱地叫着，又转去呵斥阮真真，"你闭嘴！闭嘴！"

方建设猛地往后一甩胳膊，将沈南秋甩到一边，又走上前来，在阮真真身前蹲下，皮笑肉不笑地问道："然后呢？"

"然后我就走了，许攸宁爹妈找过来逼着我拿钱，我光顾着应付他们，没顾上去找什么 U 盘，也不知道去哪找。然后前天晚上的时候，沈南秋突然打电话叫我出来，说是要给我许攸宁的账本，我这才上了当。"

沈南秋听到了，又急忙打断她，叫道："胡说，你胡说！"

她没胡说，却也没有尽说真话，偏这样半真半假的话最容易叫人相信，她偷瞧着方建设的神色，便知道他应该是信了自己的话。

果然，方建设理都不理沈南秋，只盯着她问："再后来呢？"

"沈南秋打电话指挥着我兜了很大一个圈子，绕到了红星影院那边，我才刚下车，正想着找她，不知道从哪里冒出来好多警察，把来跟沈南秋见面的人抓了，还把沈南秋送去了医院。"她说着，冷眼看向沈南秋，目光从她的高领衫上一划而过，"听说是那个男人差点勒死她，警察这才送她去医院。"

方建设站起身来，慢慢回过头去看沈南秋。沈南秋瑟缩了一下，下意识地用手护住了自己的脖子，瞧见方建设向她走过去，吓得连连后退。方建设一把抓住她，抬手扯开她的高领衫，待看到脖颈间那道清晰的勒痕，顿时嘿嘿冷笑起来。

沈南秋想要挣扎却又不敢，慌乱间急中生智，忙道："就是她骗我过去,我这才差点被人勒死,如果是我骗她,被勒的人应该是她才对!"

方建设动作顿了一下,似乎被她说动。

"到底是谁骗谁,看看手机通话记录就知道了,谁主叫,谁被叫,记录得明明白白。"阮真真冷声说道。

沈南秋闻言面色一变,方建设瞧到,这才全信了阮真真的话。"很好,你很好。"他抬手轻拍着沈南秋的脸颊,毫无预兆地,猛地一巴掌重重扇在了沈南秋脸上,咬牙怒道,"臭婊子,竟然连我也敢耍了!"

沈南秋被打得惨叫一声,哭喊央求。

外面的人听到动静,有人在门口往内探了一下头察看,却被另外一个人拉走了,破败的堂屋内,仍只有阮真真、方建设与沈南秋三人。

方建设将沈南秋从地上拎起来,狠声说道:"说吧,你还瞒着我做了什么,都谁知道有那个 U 盘?你找那个干什么?也想把我送进去,是吧?"

"没有,我没有。"沈南秋哭着摇头,又为自己辩解,"我没想把你送进去,我找那个 U 盘是为了你。"

"为了我?"方建设冷笑着,"为了要挟我吧?"

沈南秋脸上涕泗横流,哽咽着说道:"我跟了你这么多年,眼看着就要人老珠黄,我怕你以后抛弃我,就想着拿到这个 U 盘,逼着你离婚娶我。我没想做别的,我怎么会想把你送进去,把你送进去对我能有什么好处啊?"

这些话说得合情合理,方建设神色微动,显然是信了。

沈南秋双手抓住他的衣襟,几乎快要哭倒在地上:"老方,许攸宁对我什么样，你还不知道吗？那么个无情无义的人，我怎么可能还惦记着他，一心想着给他报仇啊！"

方建设终于被她说动，缓缓松了手，恨恨骂道："蠢女人！被你这么一折腾，U盘万一落到警方手里，你就跟我进监狱去做夫妻吧！"

沈南秋忙道："没有，没有，U盘一定还在阮真真手上，我前天晚上亲眼看到那个男人把U盘藏了起来。"

"哪个男人？"阮真真与方建设几乎异口同声地问。

沈南秋恨恨地瞥向阮真真，道："你别装傻，就是一直跟在你身边的那个男人，那天晚上他到得最早，跟尤刚打了起来，我亲眼看到他从尤刚衣兜里掏出个东西来，揣在了自己身上。"

当天晚上，谭深的确是早于警方先上了小楼，也是他追着尤刚从楼上跳下来，黑灯瞎火的，就连警方一时都分不清谁是凶手，把两个人都摁在了地上，带回公安局审问调查过后，这才解除了谭深的嫌疑。

若不是阮真真此刻已确定许攸宁未死，所谓U盘不过是个烟幕弹，就她恐怕也要信了沈南秋这鬼话。

阮真真道："谭深当时跟着尤刚一起被警察抓走，关了快两天才放出来，就算真是他拿了U盘，那也早落到警方手里了。"

沈南秋似是早已料到她会这样说，闻言不慌不忙，只是冷笑："要是警方拿到U盘，早就会有所行动了，他们没动，就说明还没拿到U盘。阮真真，你别狡辩了，那天黑灯瞎火的，谭深又听到警察在后面追，随便找个角落里一丢，就没人找得到，回过头再自己偷偷去拿，神不知鬼不觉。你不想想，如果不是警方找不到那个U盘，好好的，怎么会把他关两天才放！"

警方扣留审问谭深，当然不会是因为U盘，而是因为她的举报，因为谭深来意不明。可现在这话不能说，说了也没有任何用处。阮真真抿唇，一时沉默。

方建设显然已经全然信了沈南秋的话，斥责道："怎么早不说清楚？"

沈南秋刚还狠厉的面容立刻变得委屈可怜，眼泪汪汪地说道："我想着那男人跟阮真真一起的，东西一定是给了她。"

阮真真隐约感觉哪里不对，可不及深思，方建设已经又冲着她过来，面容比之前更显狰狞，上来又一把揪住了她的头发，却没再伸手拍打她的脸颊，而是揪着头发直接把头往墙上磕去，一连狠撞了三五下，这才停手。她先感觉到麻，随后才觉出疼痛，很快，额侧就有热乎乎的液体顺着脸颊一路流下来。

方建设的声音就像是从嗓子眼里挤出来的，带着瘆人的阴狠，"说吧，U盘到底在哪？"

阮真真眼前一阵阵发黑，半晌后才能艰难发声，"我真的不知道，你就是打死了我，我也拿不出来。"

方建设闻言嘿嘿冷笑了几声，不知怎的忽又变了脸，恢复成原本的斯文模样，竟从衣袋里掏出一方手帕来，小心翼翼地给阮真真擦着脸上的污血，又道："你拿着U盘，不就是想从我这里敲笔钱吗？其实就是没这U盘，凭我跟小许的情分，我也不能看着他的遗孀遭难。他欠了多少钱？你告诉我，我帮你还。"

他话说得这样客气好听，另一只手却一直重重抓着阮真真的头发，没有松动半点。

阮真真被迫仰着脸，艰难地喘息着，缓缓说道："方老板，您是个明白人，如果我藏U盘，那就是为了要挟您、敲诈您，既然如此，我何必不早早拿出来，跟您好说好量。我是真的从来都没见过那东西，您冲着我来，不过是被人利用，借您这把刀——"

"在谭深那里！"沈南秋忽地叫道，似乎有意要堵住阮真真后面的话，"既然没在她手上，那就还在谭深那！"

阮真真心中一动，随即说道："那你就找他要去！你那不是有他电话吗？打电话问一问不就知道了？"

沈南秋面上闪过一丝惊慌，忙说道："我哪有他的电话。"

"上次我去找你，他给你打过电话，你翻通话记录就是了。"阮真真沉声说道。

沈南秋面色难看，一时噎住。

方建设回头看一眼沈南秋，了然地扯了扯嘴角，露出些许嘲讽："她通讯记录删得勤快着呢，上周一的通话怎么会还留下。"

阮真真忍不住哼笑了一声，故意说道："不愧是知己，这一点倒是和许攸宁像得很，通讯记录、聊天记录都删得干干净净，也不知道都做了什么见不得人的事情，这么怕人看到。"

果然，方建设看向沈南秋的目光里又添了几分狐疑和厌恶。

沈南秋恨得暗暗咬牙，面上却不敢露出来，只委委屈屈地说道："老方，你别听她挑拨，她故意引偏你注意力。许攸宁早死得透透的了，我跟他还能怎么样啊？现在最重要的是赶紧找回那U盘。"

她这一句话，顿时提醒了方建设，他松开阮真真的头发，问道："那个谭深电话是多少？别告诉我你也不知道，这样的玩笑一点都不好玩。"

阮真真缓缓闭目，几息过后，这才答道："我手机里存着他的号码。"

她的手机在皮包里，而皮包就丢在旁边的地上。方建设把她手机从皮包里找出来，翻到谭深的号码，却没有直接拨出，也没叫沈南秋拨打，而是另拿了一部极为落后的老年机，摁出号码之后拨打出去。

阮真真极为失望，尤其是没能使用沈南秋的手机，她记得清楚，邱警官跟她提过一句，他们监听了沈南秋的手机，如果是沈南秋拨打谭深电话，那就等于直接报警了。可惜，方建设的戒备心太强，竟提前准备了手机，极可能还是从未使用过的新号码，就为了避过警方的侦查。

约莫过了七八秒钟，在"嘀——嘀——"的提示音响过数声后，电话才被接通，谭深略显喑哑的声音从听筒中传出，"喂？"

方建设扯着阮真真头发迫她抬头，把手机往她近前递了递，示意她来说话。阮真真声音嘶哑，情绪却还镇定，沉声说道："是我，阮真真。"

电话里默了默，随即就听得谭深问道："你现在在哪？这是谁的号码？"

阮真真没回答他的问题，只是如方建设要求的，麻木说道："谭深，你马上把U盘给我送过来，记着，别惊动任何人，更不能……"说到这里，她有意停顿了一下，似是吞咽了一口唾沫，这才又继续说下去，"报警。"

话音未落，方建设随手就重重甩了她一个耳光，冷声骂道："贱人，在我眼皮子底下还想玩花样！"他把电话拿过去，对谭深说道："你可以报警试试，看看是警察先来，还是这女人先死。"

谭深声音并无起伏，依旧漠然如初，只反问他道："方建设？"

方建设哈哈笑了两声，赞道："聪明！既然知道我是谁，那就老老实实听话，阮真真就在我手上，她是死是活，就看你怎么选了。"

"我要她活。"谭深毫不犹豫地说道，顿了顿，又补充道，"方建设，U盘我给你，有一句话也先放在这，阮真真好好活着，你就能活，阮真真要是有个万一，我叫你生不如死。"

方建设僵了一下，冷笑道："你威胁我？"

"你想岔了，这只是提醒，不是威胁。"谭深说道。

电话刚刚打过来时，老六就得到了谭深的暗讯，从别屋匆匆赶来，紧张地盯着谭深，等他电话一放，立刻上前问道："阮真真落在方建设手上了？"

谭深面色凝重，略略点了下头，沉着脸开始收拾随身物品。

老六懊恼地叹一口气："只顾着防许攸宁，谁知道这个方建设却跳出来作妖。咱们手上也没什么U盘啊，拿什么给他？"

谭深已穿戴完毕，闻言冷笑道："随便拿个U盘过去，他又不能隔空鉴定真假，等先见了人再说后面的事。"他说着，又检查了一下鞋底暗藏的跟踪器，沉声交代老六，"你远远地跟着我，不用近前。"

他大步出去开车，人刚坐进车内，方建设的电话就又到了，这次，却又换了一个新号码。谭深接起电话，笑道："方老板，不用这么谨慎，次次都换号码，我不会报警的。"

方建设似乎颇有些恼火，只冷声说了一个地址，便挂断了电话。

谭深开车前去，到了约定地点又等了大概一刻钟的时间，这才见到一辆黑色面包车从远处开来，车从他身边经过，车速未减，又往前开了百十来米才忽又掉头，返回到他身边不远处停下。

车门打开，跳下两名蒙面大汉，似是对谭深极为忌惮，远远地向他喊道："转过身去，双手抱头。"

谭深依言照做，那两人从后面钳制住他，又掏出尼龙绳来将他双手在背后牢牢反绑，这才松了一口气，把他推入面包车内。其中一人拿出个头套来就要往谭深头上罩，谭深却侧头避开，笑道："没这个必要，你们要带我去的地方，你们不会久待，我也不会再去，用不着费这事。"

这番话说出，开车的人特意回头看了他两眼，这才向着同伴点了点头，又与谭深说道："兄弟，看你是个明白人，那就老老实实的，大家都省事，好吧？"

谭深爽快应道："好。"

那几人还真没给他罩什么头套，面包车在外环路上兜了大半个圈子，径直就往南洲西北方向的山区去了。谭深似乎毫不意外，只在车出城的时候，抬眼瞥了瞥车道高处横杆上的几个摄像头，闲谈般地与开车人说道："兄弟几个是新入行的吧？"

开车人往后视镜里看了一眼，眼中戒备之色极重，没有搭腔。

谭深不以为意，说道："这年头，网络越来越发达，各处都是电子眼，做个什么事都瞒不住，道上不好混啊。"

他身旁的那个壮汉却忍不住问道："你怎么知道我们是新入行的？"

"闭嘴！"开车人厉声喝住同伴。

谭深笑了笑，没理会开车人，只答那壮汉道："刚才出城时你注意到有电子眼拍照了吗？路过那的每辆车的车牌都会被拍下来，你们觉得自己没露任何破绽，而实际上，事后警方一查就能找到你们。"

"为什么？"壮汉想也不想地问道，这一次，开车人没喝止他，似乎也有些好奇，想从谭深这里听到解答。

谭深弯了下唇角，看向前面的开车人，道："深更半夜，开着车却戴着口罩帽子，这不是明摆着告诉警察，你们没干好事吗？"

车内三人都僵了一僵，相互看看，这才明白过来怎么回事，几人为了遮掩身份，都帽子口罩的戴得严实，倒是真忽略了谭深所说的这点。开车人似还有些不服气，强自驳道："拍下车牌又怎么样？你就知道我们这车牌会是真的？"

"当然不会是真的。"谭深笑笑，又反问，"那又怎样？大数据时代，只要有车型在这，谁买过这种车，什么时候买的，这人又是做什么的，有没有前科，警方要查，就是分分钟的事，你以为会很难吗？"

这一下子，开车人也被噎住了，默了默，冷笑道："照你这么说，咱们兄弟也别做事了，直接掉头去公安局自首算了。"

"用不着自首，但至少要给自己留条后路。"谭深语速不紧不慢，眼睛直盯着后视镜，淡淡说道，"我要是你们，就只接个人，送个人，别的事不掺和，尤其是扯上人命。小钱挣了，随便花，大钱挣了，没命花。"

他说完，冷冷一笑，就此沉默下来，再不多说一句话。

车里一片寂静，每个人都各怀心思，闭口不言。车径直开入大山里一处荒废的村庄，停在最外面的那栋房子外。这房子久无人住，里外都破败不堪，半开的门里透出晃动的火光，想来是屋里燃着火堆。

开车人下车来，留另外两个人在外望风，自己亲自把谭深领进屋里。

　　那是一排三间的农村房子，屋与屋之间的隔断墙已坍塌，更显屋子阔大。堂屋中央燃着一堆柴火，方建设坐在靠里的一张破椅子上，沈南秋跪坐在他脚边，而阮真真则被捆着双手，倚坐在屋侧半倒的隔断墙前。她本低垂着头，齐耳的短发散落下来遮住了大半面容，听见动静这才向门口望过来，挣扎着站起身，却又因双腿软弱无力，坐倒在残垣断壁上。

　　只一眼，谭深就看清了她额头撞破的皮肉，脸颊处的青肿，还有已经干涸在脸上的斑驳血迹，他面容阴沉，眸色仿若浸入寒冰，虽未说话，周身却已迸出森森杀意来。

　　阮真真一怔，这才意识到自己面容惨不忍睹，忙低下头去，不想叫他看到自己这般狼狈模样。

　　开车人向着方建设说道："老板，人带来了。"

　　方建设阴恻恻地看向谭深，问道："U 盘带来了吗？"

　　谭深淡淡一笑，转过身去，把早就拿在掌中的 U 盘扔了出去。U 盘掉落在地上，方建设从屋角的破椅子上起身，刚要上前来拿，那开车人却突然上前一步，将那只 U 盘不轻不重地踩在了脚下，冲着方建设说道："老板，先把兄弟们的辛苦费付了吧。"

　　方建设闻言微微一愣，神色颇有些不悦："这么着急干什么？我还能赖账，亏了你们不成？"

　　开车人解释道："不是怕您赖账，而是兄弟又接了个新活，那边老板催得紧，就想着您赶紧结清账，我们好走下一家。"

　　"接新活？那我这怎么办？"方建设全然没料到他会这样说，一时又惊又怒，"我拿这么多钱，你们就给我玩这个？还讲不讲个诚信了？"他说着，似乎反应过来，"是不是想再加钱啊？行！

你说个数，我出！"

开车人嘿嘿笑了两声："老板，这您真是误会了，咱们是最讲诚信的人。说收您多少，绝不多要半分。人呢，都给您带来了，怎么处理，那是您的事，咱们拿了钱走人，一概不管。"

方建设真是气急了，想要发火，可见院里晃动的另外两个人高马大的身影，终究是不敢，忍气吞声地把屋角的一个黑塑料袋子拎过来，欲要扔给那开车人，却又突然改了主意，道："钱可以给你们，不过你们还得做个事。"

"什么事？"开车人问。

方建设瞥一眼门边默立不语的谭深，转身把之前坐的破椅子拎过来，在火堆前一放，阴森森地说道："把这小子给我在椅子上绑结实了。"

开车人似是犹豫了一下，这才推搡着谭深走过去，将他牢牢在椅子上绑好。"对不住了，兄弟。"他捆完，特意用手拍了拍谭深肩膀，这才转身去方建设手上拿钱，又不知想到了什么，道，"老板，你们之间有什么恩怨，咱们不晓得，也不想晓得，不过呢，劝您一句，东西既然拿到手，吓唬吓唬就行了，别伤人性命。"

方建设面色铁青，显然极为恼怒，却也无可奈何，只冷哼了一声，不予理会。开车人拎着袋子就往外走，快要出门时，谭深却突然叫住他，问道："人是你们打的？"

开车人愣了愣，回头看了看沈南秋，又去看阮真真，向着谭深摇了摇头。

谭深淡淡一笑，道："那你走吧。"

那人有些糊涂，似乎又有些明白，随即又觉得是自己想岔了什么，不由得晃了晃脑袋，把里面那个荒唐的想法抛之脑后，只快步出了破屋，招呼上同伴，开车离去。

屋内屋外，就只剩下谭深、阮真真与方建设、沈南秋四人。

方建设像是早有准备，竟随身携带着一部笔记本电脑，将那U盘从地上拾起来后插入了电脑，不想那U盘却带有密码，根本无法读取。他面色难看，回身看向谭深，问："密码是什么？"

谭深笑笑摇头："这你得去问许攸宁了。"

方建设一怔，随即走上前去站到谭深面前，狠声道："都什么时候了，竟然还想着逞口舌之快，你的命现在都在我手上，明白吗？我都不用动手，只要把你往后一踹，你就能烧死在这，信不信？"

谭深椅子背后就是熊熊燃烧的火堆，如果砸倒在上面，铁定会被烧死。他神色平静，不急不怒，微微抬着脸看向方建设，冷然问道："是你把她打成这样的？"

"就是我打的，你怎么样我啊？"方建设猖狂问道。

谭深冷冷地看着他，忽地扯唇笑了笑。

方建设竟被他这笑容吓得一愣，下意识地往后退了半步，待见到他仍端坐在椅子上未动，这才神色稍定。谭深上身与椅背牢牢绑在一起，双腿则被捆在椅子腿上，这种捆绑方式，令人连站都站不起来，更无法对他人形成威胁。

方建设不由得大笑，上前一步抬腿去踩谭深胸口，腿上稍稍用力，将他连人带椅往后踹得半倒，道："我再稍稍一用力，你的小命就要没了。"

谭深不语，只是冷冷看他。

不远处一直低头沉默着的阮真真忽地抬头，道："方建设，你杀了他，那U盘就再也拿不到了。"

方建设不为所动，冷笑道："拿不到就拿不到，我拿不到，也不见得就落在警方手上，而且，就算落到警方手里，也不过就是个坐牢，经济犯嘛，又判不了死刑。"

"不想判死刑，那就不要杀人。"阮真真说道。

"错！大错特错！"方建设哈哈笑了两声，得意地望着阮真真，"不想判死刑，就得把人杀个干干净净，不留一点后患。"他说着，像是忽然想起了什么，又问谭深，"你之前在电话里说什么来着？"

谭深薄唇紧抿，漠然不语。

方建设假装回想着，道："阮真真要是有个万一，我叫你生不如死。是这么说的吧？我没记错吧？"他说着，从屋中破桌子上拿起一把尖刀，提步就往阮真真处走去，"来来来，我看看你叫我怎么生不如死。"

谭深挣扎着起身，口中冷喝道："你敢！"

方建设半路停住，故作惊愕地看谭深，看着他连站都站不直的模样，又不由得嘲道："我当然敢啊！"

谭深怒极而笑，带动椅子转了个方向，猛地向后摔去，连人带椅砸倒在地上。那椅子本就破败不堪，经他如此重力一砸，顿时散架，之前那人捆缚他时便做了手脚，没了椅子的桎梏，他身上的绳索顿时松垮，再也困不住他。

众人还未反应过来，谭深已是从地上跃起，双手虽然还被捆缚在背后，而腿脚却已获得了自由。

方建设又惊又惧，再顾不得阮真真，只举刀对着谭深，色厉内荏地说道："你别乱动，你手还被捆着，我手里可是有刀，真打起来，你不是我对手，一不小心伤到你性命可就怨不得我了。"

谭深只是冷笑，往前一步步逼近："对付你这种人，我都犯不着用手。"

方建设往后一连退了几步，一直到背靠墙壁，发现自己退无可退，这才咬了咬牙，举刀向着谭深扑过来，孤注一掷。不想谭深身体微微一晃就避开了他这一刀，长腿一踢，也不见如何用力，竟就将方建设踢出去老远。方建设先砸到断墙上，随后又反弹到地上，顿时昏死了过去。

谭深不急不忙地走上前去，把方建设手边的刀子踢到阮真真脚边，笑盈盈地看向她，问道："你手上的绳子磨断没？要是磨断了，就过来帮我把手上的绳子也挑开。"

阮真真动作不觉一僵，自从谭深进门，她挣扎起身，就是故意坐倒在断墙上，默默利用墙砖的利碴磨她腕间的捆绳，若不是怕被方建设他们发现不敢动作太大，若不是刚才实在怕方建设将谭深踢倒在火上而出声阻止，恐怕她早已经将绳子磨断了。

谭深从未向她多看过一眼，不想却早就看出了她暗中的动作。

他还在笑着看她，阮真真也说不清自己是个什么心情，不禁先横他一眼，这才侧过身来用力磨着腕间捆绳，刚感到腕间一松，忽然听得谭深厉声叫道："闪开！"

阮真真愕然抬头，只觉眼前一花，谭深已是向她身前扑将过来，随即一声枪响传来，谭深就似被什么重物击中，重重砸倒在她的身上。她呆呆地看着近在眼前的他，看着鲜血从他嘴角溢出，一滴滴地落向她的心口。

谭深困难地扯了下嘴角，轻声道："对不起，是我托大了。"

她呆愣着，仍还有些反应不过来，目光迟缓地离开谭深面庞，看向他身后不远处的，已快被人遗忘了的沈南秋。

沈南秋双手握枪，脸上有深深的恨意，更多的却是洋洋自得，道："我就知道这第一枪打你效果最好，打谭深，不见得就能打中他，打你，他却一定会来挡。阮真真，你别这么看我，你该感谢我，要不是我，你还试探不出这男人对你是不是真心呢。"

谭深却咧嘴一笑，与阮真真说道："别信她胡说，你也知道我是给人做保镖的，我这是职业病，和私人感情无关。"

阮真真盯着沈南秋，原本一直钝痛的太阳穴却忽地清明起来。她从一开始就隐约觉得哪里不对，直到这一刻，才想明白了哪里不对，是沈南秋，沈南秋太不对劲。她不是被方建设劫持来的，或者换一种说法，她是故意被方建设劫持来的，所言所行，都是别有用心。

螳螂捕蝉黄雀在后，真正要杀人的，另有其人。

"你怎么会有枪？"阮真真问。

沈南秋似乎感觉已是胜券在握，向着阮真真晃了晃手里的手枪，"你问这枪啊？我放在皮包里，随身带来的啊。"她说着，抬枪虚虚瞄了一下远处的方建设，又道，"这老畜生还以为我是软弱可欺，乖乖跟他来这，哪里能想到我身上还藏着枪呢。"

谭深还压在阮真真身上，他咬着牙，使尽力气翻过身来，却是依旧挡在她的身前，把她整个人几乎都罩住了，他艰难地喘了一口粗气，看向沈南秋，问："谁给你的枪？"

沈南秋笑笑，把枪口重新对准阮真真："阮真真，你不是很聪明吗？那就猜一猜啊。"

谭深淡淡说道："沈南秋，你知不知道，杀人是要偿命的。"

"这我不感兴趣，我现在只想知道，一枪能不能打穿两个人。"沈南秋说完，毫不犹豫地再次扣下扳机，不想这一枪却打偏了，子弹落在谭深身侧的墙壁上，打出不浅的坑来。

"南秋！"门口忽然传来一声男子喊叫，屋内几人齐齐看向门口，见到门外跑进来的人影，却无一人感到惊讶。

阮真真死死地盯着门口的人，不知不觉中，竟把下唇都咬出了血来，这来人不是旁人，正是她的丈夫，早就已经"死去"多日的许攸宁。

沈南秋仍紧握着手枪，冷声问许攸宁："怎么，你又心疼了？我打死你的心肝宝贝，你是不是就要杀了我？"

许攸宁面容消瘦，五官却清隽如初，闻言微微蹙眉，粗粗扫过墙边的阮真真和谭深二人，又看向沈南秋，似是有些无奈，又有点气恼，说道："傻子，我是不想你手上沾血，给你枪是要你防身，不是杀人。"

沈南秋一愣，顿时红了眼圈。

许攸宁叹一口气，默默走上前去，抬手去抚沈南秋脸颊，痛惜地说道："南秋，在我心里，你永远都是个纯洁的小姑娘。"

沈南秋感动落泪，简直泣不成声，一直紧握手枪的手指终于松动下来，垂下了手臂。许攸宁从她手中拿过枪去，忽地微微一笑，不等沈南秋有所回应，却抬枪打向了她胸口。那子弹分明是从沈南秋前胸射入，后背处却似炸开一般，留下了一个碗口般的血窟窿。

沈南秋整个人往后砸倒过去，临死都还睁着眼睛，似乎仍不敢相信到底发生了什么事情。

目睹这一切的阮真真以为自己会尖叫，却不想她的喉咙早已经麻木，张了张嘴，竟未发出半点声音。其实，她一点都不感觉意外。这才是许攸宁，无情无义，杀人都不眨眼的许攸宁。

认识了他这么久，同床共枕许多年，直到这一刻，她才算彻底认清了他。身前的谭深绷紧了身体，即便看不到他的面容，她也能猜想到他的紧张。阮真真咬着牙，不顾他暗中的压制，还是用力把他推到了一旁，只抬眼看向提着枪走过来的许攸宁。

"你要杀我了，是吗？"她问。

许攸宁在距离她两三米处停住脚步，低下头看她，苦笑道："我要想杀你，刚才就不会阻止沈南秋。"

"那你想干什么？"她又问。

许攸宁直直地看着她，问："真真，你爱他吗？告诉我，你是不是变心了，不再爱我，爱上别的男人了？"

她睁大了眼睛，用力地看着他，眼泪落下来都不自知："我要是变了心，早就向警察说出来你没死，叫他们去抓你了。许攸宁，你为什么要瞒着我假死？为什么要留那么多债给我？你就不怕我想不开，跟着你一起去死吗？"

"我没办法！真的是被他们逼得没办法了！不杀张明浩，方建设不会放过我，而且就算不杀张明浩，我之前为方建设做的那些事，警方也不会放过我。"许攸宁慌忙上前半跪到她面前，解释道，"可我没有想着抛弃你，只要你忍过这一阵子，等事件平息了，我自然会偷偷回来，接你走。真真，你信我。"

"我信你，可你却不信任我！"阮真真哭着拍打他，"你把事情都告诉了沈南秋，却不告诉我！在你心里，你更爱的还是她，对不对？"

瞧着她这般撒泼哭闹，许攸宁一时竟觉哭笑不得，忙把手枪举高，单手去抓阮真真手腕，笑道："怎么可能！我也是昨天才告诉她，只是想让她骗方建设，借方建设的手来做事。"

"真的？"阮真真狐疑着问。

"真的。"许攸宁向她重重点头。

一旁的谭深闻言低声哼笑，艰难说道："许攸宁，你设这个局，为的就是杀我灭口吧？不过我有一点不大明白，尤刚为什么会出来给你顶罪？"

许攸宁转过头冷眼看他，答道："尤刚赌博借过高利贷，如果不是我，他早已家破人亡。当初出车祸时，就是他开着车接应我，这才被陆洋看到车牌，暴露身份。三年，我给他一千万，他坐三年牢，你说值不值？"

"原来是这样，那个所谓的一百万借款，也是你们提前做好的烟幕弹了，谁能去怀疑跟你有债务纠纷的人会是你的同伙呢。"谭深缓缓点头，笑了笑，"我认输，心服口服。"

许攸宁不以为意地笑笑，问道："谭深，你叫谭深对吧？你的同伙又是谁？谁叫你过来查我的？"

谭深艰难地摊了摊手，无可奈何地答道："真的无可奉告，不是不想说，而是连我也不知道委托人是谁。我们做这行的，拿钱干活，不问缘由，最忌讳的就是瞎打听。"

"是男是女？"许攸宁又问。

谭深答道："听声音是女的，不过嘛，都是通过变声器的声音，谁知道对面到底是男是女。你要真想知道，我可以帮你去查一查。"

"谢了，不用。"许攸宁笑了笑，将枪口缓缓对准了谭深，"我先送你上路，至于你的委托人，我可以自己去查。"

"攸宁！"阮真真忽地出声，她看了看对面墙边躺在地上昏

438

迷不醒的方建设，又看向不远处已经中弹的谭深，问许攸宁道，"你要把这里的人都杀光吗？杀这么多人，要怎么才能收场？"

许攸宁不以为意，答道："很简单，方建设把你和谭深抓过来，逼问U盘的下落，他先用枪打中了谭深和沈南秋，谭深中弹，却在临死前用刀杀了方建设。"

"那我呢？"阮真真颤声问。

许攸宁看着她，道："你大难不死，挣断绳子，打电话报警。等警察来了，这些人就都已经死透了，你是唯一在场的证人，怎么说都不会有人怀疑，就是怀疑也没办法，这是死无对证的事情。"

"不错，这个说辞不错，只要她能挨得住警察审问就行。"谭深笑着应道，又转头看阮真真，问，"怎样？对自己有信心吗？"

阮真真还没回答，却听许攸宁说道："谭深，你最该死，知道为什么吗？"

"愿闻其详。"谭深从容说道。

许攸宁盯着他，眼中恨意沉沉："因为你把真真牵扯了进来，我费尽心机，百般遮掩，就是不想要她沾染半点污浊，而你却引她入局，甚至拿她做饵，谭深，你该死。"

谭深一时沉默，片刻后才轻声道："你说得没错。"他转头看向阮真真，嘴唇微微动了动，欲言又止，终究是没说出任何话语，只向她咧嘴笑了笑："再见，阮真真。"

许攸宁打量着谭深，忽地说道："你没中枪。"

谭深面色微变，就连阮真真也是愣了愣，惊愕地看向谭深，就听得许攸宁又道："你身上穿了防弹衣。"

谭深苦笑，似乎有些认命："没错，穿了防弹衣。自从上次被人一枪打了半个胃下去，再有这样的场合，我哪里还敢空身前来。"

许攸宁微微冷笑："虽然穿了防弹衣，但还是被震断了肋骨。"

谭深不敢大口呼吸，向许攸宁举了举大拇指："佩服，本来想糊弄过去，从你手里骗条命，看来是不成了。来吧，再补一枪，走近点，直接打我脑袋，给个痛快，我谢谢你了。"

许攸宁举枪，真的就对准了他的头，却没有再上前半步："哄我近前，然后趁机发难吗？谭深，你以为我看不透你的打算？"

谭深勉强笑了笑："随便你怎么想吧。"

"等一下！"阮真真忽然叫道。

许攸宁表情忽然有些狰狞，问她："真真，你要为他求情吗？"

阮真真紧咬嘴唇，内心似是极为挣扎，半晌过后，才轻声与许攸宁说道："你先扶我去外面，我不想待在这里。"

许攸宁明白了她的暗示，心中不由得大喜，忙伸手去扶她起身。可她双腿似是毫无力气，根本无法站立，他只得双手去架她腋下，试图把她整个人从地上托起。阮真真双手用力搂住许攸宁脖颈，紧紧地贴在他的身前。

谭深倚倒在墙边，本一脸漠然看着这对男女，直到瞥见阮真真袖口寒光一闪，这才面色大变，待反应过来，不顾背后伤痛，挣扎着欲要起身，急声喊道："不要！真真！"

可惜为时已晚，寒光落下，许攸宁只觉得后背一凉，那刀已是深深地扎入了他的后心。他难以置信地低下头去，呆呆地看向面前的妻子，轻声叫她："真真？"

阮真真反抱住他，轻声应他："嗯？"

"你杀我？"他又问。

她声音温柔如昔，甚至还带着以往的那种他已听惯了的娇气："对啊，是我杀你。"

440

许攸宁无声地笑了起来，似是累极了，把头轻轻地放到了她的肩头，喃喃说道："这样也挺好的，真真。"

她一转之前的虚弱无力，竟独自撑住他高大的身躯，又轻声问他："那天为什么要偷偷回家？为什么非要删除那些搜索记录？"

他缓缓闭上了眼睛，慢慢地答她："你找到了夏新良，我怕你看到那些搜索记录，怕你知道我是自杀，会伤心。真真，对不起……"

有警车声由远及近，很快就要到院外。谭深挣扎着从地上起身，踉跄着上前，那刀还插在许攸宁的后心，他忙用自己的衣袖擦拭过刀柄，这才用手握上去，用力把刀拔出。

"人是我杀的！你之前就被吓昏过去了，什么也没看到，什么也不知道！记住了吗？阮真真你回答我！记住了吗？"谭深急迫地交代，试图把许攸宁从她怀里接过去。

她却不肯放手，就那样拥住许攸宁，竭力托抱着他已经委顿下去的身体，不肯松开。泪珠从她眼角滑落下来，滚过带有血污的面庞，待再落下时已变成了红色，明明在哭，嘴角上却露出微笑来。模糊中，她看到很多人影跑了进来，很多很多人……

尾声

春节过后，南洲又下了一场大雪，刚刚回暖的天气骤然降温，感觉竟比年前还要冷了几分。老六开车送谭深去看守所，一路上偷偷打量了他好几次，直到车停到看守所外，这才小心翼翼地劝道："哥，咱别白费这劲了成不？"

　　谭深不说话，只开了车门下去，站在车外默默抽烟。

　　约莫过了一刻钟，才看到苏雯那辆红色的小车由远及近，在旁侧停下，车门打开，除了苏雯，还有一个高个的男子从车里下来。谭深走上前去，不理会苏雯的冷眼，只与那男子客气招呼道："是高律师吧？您好！"

　　高峻闻声转头看他，似是有些诧异，又看了看苏雯，这才从她的态度里猜到谭深的身份，微微颔首，礼貌回应："你好，谭先生。"

　　"真真她……"谭深欲言又止，一时竟不知该如何开口。

　　"猫哭耗子假慈悲！"苏雯重重地冷哼一声，"老天有眼呢，好人死不了！倒是有些人啊，下雨天千万别出来，小心天打雷劈！"

　　谭深面现难堪，却无从反驳。

　　高峻看他两眼，像是不忍看他这般难堪，温声说道："放心吧，我会尽量帮助真真。"

　　谭深默了默，又问道："什么时候可以见到她？"

　　"死了这条心吧，真真不会见你的。"苏雯冷声插言。

　　谭深不理会她，只是等着高峻的回答。

"拘留期间不可以探视，你要想见她，要等到定案交付执行了。"高峻说着，抬腕看了看手表，又转头对苏雯说道，"时间快到了，我先进去，你在车里等我吧。"

苏雯点点头："你去吧，我等着你。"

高峻又向谭深淡淡一笑，这才转身走向拘留所。

原地只剩下了苏雯与谭深两人，苏雯对他可算深恶痛绝，连看都不愿多看一眼，直接上了车，锁死了车门。谭深心情有些复杂，低头站了一会儿，这才往自己车边走来。临上车时，他又忍不住回头看向拘留所大门，高峻刚刚走到那里，正站在门口做身份登记，似是察觉到异样，也回头向他看了过来，视线与他撞到一起，竟向着他笑了笑。

不知怎的，这笑容令谭深感到极为不舒服，他略略点了下头，拉开车门坐进车内。老六一直藏在车里没敢露头，这时才忍不住感叹："哥，你跟这高律师乍一看还真挺像的，难怪那委托人要你假冒他。"

说者无意，听者却是有心，谭深心中忽地一动，问老六道："那委托人还联系不上吗？"

老六一边发动车，一边随口答道："自从最后那笔款转过来后，电话就打不通了，估计是把手机卡给扔了。我去查过了，是用假身份证买的号码，不知道什么人买的。"

谭深微微抿唇，想一想，忽地说道："给高峻打个电话。"

老六一愣："啊？"

"手机给我。"谭深又道。他把老六的手机拿过来，翻找出律师高峻的手机号码，思量了一下，这才拨打过去。电话铃声响了四五声才被人接起，高峻温厚的声音从内传出："喂？您好。"

446

谭深默了默，淡淡说道："高律师，我们在做电话回访，请问您对我们的服务还满意吗？"

　　身侧的老六一时听得愣住，呆呆地看着谭深，脸上尽是不可思议之色。而谭深却只凝神倾听电话的回音，很安静，似乎连呼吸声都没有，听筒中久久无声，一片静默……

——全文完——

图书在版编目（CIP）数据

不期而至 / 鲜橙著 . -- 北京 : 作家出版社 , 2022.11
ISBN 978-7-5212-1960-9

Ⅰ . ①不… Ⅱ . ①鲜… Ⅲ . ①长篇小说－中国－当代
Ⅳ . ① I247.5

中国版本图书馆 CIP 数据核字（2022）第 125472 号

不期而至

作　　者：鲜　橙
责任编辑：丁文梅
特约策划：高　路　华　婧　吴燕慧
装帧设计：张佳闻
出版发行：作家出版社有限公司
社　　址：北京农展馆南里 10 号　　邮　　编：100125
电话传真：86-10-65067186（发行中心及邮购部）
　　　　　86-10-65004079（总编室）
E-mail:zuojia@zuojia.net.cn
http://www.zuojiachubanshe.com
印　　刷：三河市紫恒印装有限公司
成品尺寸：142×210
字　　数：310 千字
印　　张：14.25
版　　次：2022 年 11 月第 1 版
印　　次：2022 年 11 月第 1 次印刷
ISBN　978-7-5212-1960-9
定　　价：52.00 元

『你告诉我，我喜欢的那个人，叫什么名字啊？』